आशा प्रभात

वरिष्ठ कथाकार आशा प्रभात का जन्म 21 जुलाई, 1958 को हुआ। उन्होंने कविता, कहानी, उपन्यास सभी विधाओं में समान अधिकार से लिखा है। हिन्दी और उर्दू में अब तक उनकी 16 पुस्तकें प्रकाशित हैं जिनमें छह उपन्यास—'धुन्ध में उगा पेड़', 'जाने कितने मोड़', 'मैं और वह', 'गिरदाब', 'मैं जनकनन्दिनी', 'उर्मिला'; चार कहानी-संग्रह और दो काव्य-संग्रह हैं। उन्होंने दो चर्चित किताबें—'साहिर समग्र' और 'जब धरती नग़मे गाएगी' का संकलन व सम्पादन किया है। हिन्दी से उर्दू और उर्दू से हिन्दी में अनूदित उनकी पाँच पुस्तकें प्रकाशित हैं। उनकी रचनाओं के अनुवाद व प्रकाशन लगभग सभी भारतीय भाषाओं में हुए हैं। देश-विदेश की हिन्दी-उर्दू पत्र-पत्रिकाओं में उनकी रचनाओं का निरन्तर प्रकाशन और आकाशवाणी व दूरदर्शन से रचनाओं का प्रसारण होता रहा है।

उन्हें 'काव्य संगम पुरस्कार', 'प्रेमचन्द सम्मान', राष्ट्र भाषा परिषद् पटना द्वारा 'साहित्य सेवा सम्मान', 'दिनकर सम्मान', 'साहित्य महोपाध्याय सम्मान', बिहार उर्दू अकादमी पटना द्वारा 'सुहैल अज़ीमाबादी अवार्ड' व 'खसूसी अवार्ड', दैनिक जागरण द्वारा 'शताब्दी सम्मान', प्रभात खबर द्वारा 'अपराजिता सम्मान', बिहार हिन्दी साहित्य सम्मेलन पटना द्वारा 'शताब्दी सम्मान' तथा कई अन्य सम्मान मिल चुके हैं।

फ़िलहाल स्वतंत्र लेखन और पत्रकारिता में सक्रिय।

ई-मेल : ashaprabhat77@gmail.com

साहिर समग्र

साहिर लुधियानवी

लिप्यांतरण एवं सम्पादन
आशा प्रभात

राजकमल पेपरबैक्स

पहला पुस्तकालय संस्करण
राजकमल प्रकाशन प्राइवेट लिमिटेड द्वारा
2016 में प्रकाशित

राजकमल पेपरबैक्स में
पहला संस्करण : 2016
छठा संस्करण : 2025

राजकमल पेपरबैक्स : उत्कृष्ट साहित्य के जनसुलभ संस्करण

राजकमल प्रकाशन प्रा. लि.
1-बी, नेताजी सुभाष मार्ग, दरियागंज
नई दिल्ली-110 002
द्वारा प्रकाशित

शाखाएँ : अशोक राजपथ, साइंस कॉलेज के सामने, पटना-800 006
पहली मंजिल, दरबारी बिल्डिंग, महात्मा गांधी मार्ग, प्रयागराज-211 001
1, अनमोल सोराबजी सन्तुक लेन, धोबी तलाव, मरीन लाइंस, मुम्बई-400 002
वेबसाइट : www.rajkamalprakashan.com
ई-मेल : info@rajkamalprakashan.com

बी.के. ऑफसेट
नवीन शाहदरा, दिल्ली-110 032
द्वारा मुद्रित

मूल्य : ₹499

SAHIR SAMAGRA
Transliteration & Edited by Asha Prabhat

ISBN : 978-81-267-2927-2

साहिर और उनकी रचनाएँ

साहिर लुधियानवी की रचनाओं का हिन्दी लिप्यांतरण करते हुए लगातार यह आश्चर्य बना रहा है कि किसी एक इंसान या शायर के अन्दर एहसास के इतने सारे रंग क्या मुम्किन हैं? उनकी रचनाओं में एक ओर जहाँ चाहत का बेकराँ (असीम) समन्दर ठाठें मार रहा है, वहीं दूसरी ओर उसी शिद्दत से ग़म का ज्वालामुखी भी धधक रहा है। प्रेम, वफ़ा, शिक्वे-शिकायत, पीड़ा, छटपटाहट तथा तल्ख़ियाँ भी सम्पूर्णता से उभरकर आई हैं। भावनाओं के ये तमाम रंग एक व्यक्ति के प्रति भी हैं और व्यवस्था के प्रति भी। हिन्दी जगत उनके गीतों से आनंदित और ग़मगीन होता रहा है तथा उनके वे सार्वकालिक गाने आज भी सुख या दुख की अभिव्यक्ति के लिए माक़ूल हैं लेकिन उनकी कविताएँ और ग़ज़लें हिन्दी पाठकों से दूर ही रही हैं।

अपने प्रिय शायर या गीतकार के विषय में ज़्यादा से ज़्यादा जानने की जिज्ञासा या ख़्वाहिश उसके पाठकों में होती है पर साहिर की कोई जीवनी या आत्मकथा उपलब्ध नहीं है। शायद उन्होंने अपनी आत्मकथा लिखना उचित नहीं समझा या उन्हें ख़ुद को राज़ में रखना ही अच्छा लगा हो। परन्तु उनकी आत्मकथा की कमी उनकी रचनाएँ पूरी करती हैं जिनमें उन्होंने अपनी चाहत, नफ़रत और कड़वाहटें उँडेल दी हैं। उनके जीवन का यथार्थ या उनसे सम्बन्धित जानकारियाँ टुकड़े-टुकड़े में मिलती हैं, वह भी बहुत प्रयत्न के बाद और जो सामने आती हैं वे दूसरों द्वारा कही या प्रभाव में ली गई बातें हैं। कुछ अली सरदार जाफ़री के ज़रिये तो कुछ अहमद राही, अमृता प्रीतम, हाफ़िज़ लुधियानवी, वाजिदा तबस्सुम, केवल धीर, नुसरत ज़हीर तथा निदा फ़ाज़ली, नरेश कुमार शाद और बलवन्त सिंह वग़ैरह के द्वारा वह भी छिटपुट, जिसे पढ़कर साहिर के मनोभावों को गहराई से जानने की उनके पाठकों और प्रशंसकों की प्यास

और भी भड़क उठती है। उनकी ज़िन्दगी के रहस्य से रू-ब-रू होने की चाहत और भी बढ़ जाती है।

उनके जिगरी दोस्त अहमद राही कहते हैं : "पाठकों ने जितना प्यार साहिर से किया है, उतना प्यार मैंने अपनी ज़िन्दगी में फ़ैज़ साहब के अलावा किसी दूसरे शायर के लिए नहीं देखा। लड़के-लड़कियाँ, मर्द-औरतें सभी उसकी शायरी के जादू से मंत्रमुग्ध थे। वह इतना ख़ूबसूरत नहीं था कि उसे टूटकर प्यार किया जाता बल्कि वह अपनी शायरी के प्रतिकूल था। अगर वह अपनी शायरी की तरह ख़ूबसूरत भी होता तो लोग लॉर्ड बायरन को भी भूल जाते। वह अपनी शायरी का ख़ुद नक़्क़ाद (आलोचक) था। लोग कहते हैं कि साहिर ने कई बार मुहब्बत की है। मुझे उन लोगों से क़तई इत्तिफ़ाक़ नहीं। साहिर की ज़िन्दगी में सिर्फ़ एक मुहब्बत है और एक नफ़रत। मुहब्बत उसने सिर्फ़ अपनी माँ से की है और नफ़रत सिर्फ़ अपने बाप से। उस बाप से, जिसने उसका नाम प्यार-मुहब्बत के नेक जज़्बे के तहत नहीं बल्कि अपने एक 'दुश्मन पड़ोसी', उस वक़्त की यूनियनिस्ट पार्टी के वज़ीरे-तालीम (शिक्षा मंत्री) मियाँ अब्दुल हई को गालियाँ देने के लिए 'अब्दुल हई' रखा था। उसका बाप हर शाम अपनी हवेली के बाहर, अपने मिलने वालों और अपने मुज़ारेओं (किसानों) के बीच बैठकर ऊँची आवाज़ में अब्दुल हई को गालियाँ देता। उनका पड़ोसी लोगों से शिकायत करता तो साहिर का बाप जवाब देता कि मैं तो अपने नालायक़ बेटे को गालियाँ देता हूँ। साहिर को अपने बाप से विरासत में मुहब्बत के बजाय गालियाँ मिली थीं। मगर अपने बाप से साहिर की नफ़रत का कारण भी दरअसल उसकी अपनी माँ से बेपनाह मुहब्बत ही थी। उस माँ से जो साहिर की ख़ातिर ज़िन्दगी भर एक बेवा सुहागन या सुहागन बेवा बनी रही। बाक़ी जितने प्यार उसके नाम से बावस्ता हैं वो उन कोनों—खुदरों को पुर करने के बहाने हैं जो चालीस साल पहले ख़ाली हो गए थे। कितना अज़ीम (महान) था वह। चालीस साल तक अपने टूटे हुए, डूबते हुए दिल के साथ दुखों के गढ़े भरने में लगा रहा।"

अहमद राही उनकी वे तमाम बातें करते हैं जो उनके सामने घटित हुई हैं। उनकी मुफ़्लिसी (दरिद्रता), संघर्ष और नफ़रत जो (पिता से नफ़रत के रूप में) मिली है, उनकी चाहत के आवेगों को भी, लेकिन बहुत-सी बातों को बचा भी गए हैं स्पष्ट करने से, या तो दानिस्ता (जानते-बूझते) या

अनजाने तौर पर। लेकिन जो चाहत, जो नाउम्मीदी, दर्द, शिक्वा-गिला तथा तल्ख़ियाँ उनकी शायरी में अधिकता से उभरकर आई हैं, वे बिलकुल काल्पनिक नहीं हो सकतीं। अहमद राही लुधियाना कॉलेज में उनके दिल के टूटने तक पाठकों को साथ लाते हैं पर वजह स्पष्ट किए बिना बत्तीस साल को बीच में ही कहीं लावारिस की तरह छोड़ देते हैं। वे बत्तीस साल जिन्होंने साहिर की लेखनी को तुवानाई (शक्ति) बख़्शी और उनकी पूरी ज़िन्दगी सिर्फ़ और सिर्फ़ अपने नाम करवा लिया। बत्तीस साल का वह राज़ क्या है जिसने सिर्फ़ रचना करने के लिए ही उन्हें ज़िन्दा रखा और उन्हें एक रचनाकार के अलावा कुछ और नहीं रहने दिया। उनकी रचनाओं में निराशा, चाहत, नफ़रत, शिकवा-शिकायत और तल्ख़ी का वह रंग भरा जो आम हालात में कोई शायर अपनी रचना में ला ही नहीं सकता था। वह कौन सी बेचैनी और बेक़रारी थी जिसने उन्हें सब कुछ यानी यश, अर्थ पा लेने के बाद भी सुकून से रहने नहीं दिया? अमृता प्रीतम ने बहुत बेबाकी से अपनी जीवनी 'रसीदी टिकट' में साहिर से अपनी बेइंतिहा मुहब्बत का ख़ुलासा किया है, अपनी दीवानगी का इज़हार किया है लेकिन वहाँ भी साहिर एक सर्द बुत (ठंडी मूरत) की तरह ही प्रस्तुत हुए हैं। अमृता प्रीतम की चाहत तथा दीवानगी उभरकर आई है मगर साहिर की ख़ामोशी वहाँ भी अपने लब नहीं खोलती।

शायद साहिर को अपने ग़मों से लगाव हो गया था या वे उस पीड़ा को सहने के इतने आदी हो चुके थे कि ख़ुशी के हल्के से झोंके से भी डर जाते थे। अपने ग़मों की बसाई बस्ती में ख़ुशी के एक जुगनू तक को प्रवेश नहीं करने दिया कभी और दिल के उन सूखे मुर्झाए ज़ख़्मों को कुरेद-कुरेद कर पुनः उनमें दर्द पैदा करते जिससे उनकी लेखनी को ताज़गी ही नहीं, बल्कि आतिशी ताक़त मिलती रही। वे उस तन्हाई, सन्नाटे तथा तकलीफ़ों का लुत्फ़ लेने लगे थे...और उन्हीं में खुद को डुबोकर आहिस्ता-आहिस्ता अपने को तमाम करने में लगे थे, बिलकुल उस फ़क़ीर की तरह जो ऊपर वाले से लौ लगाकर उसी दुनिया में लीन हो जाता है, ख़ुद तक सीमित।

अहमद राही का यह कहना कि—साहिर ने एक से मुहब्बत की (माँ से) और एक से नफ़रत की (पिता से) लेकिन माँ की मुहब्बत इंसान को निर्भय होकर जीवन जीने, किसी औरत के साथ जुड़ने और ख़ुशहाल ज़िन्दगी बसर करने की ललक जगाती है, लालायित करती है, न कि दुनिया से बेज़ार होकर

पाषाण बनने को अभिशप्त करती है, सांसारिक सुखों से वंचित करती है। जीवन से इतनी बेरुख़ी, बेमुरव्वती, बेख़ुदी और तल्ख़ी पर माँ की नहीं, किसी महबूब की मुहब्बत या उसकी बेवफ़ाई ही अमादा कर सकती है और उसमें बेगानगी तथा बेज़ारी भर सकती है जितना साहिर में देखने को मिलती है।

8 मार्च, 1921 को लुधियाना में जन्मे साहिर का असली नाम अब्दुल हई था और नाम रखने की वजह का पहले ज़िक्र किया जा चुका है। और उनके गुस्सैल और ऐयाश पिता का नाम चौधरी फ़ज़ल मुहम्मद था। चौधरी फ़ज़ल मुहम्मद जागीरदार थे जिनकी कई बीवियों में एक बीवी साहिर की माँ सरदार बेगम थीं। पति की ऐयाशी तथा अत्याचारों से दुखी होकर नाबालिग़ बेटे साहिर के साथ उन्होंने पति का घर छोड़ दिया और वर्षों तंगहाली का जीवन बसर करती साहिर की परवरिश करती रहीं तथा उनकी शिक्षा-दीक्षा के लिए संघर्ष करती रहीं। पिता द्वारा दी गई यातना ने उनके अन्दर एहसास को शिद्दत से उभारा जो शब्दों का लिबास पहन शायरी के रूप में उभरा। इसमें उनके पिता द्वारा माँ के साथ किया गया अमानवीय व्यवहार, औरत को मात्र जिस्म समझने की प्रवृत्ति जो पिता की बारह बीवियों की तादाद की शक्ल में दिखी, का हाथ भी रहा। पति के घर से निकलकर नैहर में बसर करने वाली सरदार बेगम ने ऐयाशी के लिए जायदाद बेचकर शराब तथा शबाब में डूबे रहनेवाले पति पर मुक़दमा दायर किया कि मौरूसी जायदाद को बेचने पर फ़ज़ल मुहम्मद पर अदालत रोक लगाए। लगभग तेरह साल तक चले इस मुक़दमे का फ़ैसला साहिर की माँ के हक़ में हुआ। और अदालत के द्वारा उन्हें पति से तलाक़ भी मिल गया लेकिन इसकी बाबत उन्हें अपने शौहर के ग़ुस्से का शिकार भी होना पड़ा बल्कि भयंकर यातना से उन्हें गुज़रना पड़ा। अपने बेटे को अपने अधिकार में लेने के लिए साहिर के पिता ने अदालत का दरवाज़ा खटखटाया परन्तु यह फ़ैसला भी साहिर की माँ के हक़ में हुआ। उसके बाद भी साहिर के पिता चुप नहीं बैठे बल्कि जायदाद न बेचने के लिए तरह-तरह से उन्हें धमकियाँ देने लगे। यह भी धमकी मिली कि साहिर को मेरे पास भेज दो वरना उसका क़त्ल हो जाएगा। इकलौते बेटे की जान पर बन आई थी। पति का साया नहीं, जो रक्षक था अब वही भक्षक बन गया था। ऐसे हालात में भी उनकी माँ विचलित नहीं हुईं और न ही साहिर को ख़ुद से अलग किया। परन्तु इन सब बातों का गहरा असर 13 साल के किशोर साहिर

पर पड़ा। पिता की ऐयाशी, औरत की त्रासदी, किसानों के दमन–शोषण के प्रति उनके अन्दर बग़ावत तथा वितृष्णा का भाव जगा और शायद यहीं से उनके अन्दर शायरी का बीज भी पड़ा जो धीरे–धीरे फूटकर मुखर हुआ।

साहिर कोई वंशानुगत शायर नहीं थे। उनके ख़ानदान में दूर–दूर तक किसी शायर का पता नहीं मिलता। न तो पिता के ख़ानदान में और न ही माँ की तरफ़। बल्कि हालात से उपजी त्रासदी की वजह ने उनके अन्दर फूटी शायरी की कोंपल को परवान चढ़ाया और उनके उस्ताद फ़ैयाज़ हरयाणवी ने। स्कूल के ज़माने से ही उनका शायरी की ओर रुझान बढ़ा। फलस्वरूप उन्हें उर्दू और फ़ारसी की सैकड़ों नज़्में और ग़ज़लें याद थीं जिन्हें वे अपने सहपाठियों को सुनाया करते थे जिनमें ज़्यादातर मीर, ग़ालिब, मिर्ज़ा मुहम्मद रफ़ी सौदा, इक़बाल की शायरी हुआ करती थी। और पन्द्रह–सोलह साल की उम्र में वे ख़ुद शायरी लिखने लगे। अपनी ख़ुदकलामी को वे दोस्तों को सुनाते, इससे उन्हें बेहद सन्तुष्टि मिलती। और गवर्मेंट कॉलेज, लुधियाना में अध्ययन के समय कॉलेज की मैगज़ीन में उनकी रचनाएँ प्रकाशित होने लगीं और दोस्त–अहबाब उन्हें शायर के रूप में जानने लगे थे। यही वह समय था जब वे आज़ादी तथा समाजवाद के लिए छिड़े देशव्यापी युवा आन्दोलन में दिलचस्पी के कारण कम्युनिस्ट पार्टी, स्टुडेंट फ़ेडरेशन तथा प्रगतिशील लेखक संघ में शामिल हो गए। इसके साथ ही वे अक्सर कॉलेज के फ़ंक्शन तथा लुधियाना में होने वाले मुशायरे वग़ैरह में भी हिस्सा लेने लगे और इसी बीच किसी के साथ उनके प्रेम के चर्चे हुए और कॉलेज के अंग्रेज़ प्रिंसिपल द्वारा वे कॉलेज से निकाल दिए गए।

उसके बाद दयालसिंह कॉलेज लाहौर में दाख़िला लिया पर वहाँ उनका जी नहीं लगा। फिर उन्होंने इस्लामिया कॉलेज लाहौर से पढ़ाई की और मुशायरों में भाग लेते रहे। रचनाएँ लिखते रहे।

लगातार कॉलेज बदलते रहने में वे ग्रेजुएशन नहीं कर पाए, पर उनका लेखन चलता रहा और वे सभा–सोसाइटी तथा लुधियाना के मुशायरों में भी शायर की हैसियत से भाग लेने लगे। उस समय लुधियाना छोटा–सा शहर था। वहाँ सिखों और हिन्दुओं की तुलना में मुसलमानों की तादाद कम थी। वहाँ ज़्यादातर लोगों की भाषा पंजाबी थी जो उस वक़्त फ़ारसी लिपि में लिखी जाती थी। साहिर की मातृभाषा पंजाबी थी और गुरुवाणी उन्हें कंठस्थ थी तथा

पंजाबी और उर्दू साहित्य के रंग में भी वे दिनोंदिन डूबते जा रहे थे। उनके दोस्तों में अधिकांश सिख और हिन्दू थे। उसी दौरान उन्होंने 'ताजमहल' नज़्म लिखी जिसने उन्हें प्रसिद्धि के शिखर पर ला खड़ा किया। इस नज़्म को उन्होंने पहली बार अमृतसर के एक मुशायरे में पढ़ा और श्रोताओं पर जादू-सा छा गया, फिर तो उनके बिना कोई भी मुशायरा अधूरा माना जाने लगा था। जिस मुशायरे में वे जाते, सारे शायरों पर भारी पड़ते। उनकी लोकप्रियता में उनकी कविताओं 'जागीर', 'नूरजहाँ के मज़ार पर', 'बंगाल का अकाल' और 'चकले' का भी बेहद योगदान रहा।

इसी बीच 1945 में उनका पहला काव्य संग्रह 'तल्खियाँ' लाहौर से प्रकाशित हुआ। और इस पहले काव्य संग्रह ने ही उनको पंजाबी और उर्दू साहित्य जगत में बेहद मशहूर कर दिया और उनकी अलग पहचान भी बनी। इसी बीच उन्होंने 'सामराज' और 'कार्ल मार्क्स' नामक दो किताबों का अंग्रेजी से उर्दू में अनुवाद भी किया। और तरक़्क़ी पसंद तहरीक (प्रगतिशील आन्दोलन) के रहनुमाओं में शरीक हो गए। 1945 में ही 'तल्ख़ियाँ' के प्रकाशन के बाद उन्हें पत्रिका 'अदबे-लतीफ़' और 'शाहकार' के सम्पादन का कार्य सँभालने का मौक़ा मिला। यह ऐसा समय था जिसमें दिल्ली, हैदराबाद, लखनऊ, इलाहाबाद उर्दू साहित्य से सम्बन्ध रखने वाले केन्द्र अपने ढलान पर थे और लाहौर उर्दू सहित्य का केन्द्र बन गया था। थियेटर, संगीत तथा फ़िल्म निर्माण में भी वह प्रसिद्धि हासिल कर चुका था।

1955 में उनका दूसरा काव्य संग्रह 'परछाइयाँ' प्रकाशित हुआ जिसकी भूमिका अली सरदार जाफ़री ने लिखी थी। यह लम्बी कविता तीसरे विश्वयुद्ध की आशंका और डर के साये को दर्शाती है। इसकी भावभूमि तथा शिल्प के सम्बन्ध में भूमिका में अपना ख़याल व्यक्त करते हुए उर्दू के मशहूर शायर अली सरदार जाफ़री लिखते हैं—हर दो तस्वीर के बीच एक तख़य्युली जस्त है जिसे पढ़ने वाला शायर के साथ शरीक हो जाता है और तस्वीरों का यह सिलसिला कामयाब मुहब्बत के दिलकश लम्हों तक पहुँचकर समाप्त हो जाता है। फिर छन्द के बदलते ही एक नए दृश्य का आरम्भ होता है जो आस-पास की ज़िन्दगी, जंग, भुखमरी, ग़रीबी और अभाव के सैलाब में डूब जाती है। आम ज़िन्दगी की तस्वीर जो सैलाब की-सी कैफ़ीयत के साथ उभरती है तो मुख्य किरदार यानी लुटे हुए फ़नकार की महबूबा की दर्दनाक तस्वीर का

सिलसिला शुरू हो जाता है और कविता का पहला छन्द फिर वापस आ जाता है तथा कल्पनाओं की परछाइयाँ भयानक होकर दिमाग़ के पर्दे से गुज़रने लगती हैं, फिर उस मंज़िल पर पहुँचकर समाप्त होती हैं जहाँ कोई किसी का नहीं, सभी अकेले हैं। भूमिका के आख़िर में अली सरदार जाफ़री कविता पर टिप्पणी करते हुए कहते हैं—"साहिर लुधियानवी ने इस कविता के ज़रीये उर्दू की लम्बी कविता और अम्ने-आलम (विश्व शान्ति) के साहित्य में एक ख़ूबसूरत इज़ाफ़ा है।"

साहिर ऐसे शायर थे जो साहित्यिक जगत में ख्याति मिलने के बाद फ़िल्म जगत में गीतकार की हैसियत से आमंत्रित किए गए थे। उनकी रचनाओं में नए रंग की चुस्त भाषा, स्त्री-पराधीनता के विरुद्ध बुलन्द नज़रीया, प्रकृति और मौसमों की बदलती छवियों के चितेरे की हैसियत से लिखी गई उनकी नज़्मों में रोमांस, प्यार, लोकशैली की सादगी, राजनीतिक-वैचारिक पृष्ठभूमि के साथ हक़ीक़त बयानी में साफ़गोई की विशेषता ही उनके फ़िल्म जगत में आमंत्रण की वजह थी। 1945 में 'आज़ादी की राह पर' नामक फ़िल्म जिसके अभिनेता पृथ्वीराज कपूर थे, के लिए उन्होंने गीत लिखा। वह फ़िल्म अभी रिलीज़ भी नहीं हुई थी कि 15 अगस्त, 1947 को देश आज़ाद हो गया और देश का बँटवारा भी तथा इसी के साथ चारों तरफ़ जातीय हिंसा छिड़ गई। उस समय साहिर की माँ दिल्ली में थीं। वे सीधे दिल्ली पहुँचे और उस भयंकर नरसंहार व तबाही के बीच माँ को ढूँढते रहे। पता चला, उनकी माँ को पहले रिफ़्यूजी कैम्प में भेजा गया था, उसके बाद में लाहौर भेजे जाने वाली टोली में शामिल कर उन्हें पाकिस्तान भेज दिया गया था।

अक्तूबर 1947 में साहिर माँ से मिलने लाहौर गए और दोस्तों के दबाव में लगभग डेढ़ वर्ष वहीं रह गए। उस बीच उन्होंने लाहौर की मशहूर उर्दू पत्रिका 'सवेरा' के सम्पादन का कार्य सँभाला, लेकिन उनका जी वहाँ नहीं लग रहा था। एक ही मज़हब के लोग, फ़िरक़वाराना माहौल की वजह से उन्हें लाहौर बिल्कुल पराया शहर लग रहा था। वहाँ न तो क़लम की आज़ादी थी और 'सवेरा' में शाहे-वक़्त के ख़िलाफ़ लिखी उनकी टिप्पणी के कारण उनकी गिरफ़्तारी का वारंट जारी हो गया। वेश बदलकर वे वहाँ से भागे और दिल्ली में प्रकाश पंडित के घर पहुँचे। दिल्ली में उन्हें 'शाहराह' और 'प्रीतलड़ी' के सम्पादन का कार्य मिल गया, लेकिन आर्थिक तंगी बनी रही। एक वर्ष

दिल्ली में रहने के बाद पुनः मुम्बई पहुँचे। परन्तु मुम्बई आने के बाद भी फ़िल्मी दुनिया में पाँव जमाना आसान नहीं था। साहिर को काफ़ी संघर्ष करना पड़ा। आरम्भ में उन्हें कृशन चन्दर के बरामदे में सोना पड़ा था। फिर कृशन चन्दर और प्रेम धवन के सहयोग से उन्हें 'नौजवान' (1951) फ़िल्म के गीत लिखने का मौक़ा मिला। इस फ़िल्म के संगीतकार एस.डी. बर्मन थे। साहिर का गीत 'ठंडी हवाएँ लहरा के आएँ' बेहद हिट हुआ और इसके बाद गुरुदत और एस.डी. बर्मन ने साहिर को अपनी आने वाली फ़िल्म के लिए भी गीत लिखने का निमंत्रण दिया।

फ़िल्मी दुनिया में जम जाने के बाद 1960 में उनका तीसरा संग्रह 'गाता जाए बंजारा' तथा 1973 में 'आओ कि कोई ख़्वाब बुनें' प्रकाशित हुआ। एस.डी. बर्मन और साहिर की जोड़ी ने बाज़ी, सज़ा, अरमान, टैक्सी ड्राइवर, हाउस नं. 44, मुनीम जी तथा 1957 में प्यासा फ़िल्म तक आते-आते हिट गीतों के कारण ऐसी लोकप्रियता हासिल कर ली कि पूरे देश में अदबी शायर और गीतकार के रूप में एकमेक हो गए। इस अपार लोकप्रियता के बाद कुछ ग़लतफ़हमियों की वजह से एस.डी. बर्मन और साहिर फिर एक साथ नहीं आए। उसके बाद उनकी हिट जोड़ी बनी संगीतकार ख़य्याम के साथ। 1960 में 'फिर सुबह होगी' के सारे गीत बेहद हिट हुए तथा ख़य्याम और उनकी जोड़ी को काफ़ी सराहा गया। 1964 में 'शगुन' में फिर इस जोड़ी को बेहद लोकप्रियता मिली। शगुन फ़िल्म के गाने—'पर्वतों के पेड़ों पर शाम का बसेरा है...', 'तुम चली जाओगी परछाइयाँ रह जाएँगी', 'ज़िन्दगी ज़ुल्म सही जब्र सही ग़म ही सही' तथा 'बुझा दिए हैं ख़ुद अपने हाथों मुहब्बतों के दीये जला के' बेहद कर्णप्रिय तथा लोकप्रिय हुए। इसके बाद यह जोड़ी 1974 तक 'कभी-कभी' में आई। 1950 से 1980 तक वे फ़िल्मी जगत में छाए रहे। और लगभग 113 फ़िल्मों में उन्होंने यादगार तथा बेमिसाल गीत लिखे।

1974 में उनकी माँ का स्वर्गवास हो गया और वे बिल्कुल तन्हा रह गए। माँ के गुज़र जाने के सदमे से वे मायूस रहने लगे और उन्हें दिल की बीमारी हो गई। और 25 अक्तूबर, 1980 को दिल के दौरे ने उनके चाहने वालों से उन्हें छीन लिया, लेकिन उनकी रचनाएँ कालजयी हैं।

साहिर के बारे में निदा फ़ाज़ली लिखते हैं कि अतीत की कड़ुवाहटों ने उन्हें सैडिस्ट बना दिया था। किसी को मुँह पर ही वे भला-बुरा कहने लगे

थे। वे यह फ़न भी बख़ूबी जानते थे कि दूसरों के ज़ेह्न में किस तरह ज़िन्दा रहा जाता है।

अतीत की यादों से पीछा छुड़ाने का ही यह परिणाम लगता है कि 1937 में मैट्रिक की परीक्षा के बाद उन्होंने अपना नाम अब्दुल हई की जगह साहिर लुधियानवी रखा। साहिर उपनाम भी उन्होंने इक़बाल के इस शे'र से प्रभावित होकर रखा था—

इस चमन में होंगे पैदा बुलबुले-शीराज़ भी
सैकड़ों साहिर भी होंगे साहिबे-एजाज़ भी

ऐसा माना जाता है कि साहिर की ज़िन्दगी में चार औरतें आईं—अमृता प्रीतम, सुधा मलहोत्रा, महेन्द्र कौर और ईश्वर कौर। इनमें से दो हिन्दू और दो सिक्ख थीं। इनके साथ साहिर के प्रेम-प्रसंगों के क़िस्से गप्प-गोष्ठियों में ख़ूब रस ले-लेकर सुनाए जाते रहे पर किसी के साथ उनका प्रेम-प्रसंग अन्जाम तक नहीं पहुँचा। ऐसा कहा जाता है कि साहिर नास्तिक थे और मुसलमान, इसलिए उनका प्रेम विवाह में परिणत न हो सका किसी के साथ। साहिर के माहौल और उनकी जीवनगत स्थितियों से यह तस्वीर ख़ुद-ब-ख़ुद उभरकर आती है। उनकी शायरी के अदबी हुस्न ने फ़िल्मी गीतों को एक नया निखार और रानाई बख़्शी। अपने फ़िल्मी गीतों की बदौलत उन्हें आपार इज़्ज़त, शुहरत और दौलत हासिल हुई पर उनका यह भी दुर्भाग्य रहा कि आलोचकों ने उन पर तवज्जुह नहीं दी। जबकि रोमांस और इन्क़िलाब उस दौर की शायरी के प्रिय विषय रहे और उसे नित नए रंग और आहंग से प्रस्तुत करने में फ़ैज़ और साहिर सबसे ज़्यादा सफल हैं।

साहिर लुधियानवी की समग्र रचनाओं के लिप्यन्तरण का गुरुतर कार्य का भार मुझे राजकमल प्रकाशन समूह के निदेशक श्री अशोक महेश्वरी ने सौंपा और उनका यह सुझाव भी था कि गीतों के साथ फ़िल्मों के नाम तथा वर्ष भी दर्ज हो सकें तो ज़्यादा अच्छा होगा। पर साहिर की समग्र रचनाओं का संचयन आसान नहीं था। उनका जो भी संकलन सामने आया आधा-अधूरा ही था। संकलन में शामिल कुछ गीत भी आधे-अधूरे थे। किसी में फ़िल्मों की तादाद की जानकारी अधूरी थी। उनकी समग्र रचनाओं का संचयन बड़ा कठिन कार्य था। उससे भी कठिन था गीतों के साथ फ़िल्मों के नाम व वर्ष दर्ज करना। सम्पूर्णता की तलाश ने बहुत समय लिया और यह कठिन कार्य पूर्ण हुआ।

इसमें मेरे पति श्री जगदीश प्रसाद का बड़ा योगदान रहा। उनके गीतों का सही रूप इसलिए भी ज़रूरी था क्योंकि अधिकांश गीत बेहद स्तरीय हैं साहित्य व शिल्प की दृष्टि से। उनके भक्ति गीत अपना सानी नहीं रखते हैं।

आज यह कुल्लियाते-साहिर (साहिर समग्र) अपनी समग्रता के साथ किताब की शक्ल में आपके सामने है। इसका संचयन, सम्पादन व लिप्यांतरण मेरे पति जगदीश प्रसाद, मेरे स्नेही पाठकों तथा श्री अशोक महेश्वरी के विश्वास से ही संभव हो सका है। यह सब होने में मेरी प्यारी बेटी रिया के प्यार का भी योगदान है। उसे अब इसे प्रकाशित होते देख खुशी होगी।

—आशा प्रभात

'साहिर समग्र' में साहिर लुधियानवी की सम्पूर्ण रचनाओं को शामिल करने की कोशिश की गई है। फिर भी कुछ महत्त्वपूर्ण रचनाएँ छूट गई हैं, विशेष रूप से फ़िल्मी गीत। छूटी हुई रचनाओं को तलाशने और एकत्र करने का प्रयास जारी है। अगले संस्करण में उन्हें भी शामिल कर लिया जाएगा।

—प्रकाशक

फ़ेहरिस्त

पहला खंड

तल्ख़ियाँ

दूसरा खंड
परछाइयाँ

तीसरा खंड
आओ कि कोई ख़्वाब बुनें

चौथा खंड

गाता जाए बंजारा

पहला खंड

तल्ख़ियाँ

कोरे काग़ज़ की दास्तान

25-26 की दरमियानी रात दो बजे के क़रीब एक फ़ोन आया कि साहिर नहीं रहे, तो पूरे बीस दिन पहले की वो रात उस शब में मिल गई जब मैं बुल्गारिया में थी। डॉक्टरों ने कहा, तुम्हारे दिल की हालत तश्वीनाशक है। उस रात मैंने नज़्म कही—

आज मैं अपने दिल दरिया विच अपने फूल परवाहे

और अचानक मैं अपने हाथों की तरफ़ देखने लग गई कि इन हाथों ने दिल के दरिया में तो अपनी हड्डियाँ बहाई थीं, फिर ये हड्डियाँ कैसे तब्दील हो गईं? ये फ़रेब हाथों ने खाया था या मौत ने?

वक़्त सामने आ गया, जब दिल्ली में पहली एशियन राइटर्स कॉन्फ़्रेंस हुई थी। शायरों और अदीबों की उनके नामों में डेलीगेट 'बैज' दिए गए, जो सबने अपने कोटों पर लगा रखे थे। साहिर ने अपने कोट पर मेरे नाम वाला 'बैज' लगा लिया था और अपने नाम का 'बैज' अपने कोट से उतारकर मेरे कोट पर लगा दिया था। उस वक़्त किसी की नज़र पड़ी और उसने कहा, हमने ग़लत 'बैज' लगा रखे हैं। साहिर हँस दिया था कि 'बैज' देने वालों से ग़लती हुई होगी, लेकिन उस ग़लती को हमने दुरुस्त करना था, न किया। अब बरसों बाद जब रात के दो बजे ख़बर सुनी कि साहिर नहीं रहे तो लगा जैसे मौत ने अपना फ़ैसला उस 'बैज' को पढ़कर किया जो मेरे नाम वाला था और साहिर के कोट पर लगा हुआ था।

मेरी और साहिर की दोस्ती में कभी भी अल्फ़ाज़ हाइल नहीं हुए। ये दो ख़ामोशियों का एक हसीं रिश्ता था।

मैंने उसके लिए जो नज़्में कही थीं, उस मजमुअए-कलाम को साहित्य अकादमी एवार्ड मिला। प्रेस रिपोर्टर मेरी तस्वीरें लेने लगे। मैंने उस वक़्त महसूस किया कि मैं काग़ज़ पर कुछ लिख रही हूँ। फ़ोटोग्राफ़र जब तस्वीर

लेकर चले गए तो काग़ज़ उठाकर देखा तो उस पर बार-बार सिर्फ़ एक लफ़्ज़ लिखा गया था—साहिर...साहिर... साहिर...

अपने इस दीवानगी के आलम पर बाद में घबराहट हुई कि सुबह जब अख़बार में तस्वीर छपेगी और तस्वीर वाले काग़ज़ पर से ये नाम भी पढ़ा जाएगा तो कैसी क़यामत आएगी? लेकिन क़यामत नहीं आई। तस्वीर छपी तो काग़ज़ बिल्कुल कोरा दिखाई दे रहा था।

ये अलग बात है कि बाद-अज़ाँ ये हसरत रही कि ख़ुदाया ये काग़ज़ जो ख़ाली दिखाई दे रहा था, ये ख़ाली काग़ज़ नहीं था। शायद यही कोरे काग़ज़ का रिश्ता था कि आज से तीस बरस पहले जब 'तल्ख़ियाँ' का एक नया एडिशन शाए ही रहा था तो साहिर ने मुझे उसका दीबाचा (भूमिका) लिखने के लिए कहा था, मगर मेरे एहसासात मेरी तरह ख़ामोश रहे। न जाने कोरे काग़ज़ की ये कैसी ज़िद थी कि 'तल्ख़ियाँ' का दीबाचा नहीं लिख पाई।

कोरे काग़ज़ की आबरू आज भी उसी तरह है। मैंने अपनी सवानेह-उम्री (जीवनी) 'रसीदी टिकट' में अपने मुआशक़े की दास्तान लिखी थी। साहिर ने पढ़ी थी, लेकिन उसके बाद किसी भी मुलाक़ात में 'रसीदी टिकट' का ज़िक्र न मेरी ज़बान पर आया न साहिर की ज़बान पर।

आज जब साहिर दुनिया में नहीं और 'तल्ख़ियाँ' का एक नया एडिशन छप रहा है तो इसके पब्लिशर ने चाहा कि इसका दीबाचा लिख दूँ। नज़्मों के बारे में कुछ नहीं कहूँगी, क्योंकि साहिर की शायरी का मुक़ाम लोगों की रूह और तारीख़ की रगों का हिस्सा बन चुका है।

मुझ पर साहिर का क़र्ज़ था। उस दिन से जब उसने अपने मज्मूअए-कलाम पर दीबाचा लिखने को कहा और मुझसे लिखा नहीं गया, आज वही क़र्ज़ उतार रही हूँ। उसके जाने के बाद देर हो गई, ख़ुदाया बहुत देर हो गई!

मुझे याद है, एक मुशायरे में कुछ लोग साहिर से ऑटोग्राफ़ ले रहे थे, जब लोग चले गए और मैं अकेली उसके पास खड़ी रह गई तो हँसते हुए मैंने अपनी हथेली उसके सामने बढ़ा दी, कोरे काग़ज़ की तरह और उसने मेरी हथेली पर अपना नाम लिख दिया और कहा, "ये ब्लेंक चैक पर मेरे दस्तख़त है? जो रक़म चाहो लिख लेना और जब चाहो कैश करवा लेना।" चाहे वो काग़ज़ मांस की हथेली थी, लेकिन उसने कोरे काग़ज़ का नसीब पाया था, इसलिए कोई हर्फ़ उस पर नहीं लिखा जा सकता था।

हर्फ़ तो आज भी मेरे पास नहीं थे तो महज़ कोरे काग़ज़ की दास्तान है। इस दास्तान की इब्तिदा भी ख़ामोश थी और सारी उम्र उसकी इन्तिहा भी ख़ामोश रही। आज से चालीस बरस पहले जब लाहौर में साहिर मुझसे मिलने आया था, आकर चुपचाप सिगरेट पीता रहा। राखदानी जब सिगरेट के टुकड़ों से भर जाती थी तो वह चला जाता और उसके जाने के बाद मैं अकेली सिगरेट के उन टुकड़ों को जलाकर पीती थी। मेरे और उसके सिगरेट का धुआँ सिर्फ़ हवा में मिलता था। साँसें भी हवा में मिलती रहीं और नज़्मों के लफ़्ज़ भी हवा में।

सोच रही हूँ हवा कोई भी फ़ासला तय कर सकती है। वह पहले भी शहरों का फ़ासला तय करती थी, अब उस दुनिया का फ़ासला भी ज़रूर तय कर लेगी।

—अमृता प्रीतम

दुनिया ने तज्रबातो-हवादिस[1] की शक्ल में
जो कुछ मुझे दिया है, वो लौटा रहा हूँ मैं

1. अनुभवों और दुर्घटनाओं।

रद्दे-अमल[1]

चन्द कलिया निशात[2] की चुनकर
मुद्दतों महवे-यास[3] रहता हूँ
तेरा मिलना ख़ुशी की बात सही
तुझ से मिलकर उदास रहता हूँ

एक मंज़र[4]

उफ़ुक़[5] केदरीचे से किरनों ने झाँका
फ़िज़ा तन गई रास्ते मुस्कुराये

सिमटने लगी नर्म कुहरे की चादर
जवाँ शाख़सारों[6] ने घूँघट उठाये

परिन्दों की आवाज़ से खेत चौंके
पुरअसरार[7] लय में रहट गुनगुनाये

हसीं शबनम-आलूद[8] पगडंडियों से
लिपटने लगे सब्ज़ पेड़ों के साये

वो दूर एक टीले पे आँचल-सा झलका
तसव्वुर[9] में लाखों दीये झिलमिलाये

---

1. प्रतिक्रिया, 2. आनन्द, 3. निराशा में डूबा हुआ, 4. एक दृश्य, 5. क्षितिज, 6. जवान डालियों, 7. रहस्यमय, 8. ओस में भीगी, 9. कल्पना।

एक वाक़िआ[1]

अँधियारी रात के आँगन में ये सुबह के क़दमों की आहट
ये भीगी-भीगी सर्द हवा ये हल्की-हल्की धुँधलाहट

गाड़ी में हूँ तन्हा महवे-सफ़र[2] और नींद नहीं है आँखों में
भूले-बिसरे अरमानों के ख़्वाबों की ज़मीं है आँखों में

अगले दिन हाथ हिलाते हैं, पिछली पीतें याद आती हैं
गुमगश्ता[3] ख़ुशियाँ आँखों में आँसू बनकर लहराती हैं

सीने के वीराँ[4] गोशों[5] में इक टीस-सी करवट लेती है
नाकाम उमंगें रोती हैं उम्मीद सहारे देती है

वे राहें ज़ेहन में घूमती हैं जिन राहों से आज आया हूँ
कितनी उम्मीद से पहुँचा था कितनी मायूसी लाया हूँ

यकसूई[6]

अह्दे-गुमगश्ता[7] की तस्वीर दिखाती क्यों हो ?
एक आवारए-मंज़िल[8] को सताती क्यों हो ?
वो हसीं अह्द[9] जो शर्मिंदए-ईफ़ा न हुआ[10]
उस हसीं अह्द का मफ़्हूम[11] जताती क्यों हो ?
ज़िन्दगी शोलए-बेबाक[12] बना लो अपनी
ख़ुद को ख़ाकिस्तरे-ख़ामोश[13] बनाती क्यों हो ?
मैं तसव्वुफ़[14] के मराहिल[15] का नहीं हूँ क़ाइल[16]
मेरी तस्वीर पे तुम फूल चढ़ाती क्यों हो ?
कौन कहता है कि आहें हैं मसाइब[17] का इलाज
जान को अपनी अबस[18] रोग लगाती क्यों हो ?

---

1. घटना, 2. यात्रा में मग्न, 3. खोई हुई, 4. वीरान का लघु, 5. कोनों, 6. एकाग्रता, 7. खोया हुआ ज़माना, 8. जिसका किसी एक स्थान पर ठिकाना न हो, 9. वचन, 10. वह वचन जिसका पालन न हुआ, 11. अर्थ, 12. निर्भय अग्निज्वाला, 13. बुझी हुई राख, 14. सांसारिक विषयों से विरक्ति, 15. कठिन मंज़िलों, 16. माननेवाला, 17. मुसीबतों, 18. व्यर्थ।

एक सरकश[1] से मुहब्बत की तमन्ना रखकर
ख़ुद को आईन[2] के फंदे में फँसाती क्यों हो?
मैं समझता हूँ तक़द्दुस[3] को तमद्दुन[4] का फ़रेब[5]
तुम रुसूमात[6] को ईमान बनाती क्यों हो?
जब तुम्हें मुझसे ज़ियादा है ज़माने का ख़याल
फिर मेरी याद में यूँ अश्क[7] बहाती क्यों हो?

तुममें हिम्मत है तो दुनिया से बग़ावत कर दो
वर्ना माँ-बाप जहाँ कहते हैं शादी कर लो

ग़ज़ल

मुहब्बत तर्क[8] की मैंने, गिरेबाँ सी लिया मैंने
ज़माने अब तो ख़ुश हो, ज़ह्र यह भी पी लिया मैंने

अभी ज़िन्दा हूँ लेकिन सोचता रहता हूँ ख़ल्वत[9] में
कि अब तक किस तमन्ना के सहारे जी लिया मैंने

उन्हें अपना नहीं सकता इतना भी क्या कम है
कि कुछ मुद्दत हसीं ख़यालों में खोकर जी लिया मैंने

बस अब तो दामने-दिल छोड़ दो बीमार उम्मीदो
बहुत दुख सह लिये मैंने बहुत दिन जी लिया मैंने

शहकार[10]

मसव्विर[11]! मैं तेरा शहकार वापस करने आया हूँ

अब इन रंगीन रुख़सारों[12] में थोड़ी ज़र्दियाँ[13] भर दे
हिजाब-आलूद[14] नज़रों में ज़रा बेबाकियाँ[15] भर दे

---

1. विद्रोही, 2. विधान, 3. पवित्रता, 4. संस्कृति, 5. धोखा, 6. संस्कारों, 7. आँसू, 8. छोड़ना, 9. एकान्त, 10. शाहकार का लघु, सर्वोत्तम कृति, 11. चित्रकार, 12. गालों, कपोलों, 13. पीलापन, 14. शर्मीली, 15. निर्भयता।

लबों की भीगी-भीगी सलवटों को मुज़्महिल[1] कर दे
नुमायाँ[2] रंगे-पेशानी पे[3] अक्से-सोज़े-दिल[4] कर दे

तबस्सुम-आफ़रीं चेहरे में[5] कुछ संजीदापन[6] भर दे
जवाँ सीने की मख़रूती उठानें[7] सरनिगूँ[8] कर दे

घने बालों को कम कर दे मगर रख़्शिंदगी[9] दे दे
नज़र से तम्कनत[10] लेकर मज़ाक़े-आजिज़ी[11] दे दे

मगर हाँ बेंच के बदले इसे सोफ़े पे बिठला दे
यहाँ मेरी बजाय इक चमकती कार दिखला दे

नज़्रे-कॉलेज[12]

(लुधियाना गवर्नमेंट कॉलेज द्वारा 1943)

ऐ सरज़मीने-पाक के[13] याराने-नेक नाम[14]
बा-सद ख़ुलूस[15] शायरे-आवारा का सलाम
ऐ वादिए-जमील[16], मेरे दिल की धड़कनें
आदाब कह रही हैं तेरी बारगाह[17] में
तू आज भी है मेरे लिए जन्नते-ख़याल[18]
हैं तुझ में दफ़्न मेरी जवानी के चार साल
कुम्हलाए है यहाँ पे मेरी ज़िन्दगी के फूल
इन रास्तों में दफ़्न हैं मेरी ख़ुशी के फूल

तेरी नवाज़िशों[19] को भुलाया न जाएगा
माज़ी[20] का नक़्श दिल से मिटाया न जाएगा
तेरी निशात-ख़ेज़[21] फ़ज़ाए-जवाँ की[22] ख़ैर
गुलहाए-रंगो-बू के[23] हसीं कारवाँ की ख़ैर

---

1. शिथिल, 2. स्पष्ट, 3. माथे का रंग, 4. दिल की जलन की छाया, 5. मुस्कराते रहनेवाले चेहरे में, 6. गम्भीरता, 7. शुंडाकार छातियाँ, 8. झुका दे, 9. चमक, 10. गर्व, 11. विनम्रता, 12. कॉलेज की भेंट, 13. पवित्र धरती के, 14. कीर्तिमान मित्र, 15. बहुत स्नेह से, 16. सुन्दर घाटी, 17. दरबार, 18. स्मृति का स्वर्ग, 19. कृपा, 20. अतीत, 21. आनन्दवर्द्धक, 22. रूपवान वातावरण में, 23. सुगन्धित फूलों के।

दौरे-ख़िज़ाँ में[1] भी तेरी कलियाँ खिली रहें
ता-हश्र ये हसीन फ़ज़ाएँ बसी रहें
हम एक ख़ार[2] थे जो चमन से निकल गए
नंगे-वतन[3] थे हद्दे-वतन[4] से निकल गए

गाये हैं इस फ़ज़ा में वफ़ाओं के राग भी
नग़्माते-आतशीं[5] से बिखेरी है आग भी
सरकश[6] बने हैं, गीत बग़ावत के गाये हैं
बरसों नये निज़ाम[7] के नक़्शे बनाये हैं

नग़्मा[8] निशाते-रूह[9] का गाया है बारहा
गीतों में आँसुओं को छुपाया है बारहा
मासूमियों के जुर्म में बदनाम भी हुए
तेरे तुफ़ैल[10] मौरिदे-इल्ज़ाम[11] भी हुए

इस सरज़मीं पे आज हम इक बार ही सही
दुनिया हमारे नाम से बेज़ार ही सही
लेकिन हम इन फ़ज़ाओं के पाले हुए तो हैं
गर याँ नहीं तो याँ से निकाले हुए तो हैं

ग़ज़ल

देखा तो था यूँ ही किसी ग़फ़लत-शिआर[12] ने
दीवाना कर दिया दिले-बेइख़्तियार[13] ने

ऐ आरज़ू के धुँदले ख़राबों[14]! जवाब दो
फिर किस की याद आई थी मुझको पुकारने

तुझको ख़बर नहीं, मगर इक सादा लौह[15] को
बर्बाद कर दिया तेरे दो दिन के प्यार ने

1. पतझड़ के मौसम में, 2. काँटा, 3. देश के लिए निन्दा का कारण, 4. देश की सीमा, 5. ज्वलंत गीतों, 6. विद्रोही, 7. व्यवस्था, 8. गीत, 9. आत्मा का आनन्द, 10 कारण, 11. दोष के योग्य, 12. जिसका स्वभाव उपेक्षा का हो, 13. वह मन जिस पर अपना अधिकार न हो, 14. निर्जन स्थान, 15. भोला-भाला।

मैं और तुमसे तर्के-मुहब्बत[1] की आरज़ू
दीवाना कर दिया है ग़मे-रोज़गार[2] ने

अब ऐ दिले-तबाह तेरा क्या ख़याल है
हम तो चले थे काकुले-गेती[3] सँवारने

मा'ज़ूरी[4]

ख़ल्वतो-जल्वत[5] में तुम मुझसे मिली हो बारहा[6]
तुमने क्या देखा नहीं, मैं मुस्कुरा सकता नहीं

मैं कि मायूसी मेरी फ़ितरत[7] मैं दाख़िल हो चुकी
जब्र[8] भी ख़ुद पर करूँ तो गुनगुना सकता नहीं

मुझ में क्या देखा कि तुम उल्फ़त का दम भरने लगीं
मैं तो ख़ुद अपने भी कोई काम आ सकता नहीं

रूह-अफ़्ज़ा[9] हैं जुनूने-इश्क़[10] के नग़मे[11] मगर
अब मैं उन गाये हुए गीतों को गा सकता नहीं

मैंने देखा है शिकस्ते-साज़े-उल्फ़त[12] का समाँ[13]
अब किसी तह्रीक[14] पर बर्बत[15] उठा सकता नहीं

दिल तुम्हारी शिद्दत-एह्सास[16] से वाक़िफ़ तो है
अपने एह्सासात से दामन छुड़ा सकता नहीं

तुम मेरी होकर भी बेगाना ही पाओगी मुझे
मैं तुम्हारा हो के भी तुम में समा सकता नहीं

गाये हैं मैंने ख़ुलूसे-दिल[17] से जो उल्फ़त के गीत
अब रियाकारी[18] से भी चाहूँ तो गा सकता नहीं

---

1. प्रेम त्याग, 2. सांसारिक दुख, 3. संसार के बाल, 4. विवशता, 5. एकान्त और भीड़, 6. प्राय:, 7. स्वभाव, 8. अन्याय, 9. जीवन बढ़ानेवाला, 10. प्रेम का उन्माद, 11. गीत, 12. प्रेम के साज़ (बाना) का टूटना, 13. दृश्य, 14. प्रेरणा, 15. एक बाजा जो सितार जैसा होता है, 16. अनुभूति की प्रबलता, 17. निश्छलता, 18. ढोंग।

किस तरह तुमको बना लूँ मैं शरीके-ज़िन्दगी[1]
मैं तो अपनी ज़िन्दगी का बार[2] उठा सकता नहीं

यास[3] की तारीकियों[4] में डूब जाने दो मुझे
अब मैं शम्ए-आरज़ू[5] की लौ बढ़ा सकता नहीं

फिर न कीजे मेरी गुस्ताख़ निगाहों का गिला
देखिये आपने फिर प्यार से देखा मुझ को

ख़ाना-आबादी[6]

(एक दोस्त की शादी पर)

तराने गूँज उट्ठे हैं फ़ज़ा में शादियानों[7] के
हवा है इत्र-आगीं[8] ज़र्रा-ज़र्रा[9] मुस्कुराता है

मगर दूर एक अफ़्सुर्दा मकाँ[10] में सर्द बिस्तर पर
कोई दिल है कि हर आहट में यूँ ही चौंक जाता है

मेरी आँखों में आँसू आ गए नादीदा[11] आँखों के
मेरे दिल में कोई ग़मगीन नग़्मा सरसराता है

ये रस्ते इन्क़िताए-अह्दे-उल्फ़त[12], ये हयाते-नौ[13]
मुहब्बत रो रही है और तमद्दुन[14] मुस्कुराता है

ये शादी ख़ाना-आबादी हो मेरे मुह्तरम[15] भाई
मुबारक कह नहीं सकता मेरा दिल काँप जाता है

सरज़मीने-यास[16]

जीने से दिल बेज़ार है
हर साँस इक आज़ार[17] है

1. जीवन संगिनी, 2. भार, 3. निराशा, 4. अँधेरों, 5. कामना का दीप, 6. घर बसाना, विवाह, 7. खुशी के समय बजनेवाले बाजे, 8. इत्र में बसा हुआ, सुगंधित, 9. कण-कण, 10. उदास घर, 11. अनदेखी, 12. प्रेम वचन के टूटने की रस्म, 13. नया जीवन, 14. संस्कृति, 15. पूज्य, 16. निराशा की धरती, 17. रोग, मुसीबत।

कितनी हज़ीं[1] है ज़िन्दगी
अंदोहगीं[2] है ज़िन्दगी
वो बज़्मे-अहबाबे-सुख़न[3]
वो हम नवायाने-सुख़न[4]
आते हैं जिस दम याद अब
करते हैं दिल नाशाद[5] अब
गुज़री हुई रंगीनियाँ
खोयी हुई दिलचस्पियाँ
पहरों रुलाती हैं मुझे
अकसर सताती हैं मुझे
वो ज़मज़मे वो चहचहे
वो रूह-अफ़्ज़ा क़हक़हे
जब दिल को मौत आई न थी
यूँ बेहिसी छाई न थी
कॉलेज की रंगीं वादियाँ
वो दिलनशीं[6] आबादियाँ
वो नाज़नीनो - वतन
ज़ुह्रा - जबी नाने-वतन[7]
जिन में से इक रंगीं क़बा[8]
आतिश-नफ़्स[9] आतिश-नवा[10]

करके मुहब्बत-आशना[11]
रंगे - अक़ीदत - आशना[12]

मेरे दिले - नाकाम को
खूँगश्तए - आलाम[13] को
दाग़े-जुदाई दे गई
सारी ख़ुदाई ले गई

---

1. दुखी, 2. दुखी, 3. मित्रों की सभा, 4. समकालीन कवि, 5. मलिन, 6. दिल को भानेवाली, 7. देश की सुन्दरियाँ, 8. रंगीन वस्त्र वाली, 9. जिसकी साँस में आग हो, 10. जिसकी आवाज़ में आग हो, 11. प्रेम से परिचित, 12. श्रद्धा से परिचित, 13. दुखों से जो अधमरा हो।

उन साअतों[1] की याद में
उन राहतों[2] की याद में
मग़मूम[3]-सा रहता हूँ मैं
ग़म की कसक सहता हूँ मैं

सुनता हूँ जब अह्‌बाब[4] से
क़िस्से ग़मे-अय्याम[5] के
बेताब हो जाता हूँ मैं
आहों में खो जाता हूँ मैं
फिर वो अज़ीज़ो-अक़्रबा[6]
जो तोड़ कर अह्‌दे-वफ़ा[7]

अह्‌बाब से मुँह मोड़कर
दुनिया से रिश्ता तोड़ कर
हद्‌दे-उफ़ुक़[8] से उस तरफ़
रंगे-शफ़क़[9] से उस तरफ़
इक वादिए-ख़ामोश की
इक आलमे-बेहोश की
गहराइयों में सो गए
तारीकियों में खो गए
उनका तसव्वुर[10] नागहाँ
लेता है दिल में चुटकियाँ
और ख़ूँ रुलाता है मुझे
बेकल बनाता है मुझे
वो गाँव की हमजोलियाँ
मफ़्लूक[11] दहक़ाँ-ज़ादियाँ[12]
जो दस्ते-फ़र्ते-यास[13] से
और यूरिशे-इफ़लास से[14]

1. क्षणों, 2. सुखों, 3. दुखी, 4. मित्रों, 5. उन दिनों के दुख, 6. मित्र और सम्बन्धी, 7. प्रेम वचन, 8. क्षितिज की सीमा, 9. उषा का रंग, 10. कल्पना, 11. कंगाल, 12. किसानों की बेटियाँ, 13. निराशा की अधिकता से, 14. ग़रीबी की ज़्यादती से।

इस्मत[1] लुटाकर रह गईं
ख़ुद को गँवा कर रह गईं
ग़मगीं जवानी बन गईं
रुसवा[2] कहानी बन गईं
उनसे कभी गलियों में अब
होता हूँ मैं दो-चार जब
नज़रें झुका लेता हूँ मैं
ख़ुद को छुपा लेता हूँ मैं

कितनी हज़ीं है जिन्दगी
अन्दोहगीं है ज़िन्दगी

ग़ज़ल

ख़ुददारियों[3] के ख़ून को अरज़ाँ[4] न कर सके
हम अपने जौहरों[5] को नुमायाँ[6] न कर सके

होकर ख़राबे-मय[7] तेरे ग़म तो भुला दिये
लेकिन ग़मे-हयात का दरमाँ[8] न कर सकें

टूटा तिलिस्मे-अह्दे-मुहब्बत[9] कुछ इस तरह
फिर आरज़ू की शम्अ फ़ुरोज़ाँ[10] न कर सके

हर शै[11] क़रीब आके कशिश[12] अपनी खो गईं
वो भी इलाजे-शौक़े-गुरेज़ाँ[13] न कर सके

किस दर्जा दिल-शिकन[14] थे मुहब्बत के हादसे
हम ज़िन्दगी में फिर कोई अरमाँ न कर सके

मायूसियों ने छीन लिए दिल के वल्वले[15]
वो भी निशाते-रुह[16] का सामाँ न कर सके

---

1. सतीत्व, 2. बदनाम, 3. आत्मसम्मान, 4. सस्ता, 5. गुणों, 6. व्यक्त, 7. शराब में डूबकर, 8. इलाज, 9. प्रेम की प्रतिज्ञा का जादू, 10. प्रकाशमान, 11. वस्तु, 12. आकर्षण, 13. पलायन की अभिलाषा का इलाज, 14. दिल तोड़नेवाले, 15. उत्साह, 16. आत्मानंद।

शिकस्त

अपने सीने से लगाए हुए उम्मीद की लाश
मुद्दतों ज़ीस्त[1] को नाशाद[2] किया है मैंने
तूने तो एक ही सद्मे से किया था दो-चार
दिल को हर तरह से बर्बाद किया है मैंने
जब भी राहों में नज़र आए हरीरी मल्बूस[3]
सर्द आहों में तुझे याद किया है मैंने
और अब जब कि मेरी रुह की पह्नाई[4] में
एक सुनसान-सी मग़्मूम[5] घटा छाई है
तू दमकते हुए आरिज़[6] की शुआएँ[7] लेकर
गुलशुदा[8] शम्एँ जलाने को चली आई है
मेरी महबूब, ये हंगामए-तज्दीदे-वफ़ा[9]
मेरी अफ़्सुर्दा[10] जवानी के लिए रास नहीं
मैंने जो फूल चुने थे तेरे क़दमों के लिए
उनका धुंदला-सा तसव्वुर[11] भी मेरे पास नहीं
एक यख़बस्ता[12] उदासी है दिलो-जाँ पे महीत[13]
अब मेरी रुह में बाक़ी है न उम्मीद न जोश
रह गया दब के गिराँबार[14] सलासिल[15] के तले
मेरी दरमाँदा[16] जवानी की उमंगों का ख़ुरोश[17]
रेगज़ारों[18] में बगूलों के सिवा कुछ भी नहीं
सायए-अब्रे-गुरेज़ाँ[19] से मुझे क्या लेना
बुझ चुके हैं मेरे सीने में मुहब्बत के कँवल
अब तेरे हुस्ने-पशेमाँ[20] से मुझे क्या लेना
तेरे आरिज़ पे ये ढलके हुए सीमीं[21] आँसू
मेरी अफ़्सुर्दगिए-ग़म का मुदावा[22] तो नहीं

तेरी महबूब निगाहों का पयामे-तज्दीद[23]
इक तलाफ़ी[24] ही सही, मेरी तमन्ना तो नहीं

---

1. जीवन, 2. मलिन, 3. रेशमी वस्त्र, 4. विस्तार, 5. दुखी, 6. कपोल, 7. किरणें, 8. बुझी हुई, 9. प्रेम के नवीनीकरण का शोर, 10. उदास, 11. कल्पना, 12. (ठंड से) जमी हुई, 13. छाई हुई, 14. भारी, 15. ज़ंजीरों, 16. दुखी, 17. हाहाकार, 18. रेगिस्तान, 19. भागते हुए बादल का साया, 20. लज्जित सौन्दर्य, 21. चाँदी समान चमकते हुए, 22. उपचार, 23. नया सन्देश, 24. क्षतिपूर्ति, उपाय।

ग़ज़ल

तंग आ चुके हैं कशमकशे-ज़िन्दगी[1] से हम
ठुकरा न दें जहाँ[2] को कहीं बेदिली से हम

मायूसिए - मआले - मुहब्बत[3] न पूछिए
अपनों से पेश आए हैं बेगानगी से हम

लो आज हमने तोड़ दिया रिश्तए-उमीद
लो अब कभी गिला न करेंगे किसी से हम

उभरेंगे एक बार अभी दिल के वल्वले[4]
गो दब गये हैं बारे-ग़मे-ज़िन्दगी[5] से हम

गर ज़िन्दगी में मिल गए फिर इत्तिफ़ाक़ से
पूछेंगे अपना हाल तेरी बेबसी से हम

अल्लाह रे फ़रेबे-मशीयत[6] कि आज तक
दुनिया के ज़ुल्म सहते रहे ख़ामुशी से हम

किसी को उदास देखकर

तुम्हें उदास-सा पाता हूँ मैं कई दिन से
न जाने कौन-से सद्मे उठा रही हो तुम
वो शोख़ियाँ, वो तबस्सुम, वो क़हक़हे न रहे
हर एक चीज़ को हसरत[7] से देखती हो तुम
छुपा-छुपा के ख़मोशी में अपनी बेचैनी
ख़ुद अपने राज़ की तशहीर[8] बन गई हो तुम

मेरी उम्मीद अगर मिट गई तो मिटने दो
उम्मीद क्या है बस इक पेशो-पस[9] है कुछ भी नहीं

---

1. जीवन का संघर्ष, 2. जहान का लघु, संसार, 3. प्रेम के परिणाम की निराशा, 4. उमंगें, 5. जीवन के दुख का बोझ, 6. ईश्वरेच्छा का छल, 7. निराशा, 8. प्रचार, 9. असमंजस।

मेरी हयात की ग़मगीनियों[1] का ग़म न करो
ग़मे-हयात[2] ग़मे-यक-नफ़स[3] है कुछ भी नहीं
तुम अपने हुस्न की रानाइयों[4] पे रहम करो
वफ़ा फ़रेब है, तूले-हवस[5] है कुछ भी नहीं
मुझे तुम्हारे तग़ाफ़ुल[6] से क्यों शिकायत हो?
मेरी फ़ना[7] मेरे एहसास का तक़ाज़ा है
मैं जानता हूँ कि दुनिया का ख़ौफ़ है तुमको
मुझे ख़बर है ये दुनिया अजीब दुनिया है
यहाँ हयात के पर्दे में मौत पलती है
शिकस्ते-साज़[8] की आवाज़ रुहे-नग़्मा[9] है
मुझे तुम्हारी जुदाई का कोई रंज नहीं
मेरे ख़याल की दुनिया में मेरे पास हो तुम
ये तुमने ठीक कहा है, तुम्हें मिला न करूँ
मगर मुझे ये बता दो कि क्यों उदास हो तुम
ख़फ़ा न होना मेरी जुर्अते-तख़ातुब[10] पर
तुम्हें ख़बर है मेरी ज़िन्दगी की आस तो हुम
मेरा तो कुछ भी नहीं है मैं रोके जी लूँगा
मगर ख़ुदा के लिए तुम असीरे-ग़म[11] न रहो

हुआ ही क्या जो ज़माने ने तुम को छीन लिया
यहाँ पे कौन हुआ है किसी का, सोचो तो
मुझे क़सम है मेरी दुख भरी जवानी की
मैं ख़ुश हूँ मेरी मुहब्बत के फूल ठुकरा दो
मैं अपनी रुह की हर इक ख़ुशी मिटा लूँगा
मगर तुम्हारी मसर्रत[12] मिटा नहीं सकता
मैं ख़ुद को मौत के हाथों में सौंप सकता हूँ
मगर ये बारे-मसाइब[13] उठा नहीं सकता
तुम्हारे ग़म के सिवा और भी तो ग़म है मुझे
निजात[14] जिन से मैं इक लह्ज़ा[15] पा नहीं सकता

---

1. दुखों, 2. जीवन का दुख, 3. एक पल का दुख, 4. सुन्दरता का बहु., 5. अधिक वासना, 6. उपेक्षा, 7. मौत, बरबादी, 8. साज़ (बाजा) का टूटना, 9. सुरीली आवाज़ का प्राण, 10. बात करने का साहस, 11. दुख की कैदी, 12. ख़ुशी, 13. मुसीबतों का बोझ, 14. छुटकारा, 15. क्षण।

ये ऊँचे-ऊँचे मकानों की ड्योढ़ियों के तले
हर एक गाम[1] पे भूके भिकारियों की सदा[2]
हर इक घर में है इफ़्लास[3] और भूक का शोर
हर एक सिम्त[4] ये इंसानियत की आहो-बुका[5]
ये कारख़ानों में लोहे का शोरो-ग़ुल जिसमें
है दफ़्न लाखों ग़रीबों की रूह का नग़्मा
ये शाहराहों[6] पे रंगीन साड़ियों की झलक
ये झोंपड़ों में ग़रीबों के बेक़फ़न लाशे
ये माल रोड पे कारों की रेलपेल का शोर
ये पटरियों पे ग़रीबों के ज़र्द-रू[7] बच्चे
गली-गली में ये बिकते हुए जवाँ चेहरे
हसीन आँखों में अफ़सुर्दगी[8]-सी छाई हुई
ये जंग और ये मेरे वतन के शोख़ जवाँ
ख़रीदी जाती हैं उठती जवानियाँ जिनकी
ये बात-बात पे क़ानूनो-ज़ाबिते[9] की गिरिफ़्त[10]
ये ज़िल्लतें, ये ग़ुलामी, ये दौरे-मजबूरी[11]
ये ग़म बहुत हैं मेरी ज़िन्दगी मिटाने को
उदास रह के मेरे दिल को और रंज न दो

ग़ज़ल

हवस-नसीब[12] नज़र को कहीं क़रार नहीं
मैं मुंतज़िर[13] हूँ मगर तेरा इंतिज़ार नहीं

हमीं से रंगे-गुलिस्ताँ, हमीं से रंगे-बहार
हमीं को नज़्मे-गुलिस्ताँ[14] पे इख़्तियार नहीं

अभी न छेड़ मुहब्बत के गीत ऐ मुत्रिब[15]
अभी हयात का माहौल ख़ुशगवार नहीं

---

1. पग, 2. पुकार, 3. निर्धनता, 4. ओर, 5. रोना-पीटना, 6. राजमार्गों, 7. पीले-पीले चेहरे वाले, 8. उदासी, 9. विधान और नियम, 10. पकड़, 11. मजबूरी का ज़माना, 12. लोभी, 13. प्रतीक्षारत, 14. बाग़ की व्यवस्था, 15. गायक।

तुम्हारेअह्दे-वफ़ा को मैं अह्द क्या समझूँ
मुझे ख़ुद अपनी मुहब्बत पे ऐतिबार नहीं

न जाने कितने गिले इसमें मुज़्तरिब[1] हैं नदीम[2]
वो एक दिल जो किसी का गिला-गुज़ार[3] नहीं

गुरेज़[4] का नहीं क़ाइल[5], हयात से लेकिन
जो सच कहूँ कि मुझे मौत नागवार नहीं

ये किस मुक़ाम पे पहुँचा दिया ज़माने को
कि अब हयात पे तेरा भी इख़्तियार नहीं

मेरे गीत

मेरे सरकश[6] तराने सुन के दुनिया ये समझती है
कि शायद मेरे दिल को इश्क़ के नग़्मों से नफ़रत है
मुझे हंगामए-जंगो-जदल[7] में कैफ़[8] मिलता है
मेरी फ़ितरत[9] की ख़ूँरेज़ी[10] के अफ़्साने से रग़्बत[11] है
मेरी दुनिया में कुछ वक़्अत[12] नहीं है रक़्सो-नग़्मा[13] की
मेरा महबूब[14] नग़्मा शोरे-आहंगे-बग़ावत[15] है
मगर ऐ काश देखें वो मेरी पुरसोज़[16] रातों की
मैं जब तारों पे नज़रें गाड़ कर आँसू बहाता हूँ
तसव्वुर[17] बन के भूली वरिदातें[18] याद आती हैं
तो सोज़ो-दर्द की शिद्दत से पहरों तिलमिलाता हूँ
कोई ख़वाबों में ख़्वाबीदा[19] उमंगों को जगाती है
तो अपनी ज़िन्दगी को मौत के पहलू में पाता हूँ
मैं शायर हूँ मुझे फ़ित्रत[20] से उल्फ़त है
मेरा दिल दुश्मने-नग़्मा-सराई[21] हो नहीं सकता

1. बेचैनी, 2. मित्र, 3. उलाहना देनेवाला, 4. उपेक्षा, 5. माननेवाला, 6. विद्रोही, 7. लड़ाई-झगड़े का हंगामा, 8. आनन्द, 9. स्वभाव, 10. ख़ून बहाना, निर्दयता, 11. रुचि, 12. महत्त्व, 13. नृत्य और गीत, 14. प्रिय, 15. विद्रोह के गीतों का शोर, 16. जलन और तपन से भरी हुई, 17. कल्पना, 18. घटनाएँ, 19. सोई हुई, 20. प्रकृति, 21. सुरीले गाने का दुश्मन।

मुझे इंसानियत का दर्द भी बख़्शा है क़ुदरत ने
मेरा मक़सद फ़क़त शोला-नवाई[1] हो नहीं सकता
जवाँ हूँ मैं जवानी लग्ज़िशों[2] का एक तूफ़ाँ है
मेरी बातों से रंगे-पारसाई[3] हो नहीं सकता
मेरे सरकश तरानों की हक़ीक़त है तो इतनी है
कि जब मैं देखता हूँ भूक के मारे किसानों को
ग़रीबों, मुफ़िलसों को, बेकसों को, बेसहारों को
सिसकती नाज़नीनों को, तड़पते नौजवानों को
हुकूमत के तशद्दुद[4] को अमारत[5] के तकब्बुर[6] को
किसी के चीथड़ों को और शहंशाही ख़ज़ानों को
तो दिल ताबे-निशाते-बज़्मे-इशरत[7] ला नहीं सकता
मैं चाहूँ भी तो ख़्वाब-आवर[8] तराने गा नहीं सकता

ग़ज़ल

हर चन्द मेरी क़ुव्वते-गुफ़्तार[9] है महबूस[10]
ख़ामोश मगर तबए-ख़ुद-आरा[11] नहीं होती

मामूरए-एहसास[12] में है हश्र-सा बरपा
इंसान की तज़्लील[13] गवारा नहीं होती

नालाँ[14] हूँ मैं बेदारिए-एहसास[15] के हाथों
दुनिया मेरे अफ़्कार[16] की दुनिया नहीं होती

बेगाना-सिफ़त[17] जादए- मंज़िल[18] से गुज़र जा
हर चीज़ सज़ावारे-नज़ारा[19] नहीं होती

फ़ित्रत की मशीयत[20] भी बड़ी चीज़ है लेकिन
फ़ितरत कभी बेकस का सहारा नहीं होती

1. आवाज़ से आग बरसाना, 2. भूल, क़ुसूर, 3. संयम का रंग, 4. हिंसा, 5. शासन, 6. अहंकार, 7. राग-रंग की सभा के आनन्द की सहनशक्ति, 8. नींद लानेवाले, 9. बात करने की शक्ति, 10. क़ैद में, 11. अपने को बना-सँवारकर रखनेवाला स्वभाव, 12. अनुभूति की बस्ती, 13. अपमान, 14. रोता-चिल्लाता हुआ, 15. अनुभूति की जागरूकता, 16. विचारों, 17. अनजान की तरह, 18. पड़ाव का रास्ता, 19. देखने योग्य, 20. इच्छा।

नकामी

मैंने हर चन्द ग़मे-इश्क़ को खोना चाहा
ग़मे-उल्फ़त ग़मे-दुनिया में समोना चाहा
वही अफ़्साने ने मेरी सिम्त[1] रवाँ हैं अब तक
वही शोले मेरे सीने में निहाँ[2] हैं अब तक
वही बेसूद[3] ख़लीश[4] है मेरे सीने में हनोज़[5]
वही बेकार तमन्नाएँ जवाँ हैं अब तक
वही गेसू[6] मेरी रातों पे हैं बिखरे-बिखरे
वही आँखें मेरी जानिब निगराँ[7] हैं अब तक
कस्रते-ग़म[8] भी मेरे ग़म का मुदावा न हुई
मेरे बेचैन ख़यालों को सुकूँ[9] मिल न सका
दिल ने दुनिया के हर इक दर्द को अपना तो लिया
मुज़्महिल[10] रूह को अंदाज़े-जुनूँ मिल न सका
मेरी तख़ईल[11] का शीराज़ा[12] बरहम[13] है वही
मेरे बुझते हुए एहसास का आलम है वही
वही बेजान इरादे, वही बेरंग सवाल
वही बेरूह कशाकश[14] वही बेचैन ख़याल
आह, इस कश्मकशे-सुबहो-मसा[15] का अंजाम[16]
मैं भी नाकाम, मेरी सइए-अमल[17] भी नकाम

सोचता हूँ

सोचता हूँ कि मुहब्बत से किनारा कर लूँ
दिल को बेगानए-तर्ग़ीबो-तमन्ना[18] कर लूँ
सोचता हूँ कि मुहब्बत है जुनूने-रुस्वा[19]
चन्द बेकार-से बेहूदा ख़यालों का हुजूम

---

1. तरफ़, 2. छुपे हुए, 3. बेकार, 4. उलझन, 5. अब तक, 6. केश, 7. जाँचना, देखना, 8. दुख की अधिकता, 9. चैन, 10. थकी हुई, 11. कल्पना शक्ति, 12. क्रम, 13. उलझा हुआ, 14. बेजान संघर्ष, 15. रात-दिन का संघर्ष, 16. परिणाम, 17. काम का प्रयास, 18. प्रलोभन और कामनारहित, 19. बदनाम करनेवाला पागलपन।

एक आज़ाद को पाबंद बनाने की हवस
एक बेगाने को अपनाने की सइए-मौहूम[1]
सोचता हूँ कि मुहब्बत है सुरूरो-मस्ती
इसकी तन्वीर[2] से रौशन है फ़िज़ाए-हस्ती[3]
सोचता हूँ कि मुहब्बत है बशर[4] की फ़ित्रत[5]
इसका मिट जाना, मिटा देना बहुत मुश्किल है
सोचता हूँ कि मुहब्बत से है ताबिंदा[6] हयात[7]
और ये शम्अ बुझा देना बहुत मुश्किल है
सोचता हूँ कि मुहब्बत पे कड़ी शर्तें हैं
इस तमद्दुन[8] में मसर्रत[9] पे बड़ी शर्तें हैं
सोचता हूँ कि मुहब्बत है एक अफ़्सुर्दा-सी लाश
चादरे-इज़्ज़तो-नामूस[10] में कफ़्नाई हुई
दौरे-सरमाया[11] की रौंदी हुई रुसवा हस्ती
दरगहे-मज़हबो-अख़लाक़[12] से ठुकराई हुई
सोचता हूँ कि बशर और मुहब्बत का जुनूँ
ऐसे बोसीदा[13] तमद्दुन में है इक कारे-ज़बूँ[14]
सोचता हूँ कि मुहब्बत न बचेगी ज़िंदा
पेश-अज़ाँ-वक़्त[15] कि सड़ जाए ये गलती हुई लाश
यही बेहतर है कि बेगानए-उल्फ़त हो कर
अपने सीने में करूँ जज़्बए-नफ़रत[16] की तलाश
सोचता हूँ कि मुहब्बत से किनारा कर लूँ
दिल को बेगानए-तर्ग़ीबो-तमन्ना कर लूँ

मुझे सोचने दे

मेरी नाकाम मुहब्बत की कहानी मत छेड़
अपनी मायूस उमंगों का फ़साना न सुना

---

1. भ्रामक प्रयास, 2. ज्योति, 3. जीवन का वातावरण, 4. मनुष्य, 5. प्रकृति, 6. प्रकाशमान, 7. जीवन, 8. समाज, 9. ख़ुशी, 10. आदर और लाज की चादर, 11. पूँजीवादी युग, 12. धर्म और शिष्टाचार की चौखट, 13. पुराना, 14. बुरा काम, 15. इससे पहले, 16. घृणा की भावना।

ज़िन्दगी तल्ख़[1] सही, ज़हर सही, सम[2] ही सही
दर्दो-आज़ार[3] सही, जब्र[4] सही, ग़म ही सही
लेकिन इस दर्दो-ग़मो-जब्र की वुस्अत[5]
ज़ुल्म की छाँव में दम तोड़ती ख़िल्क़त[6] को तो देख
अपनी मायूस उमंगों का फ़साना न सुना
मेरी नाकाम महब्बत की कहानी मत छेड़
जल्सा गाहों में ये दहशतज़दा[7] सहमे अंबोह[8]
रहगुज़ारों पे फ़लाकतज़दा[9] लोगों के गिरोह
भूक और प्यास से पज़मुर्दा[10] सियहफ़ाम[11] ज़मीं
तीरा-ओ-तार मकाँ[12], मुफ़लिसो-बीमार[13] मकीं[14]
नौए-इंसाँ[15] में ये सरमाया-ओ-मेहनत का तज़ाद[16]
अम्नो-तहज़ीब[17] के परचम[18] तले क़ौमों का फ़साद
हर तरफ़ आतिशो-आहन[19] का ये सैलाबे-अज़ीम[20]
नित-नए तर्ज़ पे होती हुई दुनिया तक़्सीम[21]
लहलहाते हुए खेतों पे जवानी का समाँ[22]
और दहक़ान[23] के छप्पर में न बत्ती न धुआँ
ये फ़लकबोस[24] मिलें, दिलकशो-सीमीं[25] बाज़ार
ये ग़िलाज़त[26] पे झपटते हुए भूके नादार[27]
दूर साहिल पे वो शफ़्फ़ाफ़ मकानों की क़तार[28]
सरसराते हुए पर्दों में सिमटते गुलज़ार
दरो-दीवार पे अन्वार[29] का सैलाबे-रवाँ
जैसे इक शायरे-मदहोश[30] के ख़्वाबों का जहाँ[31]
ये सभी क्यों है, ये क्या है, मुझे कुछ सोचने दे
कौन इंसाँ का ख़ुदा है, मुझे कुछ सोचने दे

आगनी मागूस उमंगों का फ़साना न सुना
मेरी नाकाम मुहब्बत की कहानी मत छोड़

---

1. कड़वी, 2. ज़हर, 3. दुख और रोग, 4. अत्याचार, 5. विस्तार, 6. जनता, 7. भयभीत, 8. भीड़, 9. कंगाली के मारे हुए, 10. दुखी, 11. काले रंग की, 12. अँधेरे मकान, 13. निर्धन और रोगी, 14. निवासी, 15. मानव जाति, 16. असंगति, 17. शांति और सभ्यता, 18. झंडा, 19. आग और लोहा, 20. भयंकर बाढ़, 21. विभाजित, 22. दृश्य, 23. किसान, 24. गगनचुम्बी, 25. आकर्षक और चाँदी जैसे चमकते हुए, 26. गन्दगी, 27. निर्धन, 28. पंक्ति, 29. प्रकाश, 30. नशे में चूर शायर, 31. संसार।

ग़ज़ल

अक़ाइद[1] वह्म[2] हैं, मज़्हब[3]. खयाले-ख़ाम[4] है साक़ी
अज़ल[5] से ज़ेह्ने-इंसाँ[6] बस्तए-औहाम[7] है साक़ी

हक़ीक़त-आशनाई[8] अस्ल में गुमकर्दा[9] राही है
अरूसे-आगही[10] परवर्दए-इब्हाम[11] है साक़ी

मुबारक हो ज़ईफ़ी[12] को ख़िरद[13] की फ़ल्सफ़ादानी[14]
जवानी बेनियाज़े-इब्रते-अंजाम[15] है साक़ी

हवस[16] होगी असीरे-हल्क़ए-नेको-बदे-आलम[17]
मुहब्बत मावराए-फ़िक्रे-नंगो-नाम[18] है साक़ी

अभी तक रास्ते के पेचो-ख़म[19] से दिल धड़कता है
मेरा ज़ौक़े-तलब[20] शायद अभी तक ख़ाम है साक़ी

वहाँ भेजा गया हूँ चाक करने[21] पर्दए-शब[22] को
जहाँ हर सुबह के दामन पे अक्से-शाम[23] है साक़ी

मेरे साग़र में मय है और तेरे हाथों में बर्बत[24]
वतन की सरज़मीं[25] में भूक से कुह्राम[26] है साक़ी

ज़माना बरसरे-पैकार है[27] पुरहौल[28] शोलों से
तेरे लब पर अभी तक नग़्मए-ख़य्याम[29] है साक़ी

---

1. अक़ीदा की बहु. धर्म विश्वास, 2. भ्रम, 3. धर्म, 4. असंगत विचार, 5. अनादिकाल, 6. मनुष्य का मन, 7. भ्रमग्रस्त, 8. यथार्थता की जानकारी, 9. खोया हुआ, 10. ज्ञान की दुल्हन, 11. क्लिष्टता का पाला हुआ, 12. बुढ़ापा, 13. बुद्धि, 14. दर्शनशास्त्र का जानना, 15. परिणाम से निश्चिंत, 16. लालसा, 17. संसार की अच्छाई और बुराई की क़ैदी, 18. मर्यादा की चिन्ता से परे, 19. टेढ़-मेढ़, जटिलता, 20. चाह की रुचि, 21. फाड़ने, 22. रात का पर्दा, 23. शाम की छाया, 24. एक सितार की तरह का बाजा, 25. धरती, 26. हाहाकार, 27. लड़ रहा है, 28. भयंकर, 29. ख़य्याम (फ़ारसी का प्रसिद्ध कवि) के गीत।

सुब्हे-नौरोज़[1]

फूट पड़ीं मश्रिक़[2] से किरनें
हाल[3] बना माज़ी[4] का फ़साना
गूँजा मुस्तक़्बिल[5] का तराना
भेजे हैं अह्बाब[6] ने तुह्फ़े
अटे पड़े हैं मेज़ के कोने
दुल्हन बनी हुई हैं राहें
जश्न मनाओ साले-नौ[7] के

निकली है बंगले के दर[8] से
इक मुफ़्लिस[9] दह्क़ान[10] की बेटी
अफ़्सुर्दा[11] मुर्झायी हुई-सी
जिस्म के दुखते जोड़ दबाती
आँचल से सीने को छुपाती
मुट्ठी में इक नोट दबाए
जश्न मनाओ साले-नौ के

भूके, ज़र्द[12], गदागर[13] बच्चे
कार के पीछे भाग रहे हैं
वक़्त से पहले जाग उठे हैं
पीप भरी आँखें सहलाते
सर के फोड़ों को खुजलाते
वो देखो कुछ और भी निकले
जश्न मनाओ साले - नौ के

गुरेज़[14]

मेरा जुनूने-वफ़ा[15] है ज़वाल-आमादा[16]
शिकस्त हो गया[17] तेरा फ़ुसूने-ज़ेबाई[18]

1. साल के पहले दिन की सुबह, 2. पूरब, 3. वर्तमान, 4. अतीत, 5. भविष्य, 6. दोस्तों, 7. नया साल, 8. दरवाज़ा, 9. निर्धन, 10. किसान, 11. उदास, 12. पीला, 13. भिखमंगे, 14. उपेक्षा, 15. प्रेमोन्माद, 16. पतन की ओर जा रहा है, 17. टूट गया, 18. सज्जा का जादू।

इन आरज़ुओं पे छाई है गर्दे-मायूसी[1]
जिन्होंने तेरे तबस्सुम में परवरिश पाई
फ़रेबे-शौक़[2] के रंगीं तिलिस्म[3] टूट गए
हक़ीक़तों[4] ने हवादिस[5] से फिर जिला[6] पाई
सुकूनो-ख़्वाब[7] के पर्दे सरकते जाते हैं
दिलो-दिमाग़ में वहशत[8] की कारफ़रमाई[9] है
वो तारे जिनमें मुहब्बत का नूरे-ताबाँ[10] था
वो तारे डूब गए लेके रंगो-रानाई[11]
सुला गई थीं जिन्हें तेरी मुल्तफ़ित[12] नज़रें
वो दर्द जाग उठे फिर से लेके अँगड़ाई
अजीब-आलमे-अफ़्सुर्दगी[13] है रू-ब-फ़रोग़[14]
न अब नज़र का तक़ाज़ा न दिल तमन्नाई[15]
तेरी नज़र, तेरे गेसू, तेरी जबीं[16], तेरे लब
मेरी उदास तबीअत है सब से उकताई
मैं ज़िन्दगी के हक़ाइक़[17] से भाग आया था
कि मुझ को ख़ुद में छुपा ले तेरी फ़ुसूँज़ाई[18]
मगर यहाँ भी तआक़ुब[19] किया हक़ाइक़ ने
यहाँ भी मिल न सकी जन्नते-शिकेबाई[20]
हर एक हाथ में लेकर हज़ार आईने
हयात बंद दरीचों से भी गुज़र आई
मेरे हर एक तरफ़ एक शोर गूँज उठा
और उसमें डूब गई इशरतों[21] की शहनाई
कहाँ तलक कोई ज़िन्दा हक़ीक़तों से बचे
कहाँ तलक करे छुप-छुप के नग़्मा-पैराई[22]
वो देख सामने के पुर-शिकोह ऐवाँ[23] से
किसी किराये की लड़की की चीख़ टकराई
वो फिर समाज ने दो प्यार करने वालों को
सज़ा के तौर पे बख़्शी तवील तन्हाई[24]

---

1. निराशा की धूल, 2. अभिलाषा का धोखा, 3. जादू, 4. यथार्थता का बहु. 5. दुर्घटनाएँ, 6. चमक, 7. शांति और नींद, 8. भय, 9. प्रभाव, 10. तेज़ रौशनी, 11 सौन्दर्य, 12. आकृष्ट, 13. उदासी की हालत, 14. बढ़ रही है, 15. अभिलाषी, 16. माथा, 17. यथार्थता का बहु. 18. जादूगरी, 19. पीछा, 20. धैर्य का स्वर्ग, 21. सुखों की, 22. गीत सजाना, 23. वैभवशाली भवन, 24. लम्बी।

फिर एक तीरा-ओ-तारीक[1] झोंपड़ी के तले
सिसकते बच्चे पे बेवा की आँख भर आई
वो फिर बिकी किसी मजबूर की जवाँ बेटी
वो फिर झुका किसी दर पर ग़ुरूरे-बर्नाई[2]
वो फिर किसानों के मज्मे[3] पे गन मशीनों से
हुक़ूक़-याफ़्ता[4] तब्क़े[5] ने आग बरसाई
सुकूते-हल्क़ए-ज़िन्दाँ[6] से एक गूँज उठी
और उसके साथ मेरे साथियों की याद आई
नहीं-नहीं मुझे यूँ मुल्तफ़ित नज़र से न देख
नहीं-नहीं मुझे अब ताबे-नग़्मा-पैराई[7]
मेरा जुनूने-वफ़ा है ज़वाल-आमादा
शिकस्त हो गया तेरा फ़ुसूने-ज़ेबाई

कुछ बातें

देस के इद्‌बार[8] की बातें करें
अजनबी सरकार की बातें करें

अगली दुनिया के फ़साने छोड़ कर
इस जहन्नम-ज़ार[9] की बातें करें

हो चुके औसाफ़[10] पर्दे के बयाँ[11]
शाहिदे-बाज़ार[12] की बातें करें

दह्‌र[13] के हालात की बातें करें
इस मुसल्‌सल[14] रात की बातें करें

मन्नो-सल्वा[15] का ज़माना जा चुका
भूक और आफ़ात[16] की बातें करें

---

1. अँधेरी, 2. जवानी का गर्व, 3. भीड़, 4. अधिकार प्राप्त, 5. वर्ग, 6. क़ैदख़ाने के अहाते की ख़ामोशी, 7. गीत सजाने की शक्ति, 8. दरिद्रता, 9. ऐसा स्थान जहाँ चारों ओर नरक जैसा वातावरण हो, 10. अच्छाइयाँ, 11. बयान का लघु, वर्णन, 12. वेश्या, 13. संसार, 14. निरन्तर, 15. मन और सल्वा, ये दो चीज़ें हज़्रत मूसा को उस समय ईश्वर की ओर से मिलीं, जब उनकी सेना भूखी थी और बराबर मिलती रहीं, 16. आफ़त का बहु., विपदा।

आओ परखें दीन[1] के औहाम[2] को
इल्मे-मौजूदात[3] की बातें करें

जाबिरो-मज्बूर[4] की बातें करें
इस कुह्न[5] दस्तूर[6] की बातें करें

तोज-शाही[7] के क़सीदे[8] हो चुके
फ़ाक़ाकश[9] जम्हूर[10] की बातें करें

गिरने वाले क़स्र[11] की तौसीफ़[12] क्या
तेशए-मज़्दूर[13] की बातें करें

चकले

ये कूचे, ये नीलाम घर दिलकशी के
ये लुटते हुए कारवाँ ज़िन्दगी के
कहाँ हैं कहाँ हैं मुहाफ़िज़[14] ख़ुदी[15] के
सना-ख़्वाने-तक़्दीसे-मश्रिक़[16] कहाँ हैं

ये पुरपेच गलियाँ ये बेख़्वाब बाज़ार
ये गुमनाम राही ये सिक्कों की झंकार
ये इस्मत[17] के सौदे ये सौदों पे तकरार[18]
सनाख़्वाने-तक़्दीसे मश्रिक़ कहाँ हैं ?

तअफ़्फ़ुन से पुर[19] नीम-रौशन ये गलियाँ
ये मसली हुई अधखिली ज़र्द कलियाँ
ये बिकती हुई खोखली रंगरलियाँ
सनाख़्वाने-तक़्दीसे-मशरिक़ कहाँ हैं ?

वो उजले दरीचों में पायल की छन-छन
तनफ़्फ़ुस[20] की उलझन पे तबले की धन-धन

---

1. धर्म, 2. धोखे, 3. सृष्टि विज्ञान, 4. अनीति करनेवाला और विवश, 5. प्राचीन, 6. विधान, 7. राजमुकुट, 8. गुणगान, 9. भूखों मरनेवाले, 10. जनता, 11. महल, 12. प्रशंसा, 13. मज़दूर की कुदाल, 14. रक्षक, 15. गर्व, 16. पूरब की पुनीतता के गुणगायक, 17. सतीत्व, 18. झगड़ा, 19. दुर्गन्ध से भरी हुई, 20. साँस का आना-जाना।

ये बेरूह[1] कमरों में खाँसी की ठन-ठन
सनाख़्वाने-तक़्दीसे-मश्रिक़ कहाँ हैं ?

ये गूँजे हुए क़हक़हे रास्तों पर
ये चारों तरफ़ भीड़-सी खिड़कियों पर
ये आवाज़ें खिंचते हुए आँचलों पर
सनाख़्वाने-तक़्दीसे-मश्रिक़ कहाँ हैं ?

ये फूलों के गजरे, ये पीकों के छींटे
ये बेबाक नज़रें, ये गुस्ताख़[2] फ़िक़रे[3]
ये ढलके बदन और ये मद्क़ूक़[4] चेहरे
सनाख़्वाने-तक़्दीसे-मश्रिक़ कहाँ हैं ?

ये भूकी निगाहें हसीनों की जानिब
ये बढ़ते हुए हाथ सीनों की जानिब
लपकते हुए पाँव ज़ीनों की जानिब
सनाख़्वाने-तक़्दीसे-मश्रिक़ कहाँ हैं ?

यहाँ पीर[5] भी आ चुके हैं जवाँ भी
तनोमंद[6] बेटे भी, अब्बा मियाँ भी
ये बीवी भी है और बहन भी है माँ भी
सनाख़्वाने-तक़्दीसे-मश्रिक कहां हैं ?

मदद चाहती है ये हव्वा की बेटी
यशोधा की हमजिंस राधा की बेटी
पयम्बर[7] की उम्मत[8], जुलेख़ा की बेटी
सना-ख़्वाने-तक़्दीसे-मश्रिक़ कहाँ हैं ?

बुलाओ ख़ुदायाने-दीं[9] को बुलाओ
ये कूचे, ये गलियाँ, ये मंज़र दिखाओ
सना-ख़्वाने-तक़्दीसे-मश्रिक़ को लाओ
सना-ख़्वाने-तक़्दीसे-मश्रिक़ कहाँ हैं ?

---

1. निर्जीव, 2. अशिष्ट, 3. वाक्य, 4. पीले, 5. बूढ़े, 6. स्वस्थ, 7. ईशदूत, 8. समुदाय, 9. धर्म के ठेकेदारों।

तरहे-नौ[1]

सइए-बक़ाए-शौकते-इस्कन्दरी[2] की ख़ैर
महौले-ख़िश्तबार[3] में शीशागरी[4] की ख़ैर

बेज़ार है कुनिशतो-कलीसा[5] से इक जहाँ
सौदागराने-दीन[6] की सौदागरी की ख़ैर

फ़ाक़ाकशों के ख़ून में है जोशे-इंतिक़ाम[7]
सरमाये के फ़रेबे-जहाँ-परवरी[8] की ख़ैर

तब्क़ाते-मुब्तज़ल[9] में है तंज़ीम[10] की नुमूद[11]
शहंशहों के ज़ाबितए-ख़ुदसरी[12] की ख़ैर

एहसास बढ़ रहा है हुक़ूक़े-हयात[13] का
पैदाइशी हुक़ूक़े-सितम-परवरी[14] की ख़ैर

इब्लीस[15] ख़न्दाज़न है[16] मज़ाहिब[17] की लाश पर
पैग़म्बराने-दहर[18] की पैग़म्बरी की ख़ैर

सह्ने-जहाँ[19] में रक़्सकुनाँ[20] हैं तबाहियाँ
आक़ाए-हस्तो-बूद[21] की सन्अतगरी[22] की ख़ैर

शोले लपक रहे हैं जहन्नुम की गोद में
बाग़े-जिनाँ[23] में जल्वए-हूरो[24]-परी की ख़ैर

इंसाँ उलट रहा है रुख़े-ज़ीस्त[25] से नक़ाब
मज़्हब के एहतिमामे-फ़ुसूँ-परवरी[26] की ख़ैर

इल्हाद[27] कर रहा है मुरत्तब[28] जहाने-नौ[29]
दैरो-हरम[30] के हीलए-ग़ारतगरी[31] की ख़ैर

---

1. नई बुनियाद, 2. सिकंदर (यूनान का प्राचीन शासक) के वैभव की रक्षा का प्रयास, 3. पत्थरों की बारिश का वातावरण, 4. शीशा बनाना, 5. मन्दिर, मस्जिद और कलीसा, 6. धर्म के व्यापारी, 7. बदला लेने का जोश, 8. सारे संसार को पालने का धोखा, 9. तिरस्कृत वर्ग, 10. संघटन, 11. प्रकट होना, 12. विद्रोह का नियम, 13. जीवन के अधिकार, 14. अत्याचार करनेवालों के जन्मसिद्ध अधिकार, 15. शैतान, 16. हँस रहा है, 17. धर्मों, 18. संसार के पैग़म्बर, 19. संसार का आँगन, 20. नाचता हुआ, 21. है और था का स्वामी, 22. कारीगरी, 23. स्वर्ग, 24. हूरों और परियों का प्रदर्शन, 25. जीवन का मुख, 26. जादू का प्रबंध, 27. नास्तिकता, 28. क्रमबद्ध, 29. नया संसार, 30. मन्दिर और मस्जिद, 31. विनाश का बहाना।

ताजमहल

ताज तेरे लिए इक मज़्हरे-उल्फ़त[1] ही सही
तुझको इस वादिए-रंगीं से अक़ीदत[2] ही सही

मेरी महबूब कहीं और मिला कर मुझसे
बज़्मे-शाही[3] में ग़रीबों का गुज़र क्या मानी[4] ?

सब्त[5] जिस राह में हो सतवते-शाही[6] के निशाँ
उस पे उल्फ़त भरी रूहों का सफ़र क्या मानी ?

मेरी महबूब पसे-पर्दए-तशहीरे-वफ़ा[7]
तूने सत्वत के निशानों को तो देखा होता

मुर्दा शाहों के मक़ाबिर[8] से बहलने वाली
अपने तारीक मकानों को तो देखा होता

अनगिनत लोगों ने दुनिया में मुहब्बत की है
कौन कहता है कि सादिक़[9] न थे जज़्बे उनके

लेकिन उनके लिए तश्हीर[10] का सामान नहीं
क्योंकि वो लोग भी अपनी ही तरह मुफ़लिस थे

ये इमاराتो-मक़ाबिर, ये फ़सीलें, ये हिसार[11]
मुत्लक़ुल-हुक्म[12] शहंशाहों की अज़्मत[13] के सुतूँ[14]

सीनए-दहर[15] के नासूर[16] हैं कुहना[17] नासूर
जज़्ब है इन रमें तेरे और मेरे अज्दाद[18] को ख़ूँ

मेरी महबूब! उन्हें भी तो मुहब्बत होगी
जिनकी सन्नाई[19] ने बख़्शी है उसे शक्ले-जमील[20]

उनके प्यारों के मक़ाबिर रहे बेनामो-नुमूद[21]
आज तक उन पे जलाई न किसी ने क़ंदील

---

1. प्रेम द्योतक, 2. श्रद्धा, 3. शाही सभा, 4. अर्थ, 5. अंकित, 6. शाही प्रताप, 7. प्रेम के प्रचार के पर्दे के पीछे, 8. मक़्बरा का बहु., 9. सच्चे, 10. प्रचार, 11. परिधि, 12. स्वेच्छाधारी, 13. महानता, 14. स्तंभ, 15. संसार की छाती, 16. घाव, 17. पुराने, 18. पुरखे, 19. कारीगरी, 20. सुन्दर मुखड़ा, 21. गुमनाम।

ये चमनज़ार, ये जमुना का किनारा, ये महल
ये मुनक़्क़श[1] दरो-दीवार, ये मेह्‌राब, ये ताक़
इक शहंशाह ने दौलत का सहारा लेकर
हम ग़रीबों की मुहब्बत का उड़ाया है मज़ाक़

मेरी महबूब कहीं और मिला कर मुझ से

लम्हए-ग़नीमत[2]

मुस्कुरा ऐ ज़मीने-तीरा-ओ-तार[3]
सर उठा ऐ दबी हुई मुख़्लुक[4]

देख वो मग़रिबी उफ़ुक़[5] के क़रीब
आँधियाँ पेचो-ताब[6] खाने लगीं

और पुराने क़िमार-ख़ाने[7] में
कुह्‌ना शातिर[8] बहम[9] उलझने लगे

कोई तेरी तरफ़ नहीं निगराँ[10]
ये गिराँबार[11], सर्द[12] ज़ंजीरें

ज़ंग-ख़ुर्दा[13] हैं आहनी[14] ही सही
आज मौक़ा है, टूट सकती हैं

फ़ुर्सते-यक-नफ़स[15] ग़नीमत जान
सर उठा, ऐ दबी हुई मख़्लूक़

तुलूए-इश्तिराकीयत[16]

जश्न बपा है कुटियाओं में, ऊँचे ऐवाँ काँप रहे हैं
मज़दूरों के बिगड़े तेवर देख के सुल्ताँ[17] काँप रहे हैं
जागे हैं इफ़लास के मारे, उट्‌ठे हैं बेबस दुखियारे

1. चित्रित, 2. उत्तम क्षण, 3. अँधेरी धरती, 4. जनता, 5. पश्चिमी क्षितिज, 6. क्रोध, 7. जुआघर, 8. पुराने छली, 9. आपस में, 10. देखनेवाला, 11. भारी, 12. ठंडी, 13. जंग जमी हुई, 14. लोहे की, 15. एक साँस (पल) की फ़ुर्सत, 16. साम्यवाद का उदय, 17. शासक, राजा।

सीनों में तूफ़ाँ का तलातुम[1] आँखों में बिजली के शरारे
चौक-चौक पर, गली-गली में, सुर्ख़ फरैरे लहराते हैं
मज़्लूमों के बाग़ी लश्कर सैल-सिफ़त[2] उमडे आते हैं
शाही दरबारों के दर से फ़ौजी पहरे ख़त्म हुए हैं
ज़ाती जागीरों के हक़ और मुह्मल[3] दावे ख़त्म हुए हैं
शोर मचा है बाज़ारों में, टूट गए दर ज़िन्दानों के[4]
वापस माँग रही है दुनिया ग़स्बशुदा[5] हक़ इंसानों के
रुस्वा[6] बाज़ारी ख़ातूनें[7] हक़्क़े-निसाई[8] माँग रही हैं
सदियों की ख़ामोश ज़बानें सिह्र-नवाई[9] माँग रही हैं
रौंदी कुचली आवाज़ों के शोर से धरती गूँज उठी है
दुनिया के अन्यायनगर में हक़ की पहली गूँज उठी है
जमा हुए हैं चौराहों पर आके भूके और गदागर[10]
एक लपकती आँधी बनकर, एक भभकता शोला होकर
काँधों पर संगीन कुदालें, होंटों पर बेबाक तराने
दहक़ानों[11] में दल निकले हैं अपनी बिगड़ी आप बनाने
आज पुरानी तद्बीरों से आग के शोले थम न सकेंगे
उभरे जज़्बे दब न सकेंगे उखड़े परचम जम न सकेंगे
राजमहल के दरबानों से ये सरकश तूफ़ान न रुकेगा
चन्द किराए के तिनकों से सैले-बेपायाँ[12] न रुकेगा
काँप रहे हैं ज़ालिम सुल्ताँ, टूट गए दिल जब्बारों[13] के
भाग रहे हैं ज़िल्ले-इलाही[14], मुँह उतरे हैं ग़द्दारों के
एक नया सूरज चमका है, एक अनोखी ज़ौबारी[15] है
ख़त्म हुई अफ़राद[16] की शाही, अब जम्हूर[17] की सालारी है

अजनबी मुहाफ़िज़[18]

अजनबी देस के मज़्बूत गराँडील जवान
ऊँचे होटल के दरे-ख़ास[19] पर इस्तादा हैं[20]

1. बाढ़, 2. बाढ़ की तरह, 3. अर्थहीन, 4. जेलों के, 5. ज़बरदस्ती छीना हुआ, 6. बदनाम, 7. महिलाएँ, 8. औरतों के अधिकार, 9. जिसकी आवाज़ में जादू हो, 10. भिखमंगे, 11. किसानों, 12. असीम बाढ़, 13. अत्याचार करनेवाले, 14. शासक, 15. प्रकाश, 16. विशेष व्यक्ति, 17. जनता, 18. रक्षक, 19. मुख्य द्वार, 20. खड़े हुए हैं।

और नीचे मेरे मज्बूर वतन की गलियाँ
जिनमें आवारा फिरा करते हैं भूकों के हुजूम
ज़र्द चेहरों पर नक़ाहत[1] की नुमूद[2]
ख़ून में सैंकड़ों सालों की ग़ुलामी का जुमूद[3]
इल्म[4] के नूर से आरी[5], महरूम[6]
फ़लके-हिन्द[7] के अफ़्सुर्दा-नुजूम[8]
जिनकी तख़ईल[9] के पर
छू नहीं सकते हैं उस ऊँची पहाड़ी का सिरा
जिस पे होटल के दरीचों में खड़े हैं तन कर
अजनबी देश में मज़्बूत गराँडील जवाँ
मुँह में सिगरेट लिए हाथों में ब्रांडी का ग्लास
जेब में नुक़्रई[10] सिक्कों की खनक
भूके दहक़ानों के माथे का अरक़[11]
रात को जिस में एवज़ बिकता है
किसी इफ़्लास की मारी का तक़द्दुस[12]-यानी
किसी दोशीज़ए-मजबूर[13] की इस्मत[14] का गुरुर
महफ़िले-ऐश[15] के गूँजे हुए ऐवानों में
ऊँचे होटल में शबिस्तानों[16] में
क़हक़हे मारते, हँसते हुए इस्तादा हैं
अनजबी देश में मज़्बूत गराँडील जवाँ
उसी होटल के क़रीब
भूके मज्बूर ग़ुलामों के गिरोह
टकटकी बाँधके, तकते हुए ऊपर की तरफ़
मुंतज़िर[17] बैठे हैं उस साअते-नायाब[18] के जब
बूट की नोक से नीचे फेंके
अजनबी देस के बेफ़िक्र जवानों का गिरोह
कोई सिक्का, कोई सिगरेट, कोई केक
या डबल रोटी के झूटे टुकड़े

---

1. निर्बलता, 2. प्रकट, 3. जमाव, 4. ज्ञान, 5. वंचित, 6. वंचित, 7. भारत का आकाश, 8. उदास तारे, 9. कल्पना, 10. चाँदी के, 11. पसीना, 12. पवित्रता, 13. मजबूर कुमारी, 14. सतीत्व, 15. भोग-विलास की सभा, 16. शयनागार, 17. प्रतीक्षक, 18. अप्राप्य क्षण,

छीना-झपटी के मनाज़िर[1] का मज़ा लेने को
पालतू कुत्तों के एहसास पे हंस देने को
भूके मजबूर ग़ुलामों का गिरोह
टकटकी बाँध को, तकता हुआ इस्तादा है
काश! ये बेहिसो-बेवक़अतो-बेदिल[2] इंसाँ
रोम के ज़ुल्म की ज़िन्दा तस्वीर
अपना माहौल बदल देने के क़ाबिल होते
डेढ़ सौ साल के पाबन्दे-सलासिल[3] कुत्ते
अपने आक़ाओं से ले सकते ख़िराजे-क़ुव्वत[4]
काश ये अपने लिए आप सफ़-आरा होते[5]
अपनी तकलीफ़ का ख़ुद आप मुदावा[6] होते
उनके दिल में अभी बाक़ी रहता
क़ौमी ग़ैरत[7] का वुजूद
उनके संगीनो-सियह[8] सीनों में
गुल न होती[9] अभी एहसास की शमा
और पूरब से उमडते हुए ख़तरे के लिए
ये किराए के मुहाफ़िज़ न मँगवाने पड़ते

बुलावा

देखो दूर उफ़ुक़[10] की ज़ौ[11] से
झाँक रहा है सुर्ख़ सवेरा
जागो ऐ मज़दूर किसानो!
उट्ठो ऐ मज़्लूम-इंसानो!

धरती के अन्नदाता तुम हो
जग के पुराने विधाता तुम हो

---

1. दृश्य का बहु., 2. चेतनाशून्य, तिरस्कृत और निराश, 3. ज़ंजीरों में बँधे, 4. शक्ति का पुरस्कार, 5. मुक़ाबले के लिए खड़े होते, 6. उपचार, 7. राष्ट्रीय स्वाभिमान, 8. कठोर और काले, 9. बुझी न होती, 10. क्षितिज, 11. प्रकाश।

धनियों की ख़ुशहाली तुम हो
खेतों की हरियाली तुम हो
ऊँचे महल बनाए तुमने
शाही तख़्त सजाए तुमने
हीरे-लाल निकाले तुमने
नेज़े-भाले ढाले तुमने
हर बगिया के माली तुम हो
इस संसार के वाली[1] तुम हो
वक़्त है धरती को अपनाओ
आगे बढ़ो हथियार सँभालो

उट्ठो ऐ मज़्लूम इंसानो
जागो ऐ मज़दूर किसानो

देखो धरती काँप रही है
गर्द[2] फरैरे ढाँप रही है
कष्ट की ज्वाला फूट पड़ी है
वक़्त है थोड़ा, जंग कड़ी है
फैल रहे हैं काल के घेरे
थामो अपने सुर्ख़ फरैरे
तुम हो जग जनता के सैनिक
पाप के नाशक सत्य के रक्षक
भूक के आदी ज़ुल्म के पाले
काली कुटियाओं के उजाले
क्या रोकेगी तुम को शाही
तुम हो बहादुर सुर्ख़ सिपाही

जागो ऐ मज़दूर किसानो
उट्ठो ऐ मज़्लूम इंसानो

देखो दूर उफ़ुक़ की ज़ौ से
झाँक रहा है सुर्ख़ सवेरा

1. शासक, मित्र, 2. धूल।

शहज़ादे

ज़ेहन में अज़्मते-अज्दाद[1] के क़िस्से लेकर
अपने तारीक घरौंदों के ख़ला[2] में खो जाओ
मर्मरीं[3] **ख़्वाबों** की परियों से लिपट कर सो जाओ
अब्रपारों[4] पे चलो, चाँद-सितारों में उड़ो
यही अज्दाद से विरसे में मिला है तुमको
दूर मग़्रिब[5] की फ़ज़ाओं में दहकती हुई आग
अह्ले-सरमाया[6] की आवेज़िशे-बाह्म[7] न सही
जंगे-सरमाया-ओ-मेहनत ही सही
दूर मग़रिब में है—मश्रिक़ की फ़ज़ा में तो नहीं
तुम को मग़्रिब के बखेड़ों से भला क्या लेना
तीरगी[8] ख़त्म हुई सुर्ख़ शुआएँ[9] फैलीं
दूर मग़्रिब की फ़ज़ाओं में तराने गूँजे
फ़त्हे-जुम्हूर[10] के, इंसाफ़ के, आज़ादी के
साहिले-शर्क़[11] पे गैसों का धुआँ छाने लगा
आग बरसाने लगे अनजबी तोपों के दहन[12]
ख़्वाबगाहों की छतें गिरने लगीं
अपने बिस्तर से उठो
नए आक़ाओं की ताज़ीम[13] करो
और—फिर अपने घरौंदों के ख़ला में खो जाओ
तुम बहुत देर—बहुत देर तलक सोते रहे

शुआ-ए-फ़र्दा[14]

तीरा-ओ-तार[15] फ़ज़ाओं में सितम-ख़ुर्दा[16] बशर[17]
और कुछ देर उजाले के लिए तरसेगा
और कुछ देर उठेगा दिले-गेती[18] से धुआँ
और कुछ देर फ़ज़ाओं से लहू बरसेगा

1. पुरखों की महानता, 2. शून्य, 3. मर्मर **जैसा**, सफेद, 4. बादलों, 5. पश्चिम, 6. पूँजीपति, 7. परस्पर लड़ाई, 8. अँधेरा, 9. लाल किरणें, 10. जनता की जीत, 11. पूरबी किनारा, 12. मुँह, 13. सम्मान, 14. आनेवाले कल की किरण, 15. अँधेरी, 16. अत्याचार से भरा हुआ, 17. मनुष्य, 18. संसार का दिल।

और फिर अहमरी[1] होंटों के तबस्सुम की तरह
रात के चाक से फुटेगी शुआओं की लकीर
और जुम्हूर के बेदार[2] तआवुन[3] के तुफ़ैल[4]
ख़त्म हो जाएगी इंसाँ के लहू की तक़्तीर[5]

और कुछ देर भटक ले मेरे दरमाँदा[6] नदीम[7]
और कुछ दिन अभी ज़हराब[8] के साग़र पी ले
नूर-आफ़ुशाँ[9] चली आती है अरूसे-फ़र्दा[10]
हाल[11] तारीको-सम-अफ़्शाँ[12] सही लेकिन जी ले

बंगाल

(1944 बंगाल के अकाल के समय)

जहाने-कुहन[13] के मफ़्लूज[14] फ़लसफ़ा-दानो[15]
निज़ामे-नौ[16] के तक़ाज़े सवाल करते हैं
ये शाहराहें[17] इसी वास्ते बनी थीं क्या?
कि इन पे देस की जनता सिसक-सिसक के मरे
ज़मीं ने क्या इसी कारण अनाज उगला था
कि नस्ले-आदमो-हव्वा[18] बिलक-बिलक के मरे
मिलें इसीलिए रेशम के ढेर बुनती हैं
कि दुख़्तराने-वतन[19] तार-तार को तरसें
चमन को इस लिए माली ने ख़ूँ से सींचा था?
कि उसकी अपनी निगाहें बहार को तरसें
ज़मीं की क़ुव्वते-तख़्लीक़[20] के ख़ुदावंदो[21]!
मिलों में मुंतज़िम![22] सल्तनत के फ़रज़न्दो![23]

---

1. लाल, 2. जाग्रत, 3. सहयोग, 4. कारण, 5. बूँद-बूँद करके टपकना, 6. दुखी, 7. मित्र, 8. विष, 9. रौशनी बिखेरती हुई, 10. आनेवाली कल की दुल्हन, 11. वर्तमान, 12. अँधेरा और ज़हर भरा, 13. प्राचीन संसार, 14. लक़वा मारा हुआ, 15. दार्शनिकों, 16. नई व्यवस्था, 17. राजमार्ग, 18. आदम और हव्वा की सन्तान, मनुष्य जाति, 17. देश की बेटियाँ, 20. उपजाव शक्ति, 21. स्वामियों, 22. व्यवस्थापक, 23. बेटों।

पचास लाख फ़सुर्दा गले-सड़े ढाँचे
निज़ामे-ज़र[1] के ख़िलाफ़ एहतिजाज[2] करते हैं
ख़मोश होंटों से दम तोड़ती निगाहों से
बशर[3], बशर के ख़िलाफ़ एहतिजाज करते हैं

फ़नकार[4]

मैने जो गीत तेरे प्यार की ख़ातिर लिक्खे
आज उन गीतों को बाज़ार में ले आया हूँ

आज दूकान पे नीलाम उठेगा उनका
तूने जिन गीतों पे रक्खी थी मुहब्बत की असास[5]
आज चाँदी के तराज़ू में तुलेगी हर चीज़
मेरे अफ़्कार[6], मेरी शायरी, मेरा अहसास

जो तेरी ज़ात से मंसूब[7] थे उन गीतों को
मुफ़्लिसी जिंस बनाने पे उतर आई है

भूक तेरे रुख़े-रंगीं[8] के फ़सानों के एवज़
चन्द अशियाए-ज़रूरत[9] की तमन्नाई[10] है

देख इस अर्सा-गहे-मेह्नतो-सरमाया[11] में
मेरे नग़्मे[12] भी मेरे पास नहीं रह सकते

तेरे जल्वे किसी ज़रदार[13] की मीरास[14] सही
तेरे ख़ाके[15] भी मेरे पास नहीं रह सकते

आज उन गीतों को बाज़ार में ले आया हूँ
मैंने जो गीत तेरे प्यार की ख़ातिर लिक्खे

---

1. पूँजीवाद, 2. विरोध, 3. मनुष्य, 4. कलकार, 5. बुनियाद, 6. विचार, 7. सम्बन्धित, 8. रंगीन चेहरा, 9. आवश्यक वस्तुएँ, 10. इच्छुक, 11. परिश्रम और पूँजी का रणक्षेत्र, 12. गीत, 13. धनवान, 14. सम्पत्ति, 15. रेखाचित्र।

कभी-कभी

कभी-कभी मेरे दिल में ख़याल आता है
कि ज़िन्दगी तेरी, ज़ुल्फ़ों की नर्म छाँव में
गुज़रने पाती तो शादाब[1] हो भी सकती थी
ये तीरगी[2] जो मेरी ज़ीस्त[3] का मुक़द्दर है
तेरी नज़र की शुआओं में खो भी सकती थी

अजब न था कि मैं बेगानए-अलम[4] होकर
तेरे जमाल[5] की रानाइयों में खो रहता
तेरा गुदाज़[6] बदन, तेरी नीम्बाज़[7] आँखें
इन्ही हसीन फ़सानों में महव[8] हो रहता

पुकारतीं मुझे जब तल्खियाँ[9] ज़माने की
तेरे लबों से हलावत[10] के घूँट पी लेता
हयात चीख़ती फिरती बरह्ना-सर[11] और मैं
घनेरी ज़ुल्फ़ों के साये में छुप के जी लेता

मगर ये हो न सका और अब ये आलम[12] है
कि तू नहीं तेरा ग़म, तेरी जुस्तगू[13] भी नहीं
गुज़र रही है कुछ इस तरह ज़िन्दगी जैसे
इसे किसी के सहारे की आरज़ू भी नहीं

ज़माने भर के दुखों को लगा चुका हूँ गले
गुज़र रहा हूँ कुछ अनजानी रहगुज़ारों से
महीब[14] साये मेरी सिम्त बढ़ते आते हैं
हयातो-मौत के पुरहौल[15] ख़ारज़ारों[16] से

न कोई जादए-मंज़िल,[17] न रौशनी का सुराग़
भटक रही है ख़यालों[18] में ज़िन्दगी मेरी
इन्ही ख़लाओं में रह जाऊँगा कभी खोकर
मैं जानता हूँ मेरी हमनफ़स[19] मगर यूँ ही

कभी-कभी मेरे दिल में ख़याल आता है

---

1. हरी-भरी, 2. अँधेरा, 3. जीवन, 4. दुख से अनजान, 5. सुन्दरता, 6. मांसल, 7. अधखुली, 8. खोया हुआ, 9. कड़वाहटें, 10. मिठास, 11. नंगे सर, 12. दशा, 13. तलाश, 14. भयानक, 15. भयंकर, 16. जहाँ काँटे ही काँटे हो, 17. पड़ाव का रास्ता, 18. ख़ला का बहु. शून्य, 19. मित्र।

फ़रार[1]

अपने माज़ी के तसव्वुर से हिरासाँ[2] हूँ मैं
अपने गुज़रे हुए अय्याम[3] से नफ़रत है मुझे
अपनी बेकार तमन्नाओं पे शर्मिन्दा हूँ
अपनी बेसूद[4] उम्मीदों पे नदामत[5] है मुझे

मेरे माज़ी को अँधेरे में दबा रहने दो
मेरा माज़ी मेरी ज़िल्लत[6] के सिवा कुछ भी नहीं
मेरी उम्मीदों का हासिल, मेरी कविश[7] का सिला[8]
एक बेनाम अज़ीयत[9] के सिवा कुछ भी नहीं

कितनी बेकार उम्मीदों का सहारा लेकर
मैंने-ऐवान[10] सजाए थे किसी की ख़ातिर
कितनी बेरक्त[11] तमन्नाओं के मुब्हम[12] ख़ाके
अपने ख़्वाबों में बसाए थे किसी की ख़ातिर

मुझसे अब मेरी मुहब्बत के फ़साने न कहो
मुझ को कहने दो कि मैंने उन्हें चाहा ही नहीं
और वो मस्त निगाहें जो मुझे भूल गईं
मैंने उन मस्त निगाहों को सराहा ही नहीं

मुझको कहने दो कि मैं आज भी जी सकता हूँ
इश्क़ नाकाम सही, ज़िन्दगी नाकाम नहीं
उनको अपनाने की ख़्वाहिश, उन्हें पाने की तलब
शौक़े-बेकार सही, सइए-ग़म[13] अंजाम[14] नहीं

वही गेसू, वही नज़रें, वही अरिज़[15], वही जिस्म
मैं जो चाहूँ तो मुझे और भी मिल सकते हैं
वो कंवल जिन को कभी उन के लिए खिलना था
उनकी नज़रों से बहुत दूर भी खिल सकते हैं

---

1. पलायन, भागना, 2. निराश, भयभीत, 3. यौम का बहु., दिन, 4. निष्फल, 5. पछतावा, 6. अपमान, 7. चिंता, जिज्ञासा, 8. बदला, 9. यातना, 10. भवन, 11. असंबद्ध, 12. अस्पष्ट, 13. दुख की कोशिश, 14. परिणाम, 15. कपोल।

कल और आज

1

कल भी बूँदें बरसी थीं
कल भी बादल छाए थे
...और कवि ने सोचा था

बादल ये आकाश के सपने उन ज़ुल्फ़ों के साये हैं
दोशे-हवा पर[1] मैख़ाने ही मैख़ाने घिर आए हैं
रुत बदलेगी, फूल खिलेंगे, झोंके मध बसाएँगे
उजले-उजले खेतों में रंगीन आँचल लहराएँगे
चरवाहे बंसी की धुन से गीत फ़ज़ा में बोएँगे
आमों के झुंडों के नीचे परदेसी दिल खोएँगे
पींग बढ़ती गोरी के माथे से कौंदे लपकेंगे
जोहड़ के ठहरे पानी में तारे आँखें झपकेंगे
उलझी-उलझी राहों में वो आँचल थामे आएँगे
धरती, फूल, आकाश, सितारे, सपना-सा बन जाएँगे

कल भी बून्दे बरसी थीं
कल भी बादल छाए थे
...और कवि न सोचा था

2

आज भी बन्दे बरसेंगी
आज भी बादल छाए हैं
...और कवि इस सोच में है

बस्ती पर बादल छाए हैं पर ये बस्ती किसकी है
धरती पर अमृत बरसेगा पर ये बस्ती किसकी है
हल जोतेगी खेतों में अल्हड़ टोली दहक़ानों[2] की
धरती से फूटेगी मेहनत फ़ाक़ाकश इंसानों की

1. हवा के कन्धे पर, 2. किसानों।

फ़स्लें काट के मेहनतकश ग़ल्ले के ढेर लगाएँगे
जागीरों के मालिक आकर सब पूँजी ले जाएँगे

बूढ़े दहक़ानों के घर, बनिये की क़ुर्क़ी आएगी
और क़र्ज़े के सूद में कोई गोरी बेची जाएगी
आज भी जनता भूकी है कल भी जनता तरसी थी
आज भी रिमझिम बरखा होगी कल भी बारिश बरसी थी

आज भी बादल छाये हैं
आज भी बून्दें बरसेंगी
...और कवि इस सोच में है

हिरास[1]

तेरे होंटों पे तबस्सुम की वो हल्की-सी लकीर
मेरी तख़ईल[2] में रह-रह के झलक उठती है
यूँ अचानक तेरे आरिज़[3] का ख़याल आता है
जैसे ज़ुल्मत[4] में कोई शम्अ भड़क उठती है

तेरे पैराहने-रंगीं[5] की जुनूँख़ेज़[6] महक
ख़्वाब बन-बन के मेरे ज़ेह्न में लहराती है
रात की सर्द ख़मोशी में हर इक झोंके से
तेरे अन्फ़ास[7], तेरे जिस्म की आँच आती है

मैं सुलगते हुए राज़ों को अयाँ तो कर दूँ
लेकिन इन राज़ों की तश्हीर[8] से जी डरता है
रात के ख़्वाब उजाले में बयाँ तो कर दूँ
उन हसीं ख़्वाबों की ताबीर[9] से जी डरता है

तेरी साँसों की थकन, तेरी निगाहों का सुकूत[10]
दर-हक़ीक़त[11] कोई रंगीन शरारत ही न हो

---

1. भय, 2. कल्पना, 3. गाल, 4. अँधेरा, 5. रंगीन वस्त्र, 6. उन्मादोत्पादक, 7. साँसों, 8. प्रचार, 9. स्वप्नफल, 10. चुप्पी, 11. वास्तव में।

मैं जिसे प्यार में अंदाज़ समझ बैठा हूँ
वो तबस्सुम, वो तकल्लुम[1] तेरी आदत ही न हो

सोचता हूँ कि तुझे मिल के, मैं जिस सोच में हूँ
पहले इस सोच का मक़्सूम[2] समझ लूँ तो कहूँ
मैं तेरे शहर में अनजान हूँ, परदेसी हूँ
तेरे अल्ताफ़[3] का मफ़्हूम[4] समझ लूँ तो कहूँ

कहीं ऐसा न हो पाँव मेरे थर्रा जाएँ
और तेरी मरमरीं बाँहों का सहारा न मिले
अश्क बहते रहें ख़ामोश सियह रातों में
और तेरे रेशमी आँचल का किनारा न मिल

इसी दोराहे पर

अब न उन ऊँचे मकानों में क़दम रक्खूँगा
मैंने इक बार ये पहले भी क़सम खाई थी
अपनी नादार[5] मुहब्बत की शिकस्तों[6] के तुफ़ैल[7]
ज़िन्दगी पहले भी शर्मायी थी, झुंझलायी थी

और ये अहद[8] किया था ब-ईं-हाले-तबाह[9]
अब कभी प्यार भरे गीत नहीं गाऊँगा
किसी चिलमन ने पुकारा भी तो बढ़ जाऊँगा
कोई दरवाज़ा खुला तो पलट आऊँगा

फिर तेरे काँपते होंटों की फ़ुसूँकार[10] हँसी
जाल बुनने लगी, बुनती रही, बुनती ही रही
मैं खिंचा तुझसे, मगर तू मेरी राहों के लिए
फूल चुनती रही, चुनती रही, चुनती ही रही

बर्फ़ बरसाई मेरे ज़ेह्नो-तसव्वुर[11] ने मगर
दिल में इक शोलए-बेनाम-सा लहरा ही गया

---

1. बातचीत, 2. भाग्य, 3. कृपाएँ, 4. भाव, अर्थ, 5. कंगाल, 6. पराजय, 7. कारण, 8. प्रतिज्ञा, 9. इस दुर्दशा में, 10. मायावी, 11. समझ-बूझ और कल्पना।

तेरी चुपचाप निगाहों को सुलगते पाकर
मेरी बेज़ार तबीअत को भी प्यार आ ही गया

अपनी बदली हुई नज़रों के तक़ाज़े[1] न छुपा
मैं इस अन्दाज़ का मफ़्हूम समझ सकता हूँ
तेरे ज़रकार[2] दरीचों की बुलन्दी की क़सम
अपने इक़्दाम[3] का मक़्सूम[4] समझ सकता हूँ

अब न उन ऊँचे मकानों में क़दम रक्खूँगा
मैंने इक बार ये पहले भी क़सम खाई थी
उसी सरमाया-ओ-इफ़लास[5] के दो राहे पर
ज़िन्दगी पहले भी शर्मायी थी, झुँझलायी थी

इक तस्वीरे-रंग

मैंने जिस वक़्त तुझे पहले-पहल देखा था
तू जवानी का कोई ख़्वाब नज़र आई थी
हुस्न का नग़्मए-जावेद[6] हुई थी मालूम
इश्क़ का जज़्बए-बेताब[7] नज़र आई थी

ऐ तरब-ज़ारे जवानी[8] की परेशाँ तितली
तू भी इक बूए-गिरिफ़्तार[9] है मालूम न था
तेरे जल्वों में बहारें नज़र आती थीं मुझे
तू सितम-ख़ुर्दए-इद्बार[10] है मालूम न था

तेर नाज़ुक से परों पर ये ज़रो-सीम[11] का बोझ
तेरी परवाज़[12] को आज़ाद न होने देगा
तूने राहत की तमन्ना में जो ग़म पाला है
वो तेरी रूह को आबाद न होने देगा

---

1. माँगें, 2. सुनहरी, 3. किसी काम के लिए आगे बढ़ना, 4. भाग्य, 5. धन और निर्धनता, 6. शाश्वत गीत, 7. व्याकुल भावना, 8. जवानी का आनन्दधाम, 9. क़ैदी गन्ध, 10. निर्धनता के अत्याचार से मारी हुई, 11. सोना-चाँदी, 12. उड़ान।

तूने सरमाये की छाँव में पनपने के लिए
अपने दिल, अपनी मुहब्बत का लहू बेचा है
दिन की तज़ईने-फ़ुसुर्दा[1] का आसासा[2] लेकर
शोख़ रातों की मर्सरत का लहू बेचा है

ज़ख़्म-ख़ुर्दा[3] हैं तख़य्युल[4] की उड़ानें तेरी
तेरे गीतों में तेरी रूह के ग़म पलते हैं
सुर्मगीं[5] आँखों में यूँ हसरतें[6] लौ देती हैं
जैसे वीरान मज़ारों पे दीये जलते हैं

इससे क्या फ़ायदा? रंगीन लबादों[7] के तले
रूर जलती रहे, घुलती रहे, पज़मुर्दा[8] रहे
होंट हँसते हों दिखावे के तबस्सुम के लिए
दिल ग़मे-ज़ीस्त[9] से बोझल रहे, आज़ुर्दा[10] रहे

दिल की तस्कीं[11] भी है आसाइशे-हस्ती[12] की दलील[13]
ज़िन्दगी सिर्फ़ ज़रो-सीम का पैमाना नहीं
ज़ीस्त एहसास भी है, शौक़ भी है, दर्द भी है
सिर्फ़ अन्फ़ास[14] की तरतीब[15] का अफ़्साना नहीं

उम्र भर रेंगते रहने से कहीं बेहतर है
एक लम्हा जो तेरीं रूह में वुस्अत[16] भर दे
एक लम्हा जो तेरे गीत को शोख़ी दे दे
एक लम्हा जो तेरी लय में मसर्रत भर दे

एक शाम

क़ुम्क़ुमों की ज़हर उगलती रौशनी
संगदिल गुरहौल[17] दीवारों के साये
आहनी बुत[18] देव-पैकर[19] अजनबी

---

1. उदास सजावट, 2. सामान, 3. घायल, 4. कल्पना, 5. सुर्मा लगी हुई, 6. निराशाएँ, 7. वस्त्रों, 8. उदास, दुखी, 9. जीवन का दुख, 10. दुखी, 11. तस्कीन का लघु, सन्तोष, 12. जीवन का सुख, 13. तर्क, प्रमाण, 14. नफ़स का बहु. साँस, 15. क्रम, 16. विस्तार, 17. भयंकर, 18. लोहे की मूर्तियाँ, 19. राक्षस समान शरीर वाले।.

चीख़ती, चिंघाड़ती ख़ूनीं सराए
रूह उलझी जा रही है, क्या करूँ

चार जानिब[1] इतिआशे-रंगो-नूर[2]
चार जानिब अजनबी बाँहों के जाल
चार जानिब ख़ूँफ़िशाँ[3] परचम[4] बुलंद
मैं, मेरी ग़ैरत[5], मेरा दस्ते-सवाल[6]
ज़िन्दगी शर्मा रही है, क्या करूँ

कारगाहे-ज़ीस्त[7] के हर मोड़ पर
रूहे-चंगेज़ी[8] बरअफ़गंदा-नक़ाब[9]
थाम ऐ सुब्हे-जहाने-नौ[10] की ज़ौ[11]
जाग ऐ मुस्तक़्बिले-इंसाँ[12] के ख़्वाब
आस डूबी जा रही है, क्या करूँ

एहसासे-कामराँ[13]

उफ़ुक़े-रूस[14] से फूटी है नई सुबह की ज़ौ[15]
शब का तारीक[16] जिगर चाक हुआ जाता है[17]
तीरगी[18] जितना सँभलने के लिए रुकती है
सुर्ख़ सैल[19] और भी बेबाक हुआ जाता है

सामराज अपने वसीलों[20] पे भरोसा न करे
कुह्ना[21] ज़ंजीरों की झँकारें नहीं रह सकतीं
जज़्बए-नुस्रते-जुम्हूर[22] की बढ़ती रौ[23] में
मुल्क और क़ौम की दीवारें नहीं रह सकतीं

---

1. दिशा, 2. रंग और प्रकाश का कम्पन, 3. ख़ून बरसानेवाला, 4. झंडा, 5. स्वाभिमान, 6. माँगने के लिए फैला हुआ हाथ, 7. जीवन की रणभूमि, 8. चंगेज़ (बारहवीं शताब्दी में हलाकू का दादा, जो बड़ा अत्याचारी था) की आत्मा, 9. मुख पर पर्दा (नक़ाब) डाले हुए, 10. नए संसार की सुबह, 11. प्रकाश, 12. मनुष्य का भविष्य, 13. विजयी भावना, 14. रूस के क्षितिज से, 15. प्रकाश, 16. अन्धकारमय, 17. फटा जाता है, 18. अँधेरा, 19. बाढ़, 20. साधनों, 21. पुरानी, 22. जनता के समर्थन की भावना, 23. बहाव।

संगो-आहन[1] की चटानें हैं अवामी जज़्बे[2]
मौत के रेंगते सायों से कहो, हट जाएँ
करवटें ले के मचलने को है सैले-अन्वार[3]
तीरा-ओ-तार[4] घटाओं से कहो, छट जाएँ

सालहा-साल[5] के बेचैन शरारों[6] का ख़रोश
इक नई ज़ीस्त[7] का दर[8] बाज़[9] किया चाहता है
अज़्मे-आज़ादिए-इंसाँ[10], ब-हज़ाराँ जबरूत[11]
इक नए दौर का आग़ाज़[12] किया चाहता है

बरतर अक़्वाम[13] के मग़रूर[14] ख़ुदाओं से कहो
आख़िरी बार ज़रा अपना तराना दुहराएँ
और फिर अपनी सियासत[15] पे पशेमाँ[16] होकर
अपने नाकाम इरादों का कफ़न ले आएँ

सुर्ख़ तूफ़ान की मौजों को जकड़ने के लिए
कोई ज़ंजीरे-गिराँ[17] काम नहीं आ सकती
रक़्स[18] करती हुई किरनों के तलातुम[19] की क़सम
अर्सए-दह्र[20] पे अब शाम नहीं छा सकती

मेरे गीत तुम्हारे हैं

अब तक मेरे गीतों में उम्मीद भी थी, पस्पाई[21] भी
मौत के क़दमों की आहट भी, जीवन की अँगड़ाई भी
मुस्तक़्बिल[22] की किरनें भी थीं, हाल[23] की बोझल ज़ुल्मत[24] भी
तूफ़ानों का शोर भी था और ख़्वाबों की शहनाई भी

आज से मैं अपने गीतों में आतिशपारे[25] भर दूँगा
मद्धम, लचकीली तानों में जीवट धारे भर दूँगा

---

1. पत्थर और लोहा, 2. जनता की भावनाएँ, 3. रौशनियों की बाढ़, 4. अँधेरा, 5. बरसों, 6. चिनगारियों, 7. जीवन, 8. दरवाज़ा, 9. खुलना, 10. मनुष्य की आज़ादी का संकल्प, 11. हज़ारों प्रतिष्ठाओं के साथ, 12. प्रारम्भ, 13. बड़े राष्ट्रों, 14. घमंडी, 15. राजनीति, 16. लज्जित, 17. भारी ज़ंजीर, 18. नृत्य, 19. बाढ़, 20. संसार का क्षेत्र, 21. पराजय, 22. भविष्य, 23. वर्तमान, 24. अँधेरा, 25. चिनगारियाँ।

जीवन के अंधियारे पथ पर मश्अल[1] लेकर निकलूँगा
धरती के फैले आँचल में सुर्ख़ सितारे भर दूँगा

आज से ऐ मज़दूर किसानो! मेरे गीत तुम्हारे हैं
फ़ाक़ाकश[2] इंसानो! मेरे जोग-बिहाग तुम्हारे हैं
जब तक तुम भूके-नंगे हो, ये नग़मे[3] ख़ामोश न होंगे
जब तक बेआराम हो तुम, ये नग़मे राहतकोश[4] न होंगे

मुझको इसका रंज नहीं है, लोग मुझे फ़नकार[5] न मानें
फ़िक्रो-फ़न[6] के ताजिर[7] मेरे शे'रों को अश्आर न मानें
मेरा फ़न, मेरी उम्मीदें, आज से तुमको अर्पन हैं
आज से मेरे गीत तुम्हारे दुख और सुख का दर्पन हैं

तुम से क़ुव्वत[8] लेकर अब मैं तुमको राह दिखाऊँगा
तुम परचम[9] लहराना साथी! मैं बर्बत[10] पर गाऊँगा
आज से मेरे फ़न का मक़्सद ज़ंजीरें पिघलाना है
आज से मैं शबनम के बदले अंगारे बरसाऊँगा

अपनी तबाहियों का मुझे कोई ग़म नहीं
तुम ने किसी के साथ मुहब्बत निभा तो दी

मैं नहीं तो क्या?

मेरे लिए ये तकलीफ़[11], ये दुख, ये हसरत[12] क्यों
मेरी निगाहे-तलब[13], आख़िरी निगाह न थी
हयात-ज़ारे- जहाँ[14] की तवील[15] राहों में
हज़ार दीदए-हैराँ[16] फ़ुसूँ[17] बिखेरेंगे
हज़ार चश्मे-तमन्ना[18] बनेगी दस्ते-सवाल[19]
निकल के ख़ल्वते-ग़म[20] से नज़र उठाओ तो
वही शफ़क़[21] है, वही ज़ौ[22] है, मैं नहीं तो क्या?

---

1. मशाल, 2. भूखों मरनेवाले, 3. गीत, 4. सुखदायक, 5. कलाकार, 6. चिन्तन और कला, 7. व्यापारी, 8. शक्ति, 9. झंडा, 10. सितार की तरह का एक साज़, 11. कष्ट, 12. निराशा, 13. याचना-दृष्टि, 14. जीवन से भरा संसार, 15. लम्बी, 16. चकित आँखें, 17. जादू, 18. लालसा भरी आँख, 19. भीख के लिए फैला हुआ हाथ, 20. दुख का एकान्तवास, 21. उषा, लालिमा, 22. प्रकाश।

मेरे बग़ैर भी तुम कामयाबे-इश्रत थीं
मेरे बग़ैर भी आबाद थे निशातकदे[1]
मेरे बग़ैर भी तुम ने दीये जलाए हैं
मेरे बग़ैर भी देखा है ज़ुल्मतों का नुज़ूल[2]
मेरे न होने से उम्मीद का ज़ियाँ[3] क्यों हो
बढ़ी चलो मए-इश्रत[4] के जाम छलकाती
तुम्हारी रोग, तुम्हारे बदन के फूलों पर
इसी बहार का परतौ[5] है, मैं नहीं तो क्या?

मेरे लिए ये उदासी,ये सोग क्यों आख़िर
मलीह[6] चेहरे पे गर्दे-फ़सुर्दगी[7] कैसी
बहारे-ग़ाज़ा[8] से आरिज़[9] को ताज़गी बख़्शो
अलील[10] आँखों में काजल लगाओ रंग भरो
सियाह जूड़े में कलियों की कहकशाँ[11] गूँधो
तुम्हारी चश्मे-तवज्जुह के मुंतज़िर हैं अभी
जिलौ[12] में नग़्मा-ओ-रंगो-बहारो-नूर लिए
हयात[13] गर्मे-तगो-दौ है[14] मैं नहीं तो क्या

ख़ुदकुशी[15] से पहले

उफ़ ये बेदर्द सिपाही, ये हवा के झोंके
किस को मालूम है इस शब की सहर हो कि न हो
इक नज़र तेरे दरीचे की तरफ़ देख तो लूँ
डूबती आँखों में फिर ताबे-नज़र[16] हो कि न हो

अभी रौशन हैं तेरे गर्म शबिस्ताँ[17] के दीये
नीलगूँ[18] पर्दों से छनती हैं शुआएँ अब तक
अजनबी बाँहों के हल्के़[19] में लचकती होंगी
तेरे महके हुए बालों की रिदाएँ[20] अब तक

---

1. आनन्द भवन, 2. अवतरण, 3. हानि, 4. आनन्द की शराब, 5. छाया, 6. साँवला, 7. मलिनता की धूल, 8. पाउडर, 9. गाल, 10. बीमार, 11. आकाश गंगा, 12. साथ, 13. जीवन, 14. प्रयास कर रहा है, 15. आत्महत्या, 16. देखने की शक्ति, 17. मयनागर, 18. नीले रंग का, 19. घेरे, 20. चादरें।

सर्द होती हुई बत्ती के धुएँ के हमराह
हाथ फैलाए बढ़े आते हैं ओझल साये
कौन पोंछे मेरी आँखों के सुलगते आँसू
कौन उलझे हुए बालों की गिरह सुलझाए

आह ये ग़ारे-हलाकत[1], ये दीये का महबस[2]
उम्र अपनी इन्ही तारीक मकानों में कटी
ज़िन्दगी फ़ित्‌रते-बेहिस[3] की पुरानी तक़्सीर[4]
इक हक़ीक़त थी मगर चन्द फ़सानों में कटी

कितनी आसाइशें[5] हँसती रहीं ऐवानों में
कितने दर मेरी जवानी पे सदा बन्द रहे
कितने हाथों ने बुना अतलसो-कमख़्वाब[6] मगर
मेरे मल्‌बूस[7] की तक़्दीर में पैवन्द[8] रहे

ज़ुल्म सहते हुए इंसानों के इस मक़्तल[9] में
कोई फ़र्दा[10] के तसव्वुर से कहाँ तक बहले
उम्र भर रेंगते रहने की सज़ा है जीना
एक-दो दिन की अज़ीयत[11] हो तो कोई सह ले

वही ज़ुल्मत[12] है फ़ज़ाओं पे अभी तक तारी
जाने कब ख़त्म हो इंसाँ के लहू की तक़्तीर[13]
जाने कब निखरे सियहपोश फ़ज़ा का जोबन
जाने कब जागे सितम-ख़ुर्दा[14] बशर की तक़्दीर

अभी रौशन हैं तेरे गर्म शबिस्ताँ के दीये
आज मैं मौत के ग़ारों में उतर जाऊँगा
और दम तोड़ती बत्ती के धुएँ के हमराह
सरदहदे-मर्गे-मुसल्‌सल[15] से गुज़र जाऊँगा

---

1. विनाश का गढ़ा, 2. कारावास, 3. संवेदनहीन प्रकृति, 4. दोष, 5. सुख, 6. एक प्रकार के बहुमूल्य कपड़ा, 7. वस्त्र, 8. जोड़, 9. वधस्थान, 10. आनेवाला कल, 11. यातना, 12. अन्धकार, 13. बूँद-बूँद करके टपकना, 14. पीड़ित, 15. निरन्तर मृत्यु की सीमा।

फिर वही कुंजे-क़फ़स[1]

चन्द लम्हों के लिए शोर उठा डूब गया
कुहना ज़ंजीरे-ग़ुलामी[2] की गिरह कट न सकी
फिर वही सैले-बला[3] है, वही दामे-अम्वाज[4]
नाख़ुदाओं[5] में सफ़ीने[6] की जगह बट न सकी

टूटते देख के देरीना[7] तअत्तुल[8] का फ़ुसूँ
नब्ज़े-उम्मीदे-वतन[9] उभरी, मगर डूब गई
पेशवाओं[10] की निगाहों में तज़ब्ज़ुब[11] पाकर
टूटती रात के साये में सहर डूब गई

मेरे महबूब वतन! तेरे मुक़द्दर के ख़ुदा
दस्ते-अग़्यार[12] में क़िस्मत की इनाँ[13] छोड़ गए
अपनी यकतरफ़ा सियासत के तक़ाज़ों के तुफ़ैल
एक बार और मुझे नौहा-कुनां[14] छोड़ गए

फिर वही गोशए-ज़िन्दाँ[15] है, वही तारीकी[16]
फिर वही कुह्ना सलासिल[17], वही ख़ूनीं झनकार
फिर वही भूक से इंसाँ की सितेज़ाकारी[18]
फिर वही माओं के नौहे[19], वही बच्चों की पुकार

तेरे रहबर[20] तुझे मरने के लिए छोड़ चले
अर्ज़े-बंगाल[21], उन्हें डूबती साँसों से पुकार
बोल, चटगाँव की मज़्लूम ख़मोशी कुछ बोल
बोल ऐ पीप से रिसते हुए सीनों की बहार
भूक और क़हत के तूफ़ान बढ़े आते हैं
बोल ऐ इस्मतो-इफ़्फ़त[22] के जनाज़ों की क़तार

रोक उन टूटते क़दमों को उन्हें पूछ ज़रा
पूछ ऐ भूक से दम तोड़ते ढाँचों की क़तार

---

1. पिंजरे का कोना, कारागार का कोना, 2. ग़ुलामी (दासता) की पुरानी ज़ंजीर, 3. मसीबतों की बाढ़, 4. लहरों का जाल, 5. नाविकों, 6. नाव, 7. पुराना, 8. गत्यवरोध, 9. देश की आशा की नाड़ी, 10. नेताओं, 11. दुविधा, 12. ग़ैरों (दुश्मनों) के हाथ, 13. लगाम, 14. रोता हुआ, 15. जेल का कोना, 16. अँधेरा, 17. पुरानी ज़ंजीरें, 18. लड़ाई, 19. विलाप, 20. नेता, 21. बंगाल का धरती, 22. सतीत्व।

ज़िन्दगी जब्र के साँचों में ढलेगी कब तक
इन फ़िज़ाओं में अभी मौत पलेगी कब तक

ग़ज़ल

नफ़स[1] के लोच में रम[2] ही नहीं, कुछ और भी है
हयात साग़रे-सम[3] ही नहीं, कुछ और भी है

तेरी निगाह मेरे ग़म की पासदार[4] सही
मेरी निगाह में ग़म ही नहीं, कुछ और भी है

मेरी नदीम[5]! महब्बत की रिफ़्अतों[6] से न गिर
बुलंद बामे-हरम[7] ही नहीं, कुछ और भी है

ये इज्तिनाब[8] है अक्से-शऊरे-महबूबी[9]
ये एहतियाते-सितम[10] ही नहीं, कुछ और भी है

इधर भी एक उचटती नज़र कि दुनिया में
फ़रोग़े-महफ़िल-जम[11] ही नहीं, कुछ और भी है

नए जहान बसाए हैं फ़िक्रे-आदम ने
अब इस ज़मीं पे इरम[12] ही नहीं, कुछ और भी है

मेरे शऊर को आवारा कर दिया जिसने
वो मर्गे-शादी-ओ-ग़म[13] ही नहीं, कुछ और भी है

नूरजहाँ के मज़ार पर

पहलूए-शाह[14] में ये दुख़्तरे-जुम्हूर[15] की क़ब्र
कितने गुमगश्ता[16] फ़सानों का पता देती है
कितने ख़ूँरेज़[17] हक़ाइक़[18] से उठाती है नक़ाब[19]
कितनी कुचली हुई जानों का पता देती है

---

1. साँस, 2. दौड़ना, 3. ज़हर का प्याला, 4. निरीक्षक, 5. दोस्त, 6. ऊँचाइयों, 7. अन्त:पुर की अटारी, 8. उपेक्षा, 9. प्रेमपात्रता की अनुभूति की छाया, 10. अत्याचार की सावधानी, 11. जम (जमशेद जो प्राचीन ईरान का शासक था) की सभा की शोभा, 12. वह कृत्रिम स्वर्ग जो शद्दाद ने बनाया था, 13. दुख और खुशी से मर जाना, 14. बादशाह के क़रीब, 15. जनता की बेटी, 16. खोये हुए, 17. हिंसक, निर्दय, 18. सच्चाइयों, 19. पर्दा।

कैसे मग़रूर शहंशाहों की तस्कीं[1] के लिए
सालहा-साल हसीनाओं के बाज़ार लगे
कैसे बहकी हुई नज़रों के तअय्युश[2] के लिए
सुर्ख़ महलों में जवाँ जिस्मों के अंबार लगे

कैसे हर शाख़ से मुँह-बंद महकती कलियाँ
नोच ली जाती थीं तर्ज़ईने-हरम[3] की ख़ातिर
और मुर्झा के भी आज़ाद न हो सकती थीं
ज़िल्ले-सुबहान[4] की उल्फ़त के भरम की ख़ातिर

कैसे इक फ़र्द[5] के होंटों की ज़रा-सी जुंबिश[6]
सर्द कर सकती थी[7] बेलौस[8] वफ़ाओं के चिराग़
लूट सकती थी दमकते हुए हाथों का सुहाग
तोड़ सकती थी मए-इश्क़[9] से लबरेज़[10] अयाग़[11]

सहमी-सहमी-सी फ़ज़ाओं में ये वीराँ मर्क़द[12]
इतना ख़ामोश है फ़रियाद-क्रुनाँ[13] हो जैसे
सर्द शाख़ों में हवा चीख़ रही है ऐसे
रूहे-तक़्दीसो-वफ़ा[14] मर्सिया ख़्वाँ[15] हो जैसे

तू मेरी जान! मुझे हैरतो-हसरत[16] से न देख
हम में कोई भी जहाँनूरो-जहाँगीर नहीं
तू मुझे छोड़ के ठुकरा के भी जा सकती है
तेरे हाथों में मेरे हाथ हैं, ज़ंजीर नहीं

जागीर

फिर उसी वादिए-शादाब[17] में लौट आया हूँ
जिस में पिन्हाँ[18] मेरे ख़्वाबों की तरबगाहें[19] हैं
मेरे अह्बाब[20] के सामाने-तअय्युश[21] के लिए
शोख़ सीने हैं, जवाँ जिस्म, हसीं बाँहे हैं

---

1. सन्तोष, 2. भोग-विलास, 3. अन्तःपुर की सज्जा, 4. शासक, 5. व्यक्ति, 6. हरकत, हिलन, 7. बुझा सकती थी, 8. निश्छल, 9. प्रेम की शराब, 10. भरे हुए, 11. प्याला, 12. क़ब्र, 13. पुकारता हुआ, 14. प्रेम और पवित्रता की आत्मा, 15. शोक गीत गाता हुआ, 16. अभिलाषा और आश्चर्य, 17. हरी-भरी घाटी, 18. छुपा हुआ, 19. वह स्थान जहाँ ख़ुशियाँ मनाई जा रही हों, 20. मित्रों, 21. भोग-विलास की सामग्री।

सब्ज़ खेतों में ये दुबकी हुई दोशीज़ाएँ[1]
उनकी शिरयानों[2] में किस-किस का लहू जारी है
किस में जुर्अत[3] है कि इस राज़ की तश्हीर[4] करे
सब के लब पर मेरी हैबत[5] का फ़ुसूँ तारी है

हाय वो गर्मो-दिलआवेज़[6] उबलते सीने
जिन से हम सत्वते-आबा[7] का सिला लेते हैं
जाने इन मरमरीं जिस्मों को ये मरियल दहक़ाँ[8]
कैसे उन तीरा[9] घरौन्दों में जन्म देते हैं

ये लकहते हुए पौदे, ये दमकते हुए खेत
पहले अज्दाद[10] की जागीर थे अब मेरे हैं
ये चारागाह, ये रेवड़, ये मवेशी, ये किसान
सब के सब मेरे हैं, सब मेरे हैं, सब मेरे हैं

उनकी मेहनत भी मेरी, हासिले-मेहनत[11] भी मेरा
उनके बाज़ू भी मेरे, क़ुव्वते-बाज़ू भी मेरी
मैं ख़ुदावंद हूँ इस वुस्अते-बेपायाँ[12] का
मौजे-आज़ि भी मेरी, नक्हते-गेसू[13] भी मेरी

मैं उन अज्दाद का बेटा हूँ जिन्होंने पैहम[14]
अज़नबी क़ौम के साये की हिमायत की है
ग़द्र[15] की साअते-नापाक[16] से लेकर अब तक
हर कड़े वक़्त में सरकार की ख़िद्मत की है

ख़ाक पर रेंगने वाले ये फ़सुर्दा ढाँचे
इनकी नज़रें कभी तलवार बनी हैं न बनीं
इनकी ग़ैरत पे हर इक हाथ झपट सकता है
इनके अब्रू[17] भी कमानें न तनी हैं न तनीं

हाय ये शाम, ये झरने, ये शफ़क़ की लाली
मैं इन आसूदा[18] फ़ज़ाओं में ज़रा झूम न लूँ

---

1. कुमारियाँ, 2. शिराओं, 3. साहस, 4. प्रचार, 5. आतंक, 6. गर्म और प्रियदर्शन, 7. पुरखों का प्रताप, 8. किसान, 9. अँधेरे, 10. पुरखे, 11. परिश्रम का फल, 12. असीम विस्तार, 13. बालों की सुगंध, 14. लगातार, 15. क्रान्ति, 16. अपवित्र, समय, 17. भौं, भ्रू, 18. शांत।

वो दबे पाँव उधर कौन चली जाती है
बढ़ के उस शोख़ के तरशे हुए लब चूम न लूँ

मादाम

आप बेवज्ह परेशान-सी क्यों हैं मादाम
लोग कहते हैं तो फिर ठीक ही कहते होंगे
मेरे अह्‌बाब ने तह्‌ज़ीब न सीखी होगी
मेरे माहौल में इंसान न रहते होंगे

नूरे सरमाया[1] से है रुए-तमद्दुन[2] की जिला[3]
हम जहाँ हैं वहाँ तह्‌ज़ीब नहीं पल सकती
मुफ़लिसी हिस्से-लताफ़त[4] को मिटा देती है
भूक आदाब[5] के साँचों में नहीं ढल सकती

लोग कहते हैं तो लोगों पे तअज्जुब कैसा
सच तो कहते हैं कि नादारों[6] की इज़्ज़त कैसी
लोग कहते हैं, मगर आप अभी तक चुप हैं
आप भी कहिए, ग़रीबों में शराफ़त कैसी

नेक मादाम! बहुत जल्द वो दौर आएगा
जब हमें ज़ीस्त[7] के अद्‌वार[8] परखने होंगे
अपनी ज़िल्लत[9] की क़सम, आपकी अज़्मत[10] की क़सम
हम को ताज़ीम[11] के मेयार[12] परखने होंगे

हमने हर दौर में तज़्लील[13] सही है लेकिन
हमने हर दौर के चेहरे को ज़िया बख़्शी है[14]
हमने हर दौर में मेहनत के सितम झेले हैं
हमने हर दौर के हाथों को हिना बख़्शी है

---

1. दौलत की रौशनी, 2. संस्कृति का मुख, 3. चमक, 4. कोमलता का अनुभव, 5. शिष्टाचार, 6. निर्धनों, 7. जीवन, 8. दौर का बहु., युग, 9. अपमान, 10. महान्ता, 11. आदर, 12. स्तर, 13. अपमान, 14. प्रकाश प्रदान किया है।

लेकिन इन तल्ख़[1] मबाहिस[2] से भला क्या हासिल
लोग कहते हैं तो फिर ठीक ही कहते होंगे
मेरे अह्बाब ने तह्ज़ीब न सीखी होगी
मैं जहाँ हूँ वहाँ इंसान न रहते होंगे

वज्हे-बेरंगिए-गुलज़ार[3] कहूँ या न कहूँ
कौन है कितना गुनहगार कहूँ या न कहूँ

मुफ़ाहमत[2]

नशेबे-अर्ज़[5] पे ज़र्रों[6] को मुश्तइल[7] पाकर
बलन्दियों पे सफ़ेदो-सियाह[8] मिल ही गए
जो यादगार थे बाहम[9] सितेज़ाकारी[10] की
बफ़ैज़े-वक़्त[11] वो दामन के चाक सिल ही गए

जिहाद[12] ख़त्म हुआ, दौरे-आश्ती[13] आया
सँभल के बैठ गए महमिलों में दीवाने
हुजूमे-तश्ना-लबाँ[14] की निगाह से ओझल
छलक रहे हैं शराबे-हवस[15] के पैमाने

ये जश्न, जश्ने-मसर्रत[16] नहीं, तमाशा है
नए लिबास में निकला है रह्ज़नों[17] का जुलूस
हज़ार शम्ए-उख़ुव्वत[18] बुझा के चमके हैं
ये तीरगी[19] के उभारे हुए हसीं फ़ानूस

ये शाख़े-नूर[20] जिसे ज़ुल्मतों[21] ने सींचा है
अगर फली तो शरारों[22] के फूल लाएगी
ये फल सकी तो नई फ़स्ले-गुल[23] के आने तक
ज़मीरे-अर्ज़[24] में इक ज़हर छोड़ जाएगी

---

1. कटु, 2. वाद-विवाद, 3. बाग़ (संसार) की नीरसता का कारण, 4. समझौता, 5. धरती की निचाई, 6. कणों, 7. उत्तेजित, 8. काला और सफ़ेद, 9. परस्पर, 10. लड़ाई, 11. समय के उपकार से, 12. संघर्ष, 13. शान्ति का समय, 14. प्यासों की भीड़, 15. लालसा की शराब, 16. ख़ुशी का उत्सव, 17. लुटेरों, 18. भाईचारे का दीप, 19. अन्धकार, 20. प्रकाश की डाली, 21. अँधेरों, 22. चिनगारियों, 23. वसंत ऋतु, 24. धरती का मन।

आज

साथियो! मैंने बरसों तुम्हारे लिए
चाँद, तारों, बहारों के सपने बुने
हुस्न और इश्क़ के गीत गाता रहा
आरज़ुओं के ऐवाँ सजाता रहा
मैं तुम्हारा मुग़न्नी[1] तुम्हारे लिए
जब भी आया नए गीत लाता रहा
आज लेकिन मेरे दामने-चाक[2] में
गर्दे-राहे-सफ़र[3] के सिवा कुछ नहीं
मेरे बरबत के सीने में नग़्मों का दम घूट गया
तानें चीख़ों के अंबार में दब गई हैं
और गीतों के सुर हिचकियाँ बन गए हैं
मैं तुम्हारा मुग़न्नी हूँ, नग़्मा नहीं हूँ
और नग़्मे की तख़्लीक़[4] का साज़ो-सामां[5]
साथियो! आज तुमने भस्म कर दिया है
और मैं अपना टूटा हुआ साज़ थामे
सर्द लाशों के अंबार को तक रहा हूँ
मेरे चारों तरफ़ मौत की वहशतें[6] नाचती हैं
और इंसाँ की हैवानियत[7] जाग उठी है
बर्बरीयत[8] के ख़ूँख़्वार[9] इफ़रीत[10]
अपने नापाक जबड़ों को खोले
खून पी-पी के ग़ुर्रा रहे हैं
बच्चे माओं की गोदों में सहमे हुए हैं
इस्मतें सर-बरह्ना[11] परेशान हैं
हर तरफ़ शोरे-आहो-बुका[12] है
और मैं इस तबाही के तूफ़ान में
आग और ख़ूँ के हैजान[13] में
सरनिगूँ[14] और शिकस्ता[15] मकानों के मलबे से पुर रास्तों पर

---

1. गायक, 2. फटा हुआ दामन, 3. यात्रा के रास्ते की धूल, 4. रचना, 5. आवश्यक सामग्री, 6. भय, 7. पशुता, 8. अत्याचार, 9. ख़ून पीनेवाला, 10. राक्षस, 11. नंगे सिर, 12. विलाप का शोर, 13. आवेश, 14. सिर झुकाए हुए, 15. टूटे हुए।

अपने नग़्मों की झोली पसारे
दर-ब-दर[1] फिर रहा हूँ!
मुझको अम्न और तह्ज़ीब[2] की भीक दो
मेरे गीतों की लय, मेरा सुर, मेरी नै[3]
मेरे मजरूह[4] होंटों को फिर सौंप दो
साथियो! मैंने बरसों तुम्हारे लिए
इन्क़िलाब और बग़ावत[5] के नग़्मे अलापे
अजनबी राज के ज़ुल्म की छाँव में
सरफ़रोशी[6] के ख़्वाबीदा[7] जज़्बे उभारे
और उस सुबह की राह देखी?
जिसमें इस मुल्क की रूह आज़ाद हो
आज ज़ंजीरे-मह्कूमियत[8] कट चुकी है
और इस मुल्क के बह्रो-बरम[9] बामो-दर[10]
अजनबी क़ौम के ज़ुल्मत-अफ़्शाँ[11] फरैरे
की मनूहूस छाँव से आज़ाद हैं
खेत सोना उगलने को बेचैन हैं
वादियाँ लहलहाने को बेताब हैं
कोहसारों[12] के सीने में हैजान है
संग और ख़िश्त[13] बेख़्वाबो-बेदार हैं[14]
उनकी आँखों में तामीर[15] के ख़्वाब हैं
उनके ख़्वाबों को तक्मील[16] का रूप दो
मुल्क की वादियाँ, घाटियाँ, खेतियाँ
औरतें, बच्चियाँ
हाथ फैलाए ख़ैरात[17] की मुंतज़िर हैं
उनको अम्न और तह्ज़ीब की भीक दो
माओं को उनके होंटों की शादाबियाँ[18]
नन्हे बच्चों को उनकी ख़ुशी बख़्श दो

---

1. घर-घर, 2. शान्ति और सभ्यता, 3. बाँसुरी, 4. घायल, 5. विद्रोह, 6. जान न्योछावर करना, 7. सोये हुए, 8. दास्ता की ज़ंजीर, 9. सागर और धरती, 10. खिड़कियाँ और दरवाज़े, 11. अँधेरा फैलानेवाले, 12. पर्वतमाला, 13. पत्थर और ईंट, सोये हुए और जागे हुए हैं, 14. निर्माण, 15. पूर्ति, 16. पूर्ति, दान, 17. दान, 18. प्रफुल्लता, हरा-भरा।

मुल्क की रूह को ज़िन्दगी बख़्श दो
मुझको मेरा हुनर, मेरी लय बख़्श दो
आज सारी फ़ज़ा है भिकारी
और मैं इस भिकारी फ़िज़ा में
अपने नग़मों की झोली पसारे
दर-ब-दर फिर रहा हूँ
मुझको फिर मेरा खोया हुआ साज़ दो
मैं तुम्हारा मुग़न्नी तुम्हारे लिए
जब भी आया, नए गीत लाता रहूँगा

ग़ज़ल

तरबज़ारों[1] पे क्या बीती, सनमख़ानों[2] पे क्या गुज़री
दिले-ज़िन्दा[3]! तेरे मर्हूम[4] अरमानों पे क्या गुज़री

ज़मीं ने ख़ून उगला, आसमाँ ने आग बरसाई
जब इंसानों के दिल बदले तो इंसानों पे क्या गुज़री

हमें ये फ़िक्र उनकी अंजुमन[5] किस हाल में होगी
उन्हें ये ग़म कि उनसे छुट के दीवानों पे क्या गुज़री

मेरा इल्हाद[6] तो ख़ैर एक लानत[7] था सो है अब तक
मगर इस आलमे-वह्शत[8] में ईमानों पे क्या गुज़री

ये मंज़र कौन-सा मंज़र है, पहचाना नहीं जाता
सियहख़ानों[9] से कुछ पूछो, शबिस्तानों पे क्या गुज़री

चलो वो कुफ़्र[10] के घर से सलामत आ गये लेकिन
ख़ुदा की मम्लुकत[11] में सोख़्ता-जानों[12] पे क्या गुज़री

---

1. आनन्द धाम, 2. बुतख़ानों, प्रेयसी का घर, 3. वह हृदय जो हर्ष और आनन्द से परिपूर्ण हो, 4. मरे हुए, 5. सभा, 6. नास्तिकता, 7. बुराई, 8. भय की अवस्था, 9. मुसीबत का घर, 10. अक्तज्ञता, 11. राज्य, 12. दिलजलों अर्थात प्रेमियों।

नया सफ़र है पुराने चिराग़ गुल कर दो

फ़रेबे-जन्नते-फ़र्दा[1] के जाल टूट गए
हयात[2] अपनी उम्मीदों पे शर्मसार[3]-सी है
चमन में जश्ने-वुरूदे-बहार[4] हो भी चुका
मगर निगाहे-गुलो-लाला[5] सोगवार[6]-सी है

फ़ज़ा में गर्म बगूलों का रक़्स जारी है
उफ़ुक़ पे ख़ून की मीना[7] छलक रही है अभी
कहाँ का मिह्रे-मुनव्वर[8], कहाँ की तन्वीरें[9]
कि बामो-दर पे सियाही झलक रही है अभी

फ़ज़ाएँ सोच रही हैं कि इब्ने-आदम ने
ख़िरद[10] गँवा के जुनूँ आज़मा के क्या पाया
वही शिकस्ते-तमन्ना, वही ग़मे-अय्याम
निगारे-ज़ीस्त ने सब कुछ लुटा के क्या पाया

भटक के रह गईं नज़रें ख़ला[11] की वुस्अत[12] में
हरीमे-शाहिदे-राना[13] का कुछ पता न मिला
तवील राहगुज़र ख़त्म हो गई लेकिन
हनोज़[14] अपनी मुसाफ़त[15] का मुंतहा[16] न मिला

सफ़र-नसीब रफ़ीक़ो! क़दम बढ़ाए चलो
पुराने राहनुमा लौट कर न देखेंगे
तुलूए-सुबह[17] से तारों की मौत होती है
शबों के राजदुलारे इधर न देखेंगे

शिकस्ते-ज़िन्दाँ[18]

चीनी शायर यांग सू के नाम
जिसने चियांग काई शेक को जेल में लिखा था
'बीस साल क़ैद'

---

1. कल के स्वर्ग के भ्रम, 2. जीवन, 3. लज्जित, 4. बहार आने का जश्न, 5. फूलों की दृष्टि, 6. शोकग्रस्त, 7. (शराब का) जग, 8. प्रकाशमान सूर्य, 9. ज्योति, 10. बुद्धि, 11. अन्तरिक्ष, 12. विस्तार, 13. सुन्दर नायिका का घर, 14. अभी तक, 15. यात्रा, 16. अन्तिम सीमा, 17. सुबह का उदय, 18. जेल की पराजय।

काग़ज़ के एक पुर्ज़े पर लिखे हुए
चन्द अल्फ़ाज़[1] की बिना पर हो सकता है
कि मैं बीस साल तक सूरज की शक्ल न देख
सकूँ, लेकिन क्या तुम्हारा ये फ़र्सूदा निज़ाम[2]
जो लम्हा-ब-लम्हा बिजली की-सी तेज़ी के
साथ अपनी मौत की तरफ़ बढ़ रहा है,
"बीस साल तक ज़िन्दा रह सकेगा।"

ख़बर नहीं कि बलाख़ानए-सलासिल[3] में
तेरी हयाते-सितम-आश्ना[4] पे क्या गुज़री
ख़बर नहीं कि निगारे-सहर[5] थी हसरत में
तमाम रात चिराग़े-वफ़ा[6] पे क्या गुज़री

मगर वो देख फ़ज़ा में ग़ुबार[7]-सा उट्ठा
वो तेरे सुर्ख़ जवानों को राहवार[8] आए
नज़र उठा कि वो तेरे वतन के मेहनतकश
गले से कुहना ग़ुलामी का तौक़[9] उतार आए

उफ़ुक़ पे सुब्हे-बहाराँ की आमद-आमद[10] है
फ़ज़ा में सुर्ख़ फरैरों के फूल खिलते हैं
ज़मीन ख़ंदा-ब-लब है[11] शफ़ीक़[12] माँ की तरह
कि उसकी गोद में बिछड़े रफ़ीक़[13] मिलते हैं

शिकस्ते-महबसो-ज़िन्दा[14] का वक़्त आ पहुँचा
वो तेरे ख़्वाब हक़ीक़त में ढाल आए हैं
नज़र उठा कि तेरे देस की फ़ज़ाओं पर
नई बहार, नई जन्नतों के साये हैं

दरीदा[15] तन है वो क़हबाए-सीमो-ज़र[16] जिसको
बहुत सँभाल के लाए थे शातेराने-कुहन[17]

---

1. लफ़्ज का बहुवचन, शब्द, 2. पुरानी व्यवस्था, 3. ज़ंजीरों से भरा घर, 4. अत्याचार से परिचित जीवन, 5. सुबह, 6. प्रेम भावना का दीपक, 7. धूल, 8. घोड़े, 9. लोहे की गोल हँसली जो क़ैदियों के गले में डाली जाती है, 10. किसी के आगमन की ख़बर, 11. हँस रही हैं, 12. दयालु, 13. मित्र, 14. जेलों के टूटने का, 15. फटा हुआ, 16. चाँदी-सोने की लोभी वेश्या, 17. पुराने छली।

रबाब[1] छेड़, ग़ज़ल-ख़्वाँ हो[2], रक़्स-फ़र्मा हो[3]
कि जश्ने-नुस्रते-मेहनत[4] है जश्ने-नुस्रते-फ़न[5]

मैं तुझसे दूर सही लेकिन ऐ रफ़ीक़ मेरे
तेरी वफ़ा को मेरी जह्दे-मुस्तक़िल[6] का सलाम
तेरे वतन को, तेरी अर्ज़े-बा-हमीयत[7] को
धड़कते-खौलते हिन्दोस्ताँ के दिल का सलाम

लहू नज़्र[8] दे रही है हयात

मेरे जहाँ[9] में समनज़ार[10] ढूँडने वाले
यहाँ बहार नहीं आतशीं[11] बगूले हैं
धनक में रंग नहीं सुर्मई फ़ज़ाओं में
उफ़ुक़ से ता-ब-उफ़ुक़[12] फाँसियों के झूले हैं
फिर एक मंज़िले-ख़ूँबार[13] की तरफ़ हैं रवाँ
वो रहनुमा[14] जो कई बार राह भूले हैं

बुलन्द दावए-जम्हूरियत[15] के पर्दे में
फ़रोग़े-मजलिसो-ज़िन्दाँ[16] हैं, ताज़ियाने[17] हैं
ब-नामे-अम्न[18] हैं जंगो-जदल[19] के मंसूबे[20]
ब-शोरे-अद्ल[21], तफ़ावुत[22] के कारख़ाने हैं
दिलों पे ख़ौफ़ के पहरे लबों पे क़ुफ़्ले-सकूत[23]
सरों पे गर्म सलाख़ों के शामियाने हैं

मगर मिटे हैं कहीं जब्र[24] और तशद्‌वदुद[25] से
वो फ़ल्सफ़े कि जिला दे गए दिमाग़ों को
कोई सिपाहे-सितम-पेशा चूर कर न सही

---

1. सितार के प्रकार का एक बाजा, 2. ग़ज़ल सुना, 3. नृत्य कर, 4. मेहनत की जीत का उत्सव, 5. कला की जीत का उत्सव, 6. निरन्तर प्रयास, 7. स्वाभिमानी धरती, 8. उपहार, भेंट, 9. संसार, 10. जहाँ चमेली ही चमेली हो, 11. आग के, 12. क्षितिज से क्षितिज तक, 13. ख़ून बरसानेवाली मंज़िल, 14. नेता, 15. जनतंत्र के ऊँचे-ऊँचे दावे, 16. जेलों और समितियों की अधिकता, 17. कोड़े, 18. शान्ति के नाम पर, 19. युद्ध, 20. योजनाएँ, 21. न्याय के शोर में, 22. अन्तर, पृथकता, 23. चुप्पी का ताला, 24. अत्याचार, 25. हिंसा।

बशर की जागी हुई रूह के अयाग़ों[1] को
क़दम-क़दम पे लहू नज़्र दे रही है हयात
सिपाहियों से उलझते हुए चिराग़ों की
रवाँ है[2] क़ाफ़िलए-इर्तिक़ाए-इंसानी[3]
निज़ामे-आतिशो-आहन[4] का दिल हिलाए हुए
बग़ावतों के दुहुल[5] बज रहे हैं चार तरफ़
निकल रहे हैं जवाँ मश्अलें जलाए हुए
तमाम अर्ज़े-जहाँ[6] खौलता समन्दर है
तमाम कोहो-बियाबाँ[7] हैं तिलमिलाए हुए

मेरी सदा को दबाना तो ख़ैर मुम्किन है
मगर हयात की ललकार, कौन रोकेगा?
फ़सीले-आतिशो-आहन बहुत बुलन्द सही
बदलते वक़्त की रफ़्तार कौन रोकेगा?
नए ख़याल की परवाज़ रोकने वालो
नए अवाम की तलवार कौन रोकेगा?

पनाह लेता है जिन मज्लिसों में तीरा निज़ाम
वहीं से सुबह के लश्कर निकलने वाले हैं
उभर रहे हैं फ़ज़ाओं में अहमरीं[8] परचम[9]
किनारे मश्रिक़ो-मग़रिब[10] के मिलने वाले हैं
हज़ार बर्क़[11] गिरे, लाख आँधियाँ उट्ठें
वो फूल खिल के रहेंगे जो खिलने वाले हैं

ग़ज़ल

जब कभी उनकी तवज्जुह में कमी पाई गई
अज़-सरे-नौ[12] दास्ताने-शौक़[13] दुहराई गई

1. प्यालों, 2. चल रहा है, 3. मनुष्य के विकास का काफ़िला, 4. आग और लोहे की व्यवस्था, 5. ढोल, 6. सारे संसार की धरती, 7. पहाड़ और जंगल, 8. लाल, 9. झंडा, 10. पूरब और पश्चिम, 11. बिजली, 12. नए सिरे से, 13. अभिलाषा की कथा।

बिक गए जब तेरे लब फिर तुझको क्या शिक्वा अगर
ज़िन्दगानी बादा-ओ-साग़र[1] से बहलाई गई

ऐ ग़मे-दुनिया! तुझे क्या इल्म तेरे वास्ते
किन बहानों से तबीअत राह पर लाई गई

हम करें तर्के-वफ़ा[2] अच्छा चलो यूँ ही सही
और अगर तर्के-वफ़ा से भी न रुसवाई[3] गई

कैसे-कैसे चश्मो-आरिज़[4] गर्दे-ग़म[5] से बुझ गए
कैसे-कैसे पैकरों[6] की शाने-ज़बाई[7] गई

दिल की धड़कन में तवाज़ुन[8] आ चला है, ख़ैर हो
मेरी नज़रें बुझ गईं या तेरी रानाई[9] गई

उनका ग़म, उनका तसव्वुर, उनके शिक्वे अब कहाँ
अब तो ये बातें भी ऐ दिल हो गईं, आई-गई

जुर्अते-इंसाँ[10] पे गो[11] तादीब[12] के पहरे रहे
फ़ित्रते-इंसाँ[13] को कब ज़ंजीर पहनाई गई

असर्ए-हस्ती[14] में अब तेशा-ज़नों[15] का दौर है
रस्मे-चंगेज़ी[16] उठी, तौक़ीरे-दाराई[17] गई

आवाज़े-आदम

दबेगी कब तलक आवाज़े-आदम[18], हम भी देखेंगे
रुकेंगे कब तलक जज़्बाते-बरहम[19], हम भी देखेंगे
चलो यूँ ही सही ये जौरे-पैहम[20], हम भी देखेंगे

---

1. शराब, 2. प्रेम-त्याग, 3. बदनामी, 4. आंखें और गाल, 5. दुख की धूल, 6. चेहरों, 7. सज्जा का गौरव, 8. सन्तुलन, 9. रमणीयता, 10. मनुष्य का साहस, 11. यद्यपि, 12. दंड, 13. मनुष्य की प्रकृति, 14. जीवनकाल, 15. कुदाल से ज़मीन खोदनेवालों, 16. चंगेज़ (एक अत्याचारी राजा) की परम्परा, 17. राज की प्रतिष्ठा, 18. मानव की आवाज़, 19. क्रुद्ध भावनाएँ, 20. निरन्तर अत्याचार।

दरे-ज़िन्दाँ[1] से देखें या उरूजे-दार[2] से देखें
तुम्हें रुस्वा सरे-बाज़ारे-आलम[3], हम भी देखेंगे
ज़रा दम लो मआले-शौकते-जम[4], हम भी देखेंगे

ये ज़ोमे-क़ुव्वते-फ़ौलादो-आहन[5], देख लो तुम भी
बफ़ैज़े-जज़्बए-ईमाने-मुह्कम[6], हम भी देखेंगे
जबीने-कज-कुलाही[7] ख़ाक पर ख़म[8], हम भी देखेंगे

मुकाफ़ाते-अमल[9], तारीख़े-इंसाँ[10] की रवायत[11] है
करोगे कब तलक नावक[12] फ़राहम, हम भी देखेंगे
कहाँ तक है तुम्हारे, जुल्म में दम, हम भी देखेंगे

ये हंगामे-विदाए-शब[13] है, ऐ जुल्मते के फ़रज़न्दो[14]
सह्र[15] के दोश पर गुलनार परचम[16], हम भी देखेंगे
तुम्हें भी देखना होगा ये आलम, हम भी देखेंगे

मताए-ग़ैर[17]

मेरे ख़्वाबों के झरोकों को सजाने वाली
तेरे ख़्वाबों में कहीं मेरा गुज़र है कि नहीं
पूछ कर अपनी निगाहों से बता दे मुझको
मेरी रातों के मुक़द्दर में सह्र है कि नहीं

चार दिन की ये रफ़ाक़त[18] जो रफ़ाक़त भी नहीं
उम्र भर के लिए आज़ार[19] हुई जाती है
ज़िन्दगी यूँ तो हमेशा से परेशान-सी थी
अब तो हर साँस गिराँबार[20] हुई जाती है

मेरी उजड़ी हुई नींदों के शबिस्तानों[21] में
तू किसी ख़्वाब के पैकर[22] की तरह आई है

1. जेल का द्वार, 2. सूली की ऊँचाई, 3. संसार के बाज़ार में, 4. जम (ईरान का प्राचीन शासक, जमशेद) के वैभव का परिणाम, 5. लोहे की शक्ति के घमंड में, 6. दृढ़ विश्वास की भावना के उपकार से, 7. राजापान का माथा, 8. झुका हुआ, 9. कार्यों का दंड, 10. मानव का इतिहास, 11. परम्परा, 12. तीर, 13. रात का विदाई का समय, 14. अन्धकार के पुत्रों, 15. सुबह, 16. लाल झंडा, 17. दूसरे की पूँजी, 18. साथ, दोस्ती, 19. रोग, 20. बोझ से दबी हुई, 21. शयन कक्ष, 22. आकृति।

कभी अपनी-सी, कभी ग़ैर नज़र आई है
कभी इख़्लास[1] की मूरत, कभी हरजाई[2] है

प्यार पर बस तो नहीं है मेरा, लेकिन फिर भी
तू बता दे कि तुझे प्यार करूँ या न करूँ
तूने ख़ुद अपने तबस्सुम[3] से जगाया है जिन्हें
उन तमन्नाओं का इज़्हार[4] करूँ या न करूँ

तू किसी और के दामन की कली है लेकिन
मेरी रातें तेरी ख़ुशबू से बसी रहती हैं
तू कहीं भी हो, तेरे फूल-से आरिज़ की क़सम
तेरी पलकें मेरी आँखों पे झुकी रहती है

तेरे हाथों की हरारत[5], तेरे साँसों की महक
तैरती रहती है एह्सास की पह्नाई[6] में
ढूँढ़ती रहती हैं तख़ईल[7] की बाँहें तुझको
सर्द रातों की सुलगती हुई तन्हाई में

तेरा अन्दाज़े-करम[8] एक हक़ीक़त है मगर
ये हक़ीक़त भी, हक़ीक़त में फ़साना ही न हो
तेरी मानूस[9] निगाहों का ये मुह्तात[10] पयाम[11]
दिल के ख़ूँ करने का इक और बहाना ही न हो

कौन जाने मेरे इमरोज़[12] का फ़र्दा[13] क्या है
क़ुर्बतें[14] बढ़ के पशेमान[15] भी हो जाती हैं
दिल के दामन से लिपटती हुई रंगीं नज़रें
देखते-देखते अनजान भी हो जाती हैं

मेरी दरमाँदा[16] जवानी की तमन्नाओं के
मुज़्महिल[17] ख़्वाब की ताबीर[18] बता दे मुझको
तेरे दामन में गुलिस्ताँ भी हैं वीराने भी
मेरा हासिल, मेरी तक़्दीर बता दे मुझको

---

1. निश्छलता, 2. व्यभिचारिणी, 3. मुस्कान, 4. प्रकट करना, 5. गर्मी, 6. गहराई, 7. कल्पना, 8. कृपा की पद्धति, 9. परिचित, 10. सावधान, 11. सन्देश, 12. आज, 13. आनेवाली कल, 14. क़ुर्बत का बहु., सामीप्य, 15. लज्जित, 16. निराश्रय, 17. शिथिल, 18. स्वप्नफल।

बशर्ते-उस्तुवारी[1]

ख़ूने-जुम्हूर[2] में भीगे हुए परचम लेकर
मुझसे अफ़राद की शाही[3] ने वफ़ा माँगी है
सुबह के नूर पे ताज़ीर[4] लगाने के लिए
शब की संगीन सियाही ने वफ़ा माँगी है
और ये चाहा है कि मैं क़ाफ़िलए-आदम को
टोकने वाली निगाहों का मददगार बनूँ
जिस तसव्वुर से चिराग़ाँ है सरे-जादए-ज़ीस्त[5]
उस तसव्वुर की हज़ीमत[6] का गुनहगार बनूँ

ज़ुल्म-परवर्दा[7] क़वानीन[8] के एवानों से
बेड़ियाँ तकती हैं ज़ंजीर सदा[9] देती है
ताक़े-तादीब[10] से इंसाफ़ के बुत घूरते हैं
मस्नदे-अद्ल[11] से शम्शीर[12] सदा देती है
लेकिन ऐ अज़्मते-इंसाँ[13] के सुनहरे ख़्वाबो
मैं किसी ताज की सत्वत[14] का परस्तार[15] नहीं

मेरे अफ़्कार[16] का उन्वाने-इरादत[17] तुम हो
मैं तुम्हारा हूँ, लुटेरों का वफ़ादार नहीं

ग़ज़ल

हर क़दम मर्हलए-दारो-सलीब[18] आज भी है
जो कभी था वही इंसाँ का नसीब आज भी है

जगमगाते हैं उफ़ुक़ पर ये सितारे लेकिन
रास्ता मंज़िले-हस्ती[19] का महीब[20] आज भी है

---

1. स्थायित्व की शर्त के साथ, 2. जनता का ख़ून, 3. राज्य, 4. दंड, 5. जीवन का मार्ग, 6. पराजय, 7. अत्याचार का पालन-पोषण करनेवाले, 8. क़ानून का बहु., विधान, 9. पुकार, 10. दंड देने का ताक़ (मोखल), 11. न्यायपीठ, 12. तलवार, 13. इंसान की महानता, 14. प्रताप, आतंक, 15. उपासक, भक्त, 16. विचारों, 17. श्रद्धा का शीर्षक,. 18. सूली की कठिन मंज़िल, 19. जीवन की मंज़िल, 20. भयानक।

सरे-मक़्तल[1] जिन्हें जाना था वो जा भी पहुँचे
सरे-मिंबर[2] कोई मुह्तात[3] ख़तीब[4] आज भी है

अह्ले-दानिश[5] ने जिसे अम्रे-मुसल्लम[6] माना
अह्ले-दिल के लिए वो बात अजीब आज भी है

ये तेरी याद है या मेरी अज़ीयत-कोशी[7]
एक नश्तर-सा रगे-जाँ[8] के क़रीब आज भी है

कौन जाने ये तेरा शायरे-आशुफ़्ता-मिज़ाज[9]
कितने मग़रूर ख़ुदाओं का रक़ीब[10] आज भी है

इंतिज़ार

चाँद मद्धम है आसमाँ चुप है
नींद की गोद में जहाँ चुप है
दूर वादी में दूधिया बादल
झुक के पर्वत को प्यार करते हैं
दिल में नाकाम हसरतें लेकर
हम तेरा इंतिज़ार करते हैं
इन बहारों के साये में आजा
फिर मुहब्बत जवाँ रहे न रहे
ज़िन्दगी तेरे नामुरादों[11] पर
कल तलक मेह्रबाँ रहे न रहे
रोज़ की तरह आज भी तारे
सुबह की गर्द[12] में न खो जायें
आ तेरे ग़म में जागती आँखें
कम से कम एक रात सो जायें

---

1. वधस्थल की ओर, 2. (मस्जिद के) मिंबर पर, 3. सावधान, 4. ख़ुत्बा (धर्मोपदेश) देनेवाला, 5. बुद्धिजीवी, 6. सर्वमान्य बात, 7. यातना झेलना, 8. धमनी, 9. प्रेमी कवि, 10. संस्पर्धी, 11. अभागों, 12. धूल।

चाँद की मद्धम है आसमाँ चुप है
नींद की गोद में जहाँ चुप है

तेरी आवाज़

रात सुनसान थी, बोझल थीं फ़ज़ा की साँसें
रूह पर छाये थे बेनाम ग़मों के साये
दिल को ये ज़िद थी कि तू आये तसल्ली देने
मेरी कोशिश थी कि कमबख़्त को नींद आ जाये

देर तक आँखों में चुभती रही तारों की चमक
देर तक ज़ेह्न सुलगता रहा तन्हाई में
अपने ठुकराए हुए दोस्त की पुरसिश[1] के लिए
तू न आई मगर उस रात की पह्नाई[2] में

यूँ अचानक तेरी आवाज़ कहीं से आई
जैसे पर्वत का जिगर चीर के झरना फूटे
या ज़मीनों की मुहब्बत में तड़प कर नागाह[3]
आस्मानों से कोई शोख़ सितारा टूटे

शहद-सा घुल गया तल्ख़ाबए-तन्हाई[4] में
रंग-सा फैल गया दिल के सियहख़ाने में
देर तक यूँ तेरी मस्ताना सदाएँ गूँजीं
जिस तरह फूल चिटकने लगें वीराने में

तू बहुत दूर किसी अंजुमने-नाज़ में थी
फिर भी महसूस किया मैंने कि तू आई है
और नग़्मों में छुपाकर मेरे खोये हुए ख़्वाब
मेरी रूठी हुई नींदों को मना लाई है

रात के चेहरे पर उभरे तेरे चेहरे के नुक़ूश[5]
वही चुपचाप-सी आँखें, वही सादा-सी नज़र

1. हाल-चाल जानने के लिए, 2. विस्तार, 3. अचानक, 4. एकान्त की कड़वाहट, 5. रेखाएँ।

वही ढलका हुआ आँचल, वही रफ़्तार का ख़म
वही रह-रह के लचकता हुआ नाजुक पैकर

तू मेरे पास न थी फिर भी सहर होने तक
तेर हर साँस मेरे जिस्म को छूकर गुज़रा
क़त्रा-क़त्रा[1] तेरे दीदार[2] की शबनम[3] टपकी
लम्हा-लम्हा तेरी ख़ुशबू से मुअत्तर[4] गुज़रा

अब यही है तुझे मंजूर[5] तो ऐ जाने-क़रार[6]
मैं तेरी राह न देखूँगा सियह रातों में
ढूँढ़ लेंगी मेरी तरसी हुई नज़रें तुझको
नग़्मा-ओ-शे'र की उमडी हुई बरसातों में

अब तेरा प्यार सताएगा तो मेरी हस्ती
तेरी मस्ती भरी आवाज़ में ढल जायेगी
और ये रूह जो तेरे लिए बेचैन-सी है
गीत बनकर तेरे होंटों पे मचल जाएगी

तेरे नग़्मात तेरे हुस्न की ठंडक लेकर
मेरे तपते हुए माहौल में आ जाएँगे
चन्द घड़ियों के लिए हों कि हमेशा के लिए
मेरी जागी हुई रातों को सुला जाएँगे

ग़ज़ल

भड़का रहे हैं आग लबे-नग़्मागर[7] से हम
ख़ामोश क्या रहेंगे ज़माने के डर से हम

कुछ और बढ़ गए जो अँधेरे तो क्या हुआ
मायूस तो नहीं हैं तुलूए-सह्र[8] से हम

---

1. बूँद-बूँद, 2. दर्शन, 3. ओस, 4. सुगंधित, 5. स्वीकृत, 6. चैन देनेवाली, 7. गायक की आवाज़, 8. सूर्योदय।

ले-दे के अपने पास फ़क़त इक नज़र तो है
क्यों देखें ज़िन्दगी को किसी की नज़र से हम

माना कि इस ज़मीं को न गुलज़ार कर सके
कुछ ख़ार कम तो कर गए गुज़रे जिधर से हम

ख़ूबसूरत मोड़

चलो इक बार फिर से अजनबी बन जाएँ हम दोनों

न मैं तुमसे कोई उम्मीद रक्खूँ दिल-नवाज़ी[1] की
न तुम मेरी तरफ़ देखो ग़लत-अंदाज़ नज़रों से
न मेरे दिल की धड़कन लड़खड़ाए मेरी बातों से
न ज़ाहिर हो तुम्हारी कशमकश[2] का राज़ नज़रों से

तुम्हें भी कोई उलझन रोकती है पेशक़दमी से[3]
मुझे भी लोग कहते हैं कि ये जल्वे पराए हैं
मेरे हमराह[4] भी रुसवाइयाँ[5] हैं मेरे माज़ी[6] की
तुम्हारे साथ भी गुज़री हुई रातों के साये हैं

तआरुफ़[7] रोग हो जाए तो उसका भूलना बेहतर
तअल्लुक़[8] बोझ न बन जाए तो उसको तोड़ना अच्छा
वो अफ़साना जिसे अंजाम तक लाना न हो मुम्किन
उसे इक ख़ूबसूरत मोड़ देकर छोड़ना अच्छा

चलो इक बार फिर से अजनबी बन जाएँ हम दोनों

ग़ज़ल

इस तरफ़ से गुज़रे थे क़ाफ़िले[9] बहारों के
आज तक सुलगते हैं ज़ख़्म रहगुज़ारों के

---

1. दिल की तसल्ली, दोस्ती, 2. उलझन, 3. आगे बढ़ने से, 4. साथ, 5. बदनामियाँ, 6. अतीत, 7. परिचय, 8. संबंध, 9. यात्री दल।

ख़ल्वतों[1] के शैदाई[2] ख़ल्वतों में खुलते हैं
हम से पूछ कर देखो, राज़ पर्दादारों[3] के

गेसुओं की छाँव में दिल-नवाज़ चेहरे हैं
या हसीं धुँदलकों में फूल हैं बहारों के

पहले हँस के मिलते हैं, फिर नज़र चुराते हैं
आश्ना-सिफ़त[4] है लोग, अजनबी दयारों के

तुमने सिर्फ़ चाहा है, हमने छूके देखे हैं
पैरहन[5] घटाओं के, जिस्म बर्क़पारों[6] के

शग़्ले-मय-परसती[7] गो, जश्ने-नामुरादी[8] था
यूँ भी कट गए कुछ दिन तेरे सोगवारों[9] के

मेरे अह्द के हसीनो

वो सितारे जिन की ख़ातिर कई बेक़रार सदियाँ
मेरी तीरा-बख़्त[10] दुनिया में सितारावार[11] जागें
कभी रिफ़्अतों[12] पे लपकें, कभी वुस्अतों[13] से उलझें
कभी सोगवार[14] सोयें, कभी नग़्माबार[15] जागें

वो बलन्द-बाम तारे, वे फ़लक-मुक़ाम[16] तारे
वो निशान दे के अपना रहे बेनिशाँ हमेशा
वो हसीं वो नूरज़ादे[17], वो ख़ला[18] के शाहज़ादे
जो हमारी क़िस्मतों पर रहे हुक्मराँ[19] हमेशा

जिन्हें मुज़्महिल[20] दिलों ने अबदी[21] पनाह जाना
थके हारे क़ाफ़िलों ने जिन्हें ख़िज़्रे-राह[22] जाना

1. एकान्त, 2. प्रेमी, 3. दोष छिपानेवाले, 4. परिचित समान, 5. वस्त्र, 6. बिजली के कण अर्थात् प्रेमिका, 7. बहुत शराब पीना, 8. मनोरथ में असफलता का उत्सव, 9. शोकग्रस्त, 10. अभागी, 11. सितारों की तरह, 12. ऊँचाइयों, 13. विस्तारों, 14. शोकग्रस्त, 15. गाते हुए, 16. आकाश के, 17. प्रकाश के पुत्र, 18. अन्तरिक्ष, 19. शासक, 20. उदास, 21. सार्वकालिक, 22. मार्गदर्शक।

जिन्हें कमसिनों ने चाहा कि पलक के प्यार कर लें
जिन्हें महविशों[1] ने माँगा कि गले का हार कर लें
जिन्हें आशिक़ों ने चाहा कि फ़लक से तोड़ लाएँ
किसी राह में बिछाएँ, किसी सेज पर सजाएँ
जिन्हें बुतगरों[2] ने चाहा कि सनम[3] बना के पूजें
ये जो दूर के हसीं हैं उन्हें पास लाके पूजें
जिन्हें मुत्‌रिबों[4] ने चाहा कि सदाओं[5] में पिरो लें
जिन्हें शायरों ने चाहा कि ख़याल में समो लें

जो हज़ार कोशिशों पर भी शुमार[6] में न आए
कभी ख़ाके-बे-बज़ाअत[7] के दयार[8] में न आए
जो हमारी दस्तरस[9] से रहे दूर-दूर अब तक
हमें देखते रहे हैं जो बसद-ग़ुरूर[10] अब तक

मेरे अह्‌द के हसीनो वो नज़र-नवाज़[11] तारे
मेरा दौरे-इश्क़-परवर[12] तुम्हें नज्र[13] दे रहा है
वो जुनूँ[14] जो आबो-आतिश[15] को असीर[16] कर चुका था
वो ख़ला की वुस्‌अतों से भी ख़राज[17] ले रहा है

मेरे साथ रहने वालो! मेरे बाद आने वालो
मेरे दौर का ये तुह्‌फ़ा तुम्हें साज़गार[18] आए
कभी तुम ख़ला से गुज़रो किसी सीमतन[19] की ख़ातिर
कभी तुम को दिल में रखकर कोई गुलइज़ार[20] आए

ये किसका लहू है

(जहाज़ियों की बग़ावत 1946)

ऐ रहबरे-मुल्को-क़ौम[21] ज़रा
आँखें तो उठा, नज़रें तो मिला

---

1. सुन्दरियों, 2. मूर्ति बनानेवाले, 3. मूर्ति, 4. गायकों, 5. स्वर, 6. गिनती, 7. असमर्थ मिट्टी, 8. स्थान, 9. पहुँच, 10. बड़ घमंड से, 11. आँखों को लुभानेवाले, 12. प्रेम का पालन करनेवाला काल, 13. भेंट, 14. उन्माद, 15. पानी और आग, 16. कैदी, 17. लगान, 18. शुभान्वित, 19. चाँदी जैसे शरीरवाली, 20. गुलाब जैसे कोमल गालोंवाली, 21. देश और राष्ट्र के नेता।

कुछ हम भी सुनें, हमको भी बता
ये किसका लहू है कौन मरा
धरती की सुलगती छाती के बेचैन शरारे पूछते हैं
तुम लोग जिन्हें अपना न सके वो ख़ून के धारे पूछते हैं
सड़कों की ज़बाँ चिल्लाती है, सागर के किनारे पूछते हैं
ये किसका लहू है कौन मरा
ऐ रह्बरे-मुल्को-क़ौम बता
ये किसका लहू है कौन मरा
वे कौन-सा जज़्बा था जिससे फ़र्सूदा[1] निज़ामे-ज़ीस्त[2] मिला
झुलसे हुए वीराँ गुलशन में इक आस-उम्मीद का फूल खिला
जनता का लहू फ़ौजों से मिला, फ़ौजों का ख़ूँ जनता से मिला
ऐ रह्बरे मुल्को-क़ौम बता
ये किसका लहू है कौन मरा
ऐ रहबरे-मुल्को-क़ौम बता
क्या क़ौमो-वतन की जय गाकर मरते हुए राही ग़ुंडे थे
जो देस का परचम लेके उठे वो शोख़ सिपाही ग़ुंडे थे
जो बारे-ग़ुलामी[3] सह न सके, वो मुजरिम शाही ग़ुंडे थे
ये किसका लहू है कौन मरा
ऐ रहबरे-मुल्को-क़ौम बता
ये किसका लहू है कौन मरा
ऐ अज़्मे-फ़ना[4] देने वालो! पैग़ामे-बक़ा[5] देने वालो!
अब आग से क्यों कतराते हो? शोलों को हवा देने वालो!
तूफ़ान से अब डरते क्यों हो? मौजों[6] को सदा देने वालो[7]!
क्या भूल गए अपना नारा
ऐ रह्बरे-मुल्को-क़ौम बता
ये किसका लहू है कौन मरा
समझौते की उम्मीद सही, सरकार के दावे ठीक सही
हाँ मश्क़े-सितम[8] अफ़्साना सही, हाँ प्यार के वादे ठीक सही
अपनों के कलेजे मत छेदो, अग़्यार[9] के वादे ठीक सही

---

1. पुराना, 2. जीवन की व्यवस्था, 3. ग़ुलामी का बोझ, 4. मृत्यु का संकल्प, 5. जीवन का सन्देश, 6. लहरों, 7. पुकारनेवालो, 8. अत्याचार का आभास, 9. ग़ैर का बहु., ग़ैर लोग, प्रतिद्वंद्वी जन।

जम्हूर[1] से यूँ दामन न छुड़ा
ऐ रहबरे-मुल्को-क़ौम बता
ये किसका लहू है कौन मरा
हम ठान चुके हैं अब जी में, हर ज़ालिम से टकराएँगे
तुम समझौते की आस रखो, हम आगे बढ़ते जाएँगे
हर मंज़िले-आज़ादी की क़सम, हर मंज़िल पे दुहराएँगे
ये किसका लहू है कौन मरा
ऐ रहबरे-मुल्को-क़ौम बता
ये किसका लहू है कौन मरा

1. जनता।

दूसरा खंड

परछाइयाँ

[एक तवील नज़्म]

फिर न कीजे मेरी गुस्ताख़ निगाही का गिला
देखिए आपने फिर प्यार से देखा मुझको

'परछाइयाँ' मेरी पहली तवील नज़्म[1] है। इस वक़्त सारी दुनिया में अम्न[2] और तह्ज़ीब[3] के तहफ़्फ़ुज़[4] के लिए जो तह्रीक[5] चल रही है, ये नज़्म उसका एक हिस्सा है!

मैं समझता हूँ कि हर नौजवान नस्ल को ये कोशिश करनी चाहिए कि उसे जो दुनिया अपने बुज़ुर्गों से विरसे में मिली है, वह आइन्दा नस्लों को उस से बेह्तर और ख़ूबसूरत दुनिया देकर जाये। मेरी ये नज़्म इस कोशिश का अदबी[6] रूप है।

—साहिर लुधियानवी

1. लम्बी कविता, 2. शान्ति, 3. संस्कृति, 4. सुरक्षा, 5. आन्दोलन, 6. साहित्यिक।

परछाइयाँ

जवान रात के सीने पे दूधिया आँचल
मचल रहा है किसी ख़्वाबे-मरमरीं[1] की तरह
हसीन फूल, हसीं पत्तियाँ, हसीं शाखें
लचक रही हैं किसी जिस्मे-नाज़नीं[2] की तरह
फ़ज़ा में घुल-से गए हैं उफ़ुक़ के नर्म ख़ुतूत[3]
ज़मीं हसीं है ख़वाबों की सरज़मीं की तरह

तसव्वुरात[4] की परछाइयाँ उभरती हैं
कभी गुमान[5] की सूरत, कभी यक़ीं[6] की तरह
वो पेड़ जिनके तले हम पनाह लेते थे
खड़े हैं आज भी साकित[7] किसी अमीं[8] की तरह

उन्ही के साये में फिर आज दो धड़कते दिल
ख़मोश होंटों से कुछ कहने-सुनने आए हैं
न जाने कितनी कशाकश[9] से, कितनी काविश[10] से
ये सोते-जागते लम्हे चुरा के लाये हैं
यही फ़ज़ा थी, यही रुत, यही ज़माना था
यहीं से हमने मुहब्बत की इब्तिदा[11] की थी
धड़कते दिल से, लरज़ती हुई निगाहों से
हुज़ूरो-ग़ैब[12] में नन्ही-सी इल्तिजा[13] की थी
कि आरज़ू के कँवल खिल के फूल हो जाएँ
दिलो-नज़र की दुआएँ क़ुबूल हो जाएँ

---

1. मर्मर जैसा सफ़ेद सपना, 2. सुन्दरी का शरीर, 3. रेखाएँ, 4. कल्पनाओं, 5. भ्रम, 6. विश्वास, 7. गतिहीन, निश्चल, 8. न्यासधारी, 9. संघर्ष, 10. जिज्ञासा, तलाश, 11. प्रारम्भ, 12. प्रत्यक्ष और परोक्ष, 13. प्रार्थना।

तसव्वुरात की परछाइयाँ उभरती हैं
तुम आ रही हो ज़माने की आँख से बचकर
नज़र झुकाए हुए और बदन चुराए हुए
ख़ुद अपने क़दमों की आहट से झेंपती-डरती
ख़ुद अपने साये की जुंबिश[1] से ख़ौफ़ खाये हुए

तसव्वुरात की परछाइयाँ उभरती हैं
रवाँ है[2] छोटी-सी कश्ती हवाओं के रुख़ पर
नदी के साज़ पे मल्लाह गीत गाता है
तुम्हारा जिस्म हर इक लहर के झकोले से
मेरी खुली हुई बाँहों में झूल जाता है

तसव्वुरात की परछाइयाँ उभरती हैं
मैं फूल टाँक रहा हूँ तुम्हारे जूड़े में
तुम्हारी आँख मसर्रत[3] से झुकती जाती है
न जाने आज मैं क्या बात कहने वाला हूँ
ज़बान ख़ुश्क[4] है, आवाज़ रुकती जाती है

तसव्वुरात की परछाइयाँ उभरती हैं
मेरे गले में तुम्हारी गुदाज़[5] बाँहें हैं
तुम्हारे होंटों पे मेरे लबों[6] के साये हैं
मुझे यक़ीन है कि हम अब कभी न बिछड़ेंगे
तुम्हें गुमान कि हम मिल के भी पराये हैं

तसव्वुरात की परछाइयाँ उभरती हैं
मेरे पलंग पे बिखरी हुई किताबों को
अदाए-इज्ज़ो-करम[7] से उठा रही हो तुम
सुहाग रात जो ढोलक पे गाये जाते हैं
दबे सुरों में वही गीत गा रही हो तुम

तसव्वुरात की परछाइयाँ उभरती हैं
वो लम्हे कितने दिलकश थे वो घड़ियाँ कितनी प्यारी थीं

---

1. हरकत, चाल, 2. बह रही है, 3. ख़ुशी, 4. सूखी हुई, 5. मांसल, 6. होंटों, 7. नम्रता और कृपा से।

वो सेहरे कितने नाज़ुक थे, वो लड़ियाँ कितनी प्यारी थीं
बस्ती की हर इक शादाब गली ख़्वाबों का जज़ीरा[1] थी गोया
हर मौजे-नफ़स[2], हर मौजे-सबा[3], नग़्मों[4] का ज़ख़ीरा[5] थी गोया

नागाह[6] लहकते खेतों से टापों की सदाएँ आने लगीं
बारूद की बोझल बू लेकर पच्छिम से हवाएँ आने लगीं
तामीर[7] के रौशन चेहरे पर तख़रीब[8] का बादल फैल गया
हर गाँव में वहशत[9] नाच उठी, हर शहर में जंगल फैल गया
मग़्रिब[10] के मुहज़्ज़ब[11] मुल्कों से कुछ ख़ाकी वर्दीपोश[12] आए
इठलाते हुए मग़रूर[13] आए, लहराते हुए मदहोश आए
ख़ामोश ज़मीं के सीने में ख़ेमों की तनाबें[14] गड़ने लगीं
मक्खन-सी मुलाइम राहों पर, बूटों की ख़राशें[15] पड़ने लगीं
फ़ौजों के भयानक बैंड तले, चरख़ों की सदाएँ डूब गईं
जीपों की सुलगती धूल तले, फूलों की क़बाएँ[16] डूब गईं
इंसान की क़ीमत गिरने लगी, अज्नास[17] के भाव चढ़ने लगे
चौपाल की रौनक़ घटने लगी, भर्ती के दफ़ातिर[18] बढ़ने लगे
बस्ती के सजीले शोख़ जवाँ, बन-बन के सिपाही जाने लगे
जिस राह से कम ही लौट सके, उस राह पे राही जाने लगे
उन जाने वाले दस्तों में, ग़ैरत[19] भी गई बनाई[20] भी
माँओं के जवाँ बेटे भी गये, बहनों के चहेते भाई भी
बस्ती पे उदासी छाने लगी, मेलों की बहारें ख़त्म हुईं
आमों की लचकती शाख़ों से झूलों की क़तारें ख़त्म हुईं
धूल उड़ने लगी बाज़ारों में, भूक उगने लगी खलियानों में
हर चीज़ दुकानों से उठकर, रूपोश हुई[21] तहख़ानों में
बदहाल[22] घरों की बदहाली, बढ़ते-बढ़ते जंजाल बनी
महँगाई बढ़कर काल बनी, सारी बस्ती कंगाल बनी
चरवाहियाँ रस्ता भूल गईं, पनिहारियाँ पनघट छोड़ गईं
कितनी ही कुँआरी अबलाएँ, माँ-बाप की चौखट छोड़ गईं

1. द्वीप, 2. साँस-लहरी, 3. हवा का झोंका, 4. गीतों, 5. भंडार, 6. अचानक, 7. निर्माण, 8. विनाश, 9. भय, 10. पश्चिम, 11. सभ्य, 12. ख़ाकी वर्दी वाले, 13. घमंडी, 14. खूँटों की रस्सियाँ, 15. खरोंच, 16. वस्त्र, 17. अनाज, 18. दफ़्तर का बहु., कार्यालय, 19. स्वाभिमान, 20. जवानी, 21. छुपा दी गई, 22. दुर्दशाग्रस्त।

इफ़लासज़दा[1] दहक़ानों[2] के हल–बैल बिके, खलियान बिके
जीने की तमन्ना के हाथों, जीने के सब सामान बिके
कुछ भी न रहा जब बिकने को, जिस्मों की तिजारत[3] होने लगी
ख़ल्वत[4] में भी जो मम्नू[5] थी वो जल्वत[6] में जसारत[7] होने लगी

तसव्वुरात की परछाइयाँ उभरती हैं
तुम आ रही हो सरे-शाम बाल बिखराए
हज़ार–गूना[8] मलामत[9] का बार[10] उठाए हुए
हवसपरस्त[11] निगाहों की चीरादस्ती[12] से
बदन की झेंपती उर्यानियाँ[13] छुपाये हुए

तसव्वुरात की परछाइयाँ उभरती हैं
मैं शहर जाके हर इक दर पे झाँक आया हूँ
किसी जगह मेरी मेह्नत का मोल मिल न सका
सितमगरों[14] के सियासी[15] क़िमारख़ाने[16] में
अलम–नसीब[17] फ़िरासत[18] का मोल मिल न सका

तसव्वुरात की परछाइयाँ उभरती हैं
तुम्हारे घर में क़यामत का शोर बरपा है
महाज़े–जंग[19] से हरकारा[20] तार लाया है
कि जिसका ज़िक्र तुम्हें ज़िन्दगी से प्यारा है
वो भाई नर्ग़ए–दुश्मन[21] में काम आया है

तसव्वुरात की परछाइयाँ उभरती हैं
हर एक गाम[22] पे बदनामियों का जमघट है
हर एक मोड़ पर रुसवाइयों के मेले हैं
न दोस्ती, न तकल्लुफ़[23], न दिलबरी[24], न ख़ुलूस[25]
किसी का कोई नहीं आज सब अकेले हैं

1. निर्धन, 2. किसानों, 3. व्यापार, 4. एकान्त, 5. वर्जित, 6. भीड़, 7. साहस, 8. बहुत अधिक, 9. निन्दा, 10. बोझ, 11. लोभी, 12. अत्याचार, 13. नंगापन, 14. अत्याचारी, 15. राजनीतिक, 16. जुआघर, 17. जिसके भाग्य में दुख ही दुख हों, 18. चतुरता, 19. युद्ध–क्षेत्र, 20. डाक लानेवाला, 21. शत्रुओं का घेरा, 22. पग, 23. दिखावा, 24. माशूकी, 25. स्नेह।

तसव्वुरात की परछाइयाँ उभरती हैं
वो रहगुज़र जो मेरे दिल की तरह सूनी है
न जाने तुमको कहाँ लेके जाने वाली है
तुम्हें ख़रीद रहे हैं ज़मीर[1] के क़ातिल
उफ़ुक़ पे ख़ूने-तमन्नाए-दिल[2] की लाली है

तसव्वुरात की परछाइयाँ उभरती हैं
सूरज के लहू में लिथड़ी हुई वो शाम है अब तक याद मुझे
चाहत के सुनहरे ख़्वाबों का अंजाम[3] है अब तक याद मुझे
उस शाम मुझे मालूम हुआ, खेतों की तरह इस दुनिया में
सहमी हुई दोशीज़ाओं[4] की मुस्कान भी बेची जाती है
उस शाम मुझे मालूम हुआ इस कारगहे-ज़रदारी में[5]
दो भोली-भाली रूहों[6] की पहचान भी बेची जाती है

उस शाम मुझे मालूम हुआ, जब बाप की खेती छिन जाए
ममता के सुनहरे ख़्वाबों की अनमोल निशानी बिकती है
उस शाम मुझे मालूम हुआ, जब भाई जंग में काम आए
सरमाये[7] के क़हबाख़ाने[8] में बहनों की जवानी बिकती है
सूरज के लहू में लिथड़ी हुई वो शाम है अब तक याद मुझे
चाहत के सुनहरे ख़्वाबों का अंजाम है अब तक याद मुझे

तुम आज हजारों मील यहाँ से दूर कहीं तनहाई में
या बज़्मे-तरब-आराई[9] में
मेरे सपने बुनती होगी, बैठी आग़ोश[10] पराई में
और मैं सीने में ग़म लेकर दिन-रात मशक़्क़त[11] करता हूँ
जीने की ख़ातिर मरता हूँ
अपने फ़न को रुस्वा करके अग़्यार का दामन भरता हूँ
मजबूर हूँ मैं ? मजबूर हो तुम, मजबूर ये दुनिया सारी है
तन का दुख मन पर भारी है

---

1. अन्तरात्मा, 2. मन की अभिलाषा की हत्या, 3. परिणाम, अन्त, 4. कुमारियों, 5. धनवानी का कार्यालय (संसार में), 6. आत्माओं, 7. घन, 8. वेश्यालय, 9. आनन्द की सभा, 10. गोद, 11. परिश्रम।

इस दौर[1] में जीने की क़ीमत या दारो-रसन[2] या ख़्वारी[3] है
मैं दारो-रसन तक जा न सका, तुम अह्द[4] की हद तक आ न सकीं
चाहा तो मगर अपना न सकीं
हम तो दो ऐसी रुहें हैं जो मंज़िले-तस्कीं[5] पा न सकीं
जीने को जिये जाते हैं मगर, साँसों में चिताएँ जलती हैं
ख़ामोश वफ़ाएँ जलती हैं
संगीन हक़ाइक़-ज़ारों[6] में, ख़्वाबों की रिदाएँ[7] जलती हैं
और आज जब इन पेड़ों के तले फिर दो साये लहराये हैं
फिर दो दिल मिलने आए हैं

फिर मौत की आँधी उट्ठी है, फिर जंग के बादल छाए हैं
मैं सोच रहा हूँ इनका भी, अपनी ही तरह अंजाम न हो
इनका भी जुनूँ नाकाम न हो
इनके भी मुक़द्दर में लिक्खी इक ख़ून में लिथड़ी शाम न हो
सूरज के लहू में लिथड़ी हुई वो शाम है अब तक याद मुझे
चाहत के सुनहरे ख़्वाबों का अंजाम है अब तक याद मुझे

हमारा प्यार हवादिस[8] की ताब[9] ला न सका
मगर इन्हें तो मुरादों[10] की रात मिल जाएँ
हमें तो कश्मकशे-मर्गे-बे अमाँ[11] ही मिली
इन्हें तो झुमती-गाती हयात मिल जाए

बहुत दिनों से है ये मशग़ला[12] सियासत का
कि जब जवान हों बच्चे तो क़त्ल हो जाये
बहुत दिनों से ये है ख़ब्त[13] हुकमरानों का
कि दूर-दूर से मुल्कों में क़हत[14] बो जायें

बहुत दिनों से जवानी के ख़्वाब वीरां हैं
बहुत दिनों से मुहब्बत पनाह[15] ढूँढ़ती है

---

1. समय, 2. सूली, 3. अपमान, 4. वचन, 5. सन्तोष की मंज़िल 6. कड़ी यथार्थता, 7. चादरें, 8. दुर्घटनाएँ, 9. सहन न कर सका, 10. इच्छा, 11. असुरक्षित मृत्यु की दुविधा, 12. काम, 13. पागलपन, 14. अकाल, 15. शरण।

बहुत दिनों से सितम-दीदा[1] शाहराहों[2] में
निगारे-ज़ीस्त[3] की इस्मत[4] पनाह ढूँढ़ती है

चलो कि आज सभी पायमाल[5] रूहों से
कहें कि अपने हर इक ज़ख़्म को जंबाँ कर लें
हमारा राज़ हमारा नहीं सभी का है
चलो कि सारे ज़माने को राज़दाँ[6] कर लें

चलो कि चल के सियासी मक़ामेरों से कहें कि
कि हमको जंगो-जदल[7] के चलन से नफ़रत है
जिसे लहू के सिवा कोई रंग रास न आए
हमें हयात के उस पैरहन[8] से नफ़रत है

कहो कि अब कोई क़ातिल अगर इधर आया
तो हर क़दम पे ज़मीं तंग होती जाएगी
हर एक मौजे-हवा रुख़ बदल के झपटेगी
हर एक शाख़ रगे-संग होती जाएगी

उठो कि आज हर इक जंगजू[9] से ये कह दें
कि हमको काम की ख़ातिर कलों की हाजत[10] है
हमें किसी की ज़मीं छीनने का शौक़ नहीं
हमें तो अपनी ज़मीं पर हलों की हाजत है

कहो कि अब कोई ताजिर[11] इधर का रुख़ न करे
अब इस जगह कोई कुँआरी न बेची जाएगी
ये खेत जाग पड़े, उठ खड़ी हुईं फ़स्लें
अब इस जगह कोई क्यारी न बेची जाएगी

ये सरज़मीने[12] है गौतम की और नानक की
इस अर्ज़े-पाक[13] पे वहशी[14] न चल सकेंगे कभी
हमारा ख़ून अमानत है नस्ले-नौ[15] के लिए
हमारे ख़ून पे लश्कर न पल सकेंगे कभी

---

1. पीड़ित, 2. राजमार्ग, 3. जीवन की दुल्हन, 4. सतीत्व, 5. पाँव तले रौंदी हुई, 6. भेद जाननेवाला, 7. युद्ध 8. वस्त्र, 9. लड़ाका, सैनिक, 10. आवश्यकता, 11. व्यापारी, 12. धरती, 13. पवित्र धरती, 14. जंगली पशु, 15. नई पीढ़ी।

कहो कि आज भी हम सब अगर ख़मोश रहे
तो इस दमकते हुए ख़ाकदाँ की ख़ैर नहीं
जुनूँ की ढाली हुई ऐटमी बलाओं से
ज़मीं की ख़ैर नहीं, आस्माँ की ख़ैर नहीं

गुज़श्ता[1] जंग में घर ही जले मगर इस बार
अजब नहीं कि ये तन्हाइयाँ भी जल जाएँ
गुज़श्ता जंग में पैकर[2] जले मगर इस बार
अजब नहीं कि ये परछाइयाँ भी जल जाएँ

तसव्वुरात की परछाइयाँ उभरती हैं

---

1. गत, 2. शरीर

तीसरा खंड

आओ कि कोई ख़्वाब बुनें

मुझे मालूम है अंजाम[1] रूदादे-मुहब्बत[2] का
मगर, कुछ और थोड़ी देर सइए-रायगाँ[3] कर लूँ

1. अन्त, 2. प्रेम कहानी, 3. व्यर्थ प्रयास।

ख़्वाबों के आसरे पे कटी है तमाम उम्र

—साहिर

क़त्अ

वज्हे-बेरंगिए-गुलज़ार[1] कहूँ तो क्या हो
कौन है कितना गुनहगार, कहूँ तो क्या हो
तुमने जो बात सरे-बज़्म[2] न सुनना चाही
मैं वही बात सरे-दार[3] कहूँ तो क्या हो

क़त्अ

न मुँह छुपा के जिये हम, न सर झुका के जिये
सितमगरों की नज़र से नज़र मिला के जिये
अब एक रात अगर कम जिये तो कम ही सही
यही बहुत है कि हम मश्अलें जला के जिये

आओ कि कोई ख़्वाब बुनें

आओ कि कोई ख़्वाब बुनें कल के वास्ते
वर्ना ये रात, आज के संगीन दौर की
डस लेगी जानो-दिल को कुछ ऐसे कि जानो-दिल
ता-उम्र फिर न कोई हसीं ख़्वाब बुन सकें

गो हम से भागती रही ये तेज़-गाम[4] उम्र
ख़्वाबों के आसरे पे कटी है तमाम उम्र

1. बाग़ की नीरसता का कारण, 2. सभा में, 3. फाँसी पर, 4. शीघ्रगामी।

ज़ुल्फ़ों के ख़्वाब, होंटों के ख़्वाब और बदन के ख़्वाब
मेराजे-फ़न[1] के ख़्वाब, कमाले-सुख़न[2] के ख़्वाब
तहज़ीबे-ज़िन्दगी[3], फ़रोग़े-वतन[4] के ख़्वाब
ज़िन्दाँ[5] के ख़्वाब, कूचए-दारो-रसन के ख़्वाब

ये ख़्वाब ही तो अपनी जवानी के पास थे
ये ख़्वाब ही तो अपने अमल की असास[6] थे
ये ख़्वाब मर गए हैं तो बेरंग[7] है हयात[8]
यूँ है कि जैसे दस्ते-तहे-संग[9] है हयात

आओ कि कोई ख़्वाब बुनें कल के वास्ते
वर्ना ये रात आज के संगीन दौर की
डस लेगी जानो-दिल को कुछ ऐसे कि जानो-दिल
ता-उम्र फिर न कोई हसीं ख़्वाब बुन सकें

बहुत घुटन है

बहुत घुटन है कोई सूरते-बयाँ[10] निकले
अगर सदा[11] न उठे, कम से कम फ़ुग़ाँ[12] निकले

फ़क़ीरे-शहर के तन पर लिबास बाक़ी है
अमीरे-शहर के अरमाँ अभी कहाँ निकले

हक़ीक़तें हैं सलामत तो ख़्वाब बहुतेरे
उदास क्यों हो जो कुछ ख़्वाब रायगाँ निकले

वो फ़ल्सफ़े[13] जो हर इक आस्ताँ[14] के दुश्मन थे
अमल में आए तो ख़ुद वक़्फ़े-आस्ताँ[15] निकले

---

1. कला का शिखर, 2. शायरी का गुण, 3. जीवन की सुशीलता, 4. देश की प्रगति, 5. कारागार, 6. आधार, 7. नीरस, 8. जीवन, 9. पत्थर के नीचे दबा हुआ हाथ, 10. चर्चा की सूरत, 11. पुकार, 12. दुहाई, आर्तनाद, 13. दर्शनशास्त्र, तर्क, 14. किसी महात्मा की चौखट, 15. चौखट के लिए समर्पित।

इधर भी ख़ाक उड़ी है, उधर भी ज़ख़्म पड़े
जिधर से होके बहारों के कारवाँ निकले

सितम के दौर में हम अह्ले-दिल ही काम आए
ज़बाँ पे नाज़[1] था जिनको वो बे-ज़बाँ निकले

क़त्आत

जहाँ-जहाँ तेरी नज़रों की ओस टपकी थी
वहाँ-वहाँ से अभी तक ग़ुबार उठता है
जहाँ-जहाँ तेरे जल्वों के फूल बिखरे थे
वहाँ-वहाँ दिले-वहशी पुकार उठता है

तपते दिल पर यूँ गिरती है
तेरी नज़र से प्यार की शबनम
जलते हुए जंगल पर जैसे
बरखा बरसे रुक-रुक, थम-थम

किसको ख़बर थी, किसको यक़ीं था, ऐसे भी दिन आएँगे
जीना भी मुश्किल होगा, और मरने भी न पाएँगे
हम जैसे बर्बाद दिलों का जीना क्या और मरना क्या
आज तेरी महफ़िल से उठे, कल दुनिया से उठ जाएँगे

होश में थोड़ी बेहोशी है
बेहोशी में होश है कम
तुझ को पाने की कोशिश में
दोनों जहाँ से खो गए हम

अब आएँ या न आएँ

अब आएँ या न आएँ इधर, पूछते चलो
क्या चाहती है उनकी नज़र, पूछते चलो

1. गर्व।

हम से अगर है तर्के-तअल्लुक़[1], तो क्या हुआ
यारो! कोई तो उनकी ख़बर पूछते चलो

जो ख़ुद को कह रहे हैं कि मंज़िल-शनास[2] हैं
उनको भी क्या ख़बर है, मगर पूछते चलो

किस मंज़िले-मुराद[3] की जानिब रवाँ हैं[4] हम
ऐ रहरवाने-ख़ाक-ब-सर[5], पूछते चलो

एक मुलाक़ात

तेरी तड़प से न तड़पा था मेरा दिल, लेकिन
तेरे सुकून से बेचैन हो गया हूँ मैं
ये जानकर तुझे क्या जाने, कितना ग़म पहुँचे
कि आज तेरे ख़यालों में खो गया हूँ मैं

किसी की होके तू इस तरह मेरे घर आई
कि जैसे फिर कभी आए तो घर मिले न मिले
नज़र उठाई, मगर ऐसी बेयक़ीनी[6] से
कि जिस तरह कोई पेशे-नज़र[7] मिले न मिले

तू मुस्कुराई, मगर मुस्कुरा के रुक-सी गई
कि मुस्कुराने से ग़म की ख़बर मिले न मिले
रुकी तो ऐसे कि जैसे तेरी रियाज़त[8] को
अब इस समर[9] से ज़्यादा समर मिले न मिले
गई तो सोग में डूबे क़दम ये कहके गए
सफ़र है शर्त, शरीके-सफ़र[10] मिले न मिले

तेरी तड़प से न तड़पा था मेरा दिल, लेकिन
तेरे सुकून से बेचैन हो गया हूँ मैं
ये जानकर तुझे क्या जाने, कितना ग़म पहुँचे
कि आज तेरे ख़यालों में खो गया हूँ

1. सम्बन्ध त्यागना, 2. मंज़िल को पहचाननेवाला, 3. वह स्थान जहाँ पहुँचना है, 4. चल रहे हैं, 5. धूल में सने हुए यात्रियों, 6. अविश्वास, 7. नज़र के सामने, 8. मेहनत, तपस्या, 9. फल, 10. सफ़र का साथी।

ख़ून फिर ख़ून है

"एक मक़्तूल लुमुम्बा, एक ज़िन्दा लुमुम्बा से कहीं ज़्यादा ताक़तवर होता है"

—जवाहरलाल नेहरू

ज़ुल्म फिर ज़ुल्म है, बढ़ता है तो मिट जाता है
ख़ून फिर ख़ून है, टपकेगा तो जम जाएगा
ख़ाके-सहरा[1] पे जमे या कफ़े-क़ातिल[2] पे जमे
फ़र्क़े-इंसाफ़[3] पे या पाये-सलासिल[4] पे जमे
तेग़े-बेदाद[5] पे, या लाशए-बिस्मिल[6] पे जमे
ख़ून फिर ख़ून है, टपकेगा तो जम जाएगा

लाख बैठे कोई छुप-छुप के कमींगाहों[7] में
ख़ून ख़ुद देता है जल्लादों के मस्कन[8] का सुराग़[9]
साज़िशें लाख उढ़ाती रहें ज़ुल्मत की नक़ाब
लेके हर बूँद निकलती है हथेली पे चिराग़

ज़ुल्म की क़िस्मते-नाकारा-ओ-रुस्वा[10] से कहो
जब्र[11] की हिक्मते-पुरकार[12] के ईमा[13] से कहो
महमिले-मजलिसे-अक़्वाम[14] की लैला से कहो
ख़ून दीवाना है, दामन पे लपक सकता है
शोलए-तुन्द[15] है, ख़िरमन[16] पे लपक सकता है

तुमने जिस ख़ून को मक़्तल[17] में दबाना चाहा
आज वो कूचा-ओ-बाज़ार में आ निकला है
कहीं शोला, कहीं नारा, कहीं पत्थर बन कर

ख़ून चलता है तो रुकता नहीं संगीनों से
सर उठाता है तो दबता नहीं आईनों से
ज़ुल्म की बात ही क्या, ज़ुल्म की औक़ात ही क्या
ज़ुल्म बस ज़ुल्म है आग़ाज़ से अंजाम तलक[18]

---

1. रेगिस्तान की मिट्टी, 2. क़ातिल की हथेली, 3. न्याय का सिर, 4. बेड़ियाँ, 5. अत्याचार की तलवार, 6. शव, 7. घात लगाने की जगहें, 8. घर, 9. पता, 10. व्यर्थ और बदनाम भाग्य, 11. अत्याचार, 12. चतुर युक्ति, 13. संकेत, 14. संयुक्त राष्ट्र की पालकी, 15. बहुत तेज़ शोला, 16. खलियान, 17. वधस्थान, 18. आरम्भ से अन्त तक।

ख़ून फिर ख़ून है, सौ शक्ल बदल सकता है
ऐसी शक्लें कि मिटाओ तो मिटाए न बने
ऐसे शोले कि बुझओ तो बुझाए न बने
ऐसे नारे कि दबाओ तो दबाए न बने

हमअस्त्र[1]

तू भी कुछ परेशाँ है
तू भी सोचती होगी
तेरे नाम की शुहरत[2], तेरे काम क्या आई

मैं भी कुछ पशेमाँ[3] हूँ
मैं भी ग़ौर करता हूँ
मेरे काम की अज़्मत[4], मेरे काम क्या आई

तेरे ख़वाब भी सूने
मेरे ख़्वाब भी सूने
तेरी-मेरी शुहरत से
तेरे-मेरे ग़म दूने
तू भी इक सुलगता बन
मैं भी इक सुलगता बन
तेरी क़ब्र तेरा फ़न
मेरी क़ब्र मेरा फ़न

अब तुझे मैं क्या दूँगा
अब मुझे तू क्या देगी
तेरी मेरी ग़फ़्लत[5] को
ज़िन्दगी सज़ा देगी

तू भी कुछ परेशाँ है
तू भी सोचती होगी

1. समकालीन, 2. प्रसिद्धि, 3. लज्जित, 4. महानता, 5. असावधानी।

तेरे–मेरे नाम की शुहरत, मेरे काम क्या आई
मैं भी कुछ पशेमाँ हूँ
मैं भी ग़ौर करता हूँ
मेरे काम की अज़्मत, मेरे काम क्या आई

लब पे पाबन्दी तो है

लब पे पाबन्दी तो है, एहसास पर पहरा तो है
फिर भी अह्ले-दिल[1] को अह्वाले-बशर[2] कहना तो है

ख़ूने-आ'दा[3] से न हो, ख़ूने-शहीदाँ[4] ही से हो
कुछ न कुछ इस दौर में रंगे-चमन निखरा तो है

अपनी ग़ैरत बेच डालें, अपना मस्लक[5] छोड़ दें
रहनुमाओं[6] में भी कुछ लोगों का ये मंशा[7] तो है

है जिन्हें सब से ज़्यादा दावए-हुब्बे-वतन[8]
आज उनकी वजूह से हुब्बे-वतन[9] रुस्वा[10] तो है

बुझ रहे हैं एक-इक कर के अक़ीदों[11] के दीये
इस अँधेरे का भी लेकिन सामना करना तो है

झूट क्यों बोलें फ़रोग़े-मस्लहत[12] के नाम पर
ज़िन्दगी प्यारी सही, लेकिन हमें मरना तो है

जवाहर लाल नेहरू

जिस्म की मौत कोई मौत नहीं होती है
जिस्म मिट जाने से इंसान नहीं मर जाते
धड़कनें रुकने से अरमान नहीं मर जाते

---

1. दिलवाले, 2. मनुष्य की समस्याएँ, 3. दुश्मनों का ख़ून, 4. शहीदों का ख़ून, 5. पंथ, मत, 6. नेताओं, 7. उद्देश्य, 8. देश प्रेम का दावा, 9. देश प्रेमी, 10. बदनाम, 11. अक़ीदा का बहु., मत, 12. नीति की उन्नति।

साँस थम जाने से एलान नहीं मर जाते
होंट जम जाने से फ़र्मान[1] नहीं मर जाते
जिस्म की मौत कोई मौत नहीं होती है

वो जो हर दीन[2] से मुन्किर[3] था हर इक धर्म से दूर
फिर भी हर दीन, हर इक धर्म का ग़मख़्वार[4] रहा
सारी क़ौमों के गुनाहों का कड़ा बोझ लिए
उम्र भर सूरते-ईसा[5] जो सरे-दार[6] रहा
जिसने इंसानों की तक़्सीम[7] के सद्मे झेले
फिर भी इंसाँ की उख़ुव्वत[8] का परस्तार[9] रहा
जिसकी नज़रों में था इक आलमी[10] तहज़ीब का ख़्वाब
जिसका हर साँस नए अह्द[11] का मेमार[12] रहा
जिसने ज़रदार[13] मईशत[14] की गवारा न किया
जिस को आईने-मुसावात[15] पे इस्रार[16] रहा
उसके फ़र्मानों की, एलानों की ताज़ीम[17] करो
राख तक़्सीम की, अरमान भी तक़्सीम करो

मौत और ज़ीस्त[18] के संगम पे परेशाँ क्यों हो
उस का बख़्शा हुआ सहरंग[19] अलम[20] लेके चलो

जो तुम्हें जादए-मंज़िल[21] का पता देता है
अपनी पेशानी[22] पे वो नक़्शे-क़दम[23] लेके चले
दामने-वक़्त पे अब ख़ून के छींटे न पड़ें
एक मर्कज़[24] की तरफ़ दैरो-हरम ले के चलो
हम मिटा डालेंगे सरमाया-ओ-मेहनत का तज़ाद[25]
ये अक़ीदा, ये इरादा, ये क़सम ले के चलो

वो जो हमराज़ रहा, हाज़िरो-मुस्तक़्बिल[26] का
उसके ख़्वाबों की ख़ुशी, रूह का ग़म लेके चलो

---

1. आदेश, 2. धर्म, 3. विश्वास न रखनेवाला, 4. सहानुभूति करनेवाला, 5. ईसा की तरह, 6. सूली पर, 7. बँटवारे, 8. भाईचारा, 9. भक्त, 10. विश्व, 11. युग, 12. निर्माणकर्ता, 13. धनी, 14. जीविका, 15. बराबरी का कानून, 16. आग्रह, 17. सम्मान, 18. जीवन, 19. तिरंगा, 20. झंडा, 21. मंज़िल का रास्ता, 22. माथा, 23. पदचिह्न, 24. केन्द्र, 25. एक-दूसरे के विरुद्ध होना, 26. वर्तमान और भविष्य।

जिस्म की मौत कोई मौत नहीं होती है
जिस्म मिट जाने से इंसान नहीं मर जाते
धड़कनें रुकने से अरमान नहीं मर जाते
साँस थम जाने से एलान नहीं मर जाते
होंट जम जाने से फ़र्मान नहीं मर जाते
जिस्म की मौत कोई मौत नहीं होती है

ऐ शरीफ़ इंसानो

(हिन्दोस्तान और पाकिस्तान की जंग के पसमंज़र[1] में लिखी गई और मुआहिदए-ताशक़ंद[2] की सालगिरह पर नश्र[3] की गई)

ख़ून अपना हो या पराया हो
नस्ले-आदम का ख़ून है आख़िर
जंग मशरिक़ में हो या मग़रिब में
अम्ने-आलम[4] का ख़ून है आख़िर

बम घरों पर गिरें या सरहद पर
रुहे-तामीर ज़ख़्म खाती है
खेत अपने जलें कि औरों के
ज़ीस्त फ़ाक़ों से तिलमिलाती है

टैंक आगे बढ़ें, कि पीछे हटें
कोख धरती की बाँझ होती है
फ़त्ह[5] का जश्न हो या हार का सोग
ज़िन्दगी मैयतों[6] पे रोती है

जंग तो ख़ुद ही एक मस्अला[7] है
जंग क्या मस्अलों का हल देगी
आग और ख़ून आग बख़्शेगी
भूक और एहतियाज[8] कल देगी

1. पृष्ठभूमि, 2. ताशक़ंद समझौता, 3. प्रसारित, 4. विश्व शान्ति, 5. विजय, 6. मृतकों, 7. समस्या, 8. कंगाली।

इसलिए ऐ शरीफ़ इंसानो
जंग टलती रहे तो बेहतर है
आप और हम सभी के आँगन में
शम्अ जलती रहे तो बेहतर है

2

बरतरी[1] के सुबूत की ख़ातिर
ख़ूँ बहाना ही क्या ज़रूरी है
घर की तारीकियाँ मिटाने को
घर जलाना ही क्या ज़रूरी है

जंग के और भी तो मैदाँ हैं
सिर्फ़ मैदाने-कुश्तो-ख़ूँ[2] ही नहीं
हासिले-ज़िन्दगी[3] ख़िरद[4] भी है
हासिले-ज़िन्दगी जुनूँ ही नहीं

आओ इस तीरा-बख़्त[5] दुनिया में
फ़िक्र[6] की रौशनी को आम करें
अम्न को जिन से तक़्वियत[7] पहुँचे
ऐसी जंगों का एहतियात[8] करें

जंग, वहशत से, बर्बरीयत[9] से
अम्न, तहज़ीबो-इर्तिक़ा[10] के लिए
जंग, मर्ग-आफ़रीं सियासत[11] से
अम्न, इंसान की बक़ा[12] के लिए

जंग सरमाए के तसल्लुत[13] से
अम्न, जुम्हूर[14] की ख़ुशी के लिए
जंग, जंगों के फ़लसफ़े के ख़िलाफ़
अम्न, पुरअम्न[15] ज़िन्दगी के लिए

---

1. बड़प्पन, 2. मारकाट का क्षेत्र, 3. जीवन का निचोड़, 4. बुद्धि, 5. बदनसीब, 6. विचार, 7. शक्ति, 8. प्रयोजन, 9. पशुता, 10. संस्कृति और विकास, 11. मृत्यु उत्पन्न करनेवाली राजनीति, 12. अस्तित्व, 13. अधिकार, 14. जनता, 15. शान्तिपूर्ण।

क्यों हो ?

कल के फूलों से था जिसका रिश्ता, आज के ग़ुंचा-चीनों[1] में क्यों हो ?
साल-ख़ुर्दा[2] अयाग़ों[3] की तलछट, नौजवाँ आवगीनों[4] में क्यों हो ?

साअते-फ़स्ले-गुल[5] है जवानी, क्यों जश्ने-मय-ओ-महवशाँ[6] हो
आक़िबत[7] के अज़ाबों[8] का रोना, इन मुबारक महीनों में क्यों हो ?

बुग़्ज़[9] की आग, नफ़रत के शोले, मैकशों तक पहुँचने न पाएँ
फ़स्ल ये मन्दिरों, मस्जिदों की, मैकदों की ज़मीनों में क्यों हो ?

अह्ले-दिल और भी हैं

क्या हुआ गर मेरे यारों की ज़बानें चुप हैं
मेरे शाहिद[10], मेरे यारों के सिवा और भी हैं

अह्ले-दिल और भी हैं, अह्ले-वफ़ा और भी हैं
एक हम ही नहीं, दुनिया से ख़फ़ा और भी हैं
हम पे ही ख़त्म नहीं मस्लके-शोरीदा-सरी[11]
चाक-दिल[12] और भी हैं, चाक-क़बा[13] और भी हैं

सर सलामत है तो क्या संगे-मलामत[14] की कमी
जान बाक़ी है तो पैकाने-क़ज़ा[15] और भी हैं
मुंसिफ़े-शह्र[16] की वह्दत[17] पे न ह़र्फ़[18] आ जाए
लोग कहते हैं कि अरबाबे-जफ़ा[19] और भी हैं

26 जनवरी

आओ कि आज ग़ौर करें इस सवाल पर
देखें थे हमने जो, वो हसीं ख़्वाब क्या हुए

---

1. फूल चुननेवालों, 2. पुराने, 3. प्यालों, 4. बारीक काँच की बोतल, 5. वसन्त के मौसम, 6. चाँद जैसी आभावाली सुन्दरियों और शराब का उत्सव, 7. परलोक, 8. यातनाओं, 9. बैर, द्वेष, 10. गवाह, 11. पागलपन की पंथ, 12. टुकड़े-टुकड़े दिल, 13. फटे हुए वस्त्रवाले, 14. निंदा का पत्थर, 15. मौत के तीर, 16. नगर का न्यायकर्ता, 17. एकता, 18. दोष, 19. अत्याचार करनेवाले।

दौलत बढ़ी तो मुल्क में इफ़्लास क्यों बढ़ा
ख़ुशहालिए-अवाम[1] के अस्बाब[2] क्या हुए

जो अपने साथ-साथ चले कूए-दार तक
वो दोस्त, वो रफ़ीक़, वो अह्बाब[3] क्या हुए

क्या मोल लग रहा है शहीदों के ख़ून का
मरते थे जिन पे हम, वो सज़ायाब[4] क्या हुए

बेकस[5] बरहनगी[6] को कफ़न तक नहीं नसीब
वो वादाहाए-अत्लसो-कमख़्वाब[7] क्या हुए

जुम्हूरियत-नवाज़[8], बशर-दोस्त[9], अम्न-ख़्वाह,[10]
ख़ुद को जो ख़ुद दिये थे वो अल्क़ाब[11] क्या हुए

मज़्हब का रोग आज भी क्यों लाइलाज[12] है
वो नुस्ख़ाहाए-नादिरो-नायाब[13] क्या हुए

हर कूचा शोलाज़ार[14] है, हर शह्र क़त्लगाह
यकजिह्तिए-हयात[15] के आदाब क्या हुए

सहराए-तीरगी[16] में भटकती है ज़िन्दगी
उभरे थे जो उफ़ुक़[17] पे वो मह्ताब[18] क्या हुए

मुजरिम हूँ मैं अगर, तो गुनहगार तुम भी हो
ऐ रहबराने-क़ौम[19] ख़ताकार[20] तुम भी हो

मैं ज़िन्दा हूँ

मैं ज़िन्दा हूँ ये मुश्तहर[21] कीजिए
मेरे क़ातिलों को ख़बर कीजिए
ज़मीं सख़्त है आस्माँ दूर है

---

1. जनता की सम्पन्नता, 2. कारण, 3. मित्र लोग, 4. दंडित, 5. निराश्रय, 6. नग्नता, 7. बहुमूल्य रेशमी कपड़े के वादे, 8. जनतंत्र समर्थक, 9. मनुष्यों का मित्र, 10. शान्ति प्रिय, 11. उपाधियों, 12. जिसकी चिकित्सा न हो सके, 13. उत्तम नुस्ख़े, 14. जहाँ आग ही आग हो, 15. जीवन में एकजुटता होने के, 16. अँधेरा वन, 17. क्षितिज, 18. चन्द्रमा, 19. राष्ट्र के नेताओं, 20. दोषी, 21. मशहूर।

बसर[1] हो सके तो बसर कीजिए
सितम के बहुत से हैं रद्दे-अमल[2]
ज़रूरी नहीं चश्म तर[3] कीजिए
वही ज़ुल्म बारे-दिगर[4] है तो फिर
वही जुर्म बारे-दिगर कीजिए
क़फ़स[5] तोड़ना बाद की बात है
अभी ख़्वाहिशे-बालो-पर[6] कीजिए

जश्ने-ग़ालिब

इक्कीस बरस गुज़रे आज़ादिए-कामिल को[7]
तब जाके कहीं हमको 'ग़ालिब' का ख़याल आया
तुर्बत[8] है कहाँ उसकी, मस्कन[9] है कहाँ उसका
अब अपने सुख़न-परवर[10] ज़ेह्नों में सवाल आया

सौ साल से जो तुर्बत चादर को तरसती थी
अब उस पे अक़ीदत[11] के फूलों की नुमाइश[12] है
उर्दू के तअल्लुक़ से कुछ भेद नहीं खुलता
ये जश्न, ये हंगामा, ख़िदमत है कि साज़िश[13] है

जिन शह्रों में गूँजी थी ग़ालिब की नवा[14] बरसों
उन शह्रों में अब उर्दू बेनामो-निशाँ[15] ठहरी
आज़ादिए-कामिल का एलान हुआ जिस दम
मा'तूब[16] ज़बाँ ठहरी, ग़द्दार ज़बाँ ठहरी

जिस अह्दे-सियासत ने ये ज़िन्दा ज़बाँ कुचली
उस अह्दे-सियासत को मरहूमों[17] का ग़म क्यों है
ग़ालिब जिसे कहते हैं उर्दू का ही शायर था
उर्दू पे सितम ढकर ग़ालिब पे करम क्यों है

1. निर्वाह, 2. प्रक्रिया, 3. आँख गीली, 4. फिर, दूसरी बार, 5. पिंजरा, 6. बाज़ू और पर अर्थात शक्ति की इच्छा, 7. सम्पूर्ण आज़ादी को, 8. क़ब्र, 9. घर, 10. कवि, 11. श्रद्धा, 12. प्रदर्शन, 13. षड्यंत्र, 14. आवाज़, 15. जिसका कोई अता-पता न हो, 16. क्रोध-पात्र, 17. दिवंगतो।

ये जश्न, ये हंगामे, दिलचस्प खिलोने हैं
कुछ लोगों की कोशिश है, कुछ लोग बहल जाएँ
जो वादए-फ़र्दा[1] पर अब टल नहीं सकते हैं
मुम्किन है कि कुछ अर्सा इस जश्न पे टल जाएँ

ये जश्न मुबारक[2] हो, पर ये भी सदाक़त[3] है
हम लोग हक़ीक़त के एहसास से आरी[4] हैं
गांधी हो कि 'ग़ालिब' हों, इंसाफ़ की नज़रों में
हम दोनों के क़ातिल हैं, दोनों के पुजारी हैं

गांधी हो या ग़ालिब

[गांधी शताब्दी और ग़ालिब सदी के इख़्तिताम[5] पर लिखी गई]

गांधी हो या ग़ालिब हो
ख़त्म हुआ दोनों का जश्न
आओ इन्हें अब कर दें दफ़्न
ख़त्म करो तहज़ीब की बात
बन्द करो कल्चर का शोर
सत्य, अहिंसा सब बकवास
हम भी क़ातिल तुम भी चोर
ख़त्म हुआ दोनों का जश्न
आओ इन्हें अब कर दें दफ़्न
वो बस्ती वो गाँव ही क्या
जिसमें हरिजन हो आज़ाद
वो क़स्बा वो शहर ही क्या
जो न बने अहमदाबाद[6]
ख़त्म हुआ दोनों का जश्न
आओ, इन्हें अब कर दें दफ़्न

---

1. आनेवाले कल का वादा, 2. बधाई, 3. सच्चाई, 4. वंचित, 5. समाप्ति, 6. साल के बदतरीन साम्प्रदायिक फ़साद की तरफ़ इशारा है।

गांधी हो या ग़ालिब हो
दोनों का क्या काम यहाँ
अब के बरस भी क़त्ल हुई
एक की शिक्षा, इक की ज़बाँ
ख़त्म हुआ दोनों का जश्न
आओ, इन्हें अब कर दें दफ़्न

देखा है ज़िन्दगी को

देखा है ज़िन्दगी को कुछ इतने क़रीब से
चेहरे तमाम लगने लगे हैं अजीब से

ऐ रुहे-अस्र[1] जाग, कहाँ सो रही है तू
आवाज़ दे रहे हैं पयम्बर[2] सलीब से

इस रेंगती हयात का कब तक उठाएँ बार[3]
बीमार अब उलझने लगे हैं तबीब[4] से

हर गाम पर है मज्मए-उश्शाक़[5] मुंतज़िर
मक़्तल[6] की राह मिलती है कूए-हबीब[7] से

इस तरह ज़िन्दगी ने दिया है हमारा साथ
जैसे कोई निबाह रहा हो रक़ीब[8] से

लेनिन

[1917]

तब्क़ों[9] में बँटी दुनिया सदियों से परेशाँ थी
ग़मनाकियाँ[10] रिसती थीं आबाद ख़राबों[11] से

---

1. प्राण वायु, 2. पैग़म्बर, अवतार, 3. बोझ, 4. चिकित्सक, 5. आशिक़ों की भीड़, 6. वध स्थान, 7. प्रेमपात्र की गली, 8. एक प्रेयसी के प्रेमियों में से कोई एक, 9. जातियों, 10. दुखपूर्णता, 11. बसा हुआ उजाड़ स्थान।

ऐश[1] एक का लाखों की ग़ुर्बत[2] से पनपता है
मंसूब[3] थी ये हालत, क़ुदरत के हिसाबों से

अख़्लाक[4] परेशाँ था, तह्ज़ीब[5] हिरासाँ[6] थी
बदकार[7] हुज़ूरों[8] से, बदनस्ल[9] जनाबों[10] से

अय्यार[11] सियासत ने ढाँपा था जराइम[12] को
अरबाबे-कलीसा की हिक्मत[13] ने नक़ाबों से

इंसाँ के मुक़द्दर को आज़ाद किया तूने
मज़्हब ने फ़रेबों से, शाही के अज़ाबों से

लेनिन

[1970]

क्या जाने तेरी उम्मत[14] किस हाल को पहुँचेगी
बढ़ती चली जाती है तादाद[15] इमामों की

हर गोशए-मग़रिब में, ख़ित्तए-मशरिक़ में
तश्रीह[16] दिगरगूँ[17] है अब तेरे पयामों[18] की

वो लोग जिन्हें कल तक दावा था रिफ़ाक़त का
तज़्लील[19] पे उतरे हैं, अपनों ही के नामों की

बिगड़े हुए तेवर हैं नौउम्र[20] सियासत के
बिफरी हुई साँसें हैं नौमश्क़[21] निज़ामों की

तब्क़ों से निकल कर हम फ़िरक़ों[22] में न बँट जाएँ
बनकर न बिगड़ जाए तक़्दीर ग़ुलामों की

1. भोग विलास, 2. निर्धनता, 3. सम्बन्धित, 4. शिष्टाचार, 5. सभ्यता, 6. भयभीत, निराशा, 7. दुराचारी, 8. आदर सूचक शब्द, 9. अकुलीन, 10. आदरसूचक शब्द, 11. धूर्त, 12. अपराधों, 13. नीति, 14. समुदाय, 15. संख्या, 16. व्याख्या, 17. अस्त-व्यस्त, 18. सन्देशों, 19. अपमान, 20. नई, 21. नौसिखिया, 22. दलों।

सदियों से

सदियों से इंसान ये सुनता आया है
दुख की धूप के आगे सुख का साया है

हमको उन सस्ती ख़ुशियों का लोभ न दो
हमने सोच-समझकर ग़म अपनाया है

झूट तो क़ातिल ठहरा, उसका क्या रोना
सच ने भी इंसाँ का ख़ून बहाया है

पैदाइश[1] के दिन से मौत की ज़द में हैं
इस मक़्तल में कौन हमें ले आया है

अव्वल-अव्वल[2] जिस दिल ने बर्बाद किया
आख़िर-आख़िर[3] वो दिल ही काम आया है

उतने दिन एहसान किया दीवानों पर
जितने दिन लोगों ने साथ निभाया है

ऐ नई नस्ल!

[22 नवम्बर, 1970 को गवर्नमेंट कॉलेज लुधियाना की गोल्डन जुबली मनाई गई। उस मौक़े पर कॉलेज के एक साबिक़ तालिबे-इल्म[4] की हैसियत से साहिर साहब को ख़ास तौर पर मद्ऊ[5] किया गया और उनकी नुमायाँ[6] अदबी और तह्ज़ीबी ख़िदमात[7] के पेशे-नज़र मर्कुज़ी वज़ीरे-तालीम[8] श्री आर.के.वी. राव ने उन्हें कॉलेज की तरफ़ से गोल्ड मैडल पेश किया। साहिर साहब ने ये नज़्म उस तक़रीब के लिए लिखी और तालिबे-इल्मों के इज्तिमा में पढ़ी।]

मेरे अज्दाद[9] का वतन ये शह्र
मेरी तालीम का जहाँ ये मुक़ाम
मेरे बचपन की दोस्त, ये गलियाँ
जिनमें रुस्वा हुआ शबाब का नाम

---

1. जन्म, 2. पहले-पहले, 3. अन्त में, 4. पूर्व छात्र, 5. आमंत्रित, 6. विशिष्ट, 7. साहित्यिक और सांस्कृतिक सेवाओं, 8. केन्द्रीय शिक्षामंत्री, 9. पुरखों।

याद आते हैं इन फ़ज़ाओं में
कितने नज़्दीक और दूर के नाम
कितने ख़्वाबों के मलगजे चेहरे
कितनी यादों के मरमरीं अज्साम[1]
कितने हंगामे, कितनी तह्रीकें[2]
कितने नारे जो थे ज़बाँ-ज़दे-आम[3]
मैं यहाँ जब शुऊर[4] को पहुँचा
अजनबी क़ौम की थी क़ौम ग़ुलाम
यूनियन जैक दर्सगाह[5] पे था
और वतन में था सामराजी निज़ाम
इसी मिट्टी को हाथ में लेकर
हम बने थे बग़ावतों के इमाम[6]
यहीं जाँचे थे धर्म के विश्वास
यहीं परखे थे दीन के औहाम[7]
यहीं मन्किर[8] बने रवायत[9] के
यहीं तोड़े रिवाज के अस्नाम[10]
यहीं निखरा था ज़ौक़े-नग़्मागरी[11]
यहीं उतरा था शे'र का इल्हाम[12]
मैं जहाँ भी रहा, यहीं का रहा
मुझे भूले नहीं हैं ये दरो-बाम
नाम मेरा जहाँ-जहाँ पहुँचा
साथ पहुँचा है इस दयार का नाम
मैं यहाँ मेज़बाँ[13] भी, मेहमाँ[14] भी
आप जो चाहें दीजिए मुझे नाम
नज़्र[15] करता हूँ इन फ़ज़ाओं को
अपना दिल, अपनी राह, अपना कलमा
और फ़ैज़ाने-इल्म[16] जारी हो
और ऊँचा हो इस दयार का नाम

---

1. जिस्म का बहु. शरीर, 2. आन्दोलन, 3. जनता में प्रसिद्ध बात, 4. समझ, 5. विद्यालय, 6. नेता, 7. भ्रम, 8. अस्वीकार करना, 9. परम्परा, 10. सनम का बहु. बुत, 11. गीत गाने की रुचि, 12. आकाशवाणी, 13. आतिथेय, 14. अतिथि, 15. भेंट, 16. शिक्षा का लाभ।

और शादाब हो ये अर्ज़े-हसीं[1]
और महके थे वादिए-गुलफ़ाम[2]
और उभरें सनमगरी के नुक़ूश[3]
और छलकें मए-सुख़न[4] के जाम
और निकलें वो बेनवा[5], जिनको
अपना सब कुछ कहें वतन के अवाम
काफ़िले आते-जाते रहते हैं
कब हुआ है यहाँ किसी का क़याम[6]
नस्ल-दर-नस्ल[7] काम जारी है
कारे-दुनिया[8] कभी हुआ न तमाम[9]
कल जहाँ मैं था, आज तू है, वहाँ
ऐ नई नस्ल! तुझ को मेरा सलाम

नै मैं कुछ नहीं

नग़मा जो है तो रूह में है, नै[10] में कुछ नहीं
गर तुझ में कुछ नहीं, तो किसी शै[11] में कुछ नहीं

तेरे लहू की आँच से गर्मी है जिस्म की
मय के हज़ार वस्फ़[12] सही, मय में कुछ नहीं

जिसमें ख़ुलूसे-फ़िक्र[13] न हो, वो सुख़न[14] फ़ुज़ूल
जिसमें न दिल शरीक हो, उस लय में कुछ नहीं

कश्कोले-फ़न[15] उठा के सूए-खुसरवाँ[16] न जा
अब दस्ते-इख़्तियारे-जमो-कै[17] में कुछ नहीं

1. सुन्दर धरती, 2. फूलों से भरी घाटी, 3. बेल-बूटे, 4. शायरी की शराब, 5. कंगाल, 6. अस्थायी निवास, 7. पीढ़ी दर पीढ़ी, 8. दुनिया का काम, 9. पूरा, 10. बाँसुरी, 11. वस्तु, 12. गुण, 13. सोच की सच्चाई, 14. शायरी, 15. कला का भिक्षापात्र, 16. सम्राट की ओर, 17. (जमशेद और कैकाऊस) सम्राटों के अधिकार में।

दिल अभी...!

ज़िन्दगी से उंस[1] है
हुस्न से लगाव है
धड़कनों में आज भी
इश्क़ का अलाव है
दिल अभी बुझा नहीं

रंग भर रहा हूँ मैं
ख़ाकए-हयात[2] में
आज भी हूँ मुन्हमिक[3]
फ़िक्रे-कायनात[4] में
ग़म अभी लुटा नहीं

हर्फ़े-हक़[5] अज़ीज़[6] है
ज़ुल्म नागवार है
अह्दे-नौ[7] से आज भी
अह्द[8] उस्तुवार[9] है
मैं अभी मरा नहीं

ये ज़मीं जिस क़दर...

ये ज़मीं जिस क़दर सजाई गई
ज़िन्दगी की तड़प बढ़ाई गई

आईने से बिगड़ के बैठ गए
जिनकी सूरत जिन्हें दिखाई गई

दुश्मनों से ही बैर निभ जाए
दोस्तों से तो आश्नाई गई

---

1. लगाव, 2. जीवन का चित्र, 3. व्यस्त, 4. सृष्टि की चिन्ता, 5. सच्ची बात, 6. प्रिय, 7. नवयुग, 8. वचन, 9. दृढ़, स्थायी।

नस्ल-दर-नस्ल इंतिज़ार रहा
क़स्र[1] टूटे, न बे-नवाई[2] गई

ज़िन्दगी का नसीब क्या कहिए
एक सीता थी जो सताई गई

हम न अवतार थे, न पैग़म्बर
क्यों ये अज़्मत[3] हमें दिलाई गई

मौत पाई सलीब पर हमने
उम्र बनबास में बिताई गई

बड़ी ताकतें

तुम ही तज्वीज़े-सुलह[4] लाते हो
तुम ही सामाने-जंग बाँटते हो
तुम ही करते हो क़त्ल का मातम
तुम ही तीरो-तुफ़ंग[5] बाँटते हो

लश्कर-कशी[6]

फ़ौज हक़[7] को कुचल नहीं सकती
फ़ौज चाहे किसी यज़ीद[8] की हो
लाश उठती है फिर अलम[9] बनकर
लाश चाहे किसी शहीद की हो

...मगर ज़ुल्म के ख़िलाफ़

हम अम्न चाहते हैं मगर ज़ुल्म के ख़िलाफ़
गर जंग लाज़िमी[10] है तो फिर जंग ही सही

1. महल, 2. दरिद्रता, 3. महानता, 4. सन्धि का प्रस्ताव, 5. तीर और बन्दूक़, 6. चढ़ाई, आक्रमण, 7. सच, 8. अमीर मुआविया का बेटा यज़ीद जो बड़ा ही बदचलन और अत्याचारी था, और जिसने हज़रत इमाम हुसैन को शहीद कराया था क्योंकि वह उसके शासन के विरुद्ध था, 9. झंडा, 10. अनिवार्य।

ज़ालिम को जो न रोके, वो शामिल है ज़ुल्म में
क़ातिल को जो न टोके, वो क़तिल के साथ है
हम सर-ब-कफ़[1] उठे हैं कि हक़[2] फ़त्हयाब[3] हो
कह दो उसे जो लश्करे-बातिल[4] के साथ है
इस ढग पर है ज़ोर, तो ये ढग ही सही

ज़ालिम की कोई ज़ात, न मज़्हब न कोई क़ौम
ज़ालिम के लब पे ज़िक्र भी उनका गुनाह है
फलती नहीं है शाख़े-सितम[5] इस ज़मीन पर
तारीख़[6] जानती है, ज़माना गवाह है
कुछ कोर-बातिनों[7] की नज़र तंग[8] ही सही

ये ज़र[9] की जंग है न ज़मीनों की जंग है
ये जंग है बक़ा[10] के उसूलों[11] के वास्ते
जो ख़ून हमने नज़्र[12] दिया है ज़मीन को
वो ख़ून है गुलाब के फूलों के वास्ते
फूटेगी सुब्हे-अम्न[13], लहू-रंग[14] ही सही

तोड़ लेंगे हर इक शै से रिश्ता

तोड़ लेंगे हर इक शै से रिश्ता, तोड़ देने की नौबत तो आए
हम क़यामत के ख़ुद मुंतज़िर हैं, पर किसी दिन क़यामत तो आए

हम भी सुक़रात हैं अह्दे-नौ[15] के, तश्ना-लब[16] ही न मर जाएँ यारों
ज़ह्र हो या मए-आतशीं[17] ही, कोई जामे-शहादत[18] तो आए

एक तह्ज़ीब है दोस्ती की, एक मेयार[19] है दुश्मनी का
दोस्तों ने मुरव्वत[20] न सीखी, दुश्मनों को अदावत[21] तो आए

---

1. हाथ पर सिर रखे हुए, 2. सच, 3. विजयी, 4. झूठी सेना, निकम्मी सेना, 5. अत्याचार की डाली, 6. इतिहास, 7. अंधात्मा जिसमें धर्म न हो, 8. संकुचित, 9. धन, 10. जीवन, 11. सिद्धान्तों, 12. भेंट, 13. शान्ति की सुबह, 14. रक्त-रंगी, 15. नवयुग, 16. प्यासा, 17. आग जैसी तेज़ और लाल मदिरा, 18. बलिदान का प्याला, 19. स्तर, 20. शील-संकोच, 21. दुश्मनी।

रिन्द[1] रस्ते में आँखें बिछाएँ, जो कहे बिन सुने मान जाएँ
नासेहे-नेक-तीनत[2] किसी शब[3], सूए-कूए-मलामत[4] तो आए

इल्मो-तह्ज़ीब[5], तारीख़ो-मंतिक़[6], लोग सोचेंगे इन मस्अलों[7] पर
ज़िन्दगी के मशक़्क़त-कदे[8] में, कोई अह्दे-फ़राग़त[9] तो आए

काँप उठें क़स्रे-शाही के गुंबद, थरथराए ज़मीं माबदों[10] की
कूचा-गर्दों[11] की वहशत तो जागे, ग़मज़दों[12] को बग़ावत[13] तो आए

बात करें

सज़ा का हाल सुनाएँ, जज़ा[14] की बात करें
ख़ुदा मिला हो जिन्हें वो ख़ुदा की बात करें

उन्हें पता भी चले और वो ख़फ़ा भी न हों
इस एहतियात[15] से क्या मुद्दआ[16] की बात करें

हमारे अह्द की तह्ज़ीब में क़बा[17] ही नहीं
अगर क़बा ही तो बंदे-क़बा[18] की बात करें

हर एक दौर का मज़्हब नया ख़ुदा लाया
करें तो हम भी मगर किस ख़ुदा की बात करें

वफ़ा-शिआर[19] कई हैं, कोई हसीं भी तो हो
चलो फिर आज उसी बेवफ़ा की बात करें

प्यार का तह्फ़ा

[अपने जिगरी दोस्त यश चोपड़ा की शादी के मौक़े पर]

कारगर[20] हो गई अह्बाब[21] की तदबीर[22] अब के
माँग ली आप ही दीवाने ने ज़ंजीर अब के

---

1. शराबी, 2. अच्छे स्वभाव वाला सदुपदेशक, 3. रात, 4. निन्दा की गली की ओर, 5. ज्ञान और सभ्यता, 6. इतिहास और तर्कशास्त्र, 7. विषयों, 8. कष्टों का घर, 9. सुख की समय, 10. उपासना-गृह, 11. गलियों में मारा-मारा फिरनेवाला, 12. दुखी, 12. अवज्ञा, 14. अच्छे काम का बदला, 15. सावधानी, 16. आशय, 17. चोग़ा, गाउन, 18. चोग़े की घुंडी, 19. प्रेमी, 20. सफल, 21. दोस्तों, 22. प्रयत्न।

जिसने हर दाम[1] में आने में तकल्लुफ़[2] बरता
ले उड़ी है उसे ज़ुल्फ़े-गिरहगीर[3] अब के

जो सदा हुस्न की इक़लीम[4] में मुम्ताज़[5] रहे
दिल के आईने में उतरी है वो तस्वीर अब के

ख़्वाब ही ख़्वाब जवानी का मुक़द्दर थे कभी
ख़्वाब से बढ़ के गले मिल गई ताबीर[6] अब के

अजनबी ख़ुश हुए, अपनों ने दुआएँ माँगीं
इस सलीक़े से सँवारी गई तक़्दीर अब के

यार का जश्न है और प्यार का तुह्फ़ा हैं ये शे'र
ख़ुद-ब-ख़ुद एक दुआ बन गई तहरीर[7] अब के

मैं पल दो पल का शायर हूँ

मैं पल दो पल का शायर हूँ, पल दो पल मेरी कहानी है
पल दो पल मेरी हस्ती[8] है, पल दो पल मेरी जवानी है

मुझसे पहले कितने शायर आए और आकर चले गए
कुछ आहें भरकर लौट गए, कुछ नग़्मे गाकर चले गए

वो भी इक पल का क़िस्सा थे, मैं भी इक पल का क़िस्सा हूँ
कल तुम से जुदा हो जाऊँगा, गो आज तुम्हारा हिस्सा हूँ

पल दो पल मैं कुछ कह पाया, इतनी ही सआदत[9] काफ़ी है
पल दो पल तुमने मुझ को सुना, इतनी ही इनायत[10] काफ़ी है

कल और आएँगे नग़्मों की खिलती कलियाँ चुनने वाले
मुझसे बेहतर कहने वाले, तुमसे बेहतर सुनने वाले

---

1. जाल, फंदा, 2. संकोच, 3. घुँघराले बाल, 4. देश, 5. विशिष्ट, 6. स्वप्न फल, 7. लेखन, 8. जीवन, 9. तेज, 10. कृपा।

हर नस्ल इक फ़स्ल है धरती की, आज उगती है कल कटती है
जीवन वो महँगी मदिरा है जो क़त्रा-क़त्रा[1] बटती है

सागर से उभरी लहर हूँ मैं, सागर में फिर खो जाऊँगा
मिट्टी की रूह का सपना हूँ, मिट्टी में फिर सो जाऊँगा

कल कोई मुझको याद करे, क्यों कोई मुझको याद करे
मसरूफ़ ज़माना मेरे लिए क्यों वक़्त अपना बर्बाद करे

गो मस्लके-तस्लीमो-रज़ा

गो मस्लके-तस्लीमो-रज़ा[2] भी है कोई चीज़
पर ग़ैरते-अरबाबे-वफ़ा[3] भी है कोई चीज़
खिलता है हर इक ग़ुंचए-नौ[4] ज़ोशे-नुमू[5] से
ये सच है मगर लम्से-हवा[6] भी है कोई चीज़
ये बेरुख़िए-फ़ित्रते-महबूब[7] के शाकी
इतना भी न समझे कि अदा भी है कोई चीज़
इब्रत-कदए-दह्र[8] में ऐ तारिके-दुनिया[9]
लज़्ज़त-कदए-जुर्मो-ख़ता[10] भी है कोई चीज़
लपकेगा गिरेबाँ पे तो महसूस करोगे
ऐ अह्ले-दुवल[11] दस्ते-गदा[12] भी है कोई चीज़

जो लुत्फ़े-मैकशी है...

जो लुत्फ़े-मैकशी[13] है, निगारों[14] में आएगा
या बाशऊर[15] बादा-गुसारों[16] में आएगा

---

1. बूँद-बूँद, 2. स्वीकृति का मत, 3. प्रेमियों का स्वाभिमान, 4. नई कली, 5. विकास की उमंग, 6. हवा का स्पर्श, 7. प्रेमिका की उपेक्षा की प्रगति, 8. संसार का वह स्थान जहाँ किसी को बुरी अवस्था में देखकर आदमी को मानसिक खेद मिलता है और उससे शिक्षा मिलती है, 9. विरक्त, संसार को त्यागने वाला, 10. अपराध और पाप का सुख घर, 11. धनवान, 12. भिखारी का फैला हुआ हाथ, 13. शराब पीने का आनन्द, 14. प्रेमिका, 15. बुद्धिमान, शिष्ट, 16. शराब पीनेवालों।

वो जिसको ख़ल्वतों[1] में भी आने से आर[2] है
आने पे आएगा तो हज़ारों में आएगा

हमने ख़िज़ाँ की फ़स्ल[3] चमन से निकाल दी
हमको पयाम-मर्ग[4] बहारों में आएगा

इस दौरे-एह्तियाज[5] में जो लोग जी लिये
उनका भी नाम शोब्दाकारों[6] में आएगा

जो शख़्स मर गया है वो मिलने कभी-कभी
पिछले पहर के सर्द सितारों में आएगा

विर्सा

ये वतन तेरी-मेरी नस्ल की जागीर नहीं
सैकड़ों नस्लों की मेह्नत ने सँवारा है इसे

कितने ज़ेह्नों का लहू, कितनी निगाहों का अरक़[7]
कितने चेहरों की हया[8], कितनी जबीनों[9] की शफ़क़[10]
ख़ाक की नज़्र[11] हुई तब ये नज़ारे बिखरे

पत्थरों से ये तराशे हुए असनामे[12]-जवाँ
ये सदाओं[13] के ख़मो-पेच[14], ये रंगों की ज़बाँ
चिमनियों से ये निकलता हुआ पुरपेच धुआँ
तेरी तख़्लीक़[15] नहीं है, मेरी तख़्लीक़ नहीं
हम अगर ज़िद भी करें इस पे, तो तस्दीक़[16] नहीं

इल्म सूली पे चढ़ा तब कहीं तख़्मीना[17] बना
ज़ह्र सदियों ने पिया, तब कहीं नोशीना[18] बना
सैकड़ों पाँव कटे, तब कहीं इक ज़ीना बना

---

1. एकान्त, 2. लाज, 3. पतझड़, 4. मौत का सन्देश, 5. कंगाली का ज़माना, 6. चमत्कारी, 7. जल, 8. लाज, 9. माथों, 10. लालिमा, 11. भेंट, 12. मूर्तियाँ, 13. आवाज़ों, 14. उतार-चढ़ाव, 15. रचना, 16. प्रमाण, 17. विचार, 18. अमृत।

तेरे क़दमों के तले, या मेरे क़दमों के तले
नौए-इंसाँ[1] शबो-रोज़[2] की तक़्दीर नहीं
ये वतन तेरी-मेरी नस्ल की जागीर नहीं
सैकड़ों नस्लों की मेहनत ने सँवारा है इसे

तेरा ग़म[3] कुछ भी सही, मेरा अलम कुछ भी सही
अह्ले-सर्वत[4] की सियासत का सितम कुछ भी सही
कल की नस्लें भी कोई चीज़ हैं, हम कुछ भी सही

उनका विर्सा हों खँडर, ये सितम[5] ईजाद[6] न कर
तेरी तख़लीक़ नहीं, तू इसे बर्बाद न कर

जिससे दह्क़ान[7] को रोज़ी नहीं मिलने पाती
मैं न दूँगा तुझे वो खेत जलाने का सबक़
फ़स्ल बाक़ी है तो तक़्सीम बदल सकती है
फ़स्ल की ख़ाक क्या माँगेगा जुम्हूर[8] का हक़

पुल सलामत है तो, तू पार उतर सकता है
चाहे तब्लीग़े-बग़ावत[9] के लिए ही उतरे
वर्ना 'ग़ालिब' की ज़बाँ में मेरे हमदम मेरे दोस्त
"दामे-हर-मौज[10] में है हल्क़ए-सद-कामे-नहंग[11]"
सोच ले फिर कोई तामीर[12] गिराने जाना
तेरी तामीर से है जंग कि तख़्रीब[13] से जंग

अह्ले-मंसब[14] है ग़लतकार तो उनके मंसब[15]
तेरी ताईद[16] से ढाले गए, तू मुज्रिम[17] है
मेरी ताईद से ढाले गए मैं मुज्रिम हूँ
पटरियाँ रेल की, सड़कों की बसें, फ़ोन के तार
तेरी और मेरी ख़ताओं की सज़ा क्यों भुगतें

---

1. मानव जाति, 2. रात और दिन 3. दुख, 4. धनवानों, 5. अत्याचार, 6. आविष्कार, 7. किसान, 8. जनता, 9. विद्रोह का प्रचार, 10. हर लहर के जाल में, 11. सौ-सौ दाँतोंवाले घड़ियाल मुँह खोले हुए, 12. इमारत, 13. विनाश, 14. पदाधिकारी, 15. पद, 16. समर्थन, 17. अपराधी।

उन पे क्यों ज़ुल्म हो जिनकी कोई तक़्सीर[1] नहीं
सैकड़ों नस्लों की मेहनत ने सँवारा है इसे
तेरा शिक्वा भी बजा, मेरी शिकायत भी दुरुस्त[2]
रंगे-माहौल बदलने की ज़रूरत भी दुरुस्त
कौन कहता है कि हालात पे तन्क़ीद[3] न कर
हुक्मरानों के ग़लत दावों की तरदीद[4] न कर
तुझको इज़्हारे-ख़यालात[5] का हक़ हासिल है
और ये हक़ कोई तारीख़[6] की ख़ैरात[7] नहीं
तेरे और मेरे रफ़ीक़ों[8] ने लहू दे-देकर
ज़ुल्म की ख़ाक में इस हक़ का शजर[9] बोया था
सालहा-साल[10] में जो बर्गो-समर[11] लाया है

अपना हक़ माँग मगर उनके तआवुन[12] से न माँग
जो तेरे हक़ का तसव्वुर ही फ़ना[13] कर डालें
हाथ उठा अपने, मगर उनके जिलौ[14] में न उठा
जो तेरे हाथ तेरे तन से जुदा कर डालें

ख़्वाबे-आज़ादिए-इंसाँ[15] की ये ताबीर[16] नहीं
ये वतन, तेरी-मेरी नस्ल की जागीर नहीं
सैकड़ों नस्लों की मेह्नत ने सँवारा है इसे

गुलशन-गुलशन फूल

गुलशन-गुलशन फूल
दामन-दामन धूल
मरने पर ताज़ीर[17]
जीने पर मह्सूल[18]

---

1. दोष, 2. ठीक, 3. समीक्षा, 4. खंडन, 5. विचार प्रकट करना, 6. इतिहास, 7. दान, 8. साथियों, 9. पेड़, 10. बरसों, 11. पत्ते और फल, 12. सहयोग, 13. नष्ट, 14. साथ, 15. इंसान की आज़ादी का सपना, 16. स्वप्नफल, 17. दंड, 18. टैक्स।

हर जज़्बा मस्लूब[1]
हर ख़्वाहिश मक़्तूल[2]
इश्क़ परेशाँ-हाल[3]
नाज़े-हुस्न[4] मलूल[5]
नारए-हक़[6] मा'तूब[7]
मक्रो-रिया[8] मक़्बूल[9]
सँवरा नहीं जहान
आए कई रसूल[10]

नादार तक नहीं पहुँचा

फ़न[11] जो नादार[12] तक नहीं पहुँचा
अभी मेयार[13] तक नहीं पहुँचा
उसने बर-वक़्त[14] बेरुख़ी[15] बरती
शौक़ आज़ार[16] तक नहीं पहुँचा
अक्से-मय[17] हो कि जलवाए-गुल[18] हो
रँगे-रुख़सार तक नहीं पहुँचा
हर्फ़े-इन्कार[19] सर-बुलंद रहा
ज़ोफ़े-इक़्रार[20] तक नहीं पहुँचा
हुक्मे-सरकार की पहुँच मत पूछा
अह्ले-सरकार तक नहीं पहुँचा
अद्लगाहें[21] तो दूर की शै हैं
क़त्ल अख़बार तक नहीं पहुँचा
इन्क़िलाबाते-दह्र[22] की बुनियाद
हम हक़ जो हक़दार तक नहीं पहुँचा

---

1. जिसे सूली पर चढ़ाया गया हो, 2. जिस क़त्ल कर दिया गया हो, 3. दुर्दशाग्रस्त, 4. सुन्दरता का घमंड, 5. उदास, 6. सच की माँग, 7. क्रोध-पात्र, 8. छल और दिखावा, 9. स्वीकृत, 10. अवतार, 11. कला, 12. निर्धन, 13. स्तर, 14. ठीक समय पर, 15. उपेक्षा, 16. रोग, 17. शराब की छाया, 18. फूल का प्रदर्शन, 19. अस्वीकृति की बात, 20. स्वीकृति की कमी, 21. न्यायालय, 22. दुनिया के परिवर्तन।

वो मसीहा-नफ़स[1] नहीं जिसका
सिल्सिला दार[2] तक नहीं पहुँचा

आज का प्यार थोड़ा बचाकर रखो

[1971 में पद्मश्री अवार्ड मिलने पर साहिर लुधियानवी की ओर से दुनिया भर के प्रशंसकों की बधाई का जवाब]

आप क्या जाने मुझको समझते हैं क्या
मैं तो कुछ भी नहीं
इस क़दर प्यार, इतनी बड़ी भीड़ का
मैं रखूँगा कहाँ?
इस क़दर प्यार रखने के क़ाबिल नहीं
मेरा दिल, मेरी जान
मुझको इतनी मुहब्बत न दो दोस्तो
सोच लो दोस्तो!
प्यार इक शख़्स का भी अगर मिल सके
तो बड़ी चीज़ है ज़िन्दगी के लिए
आदमी को मगर ये भी मिलता नहीं,
ये भी मिलता नहीं
मुझको इतनी मुहब्बत मिली आप से
ये मेरा हक़ नहीं, मेरी तक़्दीर है
मैं ज़माने की नज़रों में कुछ भी न था
मेरी आँखों में अब तक वो तस्वीर है
इस मुहब्बत के बदले में क्या नज़्र दूँ
मैं तो कुछ भी नहीं
इज़्ज़तें, शुहरतें, चाहतें, उल्फ़तें
कोई भी चीज़ दुनिया में रहती नहीं

1. वह व्यक्ति जिसकी फूँक में हज़रत ईसा की फूँक का गुण हो, जो मुर्दों को जिला देती थी,
2. फाँसी।

आज मैं हूँ जहाँ, कल कोई और था
आज इतनी मुहब्बत न दो दोस्तो
कि मेरे कल की ख़ातिर न कुछ भी रहे
आज का प्यार थोड़ा बचा कर रखो
मेरे कल के लिए
कल जो गुमनाम है, कल जो सुनसान है
कल जो अनजान है, कल जो वीरान है
मैं तो कुछ भी नहीं, मैं तो कुछ भी नहीं

मुतफ़र्रिक़ अश्आर

अपनी तबाहियों का मुझे कोई ग़म नहीं
तुमने किसी के साथ मुहब्बत निभा तो दी

वजहे-बेरंगिए-गुलज़ार कहूँ या न कहूँ
कौन है कितना गुनहगार कहूँ या न कहूँ

आह, इस कशमकशे-सुबहो-मसा का अंजाम
मैं भी नाकाम मेरी सईए-अमल भी नाकाम

कौन जाने ये तेरा शायरे-आशुफ़्ता-मिज़ाज
कितने मग़रूर ख़ुदाओं का रक़ीब आज भी है

ये जश्ने-मसर्रत नहीं तमाशा है
नये लिबास में निकला है रहज़नी का जुलूस

ये ग़म बहुत हैं मेरी ज़िन्दगी मिटाने को
उदास रह के मेरे दिल को और रंज न दो

हयात इक मुस्तक़िल ग़म के सिवा कुछ भी नहीं शायद
ख़ुशी भी याद आती है तो आँसू बन के आती है

तुम मेरे लिए अब कोई इल्ज़ाम न ढूँडो
चाहा था तुम्हें इक यही इल्ज़ाम बहुत है

मुफ़लिसी हिस्से-लताफ़त को मिटा देती है
भूक आदाब के साँचों में नहीं ढल सकती

जिसमें ख़ुलूसे-फ़िक्र न हो वो सुख़न फ़ुजूल
जिसमें न दिल शरीक हो, उस लय में कुछ नहीं

चौथा खंड

गाता जाए बंजारा

[साहिर के फ़िल्मी गीत]

अपने नग़्मों की झोली पसारे
दर-ब-दर फिर रहा हूँ
मुझको अम्न और तह्ज़ीब की भीक दो!

कोठे-कोठे आ कुड़िये, नी तैनूँ बालो दा यार दिखावाँ
कन विच मुँदराँ, गल विच गानी
डुल-डुल पैंदी मस्त जवानी
की-की सिफ़त गिनावाँ, नी कुड़िये, बालो दा यार दिखावाँ
ऐस गली विच शाम सवेरे
वांग सुदाइयाँ मारे फेरे
भर-भर ठंडियाँ आहवाँ, नी कुड़िये बालो दा यार दिखावाँ
एह मुंडा जद आवे-जावे
बालो लुक-लुक झातियाँ पावे
दिल नूँ दिल ताईं राहवाँ, नी कुड़िये, बालो दा यार दिखावाँ

बालो (पंजाबी) (1951)/एन. दत्ता/ गीता बालि

बालो : कोई जादू कर गया नी
निक्का जेहा दिल मेरा
सदराँ नाल भर गया नी
बदलाँ दी छाँ माहिया
लुक-छिप मिलने दी
अज कर जा हाँ माहिया

माहिया : क्यों लुक-लुक बहँदे ओ
अखियाँ तूँ की छिपना
जदों विच रहँदे ओ
मिलने दी थाँ दस दे
जेड़ा सानूँ लाया ई
उस रोग दा नाँ दस दे

बालो : मिलने दे सौ भाने
साडा दिल तेरा ई
तेरे दिल दियाँ रब्ब जाने

दोनों : क्यों लुक-लुक बहँदे ओ
अखियाँ तूँ की छिपना
जद दिल विच रहँदे ओ

बालो (पंजाबी)(1951)/एन. दत्ता

बालो : खड़ी रहनी आँ बनेरे ते
मुंडिया वे हान दिया
दिल आ गया तेरे ते

बेड़ी लगी ए किनारे ते
दुनिया मैं वार सुटाँ
तेरे इक वे इशारे ते

तूं फुल ते मैं वा माहिया
तेरी मेरी इक जिंदड़ी
भाँवें बत नैं जुदा माहिया

बालो (पंजाबी)(1951)/एन. दत्ता

दस वे सजनाँ हुन की करिये, लोक जुदाइयाँ पाँदे नें
दिल तों दिल दिया आसाँ खोके जलदे दीप बझाँदे नें

दर्दी कोई न दसदा जग विच कलियाँ बह-बह रोनी आँ
तेरे ग़माँ दी मारी सजनाँ हंजुआँ हार पिरोनी आँ
दिल दे दुश्मन दुनियावाले दिल ते तीर चलाँदे नें
दस वे सजनाँ....

जिस लों तूँ अपनी कहँदा सीं अज बेगानी हो चल्ली
दुख-दर्दां दे घेरे अन्दर जिंद नमानी खो चल्ली
आ वे माहिया तैनूँ मेरे रोंदे नैन बुलाँदे नें
दस वे सजनाँ...

बालो (पंजाबी)(1951)/एन. दत्ता

इक-इक अख मेरी सवा-सवा लख दी
हाय नी मैं थक गई डक-डक रख दी
लोकाँ तूँ बचदी, दुनिया तों संगदी
राहाँ चूँ अड़ियो मैं डर-डर के लंगदी
चर्चे नें मेरे दूर गरावाँ
नार सेटी लोको मैं झंग दी
इक-इक अख मेरी सवा-सवा लख दी

फुलाँ दी ख़ुशबू वालां विच वसदी
सावन दी बिजली नैनां विच हसदी
हाड़ा वे राहिया प्यासा न जाएँ
चढ़दी जवानी बरखा ई रस दी
इक-इक अख मेरी सवा-सवा लख दी

बालो (पंजाबी)(1951)/एन. दत्ता

सोहने फुल प्यार दे, सजनाँ तूँ वार दे
अज इक़राराँ वाली रात नी
होंठ गुलाबी तेरे, अख मस्तानी तेरी
सूहा जोड़ा पा के अज लशके जवानी तेरी
अज इक़राराँ वाली रात नी
बूहे ते अडीके तैनूँ अज तेरा चन नी
छड के झमेले सारे दिलां दियां मन नी
अज इक़राराँ वाली रात नी
देस बिगाने चल्ली वतनाँ दी प्यारी अज
वेड़े दिये कूंजे तेरी दूर अडारी अज
अज इक़राराँ वाली रात नी

बालो (पंजाबी)(1951)/एन. दत्ता

माहिया : बेड़ी दा मल्लाह कोई ना
इक वारी मिल जावें
जिंदड़ी दा वसाह कोई ना

बालो : मिलने दी राह कोई ना
सच मन दे माहिया
हुन जीवन दी चाह कोई ना

माहिया : ग़म दिल नल ला लिए नें
इक तेरे दम बदले
लख देर पवा लिए नें

बालो : भेड़े हंजो सकदे नें
उमराँ मुक दे गइयाँ
दुख प्यार दे मुकदे नईं

माहिया : हंजुआँ तों हारें नाँ
दिल जेही शै अड़िये
दुनिया तों वारें नाँ

बालो : तेरी लाज निभावाँगी
मुरदी मरजाँगी
पिच्छे पैर न पावाँगी

बालो (पंजाबी)(1951)/एन. दत्ता/सुरिन्दर कौर और कृष्णा गोयल

हाराँ दियाँ पंज लड़ियाँ
तेरा पिच्छा छडना
भावें लग जान हथकड़ियाँ

ए झगड़ मुकने नईं
हाकिम की जानन दिल रोकियाँ रुकियाँ नईं

बालो (पंजाबी)(1951)/एन. दत्ता

जिंदड़िये हौले-हौले रो
इस नगरी विच दिल दे ग़मां दी सार न जाने को

बैरन बनके बैर कमाए
सदराँ लुटियाँ, दिल तड़पाए
तू की जानें, तू की समझें
पीड़ बिगानी, दर्द पराए
रुल के जवानी मुकी, प्यार कहानी मुकी, हुन ते दूर खलो
जिंदड़िये हौले-हौले रो
लड़ लगियाँ नूँ कठियाँ बह के गल अख़ीरी कर जावन दे
होर नहीं ताँ इक दूजे दा पलड़ा फड़के मर जावन दे
ग़म दे सतायाँ कोलो, मर मुकायाँ कोलों, अब दी रात न खो
जिंदड़िये हौले-हौले रो

बालो (पंजाबी)(1951)/एन. दत्ता

ठंडी हवाएँ लहरा के आएँ
रुत है जवाँ तुमको यहाँ कैसे बुलाएँ,

चाँद और तारे हँसते नज़ारे
मिलके सभी दिल में सखी जादू जगाएँ
ठंडी हवाएँ...

कहा भी न जाए, रहा भी न जाए
तुम से अगर मिले भी नज़र हम झेंप जाएँ
ठंडी हवाएँ...

दिल के फ़साने दिल भी न जाने
तुमको सजन दिल की लगन कैसे बताएँ
ठंडी हवाएँ...

नौजवान (1951)/एस.डी.बर्मन/लता मंगेशकर

जिया जाए पिया आ जा
दिल का दर्द न जाने दुनिया जाने दिल तड़पाना
प्यार के दो बोलों के बदले दुश्मन हुआ ज़माना
उम्मीद ने ठोकर खाई है
दिल दे के जुदाई पाई है
तेरा ग़म है मेरी तनहाई है

पहले से न था ये जाना कि दिल का आना है जी से जाना है
हाए रे हाए दुश्मन हुआ ज़माना
दिल का दर्द न जाने...
आँखों में जो आँसू आएँगे
तस्वीर तेरी दिखलाएँगे
हम थाम के दिल रह जाएँगे

पहले से न था ये जाना कि दिल का आना है जी का जाना
दिल का दर्द न जाने...

नौजवान (1951)/एस.डी. बर्मन/लता मंगेशकर

सुनो गजर क्या गाए समय गुज़रता जाए
ओ रे जीने वाले, ओ रे भोले-भाले, सोना ना खोना ना

गिने-चुने पल हैं तेरे जीवन के
धूम मचा ले अभी दिन हैं मिलन के
ओ रे जीने वाले, ओ रे भोले-भाले सोना ना खोना ना

हुस्न भी फ़ानी और इश्क़ भी फ़ानी है
हँस के बिता ले, दो घड़ी की जवानी है
ओ रे जीने वाले, ओ रे भोले-भाले, सोना ना खोना ना

बिछड़ा ज़माना कभी हाथ न आएगा
दोष न देना मुझे फिर पछताएगा
ओ रे जीने वाले, ओ रे भोले-भाले, सोना ना खोना ना

सुनो गजर क्या गाए, समय गुज़रता जाए

बाज़ी (1951)/एस.डी. बर्मन/गीता दत्त, कोरस

दिल ये क्या चीज़ है और दिल की तमन्ना क्या है
तीर पर तीर चला ले तुझे परवा क्या है

तेरे तीरों में छुपे प्यार के ख़ज़ाने हैं
मेरे लबों पे देखो आज भी तराने हैं

और होंगे जिन्हें आराम के सामान मिले
अपनी कश्ती को तो साहिल पे भी तूफ़ान मिले

नैया पुरानी है तूफ़ान भी पुराने हैं

बाज़ी (1951)/एस.डी. बर्मन/किशोर कुमार

तद्‌बीर से बिगड़ी हुई तक़्दीर बना ले
अपने पे भरोसा है तो ये दाँव लगा ले

डरता है ज़माने की निगाहों से भला क्यों
इंसाफ़ तेरे साथ है इल्ज़ाम उठा ले

क्या ख़ाक वो जीना है जो अपने ही लिए हो
ख़ुद मिट के किसी और को मिटने से बचा ले

टूटे हुए पतवार हैं किश्ती के तो ग़म क्या
हारी हुई बाँहों को ही पतवार बना ले

बाज़ी (1951)/एस.डी. बर्मन/गीता दत्त

तुम न जाने किस जहाँ में खो गए
हम भरी दुनिया में तन्हा हो गए

मौत भी आती नहीं
आस भी जाती नहीं
दिल को ये क्या हो गया
कोई शै भाती नहीं
लूटकर मेरा जहाँ, छुप गए हो तुम कहाँ?

एक जाँ और लाख ग़म
घुट के रह जाए न दम
आओ! तुम को देख लें
डूबती नज़रों से हम
लूटकर मेरा जहाँ, छुप गए हो तुम कहाँ?

सज़ा (1951)/एस.डी. बर्मन/लता मंगेशकर

ये रात ये चाँदनी फिर कहाँ
सुन जा दिल की दास्ताँ

पेड़ों की शाख़ों पे सोयी-सोयी चाँदनी
तेरे ख़यालों में खोई-खोई चाँदनी
और थोड़ी देर में थक के लौट जाएगी
रात ये बहार की फिर कभी न आएगी
दो एक पल और है ये समाँ
सुन जा दिल की दास्ताँ

लहरों के होंटों पे धीमा-धीमा राग है
भीगी हवाओं में ठंडी-ठंडी आग है
इस हसीन आग में तू भी जल के देख ले
ज़िन्दगी के गीत की धुन बदल के देख ले
खुलने दे धड़कनों की ज़ुबाँ
सुन जा दिल की दास्ताँ

जाती बहारें हैं उठती जवानियाँ
तारों की छाँव में कह ले कहानियाँ
एक बार चल दिए गर तुझे पुकार के
लौट कर न आएँगे, क़ाफ़िले बहार के
आ जा अभी ज़िन्दगी है जवाँ
सुन जा दिल की दास्ताँ

जाल (1952)/एस.डी. बर्मन/हेमन्त कुमार

पिघला है सोना दूर गगन पर फैल रहे हैं शाम के साये
ख़ामोशी कुछ बोल रही है
भेद अनोखे खोल रही है

पंख पखेरू सोच में गुम हैं
पेड़ खड़े हैं सीस झुकाए
पिघला है सोना दूर गगन पर फैल रहे हैं शाम के साये

धुँदले-धुँदले मस्त नज़ारे
उड़ते बादल, मुड़ते धारे
छुप के नज़र से जाने ये किसने
रंग रंगीले खेल रचाए

पिघला है सोना दूर गगन पर फैल रहे हैं शाम के साये

कोई भी उसका राज़ न जाने
एक हक़ीक़त लाख फ़साने
एक ही जलवा शाम–सबेरे
भेस बदलकर सामने आए

पिघला है सोना दूर गगन परफैल रहे हैं शाम के साये

जाल (1952)/एस.डी. बर्मन/लता मंगेशकर

हँस ले गा ले धूम मचा ले दुनिया फ़ानी है
कह ले दिल की बात सजन से रात सुहानी है
कैसी ये जागी अगन
दूर कहीं इकतारा करता है ये इशारा
जीत है आज उसी की जिसने सब कुछ हारा
सीने में तूफ़ाँ है
जलने का अरमाँ है
कैसी ये जागी अगन
दूर नगरिया तेरी रास्ता है अनजाना
राह में मिलने वाले राह में छोड़ न जाना
सीने में तूफ़ाँ है
जलने का अरमाँ है
कैसी ये जगी अगन
तोड़ के नाते सारे चल दूँ उनके द्वारे
घर आँगन से कहियो अब न मुझे पुकारे
सीने में तूफ़ाँ है
जलने का अरमाँ है
कैसी ये जागी अगन
हँस ले गा ले धूम मचा ले दुनिया फ़ानी है

जाल (1952)/एस.डी. बर्मन/लता मंगेशकर, कोरस

ज़ोर लगा के—हैया
पैर जमा के—हैया
जान लड़ा के—हैया

आँगन में बैठी है मछेरन तेरी आस लगाए
अरमानों और आशाओं के लाखों दीप जलाए
भोला बचपन रस्ता देखे, ममता ख़ैर मनाए
ज़ोर लगा के खेंच मछेरे, ढील न आने पाए

—हैया
ज़ोर लगा के—हैया
पैर जमा के—हैया
जान लड़ा के—हैया

जनम-जनम से अपने सर पर तूफ़ानों के साये
लहरें अपनी हमजोली हैं और बादल हमसाये
जल और जाल हैं जीवन अपना, क्या सर्दी क्या गर्मी
अपनी हिम्मत कभी न टूटे, रुत आए रुत जाए

—हैया
ज़ोर लगा के—हैया
पैर जमा के—हैया
जान लड़ा के—हैया

क्या जाने कब सागर उमडे, कब बरखा आ जाए
भूख सरों पर मँडलाए मुँह खोले, पर फैलाए
आज मिला सो अपनी पूँजी, कल की हाथ पराए
तनी हुई बाँहों से कह दो, लोच न आने पाए

—हैया
ज़ोर लगा के—हैया

पैर जमा के—हैया
जान लड़ा के—हैया

जाल (1952)/एस.डी. बर्मन/गीता दत्त, कोरस

अ : दे भी चुके हम दिल नज़राना दिल का

ब : छोड़ो भी ये राग पुराना दिल का

अ : एक नज़र में हार चुके हैं दिल को
तेरी अदा पे वार चुके हैं दिल को
मुश्किल है अब लौट के आना दिल का

ब : मुँह धो ले ओ जाल बिछाने वाले
हम नहीं इन बातों में आने वाले
खेल है ये जाना-पहचाना दिल का

अ : छीन के दिल आशिक़ का मुकरने वाले
मर जाएँगे तुझ पर मरने वाले
छोड़ भी ज़ालिम तड़पाना दिल का

ब : डाली-डाली फिरते हैं हरजाई
लोभी भँवरों ने कब प्रीत निभाई
यूँ ही सब करते हैं बहाना दिल का
खेल है ये जाना-पहचाना दिल का

जाल (1952)/एस.डी. बर्मन/किशोर कुमार, गीता दत्त

निगाहें क्यों मिलाई थीं अगर यूँ छोड़ जाना था
उम्मीदें क्यों जगाई थीं अगर दिल को जलाना था

ख़ुशी माँगी थी हमने ग़म से दामन भर दिया तूने
अरे ओ जाने वाले, हाय ये क्या कर दिया तूने

मुहब्बत की क़सम हमने तुझे ऐसा न जाना था
निगाहें क्यों मिलाई थीं अगर यूँ छोड़ जाना था

चले आओ तुम्हें इस दिल की आहें याद करती हैं
जो सूनी हो गईं तुम बिन वो राहें याद करती हैं

मिले क्यों थे अगर मिलना बिछड़ने का बहाना था
निगाहें क्यों मिलाई थीं अगर यूँ छोड़ जाना था

लाल कुँवर (1952)/एस.डी. बर्मन/सुरैया जमाल शेख (सुरैया)

तुम जो मिले आरज़ू को दिल की राह मिल गई
एक आस मिल गई इक पनाह मिल गई

भोली-भाली धड़कनों का आज ढंग और है
ज़िन्दगी वही है ज़िन्दगी का रंग और है

अंग-अंग झूम उठा जब निगाह मिल गई
आज मेरी चूड़ियों के साज़ गुनगुना उठे

जाने कितने ख्वाब एक साथ मुस्कुरा उठे
बचपने से जिसकी चाह थी वो चाह मिल गई

लाल कुँवर (1952)/एस.डी. बर्मन/सुरैया जमाल शेख (सुरैया)

मुहब्बत तर्क की मैंने, गिरेबाँ सी लिया मैंने
ज़माने अब तो ख़ुश हो, ज़हर ये भी पी लिया मैंने

अभी ज़िन्दा हूँ लेकिन सोचता रहता हूँ ये दिल में
कि अब तक किस तमन्ना के सहारे जी लिया मैंने

तुझे अपना नहीं सकता मगर इतना भी क्या कम है
कि कुछ घड़ियाँ तेरे ख़्वाबों में खोकर जी लिया मैंने

बस अब तो मेरा दामन छोड़ दो बेकार उम्मीदो
बहुत दुख सह लिये मैंने, बहुत दिन जी लिया मैंने

दोराहा (1952)/अनिल बिस्वास/तल्अत महमूद

बेबसी ये मेरा हाले-ज़ार देख तो ले
खड़ा हूँ देर से उम्मीदवार देख तो ले

ख़िज़ाँ ने लूट लिया दिल की आरज़ू का चमन
कहाँ है ऐ मेरी खोई बहार देख तो ले

बसी रहे तेरे महलों की चारदीवारी
न आ सके तो न आ एक बार देख तो ले

सहर क़रीब है और शम्अ बुझने वाली है
तड़प रहा है तेरा बेक़रार देख तो ले

अलिफ़ लैला (1953)/श्याम सुन्दर/तल्अत महमूद

ब : ख़ामोश क्यों हो तारो, उम्मीद के सहारो
तुम ही उन्हें बुलाओ, तुम्ही उन्हें पुकारो

अ : वीरान दिल की धड़कन आवाज़ दे रही है
तुम सामने तो आओ पर्दानशीं बहारो

ब : सचमुच मेरी दुआएँ क्या तुम को खींच लाईं
मेरे क़रीब आकर इक बार फिर पुकारो

अ : बेचैन आरज़ुएँ कब से तरस रही हैं
तुम दूर-दूर क्यों हो उल्फ़त की यादगारो

अलिफ़ लैला (1953)/श्याम सुन्दर/मोहम्मद रफ़ी, लता मंगेशकर

बहार आई खिली कलियाँ हँसे तारे चले आओ
हमें जीने नहीं देते यह नज़्ज़ारे चले आओ

ज़बाँ पर आह बन-बनकर तुम्हारा नाम आता है
मुहब्बत में तुम्हीं जीते हमीं हारे चले आओ

कहीं ऐसा न हो दिल की लगी दिल ही को ले डूबे
बुझाए से नहीं बुझते ये अंगारे चले आओ

अलिफ़ लैला (1953)/श्याम सुन्दर/लता मंगेशकर

अ : क्या रात सुहानी है
आज ज़माने की
हर शै पे जवानी है

ब : अनमोल निशानी है
तू मेरी उल्फ़त में
ख़्वाबों की जवानी है

अ : कुछ कह दो निगाहों में
आज सिमट आओ
तरसी हुई बाँहों में

ब : हसरत है निगाहों में
दूर कहीं चल दूँ
छुप कर तेरी बाँहों में

अ : तक़्दीर सँभल जाए
गर मेरे सीने पर
ये ज़ुल्फ़ मचल जाए

ब : ये रात न ढल जाए
सुबह के तारे की
नीयत न बदल जाए

अ, ब : क्या रात सुहानी है

अलिफ़ लैला (1953)/श्याम सुन्दर/मोहम्मद रफ़ी, लता मंगेशकर

भरम तेरी वफ़ाओं का मिटा देते तो क्या होता
तेरे चेहरे से हम पर्दा उठा देते तो क्या होता

मुहब्बत भी तिजारत हो गई है इस ज़माने में
अगर ये राज़ दुनिया को बता देते तो क्या होता

तेरी उम्मीद पर जीने से हासिल कुछ नहीं लेकिन
अगर यूँ ही न दिल को आसरा देते तो क्या होता

अरमान (1953)/एस.डी. बर्मन/तल्अत महमूद

ब : चाहे कितना मुझे बुलाओ जी, नहीं बोलूँगी नहीं बोलूँगी

अ : बोल न बोल, ऐ जाने वाले सुन तो ले दीवानों की
अब नहीं देखी जाती हमसे, ये हालत अरमानों की

हुस्न के खिलते फूल हमेशा बेदर्दों के हाथ बिके
और चाहत के मतवालों को धूल मिली वीराने की

ब : चाहे कितना मुझे बुलाओ जी, नहीं बोलूँगी नहीं बोलूँगी
दिल के नाज़ुक जज़्बों पर भी राज है सोने चाँदी का
ये दुनिया क्या क़ीमत देगी सादा दिल इनसानों की
चाहे कितना मुझे तुम बुलाओ जी, नहीं बोलूँगी नहीं बोलूँगी

अ : बोल न बोल, ऐ जाने वाले सुन तो ले दीवानों की

अरमान (1953)/एस.डी. बर्मन/तलअत महमूद, आशा भोंसले

उमर ख़य्याम : ये मौसम, ये हवा, ये रुत सुहानी फिर न आएगी
अरे ओ जीने वाले ज़िन्दगानी फिर न आएगी
कोई हसरत न रख दिल में, ये दुनिया चार दिन की है
जवानी मौजे-दरिया है, जवानी फिर न आएगी

नृतकी : निगाहें मिला और इक जाम ले ले
जवानी के सर कोई इल्ज़ाम ले ले
गुनाहों के साये में पलती है जन्नत
हसीनों के हमराह चलती है जन्नत
हसीनों के पहलू में आराम ले ले

नृतकी : मचलती उमंगें कहीं सो न जाएँ
ये सुब्हें ये शामें यूँ ही खो न जाएँ
कोई सुबह ले ले कोई शाम ले ले
जवानी के सर कोई इल्ज़ाम ले ले

शोले (1953)/धनीराम/गीता दत्त

जाम थाम ले
सोचते ही सोचते न बीते सारी रात
सज के आई है शीशे की परी
ढूँढ़ के लाई है दिलों की ख़ुशी

जन्नत से क़ुदरत ने भेजा तेरे लिए इनाम
दुनिया के हर दुख का दारू[1] एक सुनहरी जाम

जाम थाम ले
सुबह दूर है रात की क़सम
दिल की मान ले मेरे सनम

मस्ती की इन घड़ियों में क्या सोच-समझ का काम
ज़ुल्फ़ों के साये में नादाँ कर भी ले आराम

जाम थाम ले...

शहंशाह (1953)/एस.डी. बर्मन/शमशाद बेगम

नाज़ों के पले काँटों पे चलें ऐसा भी जहाँ में होता है
तक़्दीर के ज़ालिम हाथों से दिल ख़ून के आँसू रोता है
नित जिन में चिराग़ाँ रहता था, ख़ाक उड़ती है उन ऐवानों में
मख़मल पे रखते थे जो क़दम, फिरते हैं वो रेगिस्तानों में
नाज़ों के पले...

चलने का सहारा कोई नहीं छुपने का ठिकाना कोई नहीं
इस हाल में काम आनेवाला अपना-बेगाना कोई नहीं
नाज़ों के पले...

दुनिया में किसी को भी अपनी क़िस्मत का लिखा मालूम नहीं
सामान हैं लाखों बरस के और कल का पता मालूम नहीं
नाज़ों के पले...

शहंशाह (1953)/एस.डी. बर्मन/तल्अत महमूद

---

1. उपचार।

रात के राही थक मत जाना, सुबह की मंज़िल दूर नहीं

धरती के फैले आँगन में पल दो पल है रात का डेरा
ज़ुल्म का सीना चीर के देखो, झाँक रहा है नया सवेरा

ढलता दिन मजबूर सही, चढ़ता सूरज मजबूर नहीं

सदियों तक चुप रहनेवाले अब अपना हक़ लेके रहेंगे
जो करना है खुल के करेंगे, जो कहना है साफ़ कहेंगे

जीते जी घुट–घुटके मरना इस जुग का दस्तूर नहीं

टूटेंगी बोझल ज़ंजीरें, जागेंगी सोयी तक़्दीरें
लूट पे कब तक पहरा देंगी ज़ंग लगी ख़ूनीं शमशीरें

रह नहीं सकता इस दुनिया में जो सब को मंज़ूर नहीं

बाबला (1953)/एस.डी. बर्मन/लता मंगेशकर

रात ख़ुशी की आई
आज दुनिया नई है नज़ारे नए

सीने में उमंगें मचलीं, होंटों पे तराने आए
हम जिनके लिए जीते थे, आख़िर वो ज़माने आए
उनकी आशाओं ने रूप धारे नए
रात ख़ुशी की आई

किरनों के सेहरे बुनती रात आई नसीबों वाली
धरती पे उजाला फैला अंबर पे सजी दीवाली
मेरे नैनों में चमके सितारे नए
रात ख़ुशी की आई

चलते हुए एक राही ने मंज़िल का इशारा पाया
मंजधारे में इक नैया ने माँझी का सहारा पाया
उनके तूफ़ाँ से उभरे किनारे नए
रात ख़ुशी की आई
आज दुनिया नई है नज़ारे नए

बाबला (1953)/एस.डी. बर्मन/लता मंगेशकर

जाएँ तो जाएँ कहाँ
समझेगा कौन यहाँ, दर्द भरे दिल की ज़बाँ
जाएँ तो जाएँ कहाँ

मायूसियों[1] का मज्मा[2] है जी में
क्या रह गया है इस ज़िन्दगी में
रूह में ग़म दिल में धुआँ
जाएँ तो जाएँ कहाँ

उनका भी ग़म है, अपना भी ग़म है
अब दिल के बचने की उम्मीद कम है
एक कश्ती सौ तूफ़ाँ
जाएँ तो जाएँ कहाँ

टैक्सी ड्राइवर (1954)/एस.डी. बर्मन/तल्अत महमूद

दिल से मिला के दिल प्यार कीजिए
कोई सुहाना इक़रार कीजिए
शर्माना कैसा घबराना कैसा
जीने से पहले मर जाना कैसा
फ़ासलों की छाँव में
रसभरी फ़िज़ाओं में
इस ज़िन्दगी को गुलज़ार कीजिए
दिल से मिला के दिल...

आती बहारें, जाती बहारें
कब से खड़ी हैं बाँधे क़तारें
छा रही है बेख़ुदी
कह रही है ज़िन्दगी
दिल की उमंगें बेदार कीजिए
दिल से मिला के दिल...

---

1. निराशाओं, 2. भीड़।

दिल से भुला के रुसवाइयों को
जन्नत बना ले तन्हाइयों को
आरज़ू जवान है
वक़्त मेह्‌रबान है
दिल खो न जाए हुशियार कीजिए
दिल से मिला के दिल...

टैक्सी ड्राइवर (1954)/एस.डी. बर्मन/लता मंगेशकर

ऐ मेरी ज़िन्दगी
आज रात झूम ले
आस्माँ को चूम ले

किसको पता है कल आए कि न आए
आज है दुनिया तेरी झूम ले ओ मतवाले
ये अनमोल ज़माने फिर नहीं आनेवाले
देख ये रुत कहीं बीत न जाए
ऐ मेरी ज़िन्दगी...

पल-पल कटती जाए साँस की नाज़ुक डोरी
जलते कमल बुझाए मौत की सीनाज़ोरी
अगले ही पल जाने क्या हो जाए
ऐ मेरी ज़िन्दगी...

आज ठहर ही न जाएँ ढलती रात के साये
कल किसने देखा है आए या न आए
आए भी तो जाने हमें पाए कि न पाए
ऐ मेरी ज़िन्दगी
आज रात झूम ले
आस्माँ को चूम ले

टैक्सी ड्राइवर (1954)/एस.डी. बर्मन/लता मंगेशकर

दिल जले तो जले
ग़म पले तो पले
किसी की न सुन, गाए जा

ओ जीने वाले आग से आग बुझा ले
जग की न सुन
प्यार की धुन
झूम के गा ले

ओ जीने वाले ये कलियाँ ये तारे
चुप हैं मगर
तकते इधर
कहते हैं सारे
दिल जले तो जले

ओ जीने वाले छेड़ हसीन तराने
बिछड़े जो अब
मिलना है कब
कोई न जाने
दिल जले तो जले

टैक्सी ड्राइवर (1954)/एस.डी. बर्मन/लता मंगेशकर

जाएँ तो जाएँ कहाँ
समझेगा कौन यहाँ, दर्द भरे दिल की ज़ुबाँ
जाएँ तो जाएँ कहाँ

ओ जाने वाले दामन छुड़ा के
मुश्किल है जीना तुझको भुला के
इससे तो है मौत आसाँ
जाएँ तो जाएँ कहाँ

सीने में शोले, साँसों में आहें
इस ज़िन्दगी से कैसे निबाहें

हर जज़्बा है वीराँ
जाएँ तो जाएँ कहाँ

समझेगा कौन यहाँ, दर्द भरे दिल की ज़बाँ
जाएँ तो जाएँ कहाँ

टैक्सी ड्राइवर (1954)/एस.डी. बर्मन/लता मंगेशकर

चाहे कोई ख़ुश हो चाहे गालियाँ हज़ार दे
मस्त राम बनके ज़िन्दगी के दिन गुज़ार दे

पी के धाँदली करूँ तो मुझको जेल भेज दो
सूँघने में क्या है ये जवाब थानेदार दे

भाव अगर बढ़ा भी डाले सेठ या ग़म न कर
खाए जा मज़े के साथ जब तलक उधार दे

बाँटकर जो खाए उस पे अपने जानो–दिल लुटा
अरे, जो बचाए माल उसको जूतियों का हार दे

टैक्सी ड्राइवर (1954)/एस.डी. बर्मन/किशोर कुमार, जॉनी वॉकर, कोरस

जाने वाले मेरे आँसू मेरी आहें ले जा
साथ अपने मेरी बेताब निगाहें ले जा

उस बस्ती को जाने वाले लेता जा पैग़ाम मेरा
दिल के मालिक को कह देना हसरत भरा सलाम मेरा
एक तरफ़ दुनिया के सदमे एक तरफ ग़म दूरी के
कौन सुने, किसको समझाऊँ, दुख अपनी मजबूरी के
मुमकिन हो तो ले जा अपने साथ दिले–नाकाम मेरा
मेरी ख़ताएँ, अपनी वफ़ाएँ, अब न कभी वो याद करें
कह देना अब मेरी ख़ातिर उमर न वो बर्बाद करें
छोड़ के अपने हाल पे मुझको, दिल से भुला दें नाम मेरा

अंगारे (1954)/एस.डी. बर्मन/लता मंगेशकर

अ : गोरी के नैनों में निन्दिया भरी
आ जा री सपनों की नीलम परी

ब : अरे ओ मेरे ज़ख़्मों की फिटकरी
आ भी जा क्यों देर इतनी करी

अ : बोली नीलम परी रूठ जाऊँगी मैं
ग़ुल जो किया तो न आऊँगी मैं
ख़ामोश रहने में है बेहतरी
आती हूँ आती हूँ दम लो ज़री

ब : तू हूर है और मैं लँगूर हूँ
उल्फ़त के हाथों से मजबूर हूँ
ग़ुस्सा न कर ओ मेरी बेसुरी
आ भी जा क्यों देर इतनी करी

अ : आती हूँ, आती हूँ दम लो ज़री

अंगारे (1954)/एस.डी. बर्मन/शमशाद बेगम, किशोर कुमार

डूब गए आकाश के तारे, जाके न तुम आए
तकते-तकते नैना हारे, जाके न तुम आए
डूब गईं बाग़ों से बहारें फैल गए पतझड़ के साए
लेकिन तुमको अपने वादे भूले से भी याद न आए
डूब गए आकाश के तारे

बहते-बहते चाँद की कश्ती दूर गगन में खोने लगी
आस की एक नन्ही-सी किरन थी, वो भी ओझल होने लगी
डूब गए आकाश के तारे

अंगारे (1954)/एस.डी. बर्मन/तलअत महमूद

उन्हें खोकर दुखी दिल की दुआ से और क्या माँगूँ
मैं हैराँ हूँ कि आज अपनी वफ़ा से और क्या माँगूँ

गिरेबाँ चाक है, आँखों में आँसू, लब पे आहें हैं
यही काफ़ी है दुनिया की हवा से और क्या माँगूँ

मेरी बर्बादियों की दास्ताँ उन तक पहुँच जाए
सिवा इसके मुहब्बत के ख़ुदा से और क्या माँगूँ

अंगारे (1954)/एस.डी. बर्मन/लता मंगेशकर

कहो जी तुम क्या-क्या ख़रीदोगे
सुनो जी तुम क्या-क्या खरीदोगे
यहाँ तो हर चीज़ बिकती है

ये बलखाती हुईं ज़ुल्फ़ें, ये लहराते हुए बाज़ू
ये होंटों की जवाँ मस्ती, ये आँखों का हसीं जादू
अदाओं के ख़ज़ाने, जवानी के तराने, बहारों के ज़माने
कहो जी तुम क्या-क्या ख़रीदोगे

तड़पती शोख़ियाँ दे दूँ मचलता बाँकपन दे दूँ
अगर तुम इक कली माँगो तो मैं सारा चमन दे दूँ
ये मस्ती के घेरे, ये महके अँधेरे, ये रंगीन डेरे
कहो जी तुम क्या-क्या ख़रीदोगे

मुहब्बत बेचती हूँ मैं, शराफ़त बेचती हूँ मैं
न हो ग़ैरत तो ले जाओ कि ग़ैरत बेचती हूँ मैं
निगाहें तो मिलाओ, अदाएँ न दिखाओ, यहाँ न शर्माओ
कहो जी तुम क्या-क्या ख़रीदोगे

साधना (1954)/एन. दत्ता/लता मंगेशकर

किसको ख़बर थी, किसको यक़ीं था, ऐसे भी दिन आएँगे
हाय जीना भी मुश्किल होगा और मरने भी न पाएँगे

हम जैसे बर्बाद दिलों का जीना क्या और मरना क्या
आज तेरी महफ़िल से उठे कल दुनिया से उठ जाएँगे

देवदास (1955)/एस.डी. बर्मन/तलअत महमूद

वो न आएँगे पलटकर, उन्हें लाख हम बुलाएँ
मेरी हसरतों से कह दो कि ये ख़्वाब भूल जाएँ

अगर इस जहाँ का मालिक कहीं मिल सके तो पूछें
मिलीं कौन-सी ख़ता पर हमें इस क़दर सज़ाएँ

तेरी बेरुख़ी के सदक़े मेरी ज़िन्दगी की ख़ुशियाँ
तू अगर इसी में ख़ुश है तो ख़ुशी से कर जफ़ाएँ

देवदास (1955)/एस.डी. बर्मन/मुबारक बेगम

जिसे तू क़ुबूल कर ले, वो अदा कहाँ से लाऊँ
तेरे दिल को जो लुभा ले वो सदा कहाँ से लाऊँ

मैं वो फूल हूँ कि जिसको गया हर कोई मसल के
मेरी उम्र बह गई है मेरे आँसुओं में ढल के
जो बहार बन के बरसे, वो घटा कहाँ से लाऊँ

तुझे और की तमन्ना, मुझे तेरी आरज़ू है
तेरे दिल में ग़म ही ग़म हैं, मेरे दिल में तू ही तू है
जो दिलों को चैन दे दे, वो दवा कहाँ से लाऊँ

मेरी बेबसी है ज़ाहिर, मेरी आहे-बेअसर से
कभी मौत भी जो माँगी तो न पाई उसके दर से

जो मुराद लेके आए वो दुआ कहाँ से लाऊँ
तेरे दिल को जो लुभा ले, वो सदा कहाँ से लाऊँ

देवदास (1955)/एस.डी. बर्मन/लता मंगेशकर

दिलदार के क़दमों में दिल डाल के नज़राना
महफ़िल से उठा और ये कहने लगा दीवाना
अब आगे तेरी मर्ज़ी
ओ मोरे सैयाँ ओ मोरे बलमा बेदर्दी
आगे तेरी मर्ज़ी
सजनवा आगे तेरी मर्ज़ी, पीहरवा आगे तेरी मर्ज़ी

न पूछ हमसे कि क्यों सोगवार बैठे हैं
तेरी अदाओं पे हम दिल को वार बैठे हैं
लबों पे जाम है और बेक़रार बैठे हैं
निगाह मिलने के उम्मीदवार बैठे हैं
अब आगे तेरी मर्ज़ी
ओ मोरे सैयाँ ओ मोरे बलमा बेदर्दी

सीने में मुहब्बत के जज़्बात का तूफ़ाँ है
जीने की भी हसरत है मरने का भी अरमाँ है
अब आगे तेरी मर्ज़ी
ओ मेरे सैयाँ ओ मोरे बलमा बेदर्दी
आगे तेरी मर्ज़ी ओ ज़ुल्मी आगे तेरी मर्ज़ी

देवदास (1955)/एस.डी. बर्मन/लता मंगेशकर

आन मिलो आन मिलो श्याम साँवरे, आन मिलो
ब्रज में अकेली राधे खोई-खोई फिरे

वृन्दावन की गलियन में तुम बिन जियरा ना लागे
निस दिन तुमरी बाट निहारे व्याकुल नैन अभागे
अबहीं ऐसी दशा है मन की का होई है फिर आगे
ब्रज में अकेली राधे रोई-रोई फिरे,
ओ कान्हा आन मिलो

आज न काहे जमुना तीरे मुरली मधुर बजाई
आज न काहे सखियों के संग हिल-मिल रास रचाई
हमरा आँगन छोड़ के तोहे कौन नगरिया भाई रे
ब्रज में अकेली राधे खोई-खोई फिरे
ओ कान्हा आन मिलो

अजहूँ जो न भेजे रे मोहन तैने कोई खबरिया
हो जई है ई ब्रज की बाला रो-रोकर बावरिया
धीर बँधा जा मुख दिखला जा नट नागर साँवरिया रे

ब्रज में अकेली राधे खोई-खोई फिरे
ओ कान्हा आन मिलो
आन मिलो आन मिलो श्याम साँवरे

देवदास (1955)/एस.डी. बर्मन/गीता दत्त, मन्ना डे

मीतवा लागी रे ये कैसी अनबुझ आग
मीतवा मीतवा मीतवा नहीं आए
लागी रे ये कैसी...

व्याकुल जियारा व्याकुल नैनाँ
इक-इक चुप में सौ-सौ बैनाँ
रह गए आँसू लुट गए राग
मीतवा मीतवा मीतवा मीतवा

देवदास (1955)/एस.डी. बर्मन/तल्अत महमूद

साजन की हो गई गोरी
अब घर का आँगन बिदेस लागे रे

सूनी-सी लागें मायके की गलियाँ
भाए ना अब जी को बचपन की सखियाँ
नैनों में झूमें बेरी की लड़ियाँ
मन को लुभाएँ सजिया की कलियाँ
हर स्वाँस पी का संदेस लागे रे
साजन की हो गई गोरी

कुछ जागी-जागी कुछ सोई-सोई
बैठी है राधे सपनों में खोई
छेड़ा तो समझो रोई कि रोई
नाजुक सपन ने न ठेस लागे रे
साजन की हो गई गोरी

बढ़ती है पल-पल अग्नि लगन की
चिटके है नस-नस कोमल बदन की
हम जानते हैं सब उसके मन की
अब हो चुकी ये अपने सजन की
नैहर का जीवन क्लेस लागे रे
अब घर का आँगन बिदेस लागे रे
साजन की हो गई गोरी

देवदास (1955)/एस.डी. बर्मन/लता मंगेशकर

ओ आने वाले रुक जा कोई दम
रस्ता घेरे हैं बाहर लाखों ग़म
ओ आने वाले

आ मैं तुझे आँखों में बसा लूँ
रंग भरे आँचल में छुपा लूँ
तुझ पे लुटा दूँ दिल-ओ-जान ओ नादान
शर्माने वाले
शर्माने वाले रुक जा कोई दम

निखरा हुआ है रात का जादू
बिखरी हुई है ज़ुल्फ़ की ख़ुशबू
दिल का इशारा दिल का इशारा पहचान मैं क़ुर्बान
ओ तड़पाने वाले
तड़पाने वाले रुक जा कोई दम

पायल की झंकार में खो जा
सपनों के संसार में खो जा
रह जा यहीं पे रह जा यहीं पे मेहमान कहा मान
ओ तरसाने वाले
तरसाने वाले रुक जा कोई दम
रस्ता घेरे हैं बाहर लाखों ग़म
आने वाले आने वाले

देवदास (1955)/एस.डी. बर्मन/लता मंगेशकर

राही ओ राही
मंज़िल की चाह में
राही के वास्ते
सुख के भी रास्ते
दुख के भी रास्ते

कहीं घनी छाँव है
कहीं कड़ी धूप है
यह भी एक रूप है
वो भी एक रूप है
मंज़िल की चाह में...

कई यहाँ खोएँगे
कई यहाँ पाएँगे
कई अभी जाएँगे
कई अभी आएँगे
मंज़िल की चाह में...

राही के वास्ते
सुख के भी रास्ते
दुख के भी रास्ते
मंज़िल की चाह में...

देवदास (1955)/एस.डी. बर्मन/मोहम्मद रफ़ी, कोरस

ओ अलबेले पंछी तेरा दूर ठिकाना है
छोड़ी जो डाली इक बार वहाँ कब लौट के आना है
नील गगन है आँगन तेरा धनक है तेरा झूला
उजले पंखों की डोली में फिरे तू फूला-फूला

चंचल चाल, नज़र मतवाली, रूप सुहाना है
इस डाली से नीचे आके बात हमारी सुन ले
पास ही अपना घर है चलकर दाना-दुनका चुन ले

आज तुझे मेहमान बनाकर हँसना गाना है
जाना है तो आ तुझको हम फूलों संग सजा दें
माथे तिलक लगा दें पैरों में झाँझर पहना दें

फिर तू ख़ुशी से जाना तुझ को जहाँ भी जाना है
ओ अलबेले पंछी तेरा दूर ठिकाना है

देवदास (1955)/एस.डी. बर्मन/आशा भोंसले, उषा मंगेशकर

नज़र से दिल में समाने वाले, मेरी मुहब्बत तेरे लिए है
वफ़ा की दुनिया में आने वाले, वफ़ा की दौलत तेरे लिए है

खड़ी हूँ मैं तेरे रास्ते में, जवाँ उम्मीदों के फूल लेकर
महक़ती ज़ुल्फ़ों, बहकती नज़रों की गर्म जन्नत तेरे लिए है

सिवा तेरी आरज़ू के इस दिल में कोई भी आरज़ू नहीं है
हर एक जज़्बा हर एक धड़कन हर एक हसरत तेरे लिए है

मेरे ख़्यालों के नर्म पौधों से झाँककर मुस्कुराने वाले
हज़ार ख़्वाबों से जो सजी है वो एक हक़ीक़त तेरे लिए है

सावधान (1954)/वसन्त रामचन्द्रन/आशा भोंसले

जियूँगा जब तलक तेरे फ़साने याद आएँगे
कसक बनकर मुहब्बत के तराने याद आएँगे

मुझे तो ज़िन्दगी भर अब तेरी यादों पे जीना है
तुझे भी क्या कभी गुज़रे ज़माने याद आएँगे

कहीं गूँजेगी शहनाई तो लेगा दर्द अँगड़ाई
हज़ारों ग़म तेरे ग़म के बहाने याद आएँगे

चिंगारी (1955)/मनोहर/तल्अत महमूद

अ : खोली शराब हमने जो माशूक़ के लिए
दो-चार गज़ तो काग भी मुँह से उछल गया

ब : वो देख उड़े काग, चढ़े झाग, भरे जाम
ऐ यार मुझे थाम, ऐ यार मुझे थाम
दूँगी तुझे होंटों में छुपाया हुआ इनाम
ऐ यार मुझे थाम, ऐ यार मुझे थाम

बोतल का नशा भी है जवानी का नशा भी
बहकी है मेरे साथ मेरी शोख़ अदा भी
हो जरा बेबाक, उठा ले कोई इल्ज़ाम
ऐ यार मुझे थाम, ऐ यार मुझे थाम

जीना है मेरी जान तो जीने का मज़ा ले
घबरा न ज़माने से, ज़माने की हवा ले
कहते हैं बुरा जिसको वो है सबसे भला काम
ऐ यार मुझे थाम, ऐ यार मुझे थाम

चिंगारी (1955)/रवि/आशा भोंसले

हर वक़्त तेरे हुस्न का होता है समाँ[1] और
हर वक़्त मुझे चाहिए अन्दाज़े–बयाँ[2] और

फूलों–सा कभी नर्म है शोलों–सा कभी गर्म
मस्तानी अदाएँ कभी शोख़ी है कभी शर्म
हर सुबह गुमाँ और है हर रात गुमाँ और

मिलने नहीं पातीं तेरे जलवों से निगाहें
थकने नहीं पातीं तुझे लिपटा के ये बाँहें
छू लेने से होता है तेरा जिस्म जवाँ और

पलता है तेरे हुस्न का तूफ़ाने–बहाराँ
तू अपनी मिसाल आप है ऐ जाने–बहाराँ
दुनिया के हसीनों में नहीं तुझ–सा जवाँ और

चिंगारी (1955)/रवि/महेन्द्र कपूर

1. दृश्य, 2. वर्णन शैली।

तेरी कर्म कहानी, तेरी आत्मा भी जाने परमात्मा भी जाने
कहाँ छुपेगा रे प्राणी तेरी आत्मा भी जाने परमात्मा भी जाने
कितने ही पर्दों में पाप कमाए तू
कितने ही जत्नों से भेद छुपाए तू

भले बुरे की कहानी, तेरी आत्मा भी जाने परमात्मा भी जाने
जग जिसे कहते हैं कर्मों की खेती है
जैसा कोई बोए उसे वैसा फल देती है

तूने बोया क्या था प्राणी, तेरी आत्मा भी जाने परमात्मा भी जाने
प्रभु के द्वारे तेरा आना ही बहुत है
बोल कि न बोल पछताना ही बहुत है

जो है बिपदा सुनानी, तेरी आत्मा भी जाने परमात्मा भी जाने
कैसे-कैसे पतित महान बने जग में
कैसे-कैसे पापी गुणवान बने जग में
कौन वो मनुष्य है जो दुनिया में आया हो
फिर भी कभी न कोई पाप कमाया हो
जब ही तेरी आँख खुले तब ही सवेरा है
क्षमा करे सबको वो भगवान तेरा है

युगो-युगों की कहानी, तेरी आत्मा भी जाने परमात्मा भी जाने

चिंगारी (1955)/रवि/मन्ना डे

ब : मैं कौन हूँ, मैं क्या हूँ, इतना तो कभी पूछो

अ : तुम जो भी हो मेरी हो, अब और न कुछ सोचो

ब : उठकर मेरी पलकों को झुकना ही न पड़ जाए
दो-चार क़दम चलकर रुकना ही न पड़ जाए
क्या सोच के तन्हा हूँ इतना तो कभी पूछो

अ : तुम जो भी हो मेरी हो, अब और न कुछ सोचो

ब : माना कि मुझे तुमने आँखों में बसाया है
जैसी भी हूँ, जो भी हूँ, सीने से लगाया है
पत्थर हूँ कि हीरा हूँ इतना तो कभी पूछो

अ : तुम जो भी हो मेरी हो अब और न कुछ सोचो

चिंगारी (1955)/रवि/महेन्द्र कपूर, आशा भोंसले

पिघली आग से साग़र भर ले
कल मरना है, आज ही मर ले
होश का दामन जल जाने दे हर जंज़ीर पिघल जाने दे
अब न कभी ये रात ढलेगी, अब न कभी जागेगा सवेरा
सोच है किसकी, फ़िक्र है किसकी, इस दुनिया में कौन है तेरा
कोई नहीं जो तेरी ख़बर ले
पिघली आग से साग़र भर ले

क़ुदरत अंधी, दुनिया बहरी
काले पड़ गए ख़्वाब सुनहरी
तोड़ भी दे उम्मीद का रिश्ता, छोड़ भी दे जज़्बात से लड़ना
आज नहीं तो कल समझेगा, मुश्किल है हालात से लड़ना
जो हालात कराएँ, कर ले
पिघली आग से साग़र भर ले

बन्द है नेकी[1] का दरवाज़ा
आप उठा ले अपना जनाज़ा[2]
कोई नहीं जो बोझ उठाए अपनी ज़िन्दा लाशों का
ख़त्म ही कर दे आज फ़साना इन बेदर्द तमाशों का
जाने-तमन्ना, जाँ से गुज़र ले
पिघली आग से साग़र भर ले

चिंगारी (1955)/रवि/आशा भोंसले

---

1. भलाई, 2. अरथी।

बनवारी ओ बनवारी
मेरी बारी रे काहे को भूले बनवारी
जब-जब पीड़ पड़े दुखियन पर तुम्हीं ने बिपता टारी रे

मेरी बारी रे काहे को भूले बनवारी
गण का ज्योति जन्म की पापन पर परपुरषण की प्यारी
धर्म-कर्म के निकट न आई पाप किए अति भारी
इक तोते की राम रटन से तूने पार उतारी

मेरी बारी रे काहे को भूले बनवारी
द्रुपद सुता पांडव की नारी जुआ खेलकर हारी
भरी सभा में दुष्ट दुशासन खींचन लगा सारी
लुटती लाज बचाई जब वो दुखिया तुम्हें पुकारी

मेरी बारी रे काहे को भूले बनवारी
मीरा तेरे प्यार के कारण लोक लाज सब हारी
निर्लज कह राणा ने उसको भेजी नाग पिटारी
नाग फूल विष अमृत बन गया तेरी लीला न्यारी
मेरी बारी रे काहे को भूले बनवारी

चिंगारी (1955)/रवि/आशा भोंसले, उषा मंगेशकर

अ : तू बोल न बोल बस रह मेरे कोल
तेरी सीटी तेरे प्यार की खोल रही है पोल
सीटी मार के जो कहना है बोल के क्यों नहीं कहती
लाख छुपा ले चाहत को ये चीज़ छुपी नहीं रहती
भोली बनकर कब तक बलिये करेगी टाल-मटोल

ब : अरे बोल के उसको क्या कहना जो आँख की बात न समझे
पंख पखेरू समझे लेकिन मर्द की ज़ात न समझे
नैनों के पलड़े में बलिया दिल को दिल से तोल

अ : दिल को दिल से क्या तोलूँ दिल कर लिया तूने चोरी
चोर पकड़ना काम है अपना फँसेगी इक दिन गोरी

ब : चोर हूँ तो हथकड़ी डाल दे और ले चल कोतवाली
तू है थानेदार, मैं तुझसे कहाँ हूँ बचने वाली
तू जो सज़ा दिलाए यारा तोहफ़ा है अनमोल

अ : तू बोल न बोल, बस रह मेरे कोल

चिंगारी (1955)/रवि/महेन्द्र कपूर, आशा भोंसले

दिल भी मिट जाए तो उल्फ़त दिल से जाने की नहीं
ज़िन्दगी तेरी अमानत है ज़माने की नहीं

रातें जगा के सपने सजा के कलियाँ चुनी हैं तेरे हार के लिए
बैठे-बिठाए हमने तो हाय दुनिया लुटा दी तेरे प्यार के लिए

जबसे मिला है तेरा सहारा चमका है मेरे दिल का सितारा
तू जो भी दे वो हमको गवारा ख़ुशियाँ भी प्यारी ग़म भी है प्यारा

चाहे बना दे चाहे मिटा दे हम हैं निशाना तेरे वार के लिए
हो के बता दे ओ भोले-भाले मेरा जहाँ है तेरे हवाले

तू जिस पे जादू नज़रों का डाले सँभलेगा कैसे दिल वो सँभाले
सारी उमंगें सारी तरंगें मचली हुई हैं सरकार के लिए

जब से मिली हैं तुमसे निगाहें महकी हुई हैं सपनों की राहें
ले ले दुआएँ दे दे पनाहें बस में नहीं हैं बेताब बाँहें

दिल भी है तेरा जाँ भी है तेरी दोनों बने हैं दिलदार के लिए

मरीन ड्राइव (1955)/एन. दत्ता/आशा भोंसले

ब : मुहब्बत यूँ भी होती है
तबीअत यूँ भी आती है, मुसीबत यूँ भी होती है
जो मिलते हैं तो आपस में निगाहें तक नहीं मिलतीं
अगर चलते हैं तो क़दमों को राहें तक नहीं मिलतीं
मुहब्बत पहली-पहली हो तो हालत यूँ भी होती है

कई ऐसे भी मजनूँ हैं जो आहें भरते रहते हैं
कोई चाहे न चाहे आप यूँ ही मरते रहते हैं
समझते हैं कि लैलाओं में शुहरत यूँ भी होती है

अ : जहाँ देखी भली सूरत, मचल जाते हैं दीवाने
उठाकर मुँह पहुँच जाते हैं सर पर जूतियाँ खाने
शरारत ही शरारत में हजामत यूँ भी होती है
तबीअत यूँ भी आती है, मुसीबत यूँ भी होती है

मरीन ड्राइव (1955)/एन. दत्ता/मोहम्मद रफ़ी, आशा भोंसले

अब वो करम करें कि सितम, मैं नशे में हूँ
मुझको न कोई होश न ग़म, मैं नशे में हूँ

सीने से बोझ उनके ग़मों का उतार के
आया हूँ आज अपनी जवानी को हार के
कहते हैं डगमगाते क़दम, मैं नशे में हूँ

वो बेवफ़ा हैं, अब भी ये दिल मानता नहीं
कमबख़्त नामसझ है, उन्हें जानता नहीं
मैं आज तोड़ दूँगा भरम, मैं नशे में हूँ

फ़ुर्सत नहीं है रोने-रुलाने के वास्ते
आए न उनकी याद सताने के वास्ते
इस वक़्त दिल का दर्द है कम, मैं नशे में हूँ

मरीन ड्राइव (1955)/एन. दत्ता/मोहम्मद रफ़ी

अ : करम की भीक माँगी हमने तुझसे और सितम पाया
ख़ुशी लेने को आए तेरे दर पर और ग़म पाया
बता ऐ आस्माँ वाले तेरे बन्दे किधर जाएँ
वही बेदर्द दुनिया है जहाँ जाएँ जिधर जाएँ
जफ़ाओं पर जफ़ा, बेदाद पर बेदाद होती है
हमारी ज़िन्दगी क्या मौत भी बर्बाद होती है
हमें इतना तो बतला दे जिएँ हम या फिर मर जाएँ

ब : जिगर छलनी है और दिल ग़म के तीरों का निशाना है
हमारी ज़िन्दगी इक दर्द में डूबा फ़साना है
न जीने का ठिकाना है, न मरने का ठिकाना है
जो तेरे दर से ठुकराए गए, वो किसके घर जाएँ

अ : अरे ओ मुस्कुराकर मेरी हालत देखने वालो
कोई तो रहम फ़र्माओ मुसीबत देखने वालो
कहीं ऐसा न हो हम ठोकरें खा-खाके मर जाएँ
वही बेदर्द दुनिया है जहाँ जाएँ जिधर जाएँ

मरीन ड्राइव (1955)/एन. दत्ता/मोहम्मद रफ़ी, कोरस

अजी तुम और हम
हों साथ-साथ, और मस्त रात, दुनिया को मार दो बम
मैं मस्तियों की रानी, भरता है इश्क़ पानी
मेरा हुस्न देख, लाखों में एक, जी भर के देख बालम
अजी तुम और हम
हों साथ-साथ, और मस्त रात, दुनिया को मार दो बम
रंगीं बहार आई, पहलू में प्यार लाई
मिलने की शाम, आँखों में जाम, ज़रा दिल को थाम बालम
अजी तुम और हम
दम भर तो मेरा हो जा, ज़ुल्फ़ों के तले सो जा
नहीं मेरा प्यार, बिजली का तार, क्यों दूर-दूर ज़ालिम
अजी तुम और हम
हों साथ-साथ, और मस्त रात, दुनिया को मार दो बम

मरीन ड्राइव (1955)/एन. दत्ता/आशा भोंसले

चुप है धरती चुप हैं चाँद-सितारे
मेरे दिल की धड़कन तुझको पुकारे
खोए-खोए से ये मस्त नज़ारे
ठहरे-ठहरे से ये रंग के धारे
ढूँढ़ रहे हैं तुझको साथ हमारे

कोने-कोने मस्ती फैल रही है
बाँहें बनकर हस्ती फैल रही है
तुझ बिन डूबे दिल को कौन उभारे

निखरा-निखरा-सा है चाँद का जोबन
बिखरा-बिखरा-सा है नूर का दामन
आ जा मेरी तन्हाई के सहारे

हाउस नं. 44 (1955)/एस.डी. बर्मन/हेमन्त कुमार

तेरी दुनिया में जीने से तो बेहतर है कि मर जाएँ
वही आँसू, वही आहें, वही ग़म हैं जिधर जाएँ

कोई तो ऐसा घर होता जहाँ से प्यार मिल जाता
वही बेगाने चेहरे हैं, जहाँ पहुँचे जिधर जाएँ

अरे ओ आसमाँ वाले बता इसमें बुरा क्या है
ख़ुशी के चार झोंके गर इधर से भी गुज़र जाएँ

हाउस नं. 44 (1955)/एस.डी. बर्मन/हेमन्त कुमार

दम है बाक़ी तो ग़म नहीं
ऐश के रस्ते कम नहीं
आँख वो क्या दिल ही वो क्या
जो न करे कोई ख़ता
हाथ बढ़ा साज़ उठा
दुनिया का ग़म करे अपनी बला
दम है बाक़ी तो ग़म नहीं

कल के लिए आज न डर
दिल से मिटा ग़म का असर
सोच न कर आह न भर
आँखों में बसेरा कर, दिल में उतर
दम है बाक़ी तो ग़म नहीं

रुत है जवाँ वक़्त हसीं
जश्न रहे आज यहीं
कल का यक़ीं हमको नहीं
थम ही न जाए कहीं घूमती ज़मीं
दम है बाक़ी तो ग़म नहीं

हाउस नं. 44 (1955)/एस.डी. बर्मन/आशा भोंसले

ऊँचे सुर में गाए जा, मस्ती में लहराए जा
दुनिया के बाज़ार में, अपना बैंड बजाए जा

दुनिया के बोझ को सर से उतार दे
चिन्ता के भूत को बन्दूक़ मार दे
क्यों भई मैंने ठीक कहा
हाँ-हाँ तुमने ठीक कहा
तब फिर मैंने ठीक कहा, ऊँचे सुर में गाए जा

दुनिया की गाड़ियाँ चलती हैं झूट पर
दुनिया को मार दे बाटे के बूट पर
क्यों भई मैंने ठीक कहा
हाँ-हाँ तुमने ठीक कहा
तब फिर मैंने ठीक कहा, ऊँचे सुर में गाए जा

दुनिया के फेर में पड़ना फ़ज़ूल है
ज़िन्दगी उसी की है जो कि डैम फ़ूल है
क्यों भई मैंने ठीक कहा
तुमने बिल्कुल ठीक कहा
हा-हा-हा-हा-हा-हा-हा
ऊँचे सुर में गाए जा, मस्ती में लहराए जा
दुनिया के बाज़ार में अपना बैंड बजाए जा

हाउस नं. 44 (1955)/एस.डी. बर्मन/किशोर कुमार

खुले गगन के नीचे पंछी घूमें डाली-डाली
मैं क्या जानूँ उड़ना क्या है, मैं पिंजरे की पाली

शीशे के ताबूत में जैसे मछली माथा पटके
पत्थर के इस बन्दीघर में मेरी आत्मा भटके

गमले के इस फूल का जीवन, मेरी कथा सुनाए
इसके अन्दर खिले बेचारा इसी में मुर्झा जाए

मेहमान (1955)/रवि/मीनू पुरुषोत्तम

बस्ती-बस्ती पर्बत-पर्बत गाता जाए बंजारा
लेकर दिल का इकतारा

पल दो पल का साथ हमारा पल दो पल की यारी
आज रुके तो कल करनी है चलने की तैयारी

क़दम-क़दम पर होनी बैठी अपना जाल बिछाए
इस जीवन की राह में जाने कौन कहाँ रह जाए

धन-दौलत के पीछे क्यों है ये दुनिया दीवानी
यहाँ की दौलत यहीं रहेगी साथ नहीं ये जानी

सोने-चाँदी में तुलता हो जहाँ दिलों का प्यार
आँसू भी बेकार वहाँ पर आहें भी बेकार

दुनिया के बाज़ार में आख़िर चाहत भी ब्योपार बनी
तेरे दिल से उनके दिल तक चाँदी की दीवार बनी

हम जैसों के भाग में लिक्खा चाहत का वरदान नहीं
जिसने हमको जन्म दिया वो पत्थर है भगवान नहीं
बस्ती-बस्ती पर्बत-पर्बत गाता जाए बंजारा

रेलवे प्लेटफ़ार्म (1955)/मदन मोहन/मोहम्मद रफ़ी

चाँद मद्धम है आस्माँ चुप है
नींद की गोद में जहाँ चुप है
दूर वादी में दूधिया बादल

झुक के पर्बत को प्यार करते हैं
दिल में नाकाम हसरतें लेकर
हम तेरा इंतज़ार करते हैं
चाँद मद्धम है...

इन बहारों के साये में आ जा
फिर मुहब्बत जवाँ रहे न रहे
ज़िन्दगी तेरे नामुरादों पर
कल तलक मेहरबाँ रहे न रहे
चाँद मद्धम है...

रोज़ की तरह आज भी तारे
सुबह की गर्द में न खो जाएँ
आ तेरे ग़म में जागती आँखें
कम से कम एक रात सो जाएँ
चाँद मद्धम है...

रेलवे प्लेटफ़ार्म (1955)/मदन मोहन/मोहम्मद रफ़ी/लता मंगेशकर

जिया खो गया ओ तेरा हो गया, मैं कहूँ तो कहूँ कैसे
ग़ैर है फिर भी तू मुझको अपना लगे
तेरी हर बात चाहत का सपना लगे
जिया खो गया...

उठते-उठते झुकीं, झुकते-झुकते उठीं और टकरा गईं दो निगाहें
फूल से खिल गए, दिल से दिल मिल गए जैसे मिलती हैं मंज़िल से राहें
जिया खो गया...

मुझको अपने से भी लाज आने लगी
मैं अकेले में छुप-छुप के गाने लगी
जिया खो गया...

रेलवे प्लेटफ़ार्म (1955)/मदन मोहन/लता मंगेशकर

मज़दूर : देख तेरे भगवान की हालत क्या हो गई इनसान
कितना बदल गया भगवान
भूखों के घर में फेरा न डाले सेठों का हो मेहमान
कितना बदल गया भगवान
उन्हीं की पूजा प्रभु को प्यारी
जिनके घर लक्ष्मी की सवारी
जिनका धंधा चोर बाज़ारी
हमको दे भूख और बेकारी, उनको दे वरदान
कितना बदल गया भगवान

सेठ : सुनकर इस पापी को तानो
बदल न लीजो अपने ठिकानो
हे भगवान हे भगवान
म्हारो थारो प्रेम पुरानो
हम हैं थैले तुम हो ख़ज़ानो
भरते रहियो दास की झोली देते रहियो दान
तुम्हारी जय-जय हो भगवान, तुम्हारी जय-जय हो भगवान

क़लन्दर : कितना बदल गया भगवान
कितना बदल गया भगवान
धन वाले हैं बड़े मछन्दर
सोने के बनवाएँ मन्दिर
भगवान रहते इनके अन्दर
खरी-खरी कहता है क़लन्दर
बन बैठा है इस दुनिया में धर्म से धन बलवान
कितना बदल गया भगवान
भूखों के घर में फेरा न डाले सेठों का हो मेहमान
कितना बदल गया भगवान

सेठ : जय भगवान जय भगवान
जय भगवान जय भगवान

रेलवे प्लेटफॉर्म (1955)/मदन मोहन/एस.डी.बातिश, मोहम्मद रफ़ी, मनमोहन कृष्ण

जाते हो तो जाओ पर जाओगे कहाँ
बाबूजी तुम ऐसा दिल पाओगे कहाँ

आए हैं दूर से, मिलने हुज़ूर से
हमका सज़ा न दो जी दिल के क़ुसूर से
आधी है रात अभी
बाक़ी है बात अभी
छोड़ो ना साथ अभी
बाबूजी जाते हो कहाँ
जाते हो तो जाओ पर जाओगे कहाँ

दिल तुम पे वार के दुनिया को हार के
बैठे हैं देर से जी रस्ते में प्यार के

थोड़ी-सी राह दे दो
सीने में राह दे दो
दिल को पनाह दे दो
बाबूजी जाते हो कहाँ
जाते हो तो जाओ पर जाओगे कहाँ

मिलाप (1955)/एन. दत्ता/गीता दत्त

चाहे भी जो दिल जाना न वहाँ
हम तुमसे मिले थे जहाँ
ख़ाक उड़ेगी वहाँ

सीने में सुलगते ग़म लेकर फिरना न अँधेरी रातों में
जो भूल से हमने कह दी थीं, आना न कभी उन बातों में
सब यूँ ही था बयाँ

क्या तुमने किया, क्या हमने किया, ये बात न दिल में दुहराना
पहले भी पराए थे हम-तुम, अब फिर से पराए बन जाना
ठुकरा के दिलो-जाँ

चाहे भी जो दिल जाना न वहाँ
हम तुमसे मिले थे जहाँ
ख़ाक उड़ेगी वहाँ

मिलाप (1955)/एन. दत्ता/गीता दत्त

ये बहारों का समाँ, चाँद-तारों का समाँ
खो न जाए, आ भी जा
आस्माँ से रंग बनकर बह रही है चाँदनी
बेज़ुबानी की ज़बाँ से कह रही है चाँदनी
जागती रुत नागहाँ[1], सो न जाए, आ भी जा

रात के हमराह ढलती जा रही है ज़िन्दगी
शम्अ की सूरत पिघलती जा रही है ज़िन्दगी
रौशनी बुझकर धुआँ हो न जाए, आ भी जा

आ ज़रा हँसकर निगाहों में निगाहें डाल दे
देर कीं तरसी हुई बाँहों में बाँहें डाल दे
हसरतों का कारवाँ खो न जाए, आ भी जा

मिलाप (1955)/एन. दत्ता/लता मंगेशकर

ये बहारों का समाँ, चाँद-तारों का समाँ
खो न जाए, आ भी जा

ज़िन्दगानी दर्द बन जाए कहीं ऐसा न हो
साँस आहे-सर्द[2] बन जाए कहीं ऐसा न हो
दिल तड़पकर नागहाँ सो न जाए आ भी जा

क्या हुआ क्यों इस तरह तूने निगाहें फेर लीं
मेरी राहों की तरफ़ से अपनी राहें फेर लीं
ज़िन्दगी कारवाँ खो न जाए आ भी जा

मिलाप (1955)/एन. दत्ता/हेमन्त कुमार

---

1. अचानक, 2. ठंडी आह।

ब : बचना ज़रा ये ज़माना है बुरा
कभी मेरी गली में न आना
मेरी गली में आने वाले, हो जाते हैं ग़म के हवाले
इन राहों से जो भी गुज़रे, सोच-समझकर दिल को उछाले
बड़े-बड़े दिल यहाँ बने हैं निशाना
बचना ज़रा ये ज़माना है बुरा

अ : चुपके-चुपके नैन लड़ाना, नैन लड़ाके दिल को लुभाना
दिल को लुभाकर पास बुलाना, पास बुलाकर ख़ुद घबराना
खुद घबराकर आँख चुराना, आँख चुराकर दिल को जलाना
दिल को जलाकर होश भुलाना, होश भुलाकर मजनूँ बनाना
इन लैलाओं का है खेल पुराना
बचना ज़रा ये ज़माना है बुरा

ब : शोख़ी समझे शर्मो-हया को, दावत समझें नाज़ो अदा को
इन दीवानों का क्या कहना, आप बुलाएँ अपनी क़ज़ा को
और फिर माँगे हमसे हर्जाना
बचना ज़रा ये ज़माना है बुरा
कभी मेरी गली में न आना

मिलाप (1955)/एन. दत्ता/मोहम्मद रफ़ी, गीता दत्त और कोरस

सुरमई रात है, सितारे हैं
आज दोनों जहाँ हमारे हैं
सुबह का इंतिज़ार कौन करे

फिर ये रुत, ये समाँ[1] मिले न मिले
आरज़ू का चमन खिले न खिले
वक़्त का एतिबार कौन करे

ले भी लो हमको अपनी बाँहों में
रूह बेचैन है निगाहों में
इल्तिजा[2] बार-बार कौन करे

जोरू का भाई (1955)/जयदेव/लता मंगेशकर

---

1. दृश्य, 2. प्रार्थना।

सुरमई रात ढलती जाती है
रूह ग़म से पिघलती जाती है

तेरी ज़ुल्फ़ों से प्यार कौन करे
अब तेरा इन्तिज़ार कौन करे

तुमको अपना बना के देख लिया
एक बार आज़मा के देख लिया
बार-बार एतिबार कौन करे
ऐ दिले-ज़ार सोगवार न हो

उनकी चाहत में बेक़रार न हो
बदनसीबों से प्यार कौन करे

जोरू का भाई (1955)/जयदेव/तल्अत महमूद

मैंने चाँद और सितारों की तमन्ना की थी
मुझको रातों की सियाही के सिवा कुछ न मिला

मैं वो नग़्मा हूँ जिसे प्यार की महफ़िल न मिली
वो मुसाफ़िर हूँ जिसे कोई भी मंज़िल न मिली
ज़ख़्म पाए हैं, बहारों की तमन्ना की थी
मैंने चाँद और सितारों की तमन्ना की थी

किसी गेसू, किसी आँचल का सहारा भी नहीं
रास्ते में कोई धुँदला-सा सितारा भी नहीं
मेरी नज़रों ने नज़ारों की तमन्ना की थी
मैंने चाँद और सितारों की तमन्ना की थी

दिल में नाकाम उम्मीदों के बसेरे पाए
रौशनी लेने को निकला तो अँधेरे पाए
रंग और नूर की धारों की तमन्ना की थी
मैंने चाँद और सितारों की तमन्ना की थी

मेरी राहों से जुदा हो गईं राहें उनकी
आज बदली नज़र आती हैं निगाहें उनकी
जिनसे इस दिल ने सहारों की तमन्ना की थी
मैंने चाँद और सितारों की तमन्ना की थी

प्यार माँगा तो सिसकते हुए अरमान मिले
चैन चाहा तो उमडते हुए तूफ़ान मिले
डूबते दिल ने किनारों की तमन्ना की थी
मैंने चाँद और सितारों की तमन्ना की थी

चन्द्रकान्ता (1956)/एन. दत्ता/मोहम्मद रफ़ी

दुखी मन मेरे, सुन मेरा कहना
जहाँ नहीं चैना वहाँ नहीं रहना

दर्द हमारा कोई ना जाने
अपनी ग़रज़ के सब हैं दीवाने
किस के आगे रोना रोएँ
देश पराया लोग बेगाने
दुखी मन मेरे...

लाख यहाँ झोली फैला ले
कुछ नहीं देंगे इस जग वाले
पत्थर के दिल मोम न होंगे
चाहे जितना नीर बहा ले
दुखी मन मेरे...

अपने लिए कब हैं ये मेले
हम हैं हर एक मेले में अकेले
क्या पाएगा इसमें रहकर
जो दुनिया जीवन से खेले
दुखी मन मेरे, सुन मेरा कहना
जहाँ नहीं चैना वहाँ नहीं रहना

फ़ंटूश (1956)/एस.डी. बर्मन/किशोर कुमार

अ : वो देखें तो उनकी इनायत, न देखें तो रोना क्या
जो दिल ग़ैर का हो, उसका होना क्या और न होना क्या

ब : इश्क़ दिलों का मेल है प्यारे, ये नज़रों का खेल नहीं
जब तक दो दिल एक न हो लें, दिल की लगी का रोना क्या

अ : इश्क़ की बाज़ी सीधी बाज़ी, दिल जीतो और दिल हारो
इस सौदे में ओ दिलवालो, पाना क्या और खोना क्या

फ़ंटूश (1956)/एस.डी. बर्मन/किशोर कुमार, आशा भोंसले

देने वाला जब भी देता है पूरा छप्पर फाड़ के देता
नंग-धड़ंग-मलंग जनों को दूरबीन से ताड़ के देता
न देखे वो गोरा-काला न देसी-परदेसी
जब चाहे सोने से भर दे फटे टाट की खेसी
ऐश उड़ाना फ़र्ज़ है उसका जिसको तूम-तराड़ के देता
जिस पर उसको प्यार आ जाता, उसकी जेबें झाड़ के देता
टाटा जब भी दे मिलकर बोलो लाओ-लाओ
अपने बाबा का माल समझकर खाओ-खाओ

तेरा दाता मुझ पर मेह्‌रबान है
मेरे मुँह में चाँदी की ज़बान है
मेरे हाथ में सोने की कमान है
जो भी मेरे आगे आएगा
मुफ़्त में जूते खाके जाएगा
जिसको देना चाहे दाता बंद किवाड़ उखाड़ के देता
अपना भी गर इस जहाँ में कोई सहारा होता
रातों की ख़ामोशियों में क्यों दिल हमारा रोता

देने वाला जब भी देता है पूरा छप्पड़ फाड़ के देता
वाह रे ऊपर वाले तेरे खेल निराले
गधों को हलवा बाँटे, भैसों को शाल-दुशाले
बुरों के मुँह में शक्कर और भलों के मुँह-सर काले
वा रे ऊपर वाले अहा-अहा, अहा-अहा

फ़ंटूश (1956)/एस.डी. बर्मन/किशोर कुमार, कोरस

ऐ मेरी टोपी पलट के आ
न अपने फ़ंटूश को सता

ऐ मेरी दिलबर, इधर नज़र कर, न जा बिछड़कर, न जा न जा

ऐ मेरी हमजोली
तू भी ग़ैर की हो ली
तू भी दे गई धक्का
औरों के संग घूमे
इठलाए और झूमे
देखूँ मैं भौंचक्का

मेरी टोपी मेरी टोपी मेरी टोपी
ऐ मेरे दिलबर, इधर नज़र कर, न जा बिछड़कर, न जा न जा

देखे जिसे अकेली
उससे करे अठखेली
राह में रास रचाए
मोटा पेट दबाए
गँजे सर को छुपाए
छेड़े और छुप जाए

मेरी टोपी मेरी टोपी मेरी टोपी
ऐ मेरे दिलबर, इधर नज़र कर, न जा बिछड़कर, न जा न जा
ऐ मेरी टोपी पलट के आ

फ़ंटूश (1956)/एस.डी. बर्मन/किशोर कुमार और कोरस

ये कूचे ये नीलामघर दिलकशी में
ये लुटते हुए कारवाँ ज़िन्दगी के
कहाँ हैं, कहाँ हैं, मुहाफ़िज़[1] ख़ुदी[2] के
जिन्हें नाज़[3] है हिन्द पर वो कहाँ हैं
कहाँ हैं, कहाँ हैं, कहाँ हैं

1. रक्षक, 2. अहंकार, 3. गर्व।

ये पुरपेच गलियाँ, ये बदनाम बाज़ार
ये गुमनाम राही, ये सिक्कों की झनकार
ये इजिस्म के सौदे, ये सौदों पे तकरार
जिन्हें नाज़ है हिन्द पर वो कहाँ हैं
कहाँ हैं, कहाँ हैं, कहाँ हैं

ये सदियों से बेख़्वाब सहमी-सी गलियाँ
ये मसली हुई अधखिली ज़र्द कलियाँ
ये बिकती हुई खोखली रंगरलियाँ
जिन्हें नाज़ है हिन्द पर वो कहाँ हैं
कहाँ हैं, कहाँ हैं, कहाँ हैं

ये उजले दरीचों में पायल की छन-छन
थकी-हारी साँसों पे तबलों की धन-धन
ये बेरूह कमरों में खाँसी की ठन-ठन
जिन्हें नाज़ है हिन्द पर वो कहाँ हैं
कहाँ हैं, कहाँ हैं, कहाँ हैं

ये फूलों के गजरे, ये पीकों के छींटे
ये बेबाक नज़रें, ये गुस्ताख़[1] फ़िक़रे[2]
ये ढलके बदन और ये बीमार चेहरे
जिन्हें नाज़ है हिन्द पर वो कहाँ हैं
कहाँ हैं, कहाँ हैं, कहाँ हैं

यहाँ गीर[3] भी आ चुके हैं, जवाँ भी
तनोमन्द बेटे भी, अब्बा मियाँ भी
ये बीवी भी है, और बहन भी है, माँ भी
जिन्हें नाज़ है हिन्द पर वो कहाँ हैं
कहाँ हैं, कहाँ हैं, कहाँ हैं

1. अशिष्ट, 2. वाक्य, 3. बूढ़ा।

मदद चाहती है ये हव्वा की बेटी
यशोधा की हमजिंस[1] राधा की बेटी
पयम्बर[2] की उम्मत[3], ज़ुलेख़ा की बेटी
जिन्हें नाज़ है हिन्द पर वो कहाँ हैं
कहाँ हैं, कहाँ हैं, कहाँ हैं

ज़रा मुल्क के रहबरों को बुलाओ
ये कूचे, ये गलियाँ, ये मंज़र दिखाओ
जिन्हें नाज़ है हिन्द पर उनको लाओ
जिन्हें नाज़ है हिन्द पर वो कहाँ हैं
कहाँ हैं, कहाँ हैं, कहाँ हैं

प्यासा (1957)/एस.डी. बर्मन/मोहम्मद रफ़ी

ये महलों, ये तख़्तों, ये ताजों की दुनिया
ये इंसाँ के दुश्मन समाजों की दुनिया
ये दौलत के भूके रिवाजों की दुनिया
ये दुनिया अगर मिल भी जाए तो क्या है?

हर इक जिस्म घायल, हर इक रूह प्यासी
निगाहों में उलझन, दिलों में उदासी
ये दुनिया है या आलमे-बदहवासी
ये दुनिया अगर मिल भी जाए तो क्या है?

यहाँ एक खिलोना है इंसाँ की हस्ती
ये बस्ती है मुर्दा-परस्तों की बस्ती
यहाँ पर तो जीवन से है मौत सस्ती
ये दुनिया अगर मिल भी जाए तो क्या है?

जवानी भटकती है बदकार बनकर
जवाँ जिस्म सजते हैं बाज़ार बनकर

1. सजातीय, 2. पैग़म्बर, अवतार, 3. समुदाय।

यहाँ प्यार होता है ब्योपार बनकर
ये दुनिया अगर मिल भी जाए तो क्या है?

ये दुनिया जहाँ आदमी कुछ नहीं है
वफ़ा कुछ नहीं, दोस्ती कुछ नहीं है
जहाँ प्यार की क़द्र ही कुछ नहीं है
ये दुनिया अगर मिल भी जाए तो क्या है?

जला दो इसे फूँक डालो ये दुनिया
मेरे सामने से हटा लो ये दुनिया
तुम्हारी है तुम ही सँभालो ये दुनिया
ये दुनिया अगर मिल भी जाए तो क्या है?

प्यासा (1957)/एस.डी. बर्मन/मोहम्मद रफ़ी

अ : हम आपकी आँखों में इस दिल को बसा दें तो?
ब : हम मूँद के पलकों को इस दिल को सज़ा दें तो?

अ : इन ज़ुल्फ़ों में गूँधेंगे हम फूल मुहब्बत के
ब : ज़ुल्फ़ों को झटककर हम ये फूल गिरा दें तो?

अ : हम आपको ख़्वाबों में ला-ला के सताएँगे
ब : हम आपकी आँखों से नींदें ही उड़ा दें तो?

अ : हम आपके क़दमों पर गिर जाएँगे ग़श खाकर
ब : इस पर भी न हम अपने आँचल की हवा दें तो?

प्यासा (1957)/एस.डी. बर्मन/मोहम्मद रफ़ी, गीता दत्त

जाने क्या तूने कही
जाने क्या मैंने सुनी
बात कुछ बन ही गई

सनसनाहट-सी हुई
थरथराहट-सी हुई

जाग उठे ख़्वाब कई
बात कुछ बन ही गई

नैन झुक-झुक के उठे
पाँव रुक रुक के उठे
हो गई चाल नई
बात कुछ बन ही गई

ज़ुल्फ़ शाने पे मुड़ी
एक ख़ुशबू-सी उड़ी
खुल गए राज़ कई
बात कुछ बन ही गई
जाने क्या तूने कही

प्यासा (1957)/एस.डी. बर्मन/गीता दत्त

जाने वो कैसे लोग थे जिनके प्यार को प्यार मिला
हमने तो जब कलियाँ माँगीं, काँटों का हार मिला

ख़ुशियों की मंज़िल ढूँढ़ी तो ग़म की गर्द[1] मिली
चाहत के नग़मे चाहे तो आहे-सर्द[2] मिली
दिल के बोझ को दूना कर गया जो ग़मख़्वार[3] मिला

बिछड़ गया हर साथी देकर पल-दो पल का साथ
किसको फ़ुर्सत है जो थामे दीवानों का हाथ
हमको अपना साया तक अक्सर बेज़ार मिला

इसको ही जीना कहते हैं तो हम ही जी लेंगे
उफ़ न करेंगे, लब सी लेंगे, आँसू पी लेंगे
ग़म से अब घबराना कैसा, ग़म सौ बार मिला

प्यासा (1957)/एस.डी. बर्मन/हेमन्त कुमार

---

1. धूल, 2. ठंडी आह, 3. दुख का साथी।

आज सजन मोहे अंग लगा लो जनम सफल हो जाए
हृदय की पीड़ा, देह की अगनी, सब शीतल हो जाए

किए लाख जतन, मोरे मन की तपन, मोरे तन की जलन नहीं जाए
कैसी लागी ये लगन, कैसी जागी ये अगन, जिया धीर धरन नहीं पाए
प्रेम सुधा इतनी बरसा दो, जग जल-थल हो जाए
आज सजन मोहे अंग लगा लो जनम सफल हो जाए

कई जुगों से हैं जागे, मोरे नैन अभागे, कहीं जिया नहीं लागे बिन तोरे
सुख देखे नहीं आगे, दुख पीछे-पीछे भागे, जग सूना-सूना लागे बिन तोरे
प्रेम सुधा इतनी बरसा दो, जग जल-थल हो जाए
आज सजन मोहे अंग लगा लो जनम सफल हो जाए

मोहे अपना बना लो, मोरी बाँह पकड़ लो, मैं हूँ जनम-जनम की दासी
मोरी प्यास बुझा दो मनहर गिरधर, मैं हूँ अन्तर घट तक प्यासी
प्रेम सुधा इतनी बरसा दो, जग जल-थल हो जाए
आज सजन मोहे अंग लगा लो जनम सफल हो जाए

प्यासा (1957)/एस.डी. बर्मन/गीता दत्त

रुत फिरी पर दिन हमारे फिरे ना फिरे ना
धरती पे रंग छाया दुनिया के भाग जागे

लेकिन वही अँधेरा अब तक है अपने आगे
रुत फिरी पर दिन हमारे फिरे ना फिरे ना

पहुँची न अपनी नैया अब तक किसी किनारे
कोई नहीं जो हमको अपनी तरफ़ पुकारे

इस पार कुछ नहीं है उस पार कुछ नहीं है
अपने लिए सिवाय मंजधार कुछ नहीं है
रुत फिरी पर दिन हमारे फिरे ना फिरे ना

प्यासा (1957)/एस.डी. बर्मन/गीता दत्त

ग़म इस क़दर बढ़े कि मैं घबरा के पी गया
इस दिल की बेबसी पे तरस खाके पी गया

ठुकरा रहा था मुझको बड़ी देर से जहाँ
मैं आज सब जहान को ठुकरा के पी गया

प्यासा (1957)/एस.डी. बर्मन/मोहम्मद रफ़ी

ये हँसते हुए फूल, ये महका हुआ गुलशन
ये रंग में और नूर में डूबी हुई राहें

ये फूलों का रस पीके मचलते हुए भँवरे
मैं दूँ भी तो क्या दूँ तुम्हें ऐ शोख़ नज़ारों

ले-दे के मेरे पास कुछ आँसू हैं कुछ आहें

प्यासा (1957)/एस.डी. बर्मन/मोहम्मद रफ़ी

सर जो तेरा चकराए या दिल डूबा जाए
आजा प्यारे पास हमारे काहे घबराए
तेल मेरा है मुश्की, गंज रहे न ख़ुश्की
जिसके सर पर हाथ फिरा दूँ चमके क़िस्मत उसकी
सुन-सुन-सुन अरे बेटा सुन
इस चंपी में बड़े-बड़े गुन
लाख दुखों की एक दवा है क्यों न आज़माए
काहे घबराए काहे घबराए
प्यार का होवे झगड़ा या बिज़नेस का हो रगड़ा
सब लफ़ड़ों का बोझ हटे जब पड़े हाथ इक तगड़ा
सुन-सुन-सुन अरे बेटा सुन
इस चंपी में बड़े-बड़े गुन
लाख दुखों की एक दवा है क्यों न आज़माए
काहे घबराए काहे घबराए
नौकर हो या मालिक, लीडर हो या पब्लिक

अपने आगे सभी झुके हैं क्या राजा क्या सैनिक
सुन-सुन-सुन अरे बेटा सुन
इस चंपी में बड़े-बड़े गुन
लाख दुखों की एक दवा है क्यों न आज़माए
काहे घबराए काहे घबराए

प्यासा (1957)/एस.डी. बर्मन/मोहम्मद रफ़ी, जानी वाकर

अ : माँग के साथ तुम्हारा, मैंने माँग लिया संसार
ब : माँग के साथ तुम्हारा, मैंने माँग लिया संसार
दिल कहे दिलदार मिला, हम कहें हमें प्यार मिला

अ : प्यार मिला हमें यार मिला इक नया संसार मिला
ब : आस मिली अरमान मिला

अ : जीने का सामान मिला
अ, ब : मिल गया एक सहारा
माँग के साथ तुम्हारा, मैंने माँग लिया संसार

अ : दिल जवाँ और रुत हसीं, चल यूँ ही चल दें कहीं
ब : तू चाहे ले चल कहीं, तुझपे है मुझको यक़ीं

अ : जान भी तू है, दिल भी तू ही
ब : राह भी तू, मंज़िल भी तू ही

अ, ब : और तू ही आस का तारा
माँग के साथ तुम्हारा, मैंने माँग लिया संसार

नया दौर (1957)/ओ.पी. नैयर/मोहम्मद रफ़ी, आशा भोंसले

ब : उड़ें जब-जब ज़ुल्फ़ें तेरी, कुँआरियों का दिल मचले
अ : हों जब ऐसे चिकने चेहरे, तो कैसे न नज़र फिसले

ब : रुत प्यार करने की आई कि बेरियों के बेर पक गए
अ : कभी डाल इधर भी फेरा कि तक-तक नैन थक गए

ब : उस गाँव पे स्वर्ग भी सदक़े कि जहाँ मेरा यार बसता
अ : पानी लेने के बहाने आ जा कि तेरा-मेरा एक रस्ता
तुझे चाँद के बहाने देखूँ, तू छत पे आ जा गोरिये

ब : अभी छेड़ेंगे गली के लड़के कि चाँद बैरी छुप जाने दे

अ : तेरी चाल है नागन जैसी री जोगी तुझे ले जाएँगे
ब : जाएँ कहीं भी मगर हम सजना ये दिल तुझे दे जाएँगे

नया दौर (1957)/ओ.पी. नैयर/मोहम्मद रफ़ी, आशा भोंसले

इक दीवाना आते-जाते हमसे छेड़ करे
सखी री वो क्या माँगे
जब भी मेरे पास से गुज़रे ठंडी साँस भरे
सखी री वो क्या माँगे
दिन देखे न रात वो
पकड़े मेरा हाथ वो
कभी शर्माऊँ मैं
कभी घबराऊँ मैं
समझ न पाऊँ मैं
सखी री वो क्या माँगे
इक दिवाना आते-जाते हमसे छेड़ करे
टीलों के रुख़सार से
मुझे पुकारे प्यार से
रस्ते में रुक-रुक
मुड़-मुड़ झुक-झुक
देख मुझे टुक-टुक
सखी रे वो क्या माँगे
इक दीवाना आते-जाते हमसे छेड़ करे
सखी री वो क्या माँगे

नया दौर (1957)/ओ.पी. नैयर/आशा भोंसले, शमशाद बेगम
(यह गाना सेंसर के कारण फ़िल्म में नहीं था)

अ : रेशमी शलवार कुर्ता जाली का
रूप सहा नहीं जाए नख़रे वाली का

ब : जा रे पीछा छोड़ मुझ मतवाली का
काहे ढूँडे रास्ता कोतवाली का

अ : जब–जब तुझको देखूँ मेरे दिल में छुटें फुलझड़ियाँ
करूँगा तेरा पीछा चाहे लग जाएँ हथकड़ियाँ
क्या है कोतवाली का

ब : मैं हूँ इज़्ज़त वाली, मुझे समझ न ऐसी–वैसी
बड़े–बड़ों की मैंने कर दी है ऐसी–तैसी
तू है किस थाली का

अ : रूप तेरे का लटका, मेरे दिल को दे गया झटका
रंग भरे हाथों से ज़रा खोल दे पट घूँघट का
दिल है दिल वाली का

ब : काहे ढूँडे रास्ता कोतवाली का

नया दौर (1957)/ओ.पी. नैयर/आशा भोंसले, शमशाद बेगम

आना है तो आ, राह में कुछ फेर नहीं है
भगवान के घर देर है, अँधेर नहीं है

जब तुझसे न सुलझें तेरे उलझे हुए धंदे
भगवान के इंसाफ़ पे सब छोड़ दे बंदे

ख़ुद ही तेरी मुश्किल को वो आसान करेगा
जो तू नहीं कर पाया, वो भगवान करेगा

कहने की ज़रूरत नहीं आना ही बहुत है
इस दर पे तेरा सीस झुकाना ही बहुत है

जो कुछ है तेरे दिल में सभी उसको ख़बर है
बंदे तेरे हर हाल पे मालिक की नज़र है

बिन माँगे ही मिलती हैं यहाँ मन की मुरादें
दिल साफ़ हो जिनका वो यहाँ आके सदा दें

मिलता है जहाँ न्याय, वो दरबार यही है
संसार की सबसे बड़ी सरकार यही है

नया दौर (1957)/ओ.पी. नैयर/मोहम्मद रफ़ी

साथी हाथ बढ़ाना
एक अकेला थक जाएगा, मिलकर बोझ उठाना
साथी हाथ बढ़ाना

हम मेहनत वालों ने जब भी मिलकर क़दम बढ़ाया
सागर ने रस्ता छोड़ा, पर्बत ने सीस झुकाया
फ़ौलादी हैं सीने अपने, फ़ौलादी हैं बाँहें
हम चाहें तो पैदा कर दें, चट्टानों में राहें
साथी हाथ बढ़ाना

मेहनत अपने लेख की रेखा, मेहनत से क्या डरना
कल ग़ैरों की ख़ातिर की, आज अपनी ख़ातिर करना
अपना दुख भी एक है साथी, अपना सुख भी एक
अपनी मंज़िल सच की मंज़िल अपना रस्ता नेक
साथी हाथ बढ़ाना

एक से एक मिले तो क़तरा[1] बन जाता है दरिया
एक से एक मिले तो ज़र्रा[2] बन जाता है सहरा
एक से एक मिले तो राई बन सकती है पर्बत
एक से एक मिले तो इंसाँ बस में कर ले क़िस्मत
साथी हाथ बढ़ाना

माटी से हम लाल निकालें, मोती लाएँ जल से
जो कुछ इस दुनिया में बना है, बना हमारे बल से
कब तक मेहनत के पैरों में दौलत की ज़ंजीरें
हाथ बढ़ाकर छीन लो अपने ख़्वाबों की ताबीरें[3]
साथी हाथ बढ़ाना

नया दौर (1957)/ओ.पी. नैयर/मोहम्मद रफ़ी

---

1. बूँद, 2. कण, 3. स्वप्न फल।

ये देश है वीर जवानों का
अलबेलों का मस्तानों का
इस देश का यारों क्या कहना
ये देश है दुनिया का गहना

यहाँ चौड़ी छाती वीरों की
यहाँ गोरी शक्लें हीरों की
यहाँ गाते हैं राँझे मस्ती में
मचती हैं धूमें बस्ती में

पेड़ों पे बहारें झूलों की
राहों में क़तारें फूलों की
यहाँ हँसता है सावन बालों में
खिलती हैं कलियाँ गालों में

कहीं दंगल शोख़ जवानों के
कहीं करतब तीर-कमानों के
यहाँ नित-नित मेले सजते हैं
नित ढोल और ताशे बजते हैं

दिलबर[1] के लिए दिलदार[2] हैं हम
दुश्मन के लिए तलवार हैं हम
मैदाँ में अगर हम डट जाएँ
मुश्किल है कि पीछे हट जाएँ

नया दौर (1957)/ओ.पी. नैयर/मोहम्मद रफ़ी, एस. बलबीर

दिल लेके दग़ा देंगे
यार हैं मतलब के
ये देंगे तो क्या देंगे

दुनिया को दिखा देंगे
यारों के पसीने पर
हम ख़ून बहा देंगे

नया दौर (1957)/ओ.पी. नैयर/मोहम्मद रफ़ी

1. माशूक़, 2. प्यारा।

मैं बम्बई का बाबू, नाम मेरा अनजाना
इंगलिश धुन में गाऊँ, मैं हिन्दुस्तानी गाना
ये दुनिया है उसकी जो दुनिया से खेले
सख़्ती हो या नर्मी हँसते-हँसते झेले
सुन लो अजी सुन लो ये जादू का तराना
मैं बम्बई का बाबू...

कुछ हैं दौलत वाले कुछ हैं ताक़त वाले
अस्ली वाले वो हैं जो हैं हिम्मत वाले
सुन लो अजी सुन लो ये जादू का तराना
मैं बम्बई का बाबू...

आया हूँ मैं बंधु रूस और चीन में जाऊँ
काम की बात बता दी मैंने कॉमेडी गाना गाऊँ
सुन लो अजी सुन लो ये जादू का तराना
मैं बम्बई का बाबू...

नया दौर (1957)/ओ.पी. नैयर/मोहम्मद रफ़ी

अ : फिर न कीजे मेरी गुस्ताख़ निगाही का गिला
देखिए आपने फिर प्यार से देखा मुझको

ब : मैं कहाँ तक न निगाहों को पलटने देती
आपके दिल ने कई बार पुकारा मुझको

अ : इस क़दर प्यार से देखो न हमारी जानिब
दिल अगर और मचल जाए तो मुश्किल होगी

ब : तुम जहाँ मेरी तरफ़ देख के रुक जाओगे
वही मंज़िल मेरी तक़दीर की मंज़िल होगी

अ : देखिए आपने फिर प्यार से देखा मुझको

ब : आपके दिल ने कई बार पुकारा मुझको

अ : एक यूँ ही नज़र दिल को जो छू लेती है
कितने अरमान जगाती है तुम्हें क्या मालूम

ब : रुह बेचैन है क़दमों से लिपटने के लिए
तुमको हर साँस बुलाती है तुम्हें क्या मालूम

अ : देखिए आपने फिर प्यार से देखा मुझको

ब : आपके दिल ने कई बार पुकारा मुझको

अ : हर नज़र आपकी जज़्बात को उकसाती है
मैं अगर हाथ पकड़ लूँ तो ख़फ़ा मत होना

ब : मेरी दुनिया-ए-मुहब्बत है तुम्हारे दम से
मेरी दुनिया-ए-मुहब्बत से जुदा मत होना

अ : देखिए आपने फिर प्यार से देखा मुझको

ब : आपके दिल ने कई बार पुकारा मुझको

फिर सुबह होगी (1958)/ख़य्याम/मुकेश, आशा भोंसले

वो सुबह कभी तो आएगी

इन काली सदियों के सर से, जब रात का आँचल ढलकेगा
जब दुख के बादल पिघलेंगे, जब सुख का सागर छलकेगा
जब अम्बर झूम के नाचेगा, जब धरती नग़्मे गाएगी
वो सुबह कभी तो आएगी

जिस सुबह की ख़ातिर जुग-जुग से, हम सब मर-मर कर जीते हैं
जिस सुबह से अमृत की धुन में हम ज़हर के प्याले पीते हैं
इन भूकी प्यासी रुहों पर इक दिन तो करम[1] फ़रमाएगी
वो सुबह कभी तो आएगी

माना कि अभी तेरे-मेरे अरमानों की क़ीमत कुछ भी नहीं
मिट्टी का भी है कुछ मोल मगर इनसानों की क़ीमत कुछ भी नहीं
इनसानों की इज़्ज़त जब झूटे सिक्कों में न तोली जाएगी
वो सुबह कभी तो आएगी

दौलत के लिए जब औरत की इस्मत[2] को न बेचा जाएगा
चाहत को न कुचला जाएगा, ग़ैरत को न बेचा जाएगा

1. कृपा, दया, 2. सतीत्व।

अपनी काली करतूतों पर जब ये दुनिया शर्माएगी
वो सुबह कभी तो आएगी

बीतेंगे कभी तो दिन आख़िर ये भूक और बेकारी के
टूटेंगे कभी तो बुत आख़िर दौलत की इजारादारी[1] के
जब एक अनोखी दुनिया की बुनियाद उठाई जाएगी
वो सुबह कभी तो आएगी

मजबूर बुढ़ापा जब सूनी राहों की धूल न फाँकेगा
मासूम लड़कपन जब गन्दी गलियों में भीक न माँगेगा
हक़ माँगने वालों को जिस दिन सूली न दिखाई जाएगी
वो सुबह कभी तो आएगी

फ़ाक़ों[2] की चिताओं पर जिस दिन इंसाँ न जलाए जाएँगे
सीनों के दहकते दोज़ख़[3] में अरमाँ न जलाए जाएँगे
ये नरक से भी गन्दी दुनिया, जब स्वर्ग बनाई जाएगी
वो सुबह कभी तो आएगी

वो सुबह हमीं से आएगी
जब धरती करवट बदलेगी, जब क़ैद से क़ैदी छूटेंगे
जब पाप घरौंदे फूटेंगे, जब ज़ुल्म के बन्धन टूटेंगे
उस सुबह को हम ही लाएँगे, वो सुबह हमीं से आएगी
वो सुबह हमीं से आएगी

मन्हूस[4] समाजी ढाँचों में जब ज़ुल्म न पाले जाएँगे
जब हाथ न काटे जाएँगे, जब सर न उछाले जाएँगे
जेलों के बिना जब दुनिया की सरकार चलाई जाएगी
वो सुबह हमीं से आएगी

संसार के सारे मेहनतकश खेतों से मिलों से निकलेंगे
बेघर, बेदर, बेबस इंसाँ तारीक बिलों से निकलेंगे
दुनिया अम्न और ख़ुशहाली के फूलों से सजाई जाएगी
वो सुबह हमीं से आएगी

फिर सुबह होगी (1958)/ख़य्याम/मुकेश, आशा भोंसले

---

1. ठेकेदारी, 2. निराहार, 3. नरक, 4. अकल्याणकारी।

अ : फिरते थे जो बड़े ही सिकन्दर बने हुए
बैठे हैं उनके दर पे कबूतर बने हुए
जिस प्यार में ये हाल हो उस प्यार से तौबा

ब : जो बोर करे यार को उस यार से तौबा

अ : हमने भी ये सोचा था कभी प्यार करेंगे
छुप-छुपके किसी शोख़ हसीना पे मरेंगे
देखा जो अज़ीज़ों को मुहब्बत में तड़पते
दिल कहने लगा हम तो मुहब्बत से डरेंगे
उन नर्गिसी आँखों के छुपे वार से तौबा

ब : तुम जैसों की नज़रें न हसीनों से लड़ेंगी
गर लड़ भी गईं अपने ही क़दमों में गड़ेंगी
भूले से किसी शोख़ पे दिल फेंक न देना
झड़ जाएँगे सब बाल वो बेभाव पड़ेंगी
तुम जैसों को जो पड़ती है उस मार से तौबा
दिल जिनका जवाँ है वो सदा इश्क़ करेंगे

अ : जो इश्क़ करेंगे वो सदा आह भरेंगे

ब : जो दूर से देखेंगे वो जल-जल के मरेंगे

अ : जल-जल के मरेंगे तो कोई फ़िक्र नहीं है
माशूक़ के क़दमों पे मगर सर न धरेंगे

ब : सरकार से तौबा मेरी सरकार से तौबा

फिर सुबह होगी (1958)/ख़य्याम/मोहम्मद रफ़ी, मुकेश

आस्माँ पे है ख़ुदा और ज़मीं पे हम
आज कल तो इस तरफ़ देखता है कम

आजकल किसी को वो टोकता नहीं
चाहे कुछ भी कीजिए रोकता नहीं
हो रही है लूट-मार, फट रहे हैं बम
आस्माँ पे है ख़ुदा और ज़मीं पे हम

किसको भेजे वो यहाँ ख़ाक छानने
इस तमाम भीड़ का हाल जानने
आदमी हैं बेशुमार, देवता हैं कम
आस्माँ पे है ख़ुदा और ज़मीं पे हम

इतनी दूर से अगर देखता भी हो
तेरे-मेरे वास्ते क्या करेगा वो
ज़िन्दगी है अपने-अपने बाज़ुओं का दम
आस्माँ पे है ख़ुदा और ज़मीं पे हम

फिर सुबह होगी (1958)/ख़य्याम/मुकेश

चीनो-ओ-अरब हमारा, हिन्दोस्ताँ हमारा
रहने को घर नहीं है, सारा जहाँ[1] हमारा
खोली भी छिन गई है बेंचें भी छिन गई हैं
सड़कों पे घूमता है अब कारवाँ हमारा
जेबें हैं अपनी ख़ाली क्यों देता वर्ना गाली
वो सन्तरी हमारा वो पासबाँ[2] हमारा

जितनी भी बिल्डिंगें थीं सेठों ने बाँट ली हैं
फ़ुटपाथ बम्बई के, हैं आशियाँ हमारा
सोने को हम क़लंदर आते हैं बोरी बन्दर
हर इक क़ुली का है राज़दाँ[3] हमारा
तालीम है अधूरी मिलती नहीं मजूरी
मालूम क्या किसी को दर्दे-निहाँ[4] हमारा

पतला है हाल अपना लेकिन लहू है गाढ़ा
फ़ौलाद से बना है हर नौजवाँ हमारा
मिल-जुल के इस वतन को ऐसा सजाएँगे हम
हैरत से मुँह तकेगा सारा जहाँ हमारा

फिर सुबह होगी (1958)/ख़य्याम/मुकेश

1. जहान का लघु, संसार, 2. निरीक्षक, 3. भेद जाननेवाला, 4. छिपा हुआ दुख।

मौत कभी भी मिल सकती है लेकिन जीवन कल न मिलेगा
मरने वाले सोच समझ ले फिर तुझको ये पल न मिलेगा

कौन–सा ऐसा दिल है जहाँ में जिसको ग़म का रोग नहीं
कौन--सा ऐसा घर है जिसमें सुख ही सुख है सोग नहीं

जो हल[1] दुनिया भर को मिला है, क्यों तुझको वो हल न मिलेगा
मरने वाले सोच समझ ले फिर तुझको ये पल न मिलेगा

इस जीवन में कितने ही दुख हों लेकिन सुख की आस तो है
दिल में कोई अरमान बसा है, आँख में कोई प्यास तो है

जीवन ने ये फल दिया है, मौत से ये भी फल न मिलेगा
मरने वाले सोच समझ ले, फिर तुझको ये पल न मिलेगा

सोने की चिड़िया (1958)/ओ.पी. नैयर/मोहम्मद रफ़ी

मौत कभी भी मिल सकती है लेकिन जीवन कल न मिलेगा
मरनेवाले सोच–समझ ले फिर तुझको ये पल न मिलेगा

रात भर का है मेहमाँ अँधेरा
किसके रोके रुका है सवेरा

रात जितनी भी संगीन[2] होगी
सुबह उतनी ही रंगीन होगी
ग़म न कर गर है बादल घनेरा
किसके रोके रुका है सवेरा

लब पे शिक्वा[3] न ला, अश्क[4] पी ले
जिस तरह भी हो कुछ देर जी ले
अब उखड़ने को है ग़म का डेरा
किसके रोके रुका है सवेरा

1. समाधान, 2. कठोर, 3. शिकायत, 4. आँसू।

यूँ ही दुनिया में आकर न जाना
सिर्फ़ आँसू बहाकर न जाना
मुस्कुराहट पे भी हक़ है तेरा
किसके रोके रुका है सवेरा

सोने की चिड़िया (1958)/ओ.पी. नैयर/मोहम्मद रफ़ी

अ : रात भर का है मेहमाँ अँधेरा
किसके रोके रुका है सवेरा
आ कोई मिलके तद्बीर सोचें
सुख के सपनों की ताबीर सोचें
जो तेरा है वही ग़म है मेरा

ब : रात जितनी भी संगीन होगी
सुबह उतनी ही रंगीन होगी
अ, ब : ग़म न कर गर है बादल घनेरा

सोने की चिड़िया (1958)/ओ.पी. नैयर/मोहम्मद रफ़ी, आशा भोंसले

प्यार पर बस तो नहीं है मेरा लेकिन फिर भी
तू बता दे कि तुझे प्यार करूँ या न करूँ

मेरे ख़्वाबों के झरोकों को सजाने वाली
तेरे ख़्वाबों में कहीं मेरा गुज़र है कि नहीं

पूछकर अपनी निगाहों से बता दे मुझको
मेरी रातों के मुक़द्दर में सहर है कि नहीं
प्यार पर बस तो नहीं...

कहीं ऐसा न हो पाँव मेरे थर्रा जाएँ
और तेरी मरमरी बाँहों का सहारा न मिले

अश्क बहते रहें ख़ामोश सियह रातों में
और तेरे रेशमी आँचल का किनारा न मिले
प्यार पर बस तो नहीं...

सोने की चिड़िया (1958)/ओ.पी. नैयर/तल्अत महमूद, आशा भोंसले

बेकस की तबाही के सामान हज़ारों हैं
दीपक तो अकेला है, तूफ़ान हज़ारों हैं
बर्बाद किया हमको, लाचार किया हमको
दुख-दर्द-जलन-आँसू, क्या-क्या न दिया हमको
भगवान तेरे हम पर एहसान हज़ारों हैं
सूरत से तो इंसाँ हैं, दुश्मन हैं मुहब्बत के
सब चोर हैं, डाकू हैं, माँ-बहनों की इज़्ज़त के
कहने को ज़माने में इनसान हज़ारों हैं
हमदर्द नहीं मिलता फिर आए जहाँ भर में
मोती की तरह प्यासे, रोते हैं समन्दर में
अपना ही नहीं कोई, अंजान हज़ारों हैं

सोने की चिड़िया (1958)/ओ.पी. नैयर/आशा भोंसले

औरत ने जनम दिया मर्दों को, मर्दों ने उसे बाज़ार दिया
जब जी चाहा मसला-कुचला, जब जी चाहा धुत्कार दिया

तुलती है कहीं दीनारों में, बिकती है कहीं बाज़ारों में
नंगी नचवाई जाती है ऐयाशों के दरबारों में
ये वो बेइज़्ज़त चीज़ है जो बँट जाती है इज़्ज़तदारों में
औरत ने जनम दिया मर्दों को, मर्दों ने उसे बाज़ार दिया

मर्दों के लिए हर ज़ुल्म रवा[1], औरत के लिए रोना भी ख़ता[2]
मर्दों के लिए हर ऐश का हक़, औरत के लिए जीना भी सज़ा
मर्दों के लिए लाखों सेजें, औरत के लिए बस एक चिता
औरत ने जनम दिया मर्दों को, मर्दों ने उसे बाज़ार दिया

जिन सीनों ने उनको दूध दिया, उन सीनों का ब्योपार किया
जिस कोख में उनका जिस्म ढला, उस कोख का कारोबार किया
जिस तन से उगे कोंपल बनकर, उस तन को ज़लीलो-ख़्वार[3] किया

संसार की हर इक बेशर्मी ग़ुर्बत[4] की गोद में पलती है
चकलों ही में आकर रुकती है, फ़ाक़ों से जो राह निकलती है

1. उचित, 2. अपराध, पाप, 3. अपमानित, 4. निर्धनता।

मर्दों की हवस है जो अक्सर औरत के पाप में ढलती है
औरत ने जनम दिया मर्दों को, मर्दों ने उसे बाज़ार दिया

औरत संसार की क़िसमत है फिर भी तक़्दीर की हेटी है
अवतार पयम्बर जनती है फिर भी शैतान की बेटी है
ये वो बदक़िस्मत माँ है जो बेटों की सेज पर लेटी है
औरत ने जनम दिया मर्दों को, मर्दों ने उसे बाज़ार दिया

साधना (1958)/एन. दत्ता/लता मंगेशकर

तोरा मनवा क्यों घबराए रे
लाखों दीन दुखियारे प्राणी, जग में मुक्ति पाए रे
रामजी के द्वार से

बन्द हुआ ये द्वार कभी ना, जुग कितने ही बीते
सब द्वारों पर हारने वाले इस द्वारे पर जीते
लाखों पतित लाखों पतिताएँ, पावन होकर आए रे
रामजी के द्वार से
तोरा मनवा क्यों घबराए रे

हम मूरख जो काज बिगाड़ें, राम ओ काज सँवारे
हो महानंदा हो कि अहिल्या सबको पार उतारें
जो कंकर चरणों को छू ले, वो हीरा हो जाए रे
राम जी के द्वार से
तोरा मनवा क्यों घबराए रे

साधना (1958)/एन. दत्ता/गीता दत्त, कोरस

आज क्यों हमसे पर्दा है?
तेरा हर रंग हमने देखा है
तेरा हर ढंग हमने देखा है
हाथ खेले हैं तेरी ज़ुल्फ़ों से
आँख वाक़िफ़ है तेरे जलवों से
तुझको हर तरह आज़माया है

पा के खोया है, खो के पाया है
अँखड़ियों का बयाँ समझते हैं
धड़कनों की ज़बाँ समझते हैं
चूड़ियों की खनक से वाक़िफ़ हैं
छागलों की छनक से वाक़िफ़ हैं
नाज़ो-अन्दाज़ जानते हैं हम
तेरा हर राज़ जानते हैं हम

आज क्यों हम से पर्दा है
मुँह छुपाने से फ़ायदा क्या है
दिल दुखाने से फ़ायदा क्या है
उलझी-उलझी लटें सँवार के आ
हुस्न को और भी निखार के आ
नर्म गालों में बिजलियाँ लेकर
शोख़ आँखों में तितलियाँ लेकर
आ भी जा अब अदा से लहराती
एक दुल्हन की तरह शर्माती
तू नहीं है तो रात सूनी है
इश्क़ की कायनात सूनी है
मरने वालों की ज़िन्दगी तू है
इस अँधेरे की रौशनी तू है
आज क्यों हमसे पर्दा है?

आ तेरा इंतिज़ार कब से है
हर नज़र बेक़रार कब से है
शम्अ रह-रह के झिलमिलाती है
साँस तारों की डूबी जाती है
तू अगर मेह्‌रबान हो जाए
हर तमन्ना जवान हो जाए
आ भी जा अब कि रात जाती है
एक आशिक़ की बात जाती है
ख़ैर हो तेरी ज़िन्दगानी की

भीक दे दे हमें जवानी की
तुझे पे सौ जान से फ़िदा हैं हम
एक मुद्दत के आश्ना हैं हम
आज क्यों हमसे पर्दा है?

साधना (1958)/एन. दत्ता/मोहम्मद रफ़ी, एस. बलबीर, कोरस

जो हम में है वो मतवाली अदा सब में नहीं होती
मुहब्बत सब में होती है वफ़ा सब में नहीं होती

ऐसे वैसे ठिकानों पे जाना बुरा है
बचके रहना मेरी जाँ, ज़माना बुरा है

ज़ुल्फ़ लहराए तो ज़ंजीर भी बन जाती है
आँख शर्माए तो इक तीर भी बन जाती है
दिल लुभाने को जो दिलदार बना करते हैं
दिल चुराकर वही तलवार बना करते हैं
ये वो महफ़िल है जहाँ प्यार भी लुट जाता है
दिल तो क्या चीज़ है घर-बार भी लुट जाता है
इसलिए तो कहती हूँ...
ऐसे-वैसे ठिकानों पे जाना बुरा है

तक के हँसते हैं तो मस्ताना बना देते हैं
और हँस के तकते हैं तो दीवाना बना देते हैं
कोई नग़्मों में कोई साज़ में खो जाता है
उनसे जो बचता है वो नाज़ में खो जाता है
यूँ तो गर उनसे लिपट जाती हैं बाँहें उनकी
इसलिए तो कहती हूँ...
ऐसे-वैसे ठिकानों पे जाना बुरा है

हम सितम ढाते हैं, बेदाद किया करते हैं
दिल लिया करते हैं और दर्द दिया करते हैं
दूर रहना हो तो महफ़िल मेरी आबाद करो
वर्ना जाओ जी किसी और को बर्बाद करो
आज जाओगे तो कल लौट के फिर आओगे

हम-सा माशूक़ न दुनिया में कहीं पाओगे
इसलिए तो कहती हूँ...
ऐसे-वैसे ठिकानों पे जाना बुरा है

साधना (1958)/एन. दत्ता/लता मंगेशकर

ब : सँभल ऐ दिल, तड़पने और तड़पाने से क्या होगा?
जहाँ बसना नहीं मुम्किन, वहाँ जाने से क्या होगा?

अ : चले आओ कि अब मुँह फेरकर जाने से क्या होगा?
जो तुम पर मर मिटा, उस दिल को तड़पाने से क्या होगा?

ब : हमें संसार में अपना बनाना कौन चाहेगा?
ये मसले फूल सेजों पर सजाना कौन चाहेगा?
तमन्नाओं को झूटे ख़्वाब दिखलाने से क्या होगा?

अ : तुम्हें देखा, तुम्हें चाहा, तुम्हें पूजा है इस दिल ने
जो सच पूछो तो पहली बार कुछ माँगा है इस दिल ने
समझते-बूझते अनजान बन जाने से क्या होगा?

ब : जिन्हें मिलती हैं ख़ुशियाँ वो मुक़द्दर और होते हैं
जो दिल में घर बनाते हैं वो दिलबर और होते हैं
उम्मीदों को खिलौने देके बहाने से क्या होगा?

अ : बहुत दिन से थी दिल में अब ज़बाँ तक बात पहुँची है
ब : वहीं तक इसको रहने दो जहाँ तक बात पहुँची है
अ : जो दिल की आख़िरी हद है वहाँ तक बात पहुँची है
ब : जिसे खोना यक़ीनी है उसे पाने से क्या होगा

साधना (1958)/एन. दत्ता/मोहम्मद रफ़ी, लता मंगेशकर

तंग आ चुके हैं कश्मकशे ज़िन्दगी से हम
ठुकरा न दें जहाँ को कहीं बेदिली से हम

लो, आज हमने तोड़ दिया रिश्तए-उम्मीद
लो, अब कभी गिला न करेंगे किसी से हम

गर ज़िन्दगी में मिल गए फिर इत्तिफ़ाक से
पूछेंगे अपना हाल तेरी बेबसी से हम

ओ आस्मान वाले! कभी तो निगाह कर
कब तक ये ज़ुल्म सहते रहें ख़ामुशी से हम

लाइट हाउस (1958)/एन. दत्ता/आशा भोंसले

ब : तू काला मैं गोरी बलम तोरी मोरी
भला अब कैसे जमेगी

अ : जैसे चाँद चकोरी, पतंग और डोरी
सदा अब ऐसे जमेगी

ब : मैं अलबेली नार नवेली आई हूँ कोसों चलके
अंग-अंग से मस्ती टपके नैनन से मदिरा छलके
चलते राही रुक जाएँ जब आँचल मोरा ढलके
मुझसे आँख मिलाना हो तो आना रूप बदल के
भला अब कैसे जमेगी

अ : ये दुनिया और दुनिया वाले सब के सब हैं पाजी
दिल वालों के बीच में यूँ ही बन जाते हैं क़ाज़ी
न खेलें न खेलने दें, बेकार बिगाड़ें बाज़ी
उन सबको चूल्हे में डालो, तुम राज़ी हम राज़ी
सदा अब ऐसे जमेगी

ब : रुन-झुन मोरा कंगना बाजे, छुन-छुन पायल बोले
इस पायल की छनन-छनन पर लाखों का दिल डोले
जहाँ भी जाऊँ दिल वालों का जमघट पीछे होले
कुछ शर्मा के कुछ घबरा के दिल मोरा यूँ बोले
भला अब कैसे जमेगी

अ : सदा अब ऐसे जमेगी

लाइट हाउस (1958)/एन. दत्ता/मोहम्मद रफ़ी, आशा भोंसले

अ : तेरे प्यार का आसरा चाहता हूँ
वफ़ा कर रहा हूँ, वफ़ा चाहता हूँ

ब : हसीनों से अह्दे-वफ़ा चाहते हो
बड़े नासमझ हो ये क्या चाहते हो

अ : तेरे नर्म बालों में तारे सजा के
तेरे शोख़ क़दमों में कलियाँ बिछा के
मुहब्बत का छोटा-सा मन्दिर बना के
तुझे रात-दिन पूजना चाहता हूँ
वफ़ा कर रहा हूँ, वफ़ा चाहता हूँ

ब : ज़रा सोच लो दिल लगाने से पहले
कि खोना भी पड़ता है पाने से पहले
इजाज़त तो ले लो ज़माने से पहले
कि तुम हुस्न को पूजना चाहते हो
बड़े नासमझ हो ये क्या चाहते हो

अ : कहाँ तक जियें तेरी उल्फ़त के मारे
गुज़रती नहीं ज़िन्दगी बिन सहारे
बहुत हो चुके दूर रहकर इशारे
तुझे पास से देखना चाहता हूँ
वफ़ा कर रहा हूँ वफ़ा चाहता हूँ

ब : मुहब्बत की दुश्मन है सारी ख़ुदाई
मुहब्बत की तक़्दीर में है जुदाई
जो सुनते नहीं हैं दिलों की दुहाई
उन्ही से मुझे माँगना चाहते हो
बड़े नासमझ हो ये क्या चाहते हो

अ : दुपट्टे के कोने को मुँह में दबा के
ज़रा देख लो इस तरफ़ मुस्कुरा के
मुझे लूट लो मेरे नज़्दीक आके
कि मैं मौत से खेलना चाहता हूँ

ब : ग़लत सारे वादे ग़लत सारी क़समें
निभेंगी यहाँ कैसे उल्फ़त की रस्में
यहाँ ज़िन्दगी है रिवाजों के बस में
रिवाजों को तुम तोड़ना चाहते हो
बड़े नासमझ हो ये क्या चाहते हो

अ : रिवाजों की पर्वा न रस्मों का डर है
तेरी आँख के फ़ैसले पे नज़र है
बला से अगर रास्ता पुरख़तर है
मैं इस हाथ को थामना चाहता हूँ
वफ़ा कर रहा हूँ वफ़ा चाहता हूँ
तेरे प्यार का आसरा चाहता हूँ

धूल का फूल (1959)/एन. दत्ता/महेन्द्र कपूर, लता मंगेशकर

ब : धड़कने लगे दिल के तारों की दुनिया, जो तुम मुस्कुरा दो
अ : सँवर जाए हम बेक़रारों की दुनिया, जो तुम मुस्कुरा दो

जो तुम मुस्कुरा दो बहारें हँसें
सितारों की उजली क़तारें हँसें

ब : जो तुम मुस्कुरा दो नज़ारे हँसें
जवाँ धड़कनों के इशारे हँसें

धड़कने लगे दिल के तारों की दुनिया, जो तुम मुस्कुरा दो

अ : हवा में है ख़ुशबू की अँगड़ाइयाँ
ये आँखों पे ज़ुल्फ़ों की परछाइयाँ

ब : ये मस्ती के धारे उबलते हुए
ये सीनों में तूफ़ाँ मचलते हुए

धड़कने लगे दिल के तारों की दुनिया, जो तुम मुस्कुरा दो

अ : ये बोझल घटाएँ बरसती हुईं
ये बेचैन रुहें तरसती हुईं

ब : ये साँसों से शोले निकलते हुए
बदन आँच खाकर पिघलते हुए
धड़कने लगे दिल के तारों की दुनिया, जो तुम मुस्कुरा दो

धूल का फूल (1959)/एन. दत्ता/महेन्द्र कपूर, आशा भोंसले

ब : झुकती घटा गाती हवा सपने जगाए
नन्हा-सा दिल मेरा मचल-मचल जाए
महके हुए बहके हुए मस्त नज़ारे
निखरे हुए बिखरे हुए रंग के धारे
आज गगन होके मगन हमको बुलाए

अ : रवाँ है छोटी-सी कश्ती हवाओं के रुख़ पर
नदी के साज़ पे मल्लाह गीत गाता है
तुम्हारा जिस्म हर इक लहर के झकोले से
मेरी शरीर निगाहों में झूल जाता है[1]

ब : जिस्म मेरा जाँ भी मेरी तेरे लिए है
प्यार भरी दुनिया सजी तेरे लिए है
आँखों पे हैं छाये तेरे जल्वों के साये[2]
झुकती घटा गाती हवा सपने जगाए

धूल का फूल (1959)/एन. दत्ता/महेन्द्र कपूर, आशा भोंसले

अपनी ख़ातिर जीना है, अपनी ख़ातिर मरना है
होने दो जो होता है अपने को क्या करना है

जिनको जग की चिन्ता है वो जग का दुख झेलेंगे
हम सड़कों पे नाचेंगे, फ़ुटपाथों पर खेलेंगे

उनकों आहें भरने दो जिनको आहें भरना है
प्यार की भिक्षा माँगी तो लोगों ने धुत्कार दिया

1. सेंसर बोर्ड की आपत्ति से पहले यह पंक्ति ग्रामोफोन रिकार्ड और नज़्म 'परछाइयाँ' में इस तरह थी—मेरी खुली हुई बाँहों में झूल जाता है।
2. यह पंक्ति भी सेंसर बोर्ड की आपत्ति से पहले इस तरह थी—होंटो पे हैं छाये तेरे होंटों के साये।

आख़िर हमने दुनिया को बूट की नोक पे मार दिया
यूँ ही उम्र गुज़रनी थी यूँ ही उम्र गुज़रनी है

अपने जैसे बेफ़िक्रे और नहीं इस बस्ती में
दुनिया ग़म में डूबी है हम डूबे हैं मस्ती में

जीना है तो जीना है मरना है तो मरना है

धूल का फूल (1959)/एन. दत्ता/महिन्दर कपूर, कोरस

वफ़ा के नाम पे कितने गुनाह होते हैं
गर उससे पूछे कोई जो तबाह होते हैं

दामन में दाग़ लगा बैठे, हम प्यार में धोका खा बैठे

छोटी-सी भूल जवानी की जो तुमको याद न आएगी
इस भूल के ताने दे-देकर दुनिया हमको तड़पाएगी

उठते ही नज़र झुक जाएगी, आज ऐसी ठोकर खा बैठे

चाहत के लिए जो रस्मों को ठुकरा के गुज़रने वाले थे
जो साथ ही जीने वाले थे, जो साथ ही मरने वाले थे

तूफ़ाँ के हवाले करके हमें, ख़ुद दूर किनारे जा बैठे

लो आज मेरी मजबूर वफ़ा, बदनाम कहानी बनने लगी
जो प्रेम निशानी पाई थी वो पाप निशानी बनने लगी

दुख देके मुझे जीवन भर का, वो सुख की सेज सजा बैठे

धूल का फूल (1959)/एन. दत्ता/मोहम्मद रफ़ी

तू मेरे प्यार का फूल है कि मेरी भूल है
कुछ कह नहीं सकती
पर किसी का किया तू भरे
ये सह नहीं सकती
मेरी बदनामी तेरे साथ चलेगी
सुन-सुन ताने मेरी कोख जलेगी

काँटों भरे हैं सब रास्ते तेरे वास्ते
जीवन की डगर में
कौन बनेगा तेरा आसरा
बेदर्द नगर में?

पूछेगा कोई तो किसे बाप कहेगा
जग तुझे फेंका हुआ पाप कहेगा
बन के रहेगी शर्मिन्दगी तेरी ज़िन्दगी
जब तक तू जिएगा
आज पिलाऊँगी तुझे दूध मैं
कल ज़हर पिएगा!

धूल का फूल (1959)/एन. दत्ता/लता मंगेशकर

तू हिन्दू बनेगा न मुसलमान बनेगा
इनसान की औलाद है, इनसान बनेगा

अच्छा है अभी तक तेरा कुछ नाम नहीं है
तुझको किसी मज़हब से कोई काम नहीं है
जिस इल्म ने इनसानों को तक़्सीम किया है
उस इल्म का तुझ पर कोई इल्ज़ाम नहीं है

तू बदले हुए वक़्त की पहचान बनेगा
इनसान की औलाद है, इनसान बनेगा

मालिक ने हर इनसान को इनसान बनाया
हमने उसे हिन्दू या मुसलमान बनाया
क़ुदरत ने तो बख़्शी थी हमें एक ही धरती
हमने कहीं भारत, कहीं ईरान बनाया

जो तोड़ दे हर बंध को तूफ़ान बनेगा
इनसान की औलाद है इनसान बनेगा

नफ़रत जो सिखाए वो धरम तेरा नहीं है
इंसाँ को जो रौंदे वो क़दम तेरा नहीं है

क़ुरआन न हो जिसमें वो मन्दिर नहीं तेरा
गीता न हो जिसमें वो हरम तेरा नहीं है

तू अम्न का और सुल्ह का अरमान बनेगा
इनसान की औलाद है इनसान बनेगा

धूल का फूल (1959)/एन. दत्ता/मोहम्मद रफ़ी

जब मैं कहती हूँ कि किस रोज़ हुज़ूर आएँगे
दिल ये कहता है कि इक दिन वो ज़रूर आएँगे
इंतिज़ार और अभी, और अभी, और अभी

साँझ की लाली सुलग-सुलगकर बन गई काली धूल
आए न बालम बेदर्दी, मैं चुनती रह गई फूल
इंतिज़ार और अभी, और अभी, और अभी

रैन गई, बोझिल अँखियन में चुभने लागे तारे
देस में मैं परदेसन हो गई जब से पिया सिधारे
इंतिज़ार और अभी, और अभी, और अभी

भोर भई पर कोई न आया, सूनी सेज सजाने
तारे डूबे, दीपक बुझ गए, राख हुए परवाने
इंतिज़ार और अभी, और अभी, और अभी

चार दिल चार राहें (1959)/अनिल बिस्वास/लता मंगेशकर

कोई दिल की चाहत से मजबूर है
जो भी है वो ज़रूरत से मजबूर है
कोई माने न माने मगर जाने-मन
कुछ तुम्हें चाहिए, कुछ हमें चाहिए

छुप के तकते हो क्यों सामने आओजी
हम तुम्हारे हैं हमसे न शर्माओ जी
ये न समझो कि हम को ख़बर कुछ नहीं
सब इधर ही इधर है उधर कुछ नहीं

तुम भी बेचैन हो हम भी बेताब हैं
जब से आँखें मिलीं दोनों बेख़्वाब हैं
इश्क़ और मुश्क छुपते नहीं हैं कभी
इस हक़ीक़त से वाक़िफ़ हैं हम-तुम सभी

अपने दिल की लगी को छुपाते हो क्यों
ये मुहब्बत की घड़ियाँ गँवाते हो क्यों
प्यास बुझती नहीं है नज़ारे बिना
उम्र कटती नहीं है सहारे बिना

कोई माने न माने मगर जाने-मन
कुछ तुम्हें चाहिए कुछ हमें चाहिए

चार दिल चार राहें (1959)/अनिल बिस्वास/लता मंगेशकर

साँझ की लाली सुलग-सुलग कर बन गई काली धूल
आए न बालम बेदर्दी, मैं चुनती रह गई फूल

रैन भई, बोझल अँखियन में चुभने लागे तारे
देस में मैं परदेसन हो गई, जब से पिया सिधारे

पिछले पहर जब ओस पड़ी और ठंडी पवन चली
हर करवट अँगारे बुझ गए, सूनी सेज जली

दीप बुझे, सन्नाटा टूटा, बाजा भोर का संख
बैरन पवन उड़ाकर ले गई, परवानों के पंख

चार दिल चार राहें (1959)/अनिल बिस्वास/लता मंगेशकर

साथी रे साथी रे
क़दम क़दम से, दिल से दिल मिला रहे हैं हम
वतन में एक नया चमन खिला रहे हैं हम

साथी रे भाई रे
हम आज नींव रख रहे हैं इस निज़ाम की
बिके न ज़िन्दगी जहाँ किसी ग़ुलाम की

लुटें न मेहनतें पिसे हुए अवाम की
न भर सके तिजोरियाँ कोई हराम की
हर इक ऊँच-नीच को मिटा रहे हैं हम
क़दम क़दम से, दिल से दिल मिला रहे हैं हम

साथी रे भाई रे

बिदेसी लूट की जगह हो देसी लूट क्यों
सफ़ेद झूट की जगह हो सियाह झूट क्यों
वतन सभी का है तो फिर वतन में फूट क्यों
समाज दुश्मनों को मिल रही है छूट क्यों
खुली सभा में ये सवाल उठा रहे हैं हम
क़दम क़दम से, दिल से दिल मिला रहे हैं हम

साथी रे भाई रे

हमारे बाजुओं में आँधियों का ज़ोर है
हमारी धड़कनों में बादलों का शोर है
हमारे हाथ में वतन की बागडोर है
न बचके जा सकेंगे जिनके दिल में चोर है
सुनो कि अपना फ़ैसला सुना रहे हैं हम
क़दम क़दम से, दिल से दिल मिला रहे हैं हम

साथी रे भाई रे

उठा लिया है अब समाजवाद का निशाँ
अलग-अलग न होंगी अब हमारी खेतियाँ
चलेंगी सबके वास्ते मिलों की चर्ख़ियाँ
ज़मीं से आसमाँ तलक उठेंगी चिमनियाँ
कहा था जो वो करके अब दिखा रहे हैं हम
क़दम क़दम से, दिल से दिल मिला रहे हैं हम

साथी रे भाई रे

उठें वो नौजवान जिनको प्यार चाहिए
बढ़ें वो दुल्हनें जिन्हें सिंघार चाहिए
चलें वो गुलिस्ताँ जिन्हें निखार चाहिए
सुनें वो बस्तियाँ जिन्हें बहार चाहिए

कि ज़िन्दगी को उसका हक़ दिला रहे हैं हम
क़दम क़दम से, दिल से दिल मिला रहे हैं हम

साथी रे भाई रे
ये रास्ता सुनहरी मंज़िलों को जाएगा
ये रास्ता ख़ुशी की बस्तियाँ बसाएगा
बिछड़ गए थे जो उन्हें क़रीब लाएगा
ये रास्ता वो है जो दिल से दिल को मिलाएगा
कि अब तमाम फ़ासले मिटा रहे हैं हम
क़दम क़दम से, दिल से दिल मिला रहे हैं हम
वतन में इक नया चमन खिला रहे हैं हम

चार दिल चार राहें (1959)/अनिल बिस्वास/मुकेश, महेन्द्र कपूर, मन्ना डे, गीता दत्त, मीना कपूर

इन उजले महलों के तले
हम गन्दी गलियों में पले

सौ–सौ बोझे मन पे लिये
मैल और माटी तन पे लिये
दुख सहते, ग़म खाते रहे
फिर भी हँसते–गाते रहे
हम दीपक तूफ़ाँ में जले
हम गन्दी गलियों में पले

दुनिया ने ठुकराया हमें
रस्तों ने अपनाया हमें
सड़कें माँ, सड़कें ही पिता
सड़कें घर, सड़कें ही चिता
क्यों आए, क्या करके चले
हम गन्दी गलियों में पले

दिल में खटका कुछ भी नहीं
हमको परवा कुछ भी नहीं

चाहो तो नाकारा कहो
चाहो तो आवारा कहो
हम ही बुरे, तुम सब हो भले
हम गन्दी गलियों में पले

भाई बहन (1959)/एन. दत्ता/आशा भोंसले

उठ जाएँगे जहाँ से हम यूँ ही रोते-रोते
फूलों की आरज़ू में काँटों पे सोते-सोते

बिगड़ा हर एक साथी टूटा हर एक सपना
इतने बड़े जहाँ में कोई बना न अपना
सौ ज़ख़्म पाए दिल ने एक ज़ख़्म धोते-धोते

लाखों ही ग़म उठाए, लाखों ही जुल्म झेले
दुनिया ख़ुशी से खेली, हम आँसुओं से खेले
हर आस मिट गई है बर्बाद होते-होते

मुँह तक रहे हैं कब से बेदर्द ज़िन्दगी का
हम वो हैं जिनके सर पे साया नहीं किसी का
ख़ुद से भी खो न जाएँ दुनिया से खोते-खोते

भाई बहन (1959)/एन. दत्ता/सुधा मल्होत्रा

मेरे नदीम मेरे हमसफ़र उदास न हो
कठिन सही तेरी मंज़िल मगर उदास न हो
हर इक तलाश के रास्ते में मुश्किलें हैं मगर
हर इक तलाश मुरादों के फूल लाती है
हज़ार चाँद सितारों का ख़ून होता है
तो एक सुबह फ़िज़ाओं में मुस्कुराती है
मेरे नदीम मेरे हमसफ़र उदास न हो

क़दम-क़दम पे चट्टानें खड़ी रहें लेकिन
जो चल निकलते हैं दरिया तो फिर नहीं रुकते

हवाएँ कितना भी टकराएँ आँधियाँ बनकर
मगर घटाओं के परचम कभी नहीं झुकते
मेरे नदीम मेरे हमसफ़र उदास न हो

जो अपने ख़ून को पानी बना नहीं सकते
जो ज़िन्दगी में नया रंग ला नहीं सकते
जो रास्तों के अँधेरों से हार जाते हैं
वो मंज़िलों के उजालों को पा नहीं सकते
मेरे नदीम मेरे हमसफ़र उदास न हो
कठिन सही तेरी मंज़िल मगर उदास न हो

भाई बहन (1959)/एन.दत्ता/सुधा मल्होत्रा

तेरे शहरों से तो राजा हमें जंगल ही भले
चैन से तो वहाँ सोते थे सितारों के तले
तुझको भी देख लिया, शहर भी तेरा देखा
जगमगाहट की हर एक तह में अँधेरा देखा
ऐश करते हैं तेरे शहर में दौलत वाले
और फ़ाक़ों के सितम सहते हैं मेहनत वाले
तेरे शहरों में ज़बाँ झूटी है दिल खोटे हैं
बिल्डिगें ऊँची हैं इनसान बहुत छोटे हैं
तेरे शहरों से तो राजा हमें जंगल ही भले

शोर इतना है कि दिल की भी सदा खो जाए
भीड़ ऐसी कि ख़ुद अपना ही पता खो जाए
इश्क़ वालों को यहाँ रस्मे-वफ़ा याद नहीं
हुस्न को हुस्न की कुछ शर्मो-हया याद नहीं
जिस्म से रूह का है बैर तेरे शहरों में
नज़र आते हैं सभी ग़ैर तेरे शहरों में
तेरे शहरों से तो राजा हमें जंगल ही भले

तूने जो ढंग निकाले हैं वो बेढंगे हैं
कपड़ा बुनती हैं मिलें फिर भी बदन नंगे हैं

ग़ल्ला छुप जाता है धनवानों के तहख़ानों में
लाखों मर जाते हैं तपते हुए मैदानों में
भूके फ़ुटपाथ पे सोते हैं तेरे शहरों में
लोग इंसाफ़ को रोते हैं तेरे शहरों में
तेरे शहरों से तो राजा हमें जंगल ही भले

कहीं भाषा का है झगड़ा तो कहीं प्रान्त का है
कहीं नस्लों का है दंगा तो कहीं ज़ात का है
अम्न और चैन का साया नहीं इन राहों में
दाढ़ियाँ चोटियाँ टकराती हैं चौराहों में
तेरे शहरों में मुहब्बत का पता क्या ढूँडें
आदमी तक नहीं मिलता है ख़ुदा क्या ढूँडें
तेरे शहरों से तो राजा हमें जंगल ही भले

तुमने रॉकेट की मदद लेके सितारे देखे
कभी धरती पे भी शहरों के नज़ारे देखे
मौत के मुँह में हैं दुख-दर्द के मारे कितने
दाने-दाने को तरसते हैं बेचारे कितने
यही तहज़ीब है शहरों की तो जंगल अच्छे
जो हर इक घर पे बरसते हैं वो बादल अच्छे
तेरे शहरों से तो राजा हमें जंगल ही भले
चैन से तो वहाँ सोते थे सितारों के तले

नाच घर (1959)/एन.दत्ता/मोहम्मद रफ़ी

अ : दुख जो दिए हैं दुनिया ने, मैं जानूँ या तू जाने
ब : ऊपर वाला क्या जाने, मैं जानूँ या तू जाने

अ, ब : हम जैसे निर्धन दुनिया में आए क्यों
उससे ही पूछे कोई, उसने बनाए क्यों
ग़म अपने सुख बेगाने, मैं जानूँ या तू जाने

अ, ब : रस्ता ही आँगन, रस्ता ही घर है
कहाँ-कहाँ भटके, किसको ख़बर है
फ़रियादें हैं या गाने, मैं जानूँ या तू जाने

अ, ब : औरों को दो महले और रंगरलियाँ
हम को मिली हैं अँधियारी गलियाँ
बर्बादी के अफ़्साने, मैं जानूँ या तू जाने
दुख जो दिए हैं दुनिया ने, मैं जानूँ या तू जाने

नाच घर (1959)/एन. दत्ता/मोहम्मद रफ़ी, लता मंगेशकर

ऐ दिल ज़बाँ न खोल, सिर्फ़ देख ले
किसी से कुछ न बोल, सिर्फ़ देख ले

ये हसीन जगमगाहटें, आँचलों की सरसराहटें
ये नशे में झूमती ज़मीं, सबके पाँव चूमती ज़मीं
किस क़दर है गोल, सिर्फ़ देख ले
ऐ दिल ज़बाँ न खोल, सिर्फ़ देख ले

कितना सच है कितना झूट है कितना हक़ है कितनी लूट है
रख सभी की लाज कुछ न कह, क्या है ये समाज कुछ न कह
ढोल का ये पोल, सिर्फ़ देख ले
ऐ दिल ज़बाँ न खोल, सिर्फ़ देख ले

मान ले जहाँ की बात को, दिन समझ ले काली रात को
चलने दे यूँ ही ये सिलसिला, ये न बोल किस को क्या मिला
तराज़ुओं का झोल, सिर्फ़ देख ले
ऐ दिल ज़बाँ न खोल, सिर्फ़ देख ले

नाचघर (1959)/एन. दत्ता/लता मंगेशकर

प्यार ही मुझे दरकार है
गर उनका प्यार हो बाँहों का हार हो
सोने-चाँदी के हार क्या करूँगी?
दिल मुझको चाहिए, घर लेके क्या करूँ
उनकी तलाश है, ज़र लेके क्या करूँ

जब वो ही खो गए औरों के हो गए
फिर मैं सोलह सिंघार क्या करूँगी
प्यार ही मुझे दरकार है

चाहत की राह में काँटा भी फूल है
चाहत को तोलना दुनिया की भूल है
सच्ची हँसी मिले दिल की ख़ुशी मिले
तन पे रेशम के हार क्या करूँगी
प्यार ही मुझे दरकार है

दीदी (1959)/एन. दत्ता/आशा भोंसले

ब : तुम मुझे भूल भी जाओ तो ये हक़ है तुमको
मेरी बात और है मैंने तो मुहब्बत की है
मेरे दिल की मेरे जज़्बात की क़ीमत क्या है
उलझे-उलझे-से ख़यालात की क़ीमत क्या है
मैंने क्यों प्यार किया तुमने न क्यों प्यार किया
इन परेशान सवालात की क़ीमत क्या है

तुम जो ये भी न बताओ तो ये हक़ है तुमको
मेरी बात और है मैंने तो मुहब्बत की है

अ : ज़िन्दगी सिर्फ़ मुहब्बत नहीं कुछ और भी है
जुल्फ़ो-रुख़सार की जन्नत नहीं कुछ और भी है
भूक और प्यास की मारी हुई इस दुनिया में
इश्क़ ही एक हक़ीक़त नहीं कुछ और भी है
तुम अगर आँख चुराओ तो ये हक़ है तुमको
मैंने तुम से ही नहीं सबसे मुहब्बत की है

ब : तुमको दुनिया के ग़मो-दर्द से फ़ुर्सत न सही
सबसे उल्फ़त सही मुझसे ही मुहब्बत न सही
मैं तुम्हारी हूँ यही मेरे लिए क्या कम है
तुम मेरे हो के रहो ये मेरी क़िस्मत न सही

और भी दिल को जलाओ तो ये हक़ है तुमको
मेरी बात और है मैंने तो मुहब्बत की है
तुम मुझे भूल भी जाओ तो ये हक़ है तुमको...

दीदी (1959)/एन. दत्ता/मुकेश, सुधा मल्होत्रा

मेरे भैया को सन्देसा पहुँचाना रे चन्दा तेरी जोत बढ़े
दूर नगर मेरे भैया का डेरा बीच में पर्बत-नदियाँ
तुझे पहुँचते इक पल लागे मुझे पहुँचते सदियाँ
मेरे दिल की दुआ ले जाना रे चँदा तेरी जोत बढ़े
जुग-जुग चमके तू अम्बर पर रूप घटे न तेरा
तू है मेरे भैया जैसा तुझ-सा भैया मेरा
आज तू ही गले से लग जाना रे चँदा तेरी जोत बढ़े

दीदी (1959)/एन. दत्ता/लता मंगेशकर

बच्चे : हमने सुना था एक है भारत
सब मुल्कों से नेक है भारत
लेकिन जब नज़्दीक से देखा
सोच-समझ कर ठीक से देखा
हमने नक़्शे और ही पाए
बदले हुए सब तौर ही पाए
एक से एक भी बात जुदा है
धर्म जुदा है ज़ात जुदा है
आपने जो कुछ हमको पढ़ाया
वो तो कहीं भी नज़र नहीं आया

टीचर : जो कुछ मैंने तुमको पढ़ाया, उसमें कुछ भी झूट नहीं
भाषा से भाषा न मिले तो इसका मतलब फूट नहीं
इक डाली पर रहकर जैसे फूल जुदा है पात-जुदा
बुरा नहीं जो यूँ ही वतन में धर्म जुदा हों ज़ात जुदा

बच्चे : वही है जब क़ुरआन का कहना
जो है वेद पुराण का कहना

फिर ये शोर-शराबा क्यों है
इतना ख़ून-ख़राबा क्यों है

टीचर : सदियों तक इस देश में बच्चो, रही हुकूमत ग़ैरो की
अभी तलक हम सबके मुँह पर धूल है उनके पैरों की
लड़वाओ और राज करो, ये उन लोगों की हिक्मत थी
उन लोगों की चाल में आना हम लोगों की ज़िल्लत थी
ये जो बैर है इक दूजे से, ये जो फूट और रंजिश है
उन्हीं विदेशी आक़ाओं की सोची-समझी बख़्शिश है

बच्चे : कुछ इनसान ब्राह्मण क्यों हैं?
कुछ इनसान हरिजन क्यों हैं?
एक की इतनी इज़्ज़त क्यों है?
एक की इतनी ज़िल्लत क्यों है?

टीचर : धन और ज्ञान को ताक़त वालों ने अपनी जागीर कहा
मेहनत और ग़ुलामी को कमज़ोरों की तक़्दीर कहा
इनसानों का ये बँटवारा वहशत और जहालत है
जो नफ़रत की शिक्षा दे, वो धर्म नहीं है लानत है
जन्म से कोई नीच नहीं है जन्म से कोई महान नहीं
कर्म से बढ़ कर किसी मनुष्य की कोई भी पहचान नहीं

बच्चे : अब तो देश में आज़ादी है
अब क्यों जनता फ़रियादी है
कब जाएगा दौर पुराना
कब आएगा नया ज़माना

टीचर : सदियों की भूक और बेकारी क्या इक दिन में जाएगी
इस उजड़े गुलाब पर रंगत आते-आते आएगी
ये जो नए, मंसूबे हैं और ये जो नई तामीरें हैं
आने वाले दौर की कुछ धुँदली-धुँदली तस्वीरें हैं
तुम ही रंग भरोगे इन में तुम ही इन्हें चमकाओगे
नव युग आप नहीं आएगा नव युग तुम लाओगे

दीदी (1959)/एन. दत्ता/रफी, सुधा मल्होत्रा, उषा मंगेशकर

बच्चों तुम तक़्दीर हो कल के हिन्दुस्तान की
बापू के वरदान की नेहरू के अरमान की

आज के टूटे खँडरों पर तुम कल का देश बसाओगे
जो हम लोगों से न हुआ वो तुम करके दिखाओगे
तुम नन्ही बुनियादें हो दुनिया के नए विधान की

दीन धर्म के नाम पे कोई बीज फूट का बोए ना
जो सदियों के बाद मिली है वो आज़ादी खोए ना
हर मज़हब से ऊँची है क़ीमत इनसानी जान की

फिर कोई जयचन्द न उभरे फिर कोई जाफ़र न उठे
ग़ैरों का दिल ख़ुश करने को अपनों पर ख़ंजर न उठे
धन-दौलत के लालच में तौहीन न हो ईमान की

नारी को इस देश ने देवी कहकर दासी जाना है,
जिसको कुछ अधिकार न हो घर की रानी माना है
तुम ऐसा आदर मत लेना आड़ हो जो अपमान की

बहुत दिनों तक इस दुनिया में रीत रही है जंगों की
लड़ी हैं धनवानों की ख़ातिर फ़ौजें भूके नंगों की
कोई लुटेरा ले न सके अब क़ुर्बानी इनसान की

रह न सके अब इस दुनिया में युग सरमायादारी का
तुमको झंडा लहराना है मेहनत की सरदारी का
तुम चाहो तो बदल के रख दो क़िस्मत हर इनसान की
बच्चो तुम तक़्दीर हो कल के हिन्दुस्तान की

दीदी (1959)/एन. दत्ता/मोहम्मद रफ़ी, आशा भोंसले

अ : मामाजी के रॉकेट पर हम चाँद की सैर को जाएँगे
वहाँ के बच्चों से मिल-जुल कर दूध-मलाई खाएँगे

ब : दीदी साथ न जाएगी तो कौन तुम्हें नहलाएगा
कौन करेगा कंघी-पट्टी, कपड़े कौन पहनाएगा

अ : हवा करेगी कंघी–पट्टी और बादल नहलाएँगे
परियाँ कपड़े पहनाएँगी, तारे मुँह धुलवाएँगे
मामाजी के रॉकेट पर हम चाँद की सैर को जाएँगे

ब : रात को नींद न आएगी तो लोरी कौन सुनाएगा
घोड़ा बनकर कौन चलेगा, पीठ पे कौन बिठाएगा

अ : घोड़ा बनना क्या मुश्किल है हम ख़ुद ही बन जाएँगे
लोरी के रेकॉर्ड बहुत हैं, बाजे पर बजवाएँगे
मामाजी के रॉकेट पर हम चाँद की सैर को जाएँगे

ब : कपड़ों पर गिर जाएगा सालन, खाना कैसे खाओगे
दीदी साथ न हो तो सुन लो कुछ भी मज़ा न पाओगे

अ : मामाजी का रॉकेट है, मामा जी गर, फ़रमाएँगे
हम तुम से वादा करते हैं दीदी को ले जाएँगे
अच्छा अब तुम यहीं पे ठहरो मैं जल्दी से जाता हूँ
अपने प्यारे मामाजी से पूछ के वापस आता हूँ
मामाजी के रॉकेट पर हम चाँद की सैर को जाएँगे

दीदी (1959)/एन. दत्ता/उषा मंगेशकर, आशा भोंसले

प्यार भरी धड़कनों के हार ले के आऊँगी तेरे लिए आज रात को
कहना दिले–बेक़रार से
बाहर न हो इख़्तियार से

चैन ले आऊँगी, क़रार ले के आऊँगी तेरे लिए आज रात को
मस्ती की बाँहों में झूल के
आऊँगी दुनिया को भूल के

रंग ले के आऊँगी, निखार ले के आऊँगी, तेरे लिए आज रात को
झपके न आँख इंतिज़ार की
टूटे न लय दिल के तार की

ज़िन्दगी का सोलहवाँ सिंघार लेके आऊँगी तेरे लिए आज रात को

अंगारे (1959)/एस.डी. बर्मन/लता मंगेशकर

मेरे खेवनहार क्यों मोहे छोड़ चले मंजधार
उम्मीद की झोली में क्यों भर दिए अंगारे
मुँह मोड़ के दुनिया से ठुकरा के ज़माने को
आए थे मुहब्बत की तक़्दीर बनाने को
उम्मीद की झोली में...

मजबूर थे पहले ही, नाशाद थे पहले ही
तेरी ही क़सम, हम तो बर्बाद थे पहले ही
उम्मीद की झोली में...

मर-मर के जिये अब तक हम तेरे सहारे पर
मालूम न था कश्ती डूबेगी किनारे पर
उम्मीद की झोली में क्यों भर दिए अंगारे

अंगारे (1959)/एस.डी. बर्मन/लता मंगेशकर

ब : कोई तकरार करे या कोई इनकार करे
हमसे इक बार निगाहें तो ज़रा चार करे

अ : तुम हसीं हो तुम्हें, सब दिल में जगह देते हैं
हम में क्या बात है ऐसी कि कोई प्यार करे

ब : मैं तुम्हीं से पूछती हूँ, मुझे तुमसे प्यार क्यों है
कभी तुम दग़ा न दोगे मुझे एतिबार क्यों है

मुझे क्यों पुकारती हैं ये जवाँ-जवाँ फ़िज़ाएँ
मुझे मिल गईं कहाँ से ये हसीं-हसीं अदाएँ
मेरी ज़िन्दगी पे छाई ये नई बहार क्यों है

जो क़दम उठा रही हूँ वो क़दम बहक रहा है
मिलीं तुमसे क्या निगाहें, मेरा दिल धड़क रहा है
मेरे दिल पे हाथ रख दो, तुम्हें इन्तिज़ार क्यों है

तुम ही सामने हो मेरे, मैं जिधर नज़र उठाऊँ
तुम्हें भूलना भी चाहूँ तो कभी भूल न पाऊँ

मेरे दिल पे हाए इतना तुम्हें इख़्तियार क्यों है
मैं तुम्हीं से पूछती हूँ...

ब्लैक कैट (1959)/एन. दत्ता/मोहम्मद रफ़ी, लता मंगेशकर

ज़िन्दगी भर नहीं भूलेगी वो बरसात की रात
एक अनजान हसीना से मुलाक़ात की रात

हाये वो रेशमी ज़ुल्फ़ों से बरसता पानी
फूल से गालों पे रुकने को तरसता पानी
दिल में तूफ़ान उठाए हुए जज़्बात की रात
ज़िन्दगी भर नहीं भूलेगी वो बरसात की रात

डर के बिजली से अचानक वो लिपटना उसका
और फिर शर्म से बल खा के सिमटना उसका
कभी देखी न सुनी ऐसी तिलिस्मात की रात
ज़िन्दगी भर नहीं भूलेगी वो बरसात की रात

सुर्ख़ आँचल को दबाकर जो निचोड़ा उसने
दिल पे जलता हुआ एक तीर-सा छोड़ा उसने
आग पानी में लगाते हुए हालात की रात
ज़िन्दगी भर नहीं भूलेगी वो बरसात की रात

मेरे नग़्मों में जो बसती है वो तस्वीर थी वो
नौजवानी के हसीं ख़्वाब की ताबीर थी वो
आस्मानों से उतर आई थी जो रात की रात
ज़िन्दगी भर नहीं भूलेगी वो बरसात की रात

बरसात की रात (1960)/रौशन/मोहम्मद रफ़ी

मुझे मिल गया बहाना तेरी दीद[1] का
कैसी ख़ुशी ले के आया चाँद ईद का

1. दर्शन।

ज़ुल्फ़ मचल के खुल-खुल जाए
चाँद में मस्ती घुल- घुल जाए
ऐसी ख़ुशी आज मिली, आँखों में नाम नहीं नींद का
जागती आँखें बुनती हैं सपने
तुमको बिठा के पहलू में अपने
दिल की लगी ऐसी बढ़ी, आँखों में नाम नहीं नींद का

आते ही तेरे चिटकी हैं कलियाँ
दिल बन-बन के धड़की हैं गलियाँ
ऐसी सजी रात मेरी, आँखों में नाम नहीं नींद का
कैसी खुशी ले के आया चाँद ईद का

बरसात की रात (1960)/रौशन/लता मंगेशकर

मैंने शायद तुम्हें पहले भी कहीं देखा है
अजनबी-सी हो मगर ग़ैर नहीं लगती हो
वहम से भी जो हो नाज़ुक वो यक़ीं लगती हो
हाय ये फूल-सा चेहरा, ये घनेरी ज़ुल्फ़ें
मेरे शे'रों से भी तुम मुझको हसीं लगती हो
मैंने शायद तुम्हें पहले भी कहीं देखा है
देखकर तुमको किसी रात की याद आती है
एक ख़ामोश मुलाक़ात की याद आती है
ज़ेह्न में हुस्न की ठंडक का असर जागता है
आँच देती हुई बरसात की याद आती है
मैंने शायद तुम्हें पहले भी कहीं देखा है
मेरी आँखों पे झुकी रहती थीं पलकें जिसकी
तुम वही मेरे ख़यालों की परी हो कि नहीं
कहीं पहले की तरह फिर तो न खो जाओगी
जो हमेशा के लिए हो वो ख़ुशी हो कि नहीं
मैंने शायद तुम्हें पहले भी कहीं देखा है

बरसात की रात (1960)/रौशन/मोहम्मद रफ़ी

मायूस तो हूँ वादे से तेरे कुछ आस नहीं कुछ आस भी है
मैं अपने ख़यालों के सद्क़े, तू पास नहीं और पास भी है

हमने तो ख़ुशी माँगी थी मगर जो तूने दिया अच्छा ही दिया
जिस ग़म का तअल्लुक़ हो तुमसे वो रास नहीं और रास भी है

पलकों पे लरज़ते अश्कों में तस्वीर झलकती है तेरी
दीदार की प्यासी आँखों में अब प्यास नहीं और प्यास भी है

बरसात की रात (1960)/रौशन/मोहम्मद रफ़ी

गरजत बरसत सावन आयो रे
लाए न संग में हमरे बिछड़े बलमवा, सखी का करूँ हाए
रिमझिम-रिमझिम मेघा बरसे, तड़पे जियरवा नयन समान
पड़ गई फीकी लाल चुनरिया, पिया नहीं आए

पल-पल छिन-छिन पवन झकोरे, लागे तन पर तीर समान
नैनन जल सूँ भीगी सजरिया, अगन लगाए
गरजत-बरसत सावन आयो रे
लाए न संग में हमरे बिछड़े बलमवा, सखी का करूँ हाए

बरसात की रात (1960)/रौशन/लता मंगेशकर, कमल बारोत

क्या ग़म जो अँधेरी हैं रातें
एक शम्ए-तमन्ना साथ तो है

कुछ और सहारा हो कि न हो
हाथों में किसी का हाथ तो है

क्या जानिए कितने दीवाने
घर फूँक तमाशा देख चुके

जिस प्यार की दुनिया दुश्मन है
उस प्यार में कोई बात तो है

बरसात की रात (1960)/रौशन/मोहम्मद रफ़ी

अ : न तो कारवाँ की तलाश है, न तो हमसफ़र की तलाश है
मेरे शौक़े-ख़ाना-ख़राब[1] की तेरी रहगुज़र[2] की तलाश है

ब : मेरे नामुराद[3] जुनून[4] का है इलाज कोई तो मौत है
जो दवा के नाम पे ज़हर दे उसी चारागर[5] की तलाश है

अ : तेरा इश्क़ है मेरी आरज़ू, तेरा इश्क़ है मेरी आबरू
तेरा इश्क़ मैं कैसे छोड़ दूँ, मेरी उम्र भर की तलाश है

दिल इश्क़, जिस्म इश्क़ है और जान इश्क़
ईगान की जो पूछो तो ईमान इश्क़ है
तेरा इश्क़ मैं कैसे छोड़ दूँ, मेरी उम्र भर की तलाश है
ये इश्क़-इश्क़ है इश्क़-इश्क़

जाँ-सोज़[6] की हालत को जाँ-सोज़ ही समझेगा
मैं शम्अ[7] से कहता हूँ महफ़िल से नहीं कहता

ब : सहर[8] तक सब का है अंजाम[9] जल कर ख़ाक हो जाना
बने महफ़िल में कोई शम्अ या परवाना हो जाए
क्योंकि ये इश्क़-इश्क़ है इश्क़-इश्क़

स : वहशते-दिल[1] रसनो-दार[2] से रोकी न गई
किसी ख़ंजर, किसी तलवार से रोकी न गई

इश्क़ मजनूँ की वो आवाज़ है जिसके आगे
कोई लैला किसी दीवार से रोकी न गई
ये इश्क़-इश्क़ है इश्क़-इश्क़

अ : वो हँस के अगर माँगें तो हम जान भी दे दें
ये जान तो क्या चीज़ है ईमान भी दे दें
क्योंकि ये इश्क़-इश्क़ है इश्क़-इश्क़

---

1. भाग्यहीन अभिलाषा, 2. रास्ता, 3. अभागा, 4. पागलपन, 5. उपचारक, 6. सन्ताप सहनेवाला, सहानुभूति करनेवाला, 7. प्रेमिका की सभा का दीप, 8. प्रात:काल, 9. अन्त, 10. मन का पागलपन, 11. फंदा और सूली।

स : नाज़ो-अन्दाज़ से कहते हैं कि जीना होगा
ज़हर देते हैं तो कहते हैं कि पीना होगा
जब मैं पीता हूँ तो कहते हैं कि मरता भी नहीं
जब मैं मरता हूँ तो कहते हैं कि जीना होगा
ये इश्क़-इश्क़ है इश्क़-इश्क़

अ : मज़हबे-इश्क़ की हर रस्म कड़ी होती है
हर क़दम पर कोई दीवार खड़ी होती है

स : इश्क़ आज़ाद है हिन्दू न मुसलमान है इश्क़
आप ही धर्म है और आप ही ईमान है इश्क़
जिससे आगाह[1] नहीं शैख़ो-ब्रह्मण दोनों
इस हक़ीक़त का गरजता हुआ एलान[2] है इश्क़

ब : इश्क़ न पुच्छे दीन-धरम नूँ इश्क़ न पुच्छे ज़ाताँ
इश्क़ दे हत्थों गरम लहू विच डुबयाँ लख बराताँ
ये इश्क़-इश्क़ है इश्क़-इश्क़

अ : राह उल्फ़त की कठिन है इसे आसाँ न समझ
बहुत कठिन है डगर पनघट की

ब : बहुत कठिन है डगर पनघट की
क्या भर लाऊँ मैं जमुना से मटकी

मैं जो चली जल जमुना भरन को देखो सखी री
नंद के छोरे मोहे रोके झाड़ों में
क्या भर लाऊँ मैं जमुना से मटकी

अ : क्या भर लाऊँ मैं जमुना से मटकी
लाज राखो मोरे घूँघट पट की
लाज राखो राखो राखो

स : जब-जब कृष्ण की बंसी बाजी, निकली राधा सजके
जान-अजान का ज्ञान भुला के, लोक-लाज को तज के

1. परिचित, 2. घोषणा।

बन-बन डोली जनक दुलारी पहन के प्रेम की माला
दर्शन जल की प्यासी मीरा, पी गई बिस का प्याला
लाज राखो राखो राखो
ये इश्क़ इश्क़ है इश्क़-इश्क़

अल्लाह और रसूल का फ़र्मान[1] इश्क़ है
यानी हदीस[2] इश्क़ है क़ुरआन इश्क़ है
गौतम का और मसीह का अरमान इश्क़ है
ये कायनात[3] इश्क़ है और जान इश्क़ है
इश्क़ सरमद[4], इश्क़ ही मंसूर[5] है
इश्क़ मूसा[6], इश्क़ कोहे-तूर[7] है

ख़ाक को बुत और बुत को देवता करता है इश्क़
इंतिहा ये है कि बंदे को ख़ुदा करता है इश्क़
ये इश्क़-इश्क़ है इश्क़-इश्क़
ये इश्क़-इश्क़ है इश्क़-इश्क़

बरसात की रात (1960)/रौशन/मन्ना डे, बलबीर, एस.डी. बातिश,
आशा भोंसले, सुधा मल्होत्रा, मोहम्मद रफ़ी और कोरस

ब : अदा बिजली बदन शोला भवें ख़ंजर नज़र क़ातिल
ग़लत क्या है हमें कहती है ये दुनिया अगर क़ातिल

निगाहे-नाज़[8] के मारों का हाल क्या होगा
न बच सकें तो बेचारों का हाल क्या होगा

अ : हमीं ने इश्क़ के क़ाबिल बना दिया है तुम्हें
हमीं न हों तो नज़ारों का हाल क्या होगा

ब : हमारे हुस्न की बिजली चमकने वाली है
न जाने आज हज़ारों का हाल क्या होगा

---

1. आदेश, 2. पैग़म्बर मुहम्मद साहिब की फ़र्माई हुई बात, 3. संसार, 4. एक अध्यात्मवादी, 5. एक अध्यात्मवादी, 6. एक पैग़म्बर, 7. वह पहाड़ जिस पर हज़रत मूसा ने ईश्वर का प्रकाश देखा था, 8. घमंड भरी दृष्टि।

अ : बहारे-हुस्न सलामत, ख़िज़ाँ से पूछ ज़रा
कि चार दिन में बहारों का हाल क्या होगा

रंग पर नाज़ न कर, रंग बदल जाता है
ये वो मेहमाँ है जो आज आता है कल जाता है

इश्क़ पर नाज़ करे कोई तो कुछ बात भी है
हुस्न का नाज़ ही क्या हुस्न तो ढल जाता है

बहारे-हुस्न सलामत ख़िज़ाँ से पूछ ज़रा
कि चार दिन में बहारों का हाल क्या होगा

ब : हम अपने चेहरे से पर्दा उठा'तो दें लेकिन
ग़रीब चाँद सितारों का हाल क्या होगा

अ : मुक़ाबला है तो फिर देर क्या है तीर चला
मर जाए जो मरता है कोई तेरी बला से
तू देख मेरी जाँ इसी मतवाली अदा से

उठा पर्दा दिखा जलवा
गिरा बिजली मिला नज़रें

मुक़ाबला है तो फिर देर क्या है तीर चला
तू ये न सोच कि यारों का हाल क्या होगा

बरसात की रात (1960)/रौशन/शंकर शम्भु क़व्वाल,
आशा भोंसले, सुधा मल्होत्रा

अ : न ख़ंजर उठेगा न तलवार इनसे
ये बाज़ू मेरे आज़माए हुए हैं
पहचानता हूँ ख़ूब तुम्हारी नज़र को मैं
जाने न दूँगा हाथ से दिल और जिगर को मैं

ब : दिल ऐसी शै नहीं जो क़ाबू में रह सके
समझाऊँ किस तरह से किसी बेख़बर को मैं

अ : आई है उनके चाँद से चेहरे को चूमकर
जी चाहता है चूम लूँ अपनी नज़र को मैं

ब : गो जुल्म बेहिसाब किया इस निगाह ने
रुसवा किया ख़राब किया इस निगाह ने
इक काम लाजवाब किया इस निगाह ने
जो तुझको इन्तिख़ाब[1] किया इस निगाह ने
जी चाहता है चूम लूँ अपनी नज़र को मैं

अ : इश्क़ पर ज़ोर नहीं है ये वो आतिश[2] फ़ितना[3]
किलगाए न लगे और बुझाए न बने
जी चाहता है, जी चाहता...

ब : वो सदा दूर-दूर रहता है
नासेहा[4] तू दुरुस्त[5] कहता है

उसपे मरने से कुछ नहीं हासिल
आह भरने से कुछ नहीं हासिल
बेमुरव्वत[6] है बेवफ़ा है वो
मेरे दुश्मन का आश्ना[7] है वो
अब उसे छोड़ना ही बेह्तर है
ये भरम तोड़ना ही बेह्तर है
मानते हैं तेरी नसीहत को
हाए पर क्या करें तबीअत को
जी चाहता है जी चाहता है...

अ : कब आओगे कब आओगे
जब आओगे तब आओगे

ब : मर जाएँगे गर यूँ ही ग़ज़ब ढाओगे
थम-थम के बरसते हैं शराबी बादल
तुम अब भी न आओगे तो कब आओगे

---

1. चयन, 2. आग, 3. भड़कनेवाली, 4. उपदेश देने वाला, 5. ठीक, 6. जिसमें शील संकोच न हो, 7. परिचित।

पिछले पहर जब ओस पड़े और ठंडी पवन चले
बिरह अगन मोरा तन-मन लूटे, सूनी सेज जले

सब सखियाँ चलीं पी को रिझाने
मोरे सजन हैं दूर ठिकाने
और मेरा भी
जी चाहता है जी चाहता है...

क्यों आप पे मरते हैं
हम ये नहीं कह सकते
बस
जी चाहता है जी चाहता है...

सूरत का है सवाल न सीरत[1] की बात है
हम तुम पे मर मिटे ये तबीअत की बात है
बस

जी चाहता है जी चाहता है...
जी चाहता है चूम लूँ अपनी नज़र को मैं

बरसात की रात (1960)/रौशन/एस. बलबीर, आशा भोंसले, सुधा मल्होत्रा

पयामे-इश्क़ो-मुहब्बत[2] हमें पसन्द नहीं
ये दिल्लगी ये शरारत हमें पसन्द नहीं

बजा[3] नहीं था ये इज़हार बेक़रारी का
लिहाज़[4] कुछ तो किया होता पर्दादारी का
हया से इतनी बग़ावत हमें पसन्द नहीं

हमें तो हँस के बहारों ने भी नहीं देखा
नज़र मिला के सितारों ने भी नहीं देखा
किसी निगाह की जुर्अत[5] हमें पसन्द नहीं

1. स्वभाव, 2. प्रेम का सन्देश, 3. उचित, 4. आदर, 5. साहस।

जो तख़्तो-ताज के वारिस हैं उनका प्यार ही क्या
बदलने वाली निगाहों का एतिबार ही क्या
हुज़ूर की ये इनायत हमें पसन्द नहीं

बाबर (1960)/रौशन/सुधा मल्होत्रा

तुम एक बार मुहब्बत का इम्तिहान तो लो
मेरे जुनूँ मेरी वह्शत का इम्तिहान तो लो

सलामे-शौक़ पे रंजिश भरा पयाम न दो
मेरे ख़ुलूस को हिर्सो-हवस का नाम न दो
मेरी वफ़ा की हक़ीक़त का इम्तिहान तो लो

न तख़्तो-ताज, न लालो-गुहर की हसरत है
तुम्हारे प्यार तुम्हारी नज़र की हसरत है
तुम अपने हुस्न की अज़्मत का इम्तिहान तो लो

मैं अपनी जान भी दे दूँ तो एतिबार नहीं
कि तुमसे बढ़के मुझे ज़िन्दगी से प्यार नहीं
यूँ ही सही मेरी चाहत का इम्तिहान तो लो

बाबर (1960)/रौशन/मोहम्मद रफ़ी

सलामे-हसरत[1] क़ुबूल कर लो
मेरी मुहब्बत क़ुबूल कर लो

उदास नज़रें तड़प-तड़पकर तुम्हारे जल्वों[2] को ढूँढ़ती हैं
जो ख़्वाब की तरह खो गए, उन हसीन लम्हों को ढूँढ़ती हैं
मेरी मुहब्बत क़ुबूल कर लो

तुम्हीं निगाहों की आरज़ू हो, तुम्हीं ख़यालों का मुद्दआ[3] हो
तुम्ही मेरे वास्ते सनम हो, तुम्ही मेरे वास्ते ख़ुदा हो

1. कामना का सलाम, 2. दर्शन, 3. आशय।

मेरी परस्तिश[1] की लाज रख लो, मेरी इबादत[2] क़ुबूल कर लो
मेरी मुहब्बत क़ुबूल कर लो

तुम्हारी झुकती नज़र से जब तक न कोई पैग़ाम मिल सकेगा
न रूह[3] तस्कीन पा सकेगी, न दिल को आराम मिल सकेगा
ग़मे-ज़ुदाई है जान लेवा, ये इक हक़ीक़त क़ुबूल कर लो
मेरी मुहब्बत क़ुबूल कर लो

बाबर (1960)/रौशन/सुधा मल्होत्रा

अ : हसीनों के जल्वे परेशान रहते
अगर हम न होते अगर हम न होते

ब : मुहब्बत से तुम लोग अनजान रहते
अगर हम न होते अगर हम न होते

अ : हमीं ने तुम्हें जाने-महफ़िल बनाया
निगाहों में तुलने के क़ाबिल बनाया
हमीं ने सिखाया तुम्हें वार करना
हुए क़त्ल और तुमको क़ातिल बनाया
ये सब नाज़ो-अन्दाज़ बेजान रहते
अगर हम न होते अगर हम न होते

ब : हमीं ने तुम्हें प्यार की रौशनी दी
जो आँचल से छनती है वो चाँदनी दी
नज़र से जवानी के शबनम लुटा के
तमन्ना के हर फूल को ताज़गी दी
चमन आरज़ुओं के वीरान रहते
अगर हम न होते अगर हम न होते

1. आराधना, 2. उपासना, 3. आत्मा।

अ : अगर हम न होते तो क्या बात बनती
सियह ज़ुल्फ़ कैसे हसीं रात बनती
अगर हम न चाहत के सज्दे लुटाते
ख़ुदा किस तरह हुस्न की ज़ात बनती

बुतों को ख़ुदाई के अरमान रहते
अगर हम न होते अगर हम न होते

ब : तुम्हें हमने जादू भरे ख़्वाब बख़्शे
अँधेरी फ़िज़ाओं को महताब बख़्शे
जुनूँ को वफ़ा का सलीक़ा सिखाया
दिलों को धड़कने के आदाब बख़्शे

ये नादान दिल यूँ ही नादान रहते
अगर हम न होते अगर हम न होते

अ : जवाँ बाज़ुओं को लचक हमने दी है
हसीं चूड़ियों को खनक हमने दी है
हमीं ने भरा लोच अँगड़ाइयों में
तुम्हें बिजलियों की चमक हमने दी है

तुम इस हुस्न पर ख़ुद पशेमान होते
अगर हम न होते अगर हम न होते

ब : दुआ दो कि तुमको मुहब्बत सिखा दी
मुरव्वत सिखा दी शराफ़त सिखा दी
हमीं ने तुम्हें रंगे-तहज़ीब बख़्शा
हमीं ने तुम्हें आदमीयत सिखा दी

ज़माने में वहशत के सामान रहते
अगर हम न होते अगर हम न होते

बाबर (1960)/रौशन/मोहम्मद रफ़ी, मन्ना डे, आशा भोंसले, सुधा मल्होत्रा, कोरस

आज रोना पड़ा तो समझे
हँसने का मोल क्या है
सपना खोना पड़ा तो समझे

ख़्वाबों की हक़ीक़त क्या थी
अरमानों की क़ीमत क्या थी
अपनों की मुहब्बत क्या थी
ग़ैर होना पड़ा तो समझे

सुख मिलता है किस मुश्किल से
क्या कहती है दुनिया दिल से
इस रंगभरी महफ़िल से
दूर हो जाना पड़ा तो समझे

निकले थे जिन्हें अपनाने
वो लोग थे सब बेगाने
इस बात को हम दीवाने
चैन खोना पड़ा तो समझे

आज रोना पड़ा तो समझे
हँसने का मोल क्या है
सपना खोना पड़ा तो समझे

गर्ल फ्रैंड (1960)/हेमन्त कुमार/किशोर कुमार

कहते हैं इसे पैसा बच्चो, ये चीज़ बड़ी मामूली है
लेकिन इस पैसे के पीछे सब दुनिया रस्ता भूली है
इंसाँ की बनाई चीज़ है ये लेकिन इनसान पे भारी है
हल्की-सी झलक इस पैसे की धर्म और ईमान पे भारी है
ये झूट को सच कर देता है और सच को झूट बनाता है
भगवान नहीं पर हर घर में भगवान की पदवी पाता है
इस पैसे के बदले दुनिया में इनसानों की मेहनत बिकती है
जिस्मों की हरारत बिकती है, रुहों की शराफ़त बिकती है

किरदार ख़रीदे जाते हैं, दिलदार ख़रीदे जाते हैं
इस पैसे की ख़ातिर दुनिया में आबाद वतन बँट जाते हैं
धरती टुकड़े हो जाती है, लाशों के कफ़न बँट जाते हैं
इज़्ज़त भी इससे मिलती है, ताज़ीम भी इससे मिलती है
तह्ज़ीब भी इससे आती है, तालीम भी इससे मिलती है
हम आज तुम्हें इस पैसे का सारा इतिहास बताते हैं
कितने युग अब तक गुज़रे हैं, उन सबकी झलक दिखलाते हैं

इक ऐसा वक़्त भी था जग में जब इस पैसे का नाम न था
चीज़ें चीज़ों से तुलती थीं, चीज़ों का कुछ भी दाम न था
इनसान फ़क़त इनसान था तब, इनसान का मज़हब कुछ भी न था
दौलत, ग़ुर्बत, इज़्ज़त, ज़िल्लत इन लफ़्ज़ों का मतलब कुछ भी न था

चीज़ों से चीज़ बदलने का ये ढंग बहुत बेकार-सा था
लाना भी कठिन था चीज़ों का, ले जाना भी दुश्वार-सा था
इनसानों ने तब मिलकर सोचा, क्यों वक़्त इतना बर्बाद करें
हर चीज़ की जो क़ीमत ठहरे वो चीज़ क्यों न ईजाद करें
इस तरह हमारी दुनिया में पहला पैसा तैयार हुआ
और इस पैसे की हसरत में इनसान ज़लीलो-ख़्वार हुआ

पैसेवाले इस दुनिया में जागीरों के मालिक बन बैठे
मज़दूरों और किसानों की तक़दीरों के मालिक बन बैठे
जागीरों पे क़ब्ज़ा रखने को क़ानून बने, हथियार बने
हथियारों के बल पर धनवाले इस धरती के सरदार बने

जंगों में लड़ाया भूकों को और अपने सर पर ताज रखा
निर्धन को दिया परलोक का दुख, अपने लिए जग का राज रखा
पंडित और मुल्ला उनके लिए मज़हब के सहीफ़े लाते रहे
शायर तारीफ़ें लिखते रहे, गायक दरबारी गाते रहे

वैसा ही करेंगे हम जैसा तुझे चाहिए
पैसा हमें चाहिए

हल तेरे जोतेंगे, खेत तेरे बोएँगे

ढोर तेरे हाँकेंगे, बोझ तेरा ढोएँगे
पैसा हमें चाहिए

पैसा हमें दे दे राजा, गुण तेरे गाएँगे
तेरे बच्चे-बच्चियों की ख़ैर मनाएँगे
पैसा हमें चाहिए

वैसा ही करेंगे हम जैसा तुझे चाहिए
पैसा हमें चाहिए
पैसा हमें चाहिए

लोगों की अनथक मेहनत ने चमकाया रूप ज़मीनों का
आग और बिजली हमराह लिये आ पहुँचा दौर मशीनों का
इल्म और विज्ञान की ताक़त ने मुँह मोड़ दिया दरियाओं का
इनसान जो ख़ाक का पुतला था वो हाकिम बना हवाओं का
जनता की मेहनत के आगे क़ुदरत ने ख़ज़ाने खोल दिए
राज़ों की तरह रखा था जिन्हें, वो सारे ज़माने खोल दिए
लेकिन इन सब ईजादों पर पैसे का इजारा होता रहा
दौलत का नसीबा चमक उठा, मेहनत का मुक़द्दर सोता रहा

वैसा ही करेंगे हम जैसा तुझे चाहिए
पैसा हमें चाहिए

रेलें भी बिछाएँगे मिलें भी चलाएँगे
पैसा हमें चाहिए

पैसा हमें दे दे बाबू गुण तेरे गाएँगे
तेरे बच्चे-बच्चियों की ख़ैर मनाएँगे
पैसा हमें चाहिए

युग-युग से यूँ ही इस दुनिया में हम दान के टुकड़े माँगते हैं
हल जोत के फ़स्लें काट के भी, पकवान के टुकड़े माँगते हैं
लेकिन इन भीक के टुकड़ों से कब भूक का संकट दूर हुआ
इनसान सदा दुख झेलेगा, गर ख़त्म न ये दस्तूर हुआ
ज़ंजीर बनी है क़दमों की, वो चीज़ जो अब तक गहना थी

भारत के सपूतो, आज तुम्हें बस इतनी बात ही कहना थी
जिस वक़्त बड़े हो जाओ तुम पैसे का राज मिटा देना
अपना और अपने जैसों का युग-युग का क़र्ज़ चुका देना
युग-युग का क़र्ज़ चुका देना

गर्ल फ्रैंड (1960)/हेमन्त कुमार/लता मंगेशकर, हेमन्त कुमार, रानू मुकर्जी, कोरस

दुख सह के जो सुख पहुँचाती है, उस ममता को रुस्वा न करो
तुम माँ हो तुम ऐसा न करो
तुम माँ हो तुम्हीं से इंसाँ को ये जिस्म मिला और जान मिली
नेकी का चलन, ईमाँ की लगन, सच्चाई की पहचान मिली
क़ुदरत ने दिया है जो रुत्बा, उस रुत्बे को नीचा न करो

तुम माँ हो तुम्हारे क़दमों में जन्नत की बहारें पलती हैं
तालीम के गुलशन खिलते हैं तहज़ीब की शम्एँ जलती हैं
उस घर का उजाला मत छीनो, उस डाली को सूना न करो

तुम माँ हो तुम्हें इस दुनिया में जानों की हिफ़ाज़त करना है
ठुकराके हर इक ख़ुदग़र्ज़ी को, इनसानों की ख़िदमत करना है
तुम नस्लों की खेती सींचती हो, तुम जानों का सौदा न करो

तुम अच्छी तरह पहचानती हो औलाद का ग़म क्या होता है
ये तीरे-सितम क्या होता है, ये बारे-अलम क्या होता है
हर माँ का जो तुम को दर्द नहीं, माँ होने का दावा न करो

बाबर (1960)/रौशन/सुधा मल्होत्रा

ईश्वर अल्लाह तेरे नाम
सबको सन्मति दे भगवान
इस धरती पर बसने वाले
सब हैं तेरी गोद के पाले
कोई नीच न कोई महान
सबको सन्मति दे भगवान

जन्म का कोई मोल नहीं है
जन्म मनुष्य का तोल नहीं है
कर्म से है सबकी पहचान
सबको सन्मति दे भगवान

नया रास्ता (1960)/एन. दत्ता/मोहम्मद रफ़ी

मैं ज़िन्दगी का साथ निभाता चला गया
हर फ़िक्र को धुएँ में उड़ाता चला गया
बर्बादियों का सोग मनाना फ़ुज़ूल था
बर्बादियों का जश्न मनाता चला गया

जो मिल गया उसी को मुक़द्दर समझ लिया
जो खो गया मैं उसको भुलाता चला गया

ग़म और ख़ुशी में फ़र्क़ न महसूस हो जहाँ
मैं दिल को उस मुक़ाम पे लाता चला गया

हम दोनों (1961)/जयदेव/मोहम्मद रफ़ी

कभी ख़ुद पे कभी हालात पे रोना आया
बात निकली तो हर इक बात पे रोना आया

हम तो समझे थे कि हम भूल गए हैं उनको
क्या हुआ आज ये किस बात पे रोना आया

किस लिए जीते हैं हम, किस के लिए जीते हैं
बारहा ऐसे सवालात पे रोना आया

कोई रोता है किसी और की ख़ातिर ऐ दोस्त
सबको अपनी ही किसी बात पे रोना आया

हम दोनों (1961)/जयदेव/मोहम्मद रफ़ी

अ : अभी न जाओ छोड़कर कि दिल अभी भरा नहीं
अभी-अभी तो आई हो, बहार बन के छाई हो
हवा ज़रा महक तो ले, नज़र ज़रा बहक तो ले
ये शाम ढल तो ले ज़रा, ये दिल सँभल तो ले ज़रा
मैं थोड़ी देर जी तो लूँ, नशे के घूँट पी तो लूँ
अभी तो कुछ कहा नहीं, अभी तो कुछ सुना नहीं

ब : सितारे झिलमिला उठे, चिराग़ जगमगा उठे
बस अब न मुझको टोकना, न बढ़ के राह रोकना
अगर मैं रुक गई अभी, तो जा न पाऊँगी कभी
यही कहोगे तुम सदा, कि दिल अभी भरा नहीं
जो ख़त्म हो किसी जगह, ये ऐसा सिलसिला नहीं

अ : अधूरी आस छोड़ के, अधूरी प्यास छोड़ के
जो रोज़ यूँ ही जाओगी, तो किस तरह निभाओगी
कि ज़िन्दगी की राह में, जवाँ दिलों की चाह में
कई मुक़ाम आएँगे, जो हमको आज़माएँगे
बुरा न मानो बात का, ये प्यार है गिला नहीं

ब : जहाँ में ऐसा कौन है कि जिसको ग़म मिला नहीं
दुख और सुख के रास्ते, बने हैं सब के वास्ते
जो ग़म से हार जाओगे, तो किस तरह निभाओगे
ख़ुशी मिले हमें कि ग़म, जो होगा बाँट लेंगे हम
मुझे तुम आज़माओ तो, ज़रा नज़र मिलाओ तो
ये जिस्म दो सही मगर, दिलों में फ़ासला नहीं

तुम्हारे प्यार की क़सम, तुम्हारा ग़म है मेरा ग़म
न यूँ बुझे-बुझे रहो, जो दिल की बात है कहो
जो मुझसे भी छुपाओगे, तो फिर किसे बताओगे
मैं कोई ग़ैर तो नहीं, दिलाऊँ किस तरह यक़ीं
कि तुमसे मैं जुदा नहीं, मुझसे तुम जुदा नहीं

हम दोनों (1961)/जयदेव/मोहम्मद रफ़ी, आशा भोंसले

प्रभू तेरो नाम, जो ध्याये फल पाए सुख लाए तेरो नाम
प्रभू तेरो नाम

तेरी दया हो जाए तो दाता जीवन धन मिल जाए
सुख लाए तेरो नाम
जो ध्याये फल पाए
प्रभू तेरो नाम

तू दानी तू अन्तर्यामी, तेरी कृपा हो जाए तो स्वामी
हर बिगड़ी बन जाए, जीवन धन मिल जाए
सुख लाए तेरो नाम
जो ध्याये फल पाए
प्रभू तेरो नाम

बस जाए मोरा सोना अंगना, खिल जाए मुर्झाया कंगना
जीवन में रस लाए
जीवन धन मिल जाए
सुख लाए तेरो नाम

जो ध्याये फल पाए सुख लाए तेरो नाम
प्रभू तेरो नाम

हम दोनों (1961)/जयदेव/लता मंगेशकर

अल्लाह तेरो नाम ईश्वर तेरो नाम
सब को सन्मति दे भगवान!
इस धरती का रूप न उजड़े
प्यार की ठंडी धूप न उजड़े
सबको मिले सुख का वरदान
सबको सन्मति दे भगवान!

माँगों का सिन्दूर न छूटे
माँ-बहनों की आस न टूटे

देह बिना भटके न प्राण
सबको सन्मति दे भगवान!

ओ सारे जग के रखवाले
निर्बल को बल देने वाले
बलवानों को दे दे ज्ञान
सबको सन्मति दे भगवान

हम दोनों (1961)/जयदेव/लता मंगेशकर

हम जब चलें तो ये जहान[1] झूमे
आरज़ू हमारी आस्माँ को चूमे
हम नए जहाँ के पासबाँ[2]
हम नई बहार के राज़दाँ[3]
हम हँसें तो हँस पड़े हर कली
हम चलें तो चल पड़े ज़िन्दगी
सारे नज़ारों में, फूलों में तारों में, हमने ही जादू भरा

हमसे फ़िज़ाओं में रंगो-बू[4]
हम हैं इस ज़मीं की आबरू
नदियों की रागिनी हमसे है
हर तरफ़ ये ताज़गी हमसे है
सारे नज़ारों में, फूलों में तारों में, हमने ही जादू भरा

दूर हो गईं सभी मुश्किलें!
खिंच के पास आ गईं मंज़िलें!
देखकर शबाब के हौसले
ख़ुद-ब-ख़ुद सिमट गए फ़ासले
सारे नज़ारों में, फूलों में तारों में, हमने ही जादू भरा

हम हिन्दुस्तानी (1961)/उषा खन्ना/मोहम्मद रफ़ी, आशा भोंसले

---

1. संसार, 2. निरीक्षक, 3. भेद जाननेवाला, 4. रंग और सुगन्ध।

अ : कश्ती का ख़ामोश सफ़र है, शाम भी है तन्हाई भी
दूर किनारे पर बजती है, लहरों की शहनाई भी
आज मुझे कुछ कहना है

लेकिन ये शर्मीली निगाहें, मुझको इजाज़त दें तो कहूँ
ख़ुद मेरी बेताब उमंगें, थोड़ी फ़ुर्सत दे तो कहूँ
आज मुझे कुछ कहना है

ब : जो कुछ तुमको कहना है, वो मेरे ही दिल की बात न हो
जो है मेरे ख़्वाबों की मंज़िल, उस मंज़िल की बात न हो
कह भी दो, जो कहना है

अ : कहते हुए डर लगता है, कहकर बात न खो बैठूँ
ये जो ज़रा-सा साथ मिला है, ये भी साथ न खो बैठूँ
आज मुझे कुछ कहना है

ब : कब से तुम्हारे रस्ते में, मैं फूल बिछाए बैठी हूँ
कह भी चुको जो कहना है, मैं आस लगाए बैठी हूँ
कह भी दो, जो कहना है

अ : दिल ने दिल की बात समझ ली, अब मुँह से क्या कहना है
आज नहीं तो कल कह लेंगे, अब तो साथ ही रहना है
कह भी दो, जो कहना है
छोड़ो, अब क्या कहना है

गर्ल फ्रैंड (1961)/हेमन्त कुमार/किशोर कुमार, सुधा मल्होत्रा

आँख खुलते ही तुम छुप गए हो कहाँ
तुम अभी थे यहाँ

मेरे पहलू में तारों ने देखा तुम्हें
भीगे-भीगे नज़ारों ने देखा तुम्हें
तुमको देखा किए ये ज़मीं आसमाँ
तुम अभी थे यहाँ

अभी साँसों की ख़ुशबू हवाओं में है
अभी क़दमों की आहट फ़िज़ाओं में है
अभी शाख़ों में हैं उँगलियों के निशाँ
तुम अभी थे यहाँ

तुम जुदा होके भी मेरी राहों में हो
गर्म अश्कों में हो सर्द आहों में हो
चाँदनी में झलकती हैं परछाइयाँ
तुम अभी थे यहाँ

मुनीम जी (1962)/एस.डी. बर्मन/लता मंगेशकर

जीवन के सफ़र में राही
मिलते हैं बिछड़ जाने को
और दे जाते हैं यादें
तन्हाई में तड़पाने को

ये रूप की दौलत वाले
कब सुनते हैं दिल के नाले
तक़्दीर ने बेचैन कर डाला
उनके किसी दीवाने को

जो उनकी नज़र से खेले
दुख पाए मुसीबत झेले
फिरते हैं ये सब अलबेले
दिल लेके मुकर जाने को

दिल लेके दग़ा देते हैं
इक रोग लगा देते हैं
हँस-हँस के जाँ देते हैं
ये हुस्न के परवाने को

मुनीम जी (1962)/एस.डी. बर्मन/किशोर कुमार

अ, ब : दिल की उमंगें हैं जवाँ
रंग में डूबा है समाँ
मैंने तुम्हें जीत लिया
हार के दोनों जहाँ

ब : सदियों पुरानी ज़मीं
है आज इतनी हसीं
आता नहीं है यक़ीं
होता नहीं है बयाँ
दिल की उमंगें हैं जवाँ

भीगे नज़ारों से कहो
जाती फुहारों से कहो
जाती बहारों से कहो
रुक जाएँ आज यहाँ
दिल की उमंगें हैं जवाँ

ब : बेचैन तन्हाइयाँ
लेती हैं अँगड़ाइयाँ
जाती हैं जाने कहाँ

अ, ब : दिल की उमंगें हैं जवाँ
रंग में डूबा है समाँ

मुनीम जी (1962)/एस.डी. बर्मन/हेमन्त कुमार, आशा भोंसले

एक नज़र बस एक नज़र, जाने-तमन्ना देख इधर
कुछ तो बता ऐ जाने-वफ़ा, तेरी अदा शर्माती है क्यों
हँस के लिपटती थी जो गले से, अब वो नज़र कतराती है क्यों
पहले लगाना फिर तरसाना ठीक नहीं मेरे दिलबर
एक नज़र बस एक नज़र...

हम भी हैं तेरे दीवाने, दिल भी है तेरा दीवाना
रूह के सोए तार जगाके, छेड़ दे ऐसा अफ़्साना
दोनों जहाँ से हम खो जाएँ, कुछ भी रहे न अपनी ख़बर
एक नज़र बस एक नज़र...

मुनीम जी (1962)/एस.डी. बर्मन/लता मंगेशकर

मैं जब भी अकेली होती हूँ, तुम चुपके से आ जाते हो
और झाँक के मेरी आँखों में बीते दिन याद दिलाते हो

मस्ताना हवा के झोंकों से, हर बार वो पर्दे का हिलना
पर्दे को पकड़ने की धुन में, दो अजनबी हाथों का मिलना
आँखों में धुआँ-सा छा जाना, साँसों में सितारे से खिलना

रस्ते में तुम्हारा मुड़-मुड़कर तकना वो मुझे जाते-जाते
और मेरा ठिठककर रुक जाना, चिलमन के क़रीब आते-आते
नज़रों का तरसकर रह जाना, इक और झलक पाते-पाते

बालों को सुखाने की ख़ातिर, कोठे पे वो मेरा आ जाना
और तुमको मुक़ाबिल पाते ही कुछ शर्माना, कुछ बल खाना
हमसायों के डर से कतराना, घर वालों के डर से घबराना

रो-रो के तुम्हें ख़त लिखती हूँ और ख़ुद पढ़कर रो लेती हूँ
हालात के तपते तूफ़ाँ में जज़्बात की कश्ती खेती हूँ
कैसे हो, कहाँ हो, कुछ तो कहो, मैं तुमको सदाएँ देती हूँ

मैं जब भी अकेली होती हूँ तुम चुपके से आ जाते हो
और झाँक के मेरी आँखों में बीते दिन याद दिलाते हो

धर्मपुत्र (1962)/एन. दत्ता/आशा भोंसले

भूल सकता है भला कौन ये प्यारी आँखें
रंग में डूबी हुई नींद से भारी आँखें

मेरी हर सोच ने, हर साँस ने चाहा है तुम्हें
जब से देखा है तुम्हें, तब से सराहा है तुम्हें
बस गई हैं मेरी आँखों में तुम्हारी आँखें

तुम जो नज़रों को उठाओ तो सितारे झुक जाएँ
तुम जो पलकों को झुकाओ तो ज़माने रुक जाएँ
क्यों न बन जाएँ इन आँखों की पुजारी आँखें

जागती रातों को सपनों का ख़ज़ाना मिल जाए
तुम जो मिल जाओ तो जीने का बहाना मिल जाए
अपनी क़िस्मत पे करें नाज़ हमारी आँखें

धर्मपुत्र (1962)/एन. दत्ता/आशा भोंसले

आज की रात मुरादों[1] की बारात आई है
आज की रात नहीं शिक्वे-शिकायत के लिए
आज हर लम्हा, हर इक पल है मुहब्बत के लिए
रेशमी सेज है, महकी हुई तन्हाई है
आज की रात मुरादों की बारात आई है

हर गुनह[2] आज मुक़द्दस है[3] फ़रिश्तों की तरह
काँपते हाथों को मिल जाने दो रिश्तों की तरह
आज मिलने में न उलझन है, न रुसवाई है
आज की रात मुरादों की बारात आई है

अपनी ज़ुल्फ़ें मेरे शाने[4] पे बिखर जाने दो
इस हसीं रात को कुछ और निखर जाने दो
सुबह ने आज न आने की क़सम खाई है
आज की रात मुरादों की बारात आई है

धर्मपुत्र (1962)/एन. दत्ता/महेन्द्र कपूर

---

1. कामना, 2. गुनाह का लघु, 3. पवित्र, 4. कन्धा।

धरती की सुलगती छाती से बेचैन शरारे[1] पूछते हैं
तुम लोग जिन्हें अपना न सके, वो ख़ून के धारे पूछते हैं
सड़कों की ज़बाँ चिल्लाती है, सागर के किनारे पूछते हैं
ये किसका लहू है कौन मरा? ऐ रहबरे-मुल्को-क़ौम[2] बता

ये जलते हुए घर किसके हैं, ये फटते हुए तन किसके हैं
तक़्सीम[3] के अंधे तूफ़ाँ में लुटते हुए गुलशन किसके हैं
बदबख़्त[4] फ़िज़ाएँ किसकी हैं, बर्बाद नशेमन[5] किसके हैं
कुछ हम भी सुनें, हम को भी सुना

किस काम के हैं ये दीन-धरम जो शर्म का दामन चाक करें
किस तरह के हैं ये देशभक्त जो बसते घरों को ख़ाक करें
ये रूहें कैसी रूहें हैं जो धरती को नापाक करें
आँखें तो उठा, नज़रें तो मिला

जिस राम के नाम पे ख़ून बहे, उस राम की इज़्ज़त क्या होगी?
जिस दीन के हाथों लाज लुटे, उस दीन की क़ीमत क्या होगी?
इनसान की इस ज़िल्लत से परे, शैतान की ज़िल्लत क्या होगी?
ये वेद उठा, क़ुरआन उठा!
ये किसका लहू है कौन मरा?
ऐ रहबरे-मुल्को-क़ौम बता!

धर्मपुत्र (1962)/एन. दत्ता/महेन्द्र कपूर, कोरस

बग़ावत का खुला पैग़ाम देता हूँ जवानों को
उठो उठकर मिटा दो तुम ग़ुलामी के निशानों को
जय जननी जय भारत माँ

उठो गंगा की गोदी से, उठो सतलुज के साहिल से
उठो दक्कन के सीने से, उठो बंगाल के दिल से
निकालो अपनी धरती से बिदेसी हुक्मरानों को
उठो उठकर मिटा दो तुम ग़ुलामी के निशानों को
जय जननी जय भारत माँ

---

1. चिंगारियाँ, 2. राष्ट्र और देश के नेता, 3. विभाजन, 4. अभागा, 5. घोंसला अर्थात् घर।

ख़िज़ाँ की क़ैद से उजड़ा चमन आज़ाद करना है
हमें अपनी ज़मीं अपना वतन आज़ाद करना है
जो ग़द्दारी सिखाएँ खेंच लो उनकी ज़बानों को
उठो उठकर मिटा दो तुम ग़ुलामी के निशानों को
जय जननी जय भारत माँ

ये सौदागर जो इस धरती पे क़ब्ज़ा करके बैठे हैं
हमारे ख़ून से अपने ख़ज़ाने भर के बैठे हैं
उन्हें कह दो कि अब वापस करें सारे ख़ज़ानों को
उठो उठकर मिटा दो तुम ग़ुलामी के निशानों को
जय जननी जय भारत माँ

जो इन खेतों का दाना दुश्मनों के काम आना है
जो इन खानों का सोना अजनबी देसों को जाना है
तो फूँको सारी फ़स्लों को, जला दो सारी खानों को
उठो उठकर मिटा दो तुम ग़ुलामी के निशानों को
जय जननी जय भारत माँ

बहुत झेली ग़ुलामी की बलाएँ अब न झेलेंगे
चढ़ेंगे फाँसियों पर गोलियों से हँसके खेलेंगे
उन्हीं पर मोड़ देंगे उनकी तोपों के दहानों को
उठो उठकर मिटा दो तुम ग़ुलामी के निशानों को

धर्मपुत्र (1962)/एन. दत्ता/महेन्द्र कपूर, कोरस

का'बे में रहो या काशी में, निस्बत[1] तो उसी की ज़ात[2] से है
तुम राम कहो कि रहीम कहो, मतलब तो उसी की बात से है

ये मस्जिद है वो बुतखाना, चाहे ये मानो, चाहे वो मानो
मक़्सद तो है दिल को समझाना, चाहे ये मानो, चाहे वो मानो

ये शैख़ो-ब्राह्मण के झगड़े, सब नासमझी की बातें हैं
हमने तो है बस इतना जाना, चाहे ये मानो, चाहे वो मानो

---

1. सम्बन्ध, 2. अस्तित्व।

गर जज़्बे-मुहब्बत[1] सादिक़[2] हो, हर दर से मुरादें मिलती हैं
हर घर है उसी का काशाना[3] चाहे ये मानो, चाहे वो मानो

धर्मपुत्र (1962)/एन. दत्ता/महेन्द्र कपूर, एस. बलबीर

मेरे दिलबर मुझ पर ख़फ़ा न हो
कहीं तेरी भी कुछ ख़ता न हो
जो ये दिल दीवाना मचल गया

जो किसी के रोके रुका न हो
किसी संगे-दर पे झुका न हो
तेरे दर पर कैसे फिसल गया

ये नज़र में मस्ती घुली-घुली
ये सुनहरी रंगत घुली-घुली
ये घनेरी ज़ुल्फ़ें खुली-खुली
जो ज़माने भर का ग़ुरूर है
जो नशा है जो भी सुरूर है
वो तेरे शबाब में ढल गया

मेरे दिल की जानिब निगाह कर
मुझे यूँ न ग़म से तबाह कर
कभी भूले से ही निबाह कर
ज़रा सोच कि दुनिया कहेगी क्या
तेरी रुसवाई बच रहेगी क्या
जो दीवाना घर से निकल गया

धर्मपुत्र (1962)/एन. दत्ता/मोहम्मद रफ़ी, कोरस

क्या देखा ओ नैनों वाली, नैनाँ क्यों भर आए?
कोख भरी और गोद हो ख़ाली, नैनाँ यूँ भर आए

1. प्रेम भावना, 2. सच्चा, 3. घर।

माँ बनकर भी माँ न बनी मैं बदनामी के डर से
दूध मेरे बोझल सीने का आँसू बनकर बरसे
अपना धन और आप सवाली, नैनाँ क्यों भर आए?

जी भी सकी तो जीते जी ये सोग रहेगा मुझको
बोलेगा जब मेरा मुन्ना, माँ न कहेगा मुझको
माँ कहलाना बन गया गाली, नैनाँ यूँ भर आए!

धर्मपुत्र, (1962)/एन. दत्ता/आशा भोंसले

दो बूँदें सावन की—
इक सागर की सीप में टपके और मोती बन जाए
दूजी गन्दे जल में गिरकर अपना आप गँवाए
किसको मुजरिम समझे कोई, किसको दोष लगाए
दो बूँदें सावन की

दो कलियाँ गुलशन की—
इक सेहरे के बीच गुंधे और मन ही मन इतराए
इक अरथी की भेंट चढ़े और धूली में मिल जाए
किसको मुजरिम समझे कोई, किसको दोष लगाए
दो कलियाँ गुलशन की

दो सखियाँ बचपन की
इक सिंघासन पर बैठे और रूपमती कहलाए
दूजी अपने रूप के कारण गलियों में बिक जाए
किसको मुजरिम समझे कोई, किसको दोष लगाए
दो सखियाँ बचपन की

फिर सुबह होगी (1962)/ख़य्याम/आशा भोंसले

ये दुनिया दो रंगी है
एक तरफ़ से रेशम ओढ़े, एक तरफ़ से नंगी है
एक तरफ़ अंधी दौलत की पागल ऐशपरस्ती

एक तरफ़ जिस्मों की क़ीमत रोटी से भी सस्ती
एक तरफ़ है सोनागाछी, एक तरफ़ चौरंगी है
ये दुनिया दो रंगी है

आधे मुँह पर नूर बरसता, आधे मुँह पर चीरे
आधे तन पर कोढ़ के धब्बे, आधे-तन पर हीरे
आधे घर में ख़ुशहाली है, आधे घर में तंगी है
ये दुनिया दो रंगी है

माथे ऊपर मुकुट सजाए, सर पर ढोए गंदा
दाएँ हाथ से भिक्षा माँगे, बाएँ से दे चन्दा
एक तरफ़ भंडार चलाए, एक तरफ़ भिकमंगी है
ये दुनिया दो रंगी है

एक संगम पर लानी होगी, दुख और सुख की धारा
नए सिरे से करना होगा दौलत का बँटवारा
जब तक ऊँच और नीच है बाक़ी, हर सूरत बेढंगी है
ये दुनिया दो रंगी है

चाँदी की दीवार (1961)/एन. दत्ता/मोहम्मद रफ़ी

हम दिल्ली के दादे हैं
दादे क्या परदादे हैं
बुरों के हक़ में टेढ़े हैं
भलों के हक़ में सादे हैं

शहर की चौड़ी सड़कों पर हम सीना तान के चलते हैं
धन-दौलत वाले भड़भूँजे हमको देख के जलते हैं
उनके और इरादे हैं अपने और इरादे हैं
हम दिल्ली के दादे हैं

जामा मस्जिद की सीढ़ी पर बैठके खिचड़ा खाते हैं
लाल क़िले के अगले-पिछले सब क़िस्से दोहराते हैं
यूँ लगता है जैसे हम लावारिस शहज़ादे हैं
हम दिल्ली के दादे हैं

दो दिन अपना बैंड बजाकर, गई हुकूमत गोरों की
लेकिन अब भी धौंस है बाक़ी चोर मुनाफ़ाख़ोरों की
देखें कब तक पूरे हों जो सरकार के वादे हैं
हम दिल्ली के दादे हैं

दिल्ली का दादा (1962)/एन. दत्ता/मुकेश, महेन्द्र कपूर

जो बात तुझ में है तेरी तस्वीर में नहीं

रंगों में तेरा अक्स[1] ढला, तू न ढल सकी
साँसों की आग जिस्म की ख़ुशबू न ढल सकी
तुझ में जो लोच है, मेरी तहरीर[2] में नहीं

बेजान हुस्न में कहाँ गुफ़्तार[3] की अदा
इन्कार की अदा है न इक़्रार की अदा
कोई लचक भी ज़ुल्फ़े-गिरहगीर[4] में नहीं

दुनिया में कोई चीज़ नहीं है तेरी तरह
फिर एक बार सामने आजा किसी तरह
क्या और इक झलक मेरी तक़्दीर में नहीं ?

ताज महल (1963)/रौशन/मोहम्मद रफ़ी

अ : जो वादा किया वो निभाना पड़ेगा
रोके ज़माना चाहे रोके ख़ुदाई तुमको आना पड़ेगा
तरसती निगाहों ने आवाज़ दी है
मुहब्बत की राहों ने आवाज़ दी है
जाने-हया, जाने-अदा, छोड़ो तरसाना, तुमको आना पड़ेगा

ब : ये माना हमें जाँ से जाना पड़ेगा
पर ये समझ लो तुमने जब भी पुकारा, हमको आना पड़ेगा
हम अपनी वफ़ा पर न इल्ज़ाम लेंगे
तुम्हें दिल दिया है, तुम्हें जाँ भी देंगे
जब इश्क़ का सौदा किया फिर क्या घबराना, हमको आना पड़ेगा

---

1. छाया, 2. लेखन, 3. बातचीत, 4. घुँघराले बाल।

अ : सभी अहले-दुनिया[1] ये कहते हैं हमसे
कि आता नहीं कोई मुल्के-अदम[2] से
आज ज़रा, शाने-वफ़ा देखे ज़माना, तुझको आना पड़ेगा

अ, ब : हम आते रहे हैं, हम आते रहेंगे
मुहब्बत की रस्में निभाते रहेंगे
जाने-वफ़ा, तुम दो सदा, फिर क्या ठिकाना, हमको आना पड़ेगा

ताज महल (1963)/रौशन/मोहम्मद रफ़ी, लता मंगेशकर

अ : पाँव छू लेने दो, फूलों की इनायत[3] होगी
वर्ना हमको नहीं, इनको भी शिकायत होगी

ब : आप जो फूल बिछाएँ, उन्हें हम ठुकराएँ
हम को डर है कि ये तौहीने-मुहब्बत[4] होगी

अ : दिल की बेचैन उमंगों पे करम फ़र्माओ[5]
इतना रुक-रुक के चलोगी तो क़यामत होगी

ब : शर्म रोके है इधर, शौक़ उधर खेंचे है
क्या ख़बर थी कभी इस दिल की ये हालत होगी

अ : शर्म ग़ैरों से हुआ करती है अपनों से नहीं
शर्म हमसे भी करोगी तो मुसीबत होगी

ताज महल (1963)/रौशन/मोहम्मद रफ़ी, लता मंगेशकर

जुर्मे-उल्फ़त[6] पे हमें लोग सज़ा देते हैं
कैसे नादान हैं, शोलों को हवा देते हैं

हम-से दीवाने कहीं तर्के-वफ़ा[7] करते हैं
जान जाए कि रहे बात निभा देते हैं

---

1. दुनिया वाले, 2. परलोक, 3. कृपा, 4. प्रेम का अपमान, 5. दया करो, 6. प्रेम करने का अपराध, 7. प्रेम त्याग।

आप दौलत की तराज़ू में दिलों को तोलें
हम मुहब्बत से मुहब्बत का सिला[1] देते हैं

तख़्त क्या चीज़ है और लालो-जवाहर[2] क्या है
इश्क़ वाले तो ख़ुदाई भी लुटा देते हैं

हमने दिल दे भी दिया, अह्दे-वफ़ा[3] ले भी लिया
आप अब शौक़ से दे लें जो सज़ा देते हैं

ताज महल, (1963)/रौशन/लता मंगेशकर

ख़ुदाए-बरतर! तेरी ज़मीं पर, ज़मीं की ख़ातिर ये जंग क्यों है?
हर एक फ़त्हो-ज़फ़र के दामन पे ख़ूने-इंसाँ का रंग क्यों है?

ज़मीं भी तेरी है, हम भी तेरे, ये मिल्कीयत का सवाल क्या है?
ये क़त्लो-ख़ूँ का रिवाज क्यों है, ये रस्मे-जंगो-जदाल क्या है
जिन्हें तलब है जहान भर की, उन्हीं का दिल इतना तंग क्यों है?
ख़ुदाए-बरतर तेरी ज़मीं पर, ज़मीं की ख़ातिर ये जंग क्यों है?

ग़रीब माओं, शरीफ़ बहनों को अम्नो-इज़्ज़त की ज़िन्दगी दे
जिन्हें अता की है तूने ताक़त, उन्हें हिदायत की रौशनी दे
सरों में किब्रो-ग़ुरूर क्यों है, दिलों के शीशे पे ज़ंग क्यों है?
ख़ुदाए-बरतर! तेरी ज़मीं पर ज़मीं की ख़ातिर ये जंग क्यों है?

ताज महल (1963)/रौशन/लता मंगेशकर

ग़म क्यों हो?
जीने वालों को जीते जी मरने का ग़म क्यों हो?
शोख़ लबों पर आहें क्यों हों, आँखों में नम क्यों हो?
आज अगर गुलशन में कली खिलती है तो कल मुरझाती है
फिर भी खिलकर हँसती है और हँसके चमन महकाती है
ग़म क्यों हो?

---

1. बदला, 2. बहुमूल्य रत्न, 3. प्रेम का वचन।

कल का दिन किसने देखा है, आज का दिन हम खोएँ क्यों
जिन घड़ियों में हँस सकते हैं, उन घड़ियों में रोएँ क्यों
ग़म क्यों हो ?

गाये जा मस्ती के तराने, ठंडी आहें भरना क्या ?
मौत आई तो मर भी लेंगे, मौत से पहले मरना क्या ?

ताज महल (1963)/रौशन

अ, ब : चाँदी का बदन, सोने की नज़र, उस पर ये नज़ाकत[1] क्या कहिए
किस-किस पे तुम्हारे जल्वों[2] ने तोड़ी है क़यामत क्या कहिए

स, द : गुस्ताख़[3] ज़बाँ गुस्ताख़ नज़र ये रंगे-तबीअत क्या कहिए
ऐसे भी कहीं इस दुनिया में होती है मुहब्बत क्या कहिए

अ, ब : आँचल की धनक के साये में ये फूल गुलाबी चेहरों के
ये गुल भी हैं गुलशन भी हैं और तारों के झुरमुट भी
ये फूल गुलाबी चेहरों के, ये फूल गुलाबी चेहरों के
इस वक़्त हमारी नज़रों में क्या चीज़ है जन्नत क्या कहिए

तुम से नज़रें जो मिलीं
दीनो-दुनिया से गए
इक तमन्ना के सिवा
हर तमन्ना से गए
मस्त आँखों से जो पी
जामो-मीना से गए
ज़ुल्फ़ लहराई जहाँ
हम भी लहरा-से गए
हूरें मिलती हैं किसे
इसी पर्वा से गए

इस वक़्त हमारी नज़रों में क्या चीज़ है जन्नत क्या कहिए
चाँदी का बदन सोने की नजर...

---

1. कोमलता, 2. प्रदर्शन, 3. धृष्ट, अशिष्ट।

स, द : यूँ गर्म निगाहें मत डालो, ये जिस्म पिघल भी सकते हैं
उड़े नहीं कहीं रूप की शबनम
गर्म निगह डालो कम–कम
ये जिस्म पिघल सकते हैं, ये जिस्म पिघल भी सकते हैं
आदाबे–नज़ारा[1] भूले हो, तुम लोगों की वहशत क्या कहिए
तुम हमें जीत सको
इसका इम्कान[2] नहीं
ख़ुद को बदनाम करें
हम वो नादान नहीं
कोई मरता है मरे
हम पे एहसान नहीं
उनसे क्यों बात करें
जिनसे पहचान नहीं
तुमको अरमाँ है तो है
हमको अरमान नहीं
आदाबे–नज़रा भूले हो, तुम लोगों की वहशत क्या कहिए
गुस्ताख़ ज़बाँ गुस्ताख़ नज़र...

अ, ब : जिन लोगों को तुम ठुकरा के चलो, वो लोग भी क़िस्मत वाले हैं
तुम जिनकी तमन्ना कर बैठो, उन लोगों की क़िस्मत क्या कहिए
चाँदी का बदन सोने की नज़र...

स, द : दिन–रात दुहाई देते हैं, ये हाल है इन दीवानों का
जहाँ देखी नई सूरत
मचल बैठे, यही लेंगे
ये हाल है इन दीवानों का
ये हाल है इन दीवानों का

अ, ब : जिनकी ख़ातिर ग़म सहें और रो–रो जान गँवाएँ
हाय री क़िस्मत उन्हीं के मुँह से दीवाने कहलाएँ
ये हाल है इन दीवानों का
यह हाल है इन दीवानों का

---
1. दर्शन के ढंग, 2. सम्भावना।

स, द : इन आशिक़ों के हाथ से है ज़िन्दगी वबाल
इनका करें ख़याल कि अपना करें ख़याल
हर लब है अर्ज़े-शौक़ तो हर आँख है सवाल
ये ग़म से बेक़रार हैं वो दर्द से निढाल
ये हाल है इन दीवानों का
ये हाल है इन दीवानों का

अ, ब : मेरी नींद गई मेरा चैन गया, वो जो पहले थी ताबो-तुवान गई
यही रंग रहा, यही ढंग रहा तो ऐ जान, ये जान कि जान गई
ये हाल है इन दीवानों का
ये हाल है इन दीवानों का

स : किसी को ख़ुदकुशी[1] का शौक़ हो तो क्या करे कोई
अ : दवाए-हिज्र[2] दे बीमार को अच्छा करे कोई
द : कोई बेवजह सर फोड़े तो क्यों पर्वा करे कोई
ब : किसी मज्बूरे-ग़म का हाल क्यों ऐसा करे कोई
स : मज़ा जब है कि तुम तड़पा करो देखा करे कोई
अ : मरें हम और तुम पर ख़ून का दावा करे कोई
अ, ब : चाँदी का बदन सोने की नजर...

ताज महल (1963)/रौशन/मोहम्मद रफ़ी, मन्ना डे,
आशा भोंसले, मीना कपूर और कोरस

अ : तुम्हारी मस्त नज़र गर इधर नहीं होती
नशे में चूर फ़िज़ा इस क़दर नहीं होती

ब : तुम्हीं को देखने की दिल में आरज़ूएँ हैं
तुम्हारे आगे ही ऊँची नज़र नहीं होती

अ : ख़फ़ा न होना अगर बढ़ के थाम लूँ दामन
ये दिलफ़रेब ख़ता जानकर नहीं होती

ब : तुम्हारे आने तलक हमको होश रहता है
फिर उसके बाद हमें कुछ ख़बर नहीं होती

दिल ही तो है (1963)/रौशन/मुकेश, लता मंगेशकर

---
1. आत्महत्या, 2. विरह का उपचार।

भूले से मुहब्बत कर बैठा, नादाँ था बिचारा, दिल ही तो है
हर दिल से ख़ता[1] हो जाती है, बिगड़ो न ख़ुदारा दिल ही तो है

इस तरह निगाहें मत फेरो, ऐसा न हो धड़कन रुक जाए
सीने में कोई पत्थर तो नहीं, एहसास का मारा दिल ही तो है

जज़्बात भी हिन्दू होते हैं, चाहत भी मुसल्माँ होती है
दुनिया का इशारा था लेकिन समझा न इशारा, दिल ही तो है

बेदादगरों[2] की ठोकर से सब ख़्वाब सुहाने चूर हुए
अब दिल का सहारा ग़म ही तो है, अब ग़म का सहारा, दिल ही तो है

दिल ही तो है (1963)/रौशन/मुकेश

अ : चुरा ले न तुमको ये मौसम सुहाना
खुली वादियों में अकेली न जाना

ब : लुभाता है मुझको ये मौसम सुहाना
मैं जाऊँगी तुम मेरे पीछे न आना

अ : लिपट जाएगा कोई बेबाक झोंका
जवानी की रौ में न आँचल उड़ाना

ब : मेरे वास्ते तुम परेशाँ न होना
मुझे ख़ूब आता है दामन बचाना

अ : घटा भी कभी चूम लेती है चेहरा
समझ-सोचकर रुख़ से ज़ुल्फ़ें हटाना

ब : घटा मेरे नज़्दीक आकर तो देखे
इन आँखों ने सीखा है बिजली गिराना
मैं जाऊँगी तुम मेरे पीछे न आना

अ : खुली वादियों में अकेली न जाना

दिल ही तो है (1963)/रौशन/मुकेश, सुमन कल्यानपुर

1. भूल, 2. अत्याचारी।

तुम अगर मुझको न चाहो तो कोई बात नहीं
तुम किसी और को चाहोगी तो मुश्किल होगी

अब अगर मेल नहीं है तो जुदाई भी नहीं
बात तोड़ी भी नहीं तुमने निभाई भी नहीं
ये सहारा ही बहुत है मेरे जीने के लिए
तुम अगर मेरी नहीं हो तो पराई भी नहीं
मेरे दिल को न सराहो तो कोई बात नहीं
ग़ैर के दिल को सराहोगी तो मुश्किल होगी

तुम हसीं हो तुम्हें सब प्यार ही करते होंगे
मैं जो मरता हूँ तो क्या और भी मरते होंगे
सबकी आँखों में इसी शौक़ का तूफ़ाँ होगा
सब के सीने में यही दर्द उभरते होंगे
मेरे ग़म में न कराहो तो कोई बात नहीं
और के ग़म में कराहोगी तो मुश्किल होगी

फूल की तरह हँसो, सबकी निगाहों में रहो
अपनी मासूम जवानी की पनाहों में रहो
मुझको वो दिन न दिखाना तुम्हें अपनी ही क़सम
मैं तरसता रहूँ तुम ग़ैर की बाँहों में रहो
तुम जो मुझसे न निबाहो तो कोई बात नहीं
किसी दुश्मन से निबाहोगी तो मुश्किल होगी

दिल ही तो है (1963)/रौशन/मुकेश

यूँ ही दिल ने चाहा था रोना-रुलाना
तेरी याद तो बन गई इक बहाना

हमें भी नहीं इल्म हम जिस पे रोए
वो बीती रुतें हैं या कि आता ज़माना

ग़मे-दिल भी है और ग़मे-ज़िन्दगी भी
न इसका ठिकाना, न उसका ठिकाना

कोई किस पे तड़पे, कोई किस पे रोए
इधर दिल जला है, उधर आशियाना

दिल ही तो है (1963)/रौशन/सुमन कल्यानपुर

ग़ुस्से में जो निखरा है, उस हुस्न का क्या कहना
कुछ देर अभी हमसे तुम यूँ ही ख़फ़ा रहना

इस हुस्न के शोले की तस्वीर बना लें हम
इन गर्म निगाहों को सीने से लगा लें हम
पल भर इसी आलम[1] में ऐ जाने-अदा रहना
कुछ देर अभी हमसे तुम यूँ ही ख़फ़ा रहना

ये दहका हुआ चेहरा, ये बिखरी हुईं ज़ुल्फ़ें
ये बढ़ती हुई धड़कन, ये चढ़ती हुईं साँसें
सामाने-क़ज़ा[2] हो तुम, सामाने-क़ज़ा रहना
कुछ देर अभी हमसे तुम यूँ ही ख़फ़ा रहना

पहले भी हसीं थीं तुम, लेकिन ये हक़ीक़त है
वो हुस्न मुसीबत था, ये हुस्न क़यामत है
औरों से तो बढ़कर हो, ख़ुद से भी सिवा रहना
कुछ देर अभी हमसे तुम यूँ ही ख़फ़ा रहना

दिल ही तो है (1963)/रौशन/मुकेश

दिल जो भी कहेगा मानेंगे, दुनिया में हमारा दिल ही तो है
हर हाल में जिसने साथ दिया, वो एक बिचारा दिल ही तो है
कोई साथी न कोई सहारा
कोई मंज़िल न कोई किनारा
रुक गए जिस जगह दिल ने रोका
चल दिए जिस तरफ़ दिल पुकारा

---

1. अवस्था, 2. मौत का सामान।

हम प्यार के प्यासे लोगों की मंज़िल का इशारा दिल ही तो है
हार मानी नहीं ज़िन्दगी से
हँस के मिलते रहे हर किसी से
क्यों न इस दिल के क़ुर्बान जाएँ
सह लिए जिसने ग़म भी ख़ुशी से

सुख में जो न खेले हम ही तो हैं, दुख से जो न हारा दिल ही तो है
अपनी ज़िन्दादिली के सहारे
हमने दिन ज़िन्दगी के गुज़ारे
वर्ना इस बेमुरव्वत जहाँ में
और क़ब्ज़े में क्या है हमारे

हर चीज़ है दौलत वालों की, मुफ़लिस का सहारा दिल ही तो है
दिल जो भी कहेगा मानेंगे, दुनिया में हमारा दिल ही तो है

दिल ही तो है (1963)/रौशन/मुकेश

लागा चुनरी में दाग छुपाऊँ कैसे
घर जाऊँ कैसे
हो गई मैली मोरी चुनरिया
कोरे बदन-सी कोरी चुनरिया
जाके बाबुल से नज़रें मिलाऊँ कैसे
घर जाऊँ कैसे

भूल गई सब वचन विदा के
खो गई मैं ससुराल में आके
जाके बाबुल से नज़रें मिलाऊँ कैसे
घर जाऊँ कैसे

कोरी चुनरिया आत्मा मोरी मैल है मायाजाल
वो दुनिया मोरे बाबुल का घर, ये दुनिया ससुराल
जाके बाबुल से नज़रें मिलाऊँ कैसे
घर जाऊँ कैसे
लागा चुनरी में दाग छुपाऊँ कैसे

दिल ही तो है (1963)/रौशन/मन्ना डे

राज़ की बात है, महफ़िल में कहूँ या न कहूँ
बस गया है कोई इस दिल में, कहूँ या न कहूँ

निगाहें मिलाने को जी चाहता है
दिलो-जाँ लुटाने को दिल चाहता है
वो तुह्मत[1] जिसे इश्क़ कहती है दुनिया
वो तुह्मत उठाने को जी चाहता है
किसी के मनाने में लज़्ज़त वो पाई
कि फिर रूठ जाने को जी चाहता है

वो जल्वा जो ओझल भी है सामने भी
वो जल्वा चुराने को जी चाहता है
जिस घड़ी मेरी निगाहों को तेरी दीद[2] हुई
वो घड़ी मेरे लिए ऐश[3] की तम्हीद[4] हुई

जब कभी मैंने तेरा चाँद-सा चेहरा देखा
ईद हो या कि न हो मेरे लिए ईद हुई
वो जल्वा जो ओझल भी है सामने भी
वो जल्वा चुराने को जी चाहता है
मुलाक़ात का कोई पैग़ाम दीजे
कि छुप-छुप के आने को जी चाहता है
और आके न जाने को जी चाहता है
निगाहें मिलाने को जी चाहता है

दिल ही तो है (1963)/रौशन/आशा भोंसले

तुम्हारी मस्त नज़र गर इधर नहीं होती
नशे में चूर फ़िज़ा इस क़दर नहीं होती
पर्दा उट्ठे सलाम हो जाए
बात बन जाए काम हो जाए

---

1. आरोप, 2. दर्शन, 3. सुख, 4. आरम्भ।

ऐ हबीब[1] मेरा तुझको सलाम
चाँद बादल में छुपेगा कैसे
हुस्न आँचल में छुपेगा कैसे
मैं हूँ बेताब तुम हो बेख़्वाब
क्यों न दीदारे-आम हो जाए
पर्दा उट्ठे सलाम हो जाए

इश्क़ बदनाम न होने पाए
शौक़ नाकाम न होने पाए
ज़ुल्म और बैर कर चुके ग़ैर
अब मुहब्बत का नाम हो जाए
पर्दा उट्ठे सलाम हो जाए

दिल पे ग़ैरों का इजारा[2] क्यों हो
ये सितम हमको गवारा क्यों हो
सैकड़ों ग़म सह चुके हम
अब ये क़िस्सा तमाम हो जाए
पर्दा उट्ठे सलाम हो जाए

दिल ही तो है (1963)/रौशन/मन्ना डे, आशा भोंसले, कोरस

रात भी है कुछ भीगी-भीगी
चाँद भी है कुछ मद्धम-मद्धम
तुम आओ तो आँखें खोले
सोई हुई पायल की छम-छम

किसको बताएँ, कैसे बताएँ
आज अजब है दिल का आलम
चैन भी है कुछ हल्का-हल्का
दर्द भी है कुछ मद्धम-मद्धम

1. मित्र, प्रेमपात्र, 2. अधिकार।

तपते दिल पर यूँ गिरती है
तेरी नज़र से प्यार की शबनम
जलते हुए जंगल पर जैसे
बरखा बरसे रुक-रुक थम-थम

होश में थोड़ी बेहोशी है
बेहोशी में होश है कम-कम
तुमको पाने की कोशिश में
दोनों जहाँ से खोए गए हम

मुझे जीने दो (1963)/जयदेव/लता मंगेशकर

तेरे बचपन को जवानी की दुआ देती हूँ
और दुआ देके परेशान-सी हो जाती हूँ

मेरे बच्चे! मेरे गुलज़ार के नन्हे पौदे
तुझको हालात की आँधी से बचाने के लिए
आज मैं प्यार के आँचल में छुपा लेती हूँ
कल ये कमज़ोर सहारा भी न हासिल होगा
कल तुझे काँटों भरी राह पे चलना होगा
ज़िन्दगानी की कड़ी धूप में जलना होगा

तेरे बचपन को जवानी की दुआ देती हूँ
और दुआ देके परेशान-सी हो जाती हूँ

तेरे माथे पे शराफ़त की कोई मुहर नहीं
चन्द बोसे[1] हैं मुहब्बत के सो वो भी क्या हैं
मुझ-सी माओं की मुहब्बत का कोई मेल नहीं
मेरे मासूम फ़रिश्ते तू अभी क्या जाने
तुझको किस-किस के गुनाहों की सज़ा मिलती है
दीन और धर्म के मारे हुए इनसानों की
जो नज़र मिलती है वो तुझको ख़फ़ा मिलती है

1. चुंबन।

तेरे बचपन को जवानी की दुआ देती हूँ
और दुआ देके परेशान-सी हो जाती हूँ

बेड़ियाँ लेके लपकता हुआ क़ानून का हात[1]
तेरे माँ-बाप से जब तुझको मिली ये सौग़ात
कौन लाएगा तेरे वास्ते ख़ुशियों की बरात
मेरे बच्चे तेरे अंजाम[2] से जी डरता है
तेरी दुश्मन ही साबित हो जवानी तेरी
काँप जाती है जिसे सोच के ममता मेरी
इसी अंजाम को पहुँचे न कहानी तेरी

तेरे बचपन को जवानी की दुआ देती हूँ
और दुआ देके परेशान-सी हो जाती हूँ

मुझे जीने दो (1963)/जयदेव/लता मंगेशकर

अब कोई गुलशन न उजड़े, अब वतन आज़ाद है
रूह गंगा की, हिमाला का बदन आज़ाद है

खेतियाँ सोना उगाएँ, वादियाँ मोती लुटाएँ
आज गौतम की ज़मीं, तुलसी का बन आज़ाद है

मन्दिरों में संख बाजे, मस्जिदों में हो अज़ाँ
शेख़ का धर्म और दीने-ब्राह्मण आज़ाद है

लूट कैसी भी हो अब इस देश में रहने न पाए
आज सबके वास्ते धरती का धन आज़ाद है

मुझे जीने दो (1963)/जयदेव/मोहम्मद रफ़ी

माँग में भर ले रंग सखी री, आँचल भर ले तारे, मिलन रुत आ गई
जाएगी तू उन संग सखी री, जो तोहे लागें प्यारे, मिलन रुत आ गई

कोई चाँदी के रूप में आया है
मेरे बाबुल की राजधानी में

1. हाथ, 2. अन्त।

मैं देखती हूँ उसे छुप-छुप कर
एक हलचल-सी है जवानी में

फड़के इक-इक अंग सखी री, आज ख़ुशी के मारे, मिलन रुत आ गई

सुर्ख़ जोड़ा है मेरी बाँहों में
सुर्ख़ जोड़ा मेरे बदन पर है
सबकी नज़रें हैं मेरे चेहरे पर
और मेरी नज़र सजन पर है

मचल जाए उमंग सखी री, धड़कन करे इशारे, मिलन रुत आ गई

मेरी डोली सजा रहे हैं कहार
फूल बिखरे हुए हैं राहों में
जिनकी बाँहों की आरज़ू थी मुझे
जा रही हूँ मैं उनकी बाँहों में

अँग न लागे संग सखी री, पिया जब बाँह पसारे, मिलन रुत आ गई

मुझे जीने दो (1963)/जयदेव/आशा भोंसले, कोरस

मोको पीहर में मत छेड़ रे बालम धर ले धीर जिगरिया में
भरी जवानी मोरी देख के बालम मोहे छेड़ो ना बीच डगरिया में
तुमरो ससुरो मायके मोरो वो तो जग रही भावज कोठरिया में
भोर होते तोरे संग चलूँगी फिर रहूँगी मैं तुमरी अटरिया में

मुझे जीने दो (1963)/जयदेव/आशा भोंसले

चलो इक बार फिर से अजनबी बन जाएँ हम दोनों

न मैं तुमसे कोई उम्मीद रक्खूँ दिलनवाज़ी की
न तुम मेरी तरफ़ देखो ग़लत-अन्दाज़ नज़रों से
न मेरे दिल की धड़कन लड़खड़ाए मेरी बातों से
न ज़ाहिर हो तुम्हारी कशमकश का राज़ नज़रों से

तुम्हें भी कोई उलझन रोकती है पेशक़दमी से
मुझे भी लोग कहते हैं कि ये जल्वे पराये हैं
मेरे हमराह भी रुस्वाइयाँ है मेरे माज़ी की
तुम्हारे साथ भी गुज़री हुई रातों के साये हैं

तआरुफ़ रोग हो जाए तो उसको भूलना बेह्तर
तअल्लुक़ बोझ बन जाए तो उसको तोड़ना अच्छा
वो अफ़साना जिसे अंजाम तक लाना न हो मुम्किन
उसे इक ख़ूबसूरत मोड़ देकर छोड़ना अच्छा

गुमराह (1963)/रवि/महेन्द्र कपूर

अ : इन हवाओं में इन फ़िज़ाओं में तुझको मेरा प्यार पुकारे
आजा-आजा रे तुझको मेरा प्यार पुकारे

ब : रुक न पाऊँ मैं खिंचती आऊँ मैं दिल को जब दिलदार पुकारे
आजा-आजा रे तुझको मेरा प्यार पुकारे

अ : तुझसे रंगत तुझसे मस्ती इन झरनों में इन फूलों में

ब : तेरे दम से मेरी हस्ती झूले चाहत के झूले में

अ : मचली जाएँ शोख़ उमंगें दो बाँहों का हार पुकारे
आजा-आजा रे तुझको मेरा प्यार पुकारे

ब : दिल में तेरे दिल की धड़कन आँख में तेरी आँख का जादू

अ : लब पर तेरे लब के साए साँस में तेरी साँस की ख़ुशबू

ब : ज़ुल्फ़ों का हर पेच बुलाए आँचल का हर तार पुकारे

अ : लाख बलाएँ सर पर टूटें अब ये सुहाना साथ न छूटे

ब : तन से चाहे जाँ छूट जाए, हाथ से तेरा हाथ न छूटे
मुड़के तकना ठीक नहीं है अब चाहे संसार पुकारे
आजा-आजा रे तुझको मेरा प्यार पुकारे

गुमराह (1963)/रवि/महेन्द्र कपूर, आशा भोंसले

इन हवाओं में इन फ़िज़ाओं में तुझको मेरा प्यार पुकारे
आजा-आजा रे तुझको मेरा प्यार पुकारे

लौट रही हैं मेरी सदाएँ दीवारों से सर टकरा के
हाथ पकड़कर चलनेवाले हो गए रुख़्सत हाथ छुड़ा के
उनको कुछ भी याद नहीं है अब कोई सौ बार पुकारे
आजा-आजा रे तुझको मेरा प्यार पुकारे

इल्म नहीं था इतनी जल्दी ख़त्म फ़साने हो जाएँगे
तुम बेगाने बन जाओगे हम दीवाने हो जाएँगे
कल बाँहों का हार मिला था आज अश्कों का प्यार पुकारे
आजा-आजा रे तुझको मेरा प्यार पुकारे

गुमराह (1963)/रवि/महेन्द्र कपूर

ये हवा ये हवा ये हवा
ये फ़िज़ा ये फ़िज़ा ये फ़िज़ा
है उदास जैसे मेरा दिल मेरा दिल मेरा दिल
आ भी जा आ भी जा आ भी जा

आ कि अब तो चाँदनी भी ज़र्द हो चली
धड़कनों की नर्म आँच सर्द हो चली
ढल चली है रात आके मिल
आ भी जा आ भी जा आ भी जा

राह में बिछी हुई है मेरी हर नज़र
मैं तड़प रहा हूँ और तू है बेख़बर
रुक रही है साँस आके मिल
आ भी जा आ भी जा आ भी जा

गुमराह (1963)/रवि/महेन्द्र कपूर

आप आए तो ख़याले-दिले-नाशाद[1] आया
कितने भूले हुए ज़ख़्मों का पता याद आया

1. अप्रसन्न मन का विचार।

आपके लब पे कभी अपना भी नाम आया था
शोख़ नज़रों से मुहब्बत का सलाम आया था
उम्र भर साथ निभाने का पयाम[1] आया था
आपको देख के वो अह्दे-वफ़ा[2] याद आया

रुह में जल उठे बुझती हुई यादों के दीये
कैसे दीवाने थे हम आपको पाने के लिए
यूँ तो कुछ कम नहीं जो आपने एहसान किए
पर जो माँगे से न पाया वो सिला याद आया

आज वो बात नहीं फिर भी कोई बात तो है
मेरे हिस्से में ये हल्की-सी मुलाक़ात तो है
ग़ैर का होके भी ये हुस्न मेरे साथ तो है
हाए किस वक़्त मुझे कब का गिला[3] याद आया

गुमराह (1963)/रवि/महेन्द्र कपूर

(1)

एक थी लड़की मेरी सहेली
साथ पली और साथ ही खेली
फूलों जैसे गाल थे उसके
रेशम जैसे बाल थे उसके
हम उसको गुड़िया कहते थे
रंगों की पुड़िया कहते थे
सारे स्कूल की प्यारी थी वो
नन्ही राजकुमारी थी वो
इक दिन उसने भोलेपन से
पूछा ये पापा से जाके
अब मैं ख़ुश रहती हूँ जैसे
सदा ही क्या ख़ुश रहूँगी ऐसे

1. सन्देश, 2. प्रेम-प्रतिज्ञा, 3. उलाहना।

पापा बोले मेरी बच्ची
बात बताऊँ तुमको सच्ची
कल की बात न कोई जाने
कहते हैं ये सभी सयाने
ये मत सोचो कल क्या होगा
जो भी होगा अच्छा होगा

(2)

बचपन बीता आई जवानी
लड़की बन गई रूप की रानी
कॉलेज में इठलाती फिरती
बल खाती लहराती फिरती
इक सुन्दर चंचल लड़के ने
छुप-छुपकर चुपके-चुपके से
लड़की की तस्वीर बनाई
और ये कहकर उसे दिखाई
इस पर अपना नाम तो लिख दो
छोटा-सा पैग़ाम तो लिख दो
लड़की पहले तो शर्माई
फिर मन ही मन में मुस्काई
एक दिन उसने भोलेपन से
पूछा ये अपने साजन से
अब मैं ख़ुश रहती हूँ जैसे
सदा ही क्या ख़ुश रहूँगी ऐसे
उसने कहा कि मेरी रानी
इतनी बात है मैंने जानी
कल की बात न कोई जाने
कहते हैं ये सभी सयाने
ये मत सोचो कल क्या होगा
जो भी होगा अच्छा होगा

(3)

इक परदेसी दूर से आया
लड़की पर हक़ अपना जताया
घर वालों ने हामी भर दी
परदेसी की मर्ज़ी कर दी
प्यार के वादे हुए न पूरे
रह गए सारे ख़्वाब अधूरे
छोड़ के साथी और हमसाए
चल दी लड़की देस पराए
दो बाँहों के हार ने रोका
वादों की दीवार ने रोका
घायल दिल का प्यार पुकारा
आँचल का हर तार पुकारा
पर लड़की कुछ मुँह से न बोली
पत्थर बनकर ग़ैर की हो ली
अब गुमसुम हैरान-सी है वो
मुझसे भी अनजान-सी है वो
जब भी देखो चुप रहती है
कहती है तो ये कहती है
कल की बात न कोई जाने
कहते हैं ये सभी सयाने
ये मत सोचो कल क्या होगा
जो भी होगा अच्छा होगा

गुमराह (1963)/रवि/आशा भोंसले

ये वादियाँ, ये फ़िज़ाएँ बुला रही हैं तुम्हें
ख़मोशियों की सदाएँ बुला रही हैं तुम्हें

तरस रहे हैं जवाँ फूल होंट छूने को
मचल-मचल के हवाएँ बुला रही हैं तुम्हें

तुम्हारी जुल्फ़ों से ख़ुशबू की भीक लेने को
झुकी-झुकी-सी घटाएँ बुला रही हैं तुम्हें

हसीन चंपई पैरों को जब से देखा है
नदी की मस्त अदाएँ बुला रही हैं तुम्हें

मेरा कहा न सुनो, इनकी बात तो सुन लो
हर एक दिल की दुआएँ बुला रही हैं तुम्हें

आज और कल (1963)/रवि/मोहम्मद रफ़ी

इतनी हसीन इतनी जवाँ रात क्या करें
जागे हैं कुछ अजीब से जज़्बात क्या करें

पेड़ों के बाज़ुओं में महकती है चाँदनी
बेचैन हो रहे हैं ख़यालात क्या करें

साँसों में घुल रही है किसी साँस की महक
दामन को छू रहा है कोई हाथ क्या करें

शायद तुम्हारे आने से ये भेद खुल सके
हैरान हैं कि आज नई बात क्या करें

आज और कल (1963)/रवि/मोहम्मद रफ़ी

मौत कितनी भी संगदिल हो मगर, ज़िन्दगी से तो मेह्रबाँ होगी

नित् नए रंज दिल को देती है, ज़िन्दगी ये ख़ुशी की दुश्मन है
मौत सबसे निबाह करती है, ज़िन्दगी ज़िन्दगी की दुश्मन है
कुछ न कुछ तो सुकून पाएगा मौत के बस में जिसकी जाँ होगी

रंग और नस्ल, नाम और दौलत, ज़िन्दगी कितने फ़र्क़ मानती है
मौत हद्बंदियों से ऊँची है, सारी दुनिया को एक जानती है
जिन उसूलों पे मर रहे हैं हम, उन उसूलों की क़द्रदाँ होगी

मौत से और कुछ मिले न मिले, ज़िन्दगी से तो जान छूटेगी
मुस्कुराहट नसीब हो कि न हो, आँसुओं की लड़ी तो टूटेगी
हम न होंगे तो ग़म किसे होगा, ख़त्म हर ग़म की दास्ताँ होगी

आज और कल (1963)/रवि/आशा भोंसले

मुझे गले से लगा लो, बहुत उदास हूँ मैं
ग़मे-जहाँ[1] से छुड़ा लो, बहुत उदास हूँ मैं

ये इंतिज़ार का दुख अब सहा नहीं जाता
तड़प रही है मुहब्बत, रहा नहीं जाता
तुम अपने पास बुला लो, बहुत उदास हूँ मैं

हर इक साँस में मिलने की प्यास पलती है
सुलग रहा है बदन और रूह जलती है
बुझा सको तो बुझा लो, बहुत उदास हूँ मैं

आज और कल (1963)/रवि/आशा भोंसले

ब : मुझे गले से लगा लो, बहुत उदास हूँ मैं
ग़मे-जहाँ से छुड़ा लो, बहुत उदास हूँ मैं
नज़र में तीर-से चुभते हैं अब नज़ारों से
मैं थक गई हूँ सभी टूटते सितारों से
अब और बोझ न डालो, बहुत उदास हूँ मैं

अ : बहुत सही ग़मे-दुनिया मगर उदास न हो
क़रीब है शबे-ग़म की सहर उदास न हो
सितम के हाथ की तलवार टूट जाएगी
ये ऊँच-नीच की दीवार टूट जाएगी
तुझे क़सम है मेरी हम सफ़र, उदास न हो

ब : न जाने कब ये तरीक़ा ये तौर बदलेगा
सितम का, ग़म का, मुसीबत का दौर बदलेगा
मुझे जहाँ से उठा लो, बहुत उदास हूँ मैं

---

1. संसार का दुख।

अ : बहुत सही ग़मे–दुनिया मगर उदास न हो
क़रीब है शबे–ग़म की सहर उदास न हो

आज और कल (1963)/रवि/मोहम्मद रफ़ी, आशा भोंसले

शोख़ी की बात है न शरारत की बात है
हुस्नो–अदा न नाज़ो–नज़ाकत की बात है
रुत्बे[1] का है सवाल न शुहरत[2] की बात है
दौलत की बात है न हुकूमत की बात है
कहते हैं जिसको इश्क़ तबीअत की बात है

आ जाए दिल किसी पे तो फिर मानता नहीं
अच्छे–बुरे के फ़र्क़ को पहचानता नहीं
बेकार बात है जो नसीहत की बात है

कोई किसी के वास्ते क्यों फ़िक्रमंद[3] हो
सीधा उसूल है कि जिसे जो पसन्द हो
बाक़ी हर एक बात अदावत[4] की बात है

हम ख़ुश हैं आज तुमसे निगाहें जो मिल गईं
दिल जिनको ढूँढ़ता था वो राहें तो मिल गईं
मंज़िल न पा सके तो ये क़िस्मत की बात है
कहते हैं जिसको इश्क़ तबीअत की बात है

आज और कल (1963)/रवि/आशा भोंसले, शमशाद बेगम, कोरस

तख़्त न होगा ताज न होगा, कल था लेकिन आज न होगा
जिसमें सब अधिकार न पाएँ, वो सच्चा स्वराज न होगा

लाखों की मेहनत पर क़ब्ज़ा मुट्ठी भर धनवानों का
दीन–धरम के नाम पे ख़ूनी बँटवारा इनसानों का
जिसका ये इतिहास रहा है अब वो अंधा राज न होगा
जिसमें सब अधिकार न पाएँ, वो सच्चा...

---

1. महत्ता, 2. प्रसिद्धि, 3. चिन्तित, 4. दुश्मनी।

जनता का फ़र्मान चलेगा, जनता की सरकार बनेगी
धरती की बेहक़ आबादी, धरती की हक़दार बनेगी
सामन्ती सरकार न होगी, पूँजीवाद समाज न होगा
जिसमें सब अधिकार न पाएँ, वो सच्चा...

मिल पर मज़दूरों का हक़ है, खेतों पर दहक़ान का हक़ है
जीने पर पाबंदी क्यों हो, जीना हर इनसान का हक़ है
जय हो जनता राज की जिसमें हुल्लड़ और निराज न होगा
जिसमें सब अधिकार न पाएँ, वो सच्चा...

आज और कल (1963)/रवि/मोहम्मद रफ़ी, मन्ना डे, गीता दत्त, कोरस

बाग़ी : राजा साहब घर नहीं, हमको किसी का डर नहीं
आज तो ऊँची गर्दन करके कहेंगे हम सौ बार

ग़ुलाम : बेअदब बेमुलाहिज़ा बेमुहार
बा-अदब बा-मुलाहिज़ा होशियार

बाग़ी : नाचेंगे और गाएँगे
चीख़ेंगे चिल्लाएँगे
मनमर्ज़ी का पहनेंगे
मनमर्ज़ी का खाएँगे
महल की ऊँची दीवारों से दूर है पहरेदार
बेअदब बेमुलाहिज़ा बेमुहार

ग़ुलाम : बा-अदब बा-मुलाहिज़ा होशियार

बाग़ी : आँखें झुकी-झुकी हों क्यों
साँसों रुकी-रुकी हों क्यों
राजा जी जब यहाँ नहीं
फिर बातें बेतुकी हों क्यों
आज के दिन तो बन्द करो ये झूट का कारोबार
बेअदब बेमुलाहिज़ा बेमुहार

ग़ुलाम : बा-अदब बा-मुलाहिज़ा होशियार

बाग़ी : राज़ों और सुल्तानों का
क़िस्सा गए ज़मानों का
इनसानों के आगे क्यों
सीस झुके इनसानों का

ऐटम का युग इन अंधी रस्मों से है बेज़ार
बेअदब बेमुलाहिज़ा बेमुहार

ग़ुलाम : बा-अदब बा-मुलाहिज़ा होशियार

आज और कल (1963)/रवि/बाग़ी : आशा भोंसले, ग़ुलाम : महेन्द्र कपूर

मैं जागूँ सारी रैन, सजन तुम सो जाओ
गीतों में छुपा लूँ बैन, सजन तुम सो जाओ

शाम ढले से भोर भए तक, जाग के जब कटती हैं घड़ियाँ
मधुर मिलन की ओस में बसकर, खिलती हैं जब जीवन की कलियाँ
आज नहीं वो रैन, सजन तुम सो जाओ

फीकी पड़ गई चाँद की ज्योति, धुँदले पड़ गए दीप गगन के
सो गईं सुन्दर सेज की कलियाँ, सो गए खुलते भाग दुल्हन के
खुल के रो लें नैन, सजन तुम सो जाओ

जाग के तन की अग्नि सो गई, बढ़ के थम गई मन की हलचल
अपना घूँघट आप उलटकर, खोल दी मैंने पाँव की पायल
अब है चैन ही चैन, सजन तुम आ जाओ

बहू रानी (1963)/सी. रामचन्द्र/लता मंगेशकर

ब : उम्र हुई तुमसे मिले फिर भी जाने क्यों
ऐसे लगे आज पहली बार मिले हैं

अ : उम्र हुई बाग़ सजे फिर भी जाने क्यों
ऐसे लगे फूल पहली बार खिले हैं

ब : रूप जगा यूँ बिन सँवारे सजना मैं सँवर गई
आज लगा यूँ मोतियों से मेरी माँग जैसे भर गई
कजरा छलके, अँचरा ढलके, ऐसे लगे जैसे पहली बार मिले हैं

अ : संग तुम्हारा मेरी ज़िन्दगी को रास आ गया
पाके सहारा दूर था मैं अपने पास आ गया
दुनिया सारी, लागे न्यारी, ऐसे लगे जैसे पहली बार मिले हैं

ब : झूम उठा तन, मन में एक ऐसी बात आ गई
जिसकी थी लगन, वो मिलन की रात आ गई
लहकीं लहकीं, अँखियाँ बहकीं, ऐसे लगे जैसे पहली बार मिले हैं

बहू रानी (1963)/सी. रामचन्द्र/हेमन्त कुमार, लता मंगेशकर

ये हुस्न मेरा, ये इश्क़ तेरा, रंगीन तो है बदनाम सही
मुझ पर तो कई इल्ज़ाम लगे, तुझ पर भी कोई इल्ज़ाम सही

इस रात की निखरी रंगत को कुछ और निखर जाने दे ज़रा
नज़रों को बहक जाने दे ज़रा, ज़ुल्फ़ों को बिखर जाने दे ज़रा
कुछ देर की ही तस्कीन[1] सही, कुछ देर का ही आराम सही

जज़्बात की कलियाँ चुननी हैं और प्यार का तुह्फ़ा देना है
लोगों की निगाहें कुछ भी कहें, लोगों से हमें क्या लेना है
ये खास तअल्लुक़ आपस का, दुनिया की नज़र में आम सही

रुसवाई के डर से घबराकर, हम तर्के-वफ़ा[2] कब करते हैं
जिस दिल को बसा लें पहलू में, उस दिल को जुदा कब करते हैं
जो हश्र[3] हुआ है लाखों का, अपना भी वहीं अंजाम[4] सही

कब ग़म की घटाएँ छा जाएँ, मासूम ख़ुशी को इल्म[5] नहीं
हम आज तो जी लें जी भर के, कल क्या हो किसी को इल्म नहीं
इक और रसीली सुबह सही, इक और नशीली शाम सही

बहू रानी (1963)/सी. रामचन्द्र/आशा भोंसले, कोरस

---

1. सन्तोष, 2. प्रेम त्याग, 3. बुरा हाल, 4. परिणाम अंत, 5. ज्ञान।

काम, क्रोध और लोभ का मारा जगत न आया रास
जब-जब राम ने जनम लिया तब-तब पाया बनवास

कलजुग तक चलती आई है सतजुग की ये रीत
सब कुछ हार चुके जब अपना, तब है राम की गीत
जुग बदले पर बदल न पाया अब तक ये इतिहास

छोड़ के अपने महल-दुमहले जंगल-जंगल फिरना
औरों के सुख-चैन की ख़ातिर दुख-संकट में घिरना
है यही राम के लेख की रेखा, आ गया अब विश्वास

राम हर इक जुग में आए पर कौन उन्हें पहचाना
राम की पूजा की जग ने पर राम का अर्थ न जाना
तकते-तकते बूढ़े हो गए धरती और आकाश

बहू रानी (1963)/सी. रामचन्द्र/महेन्द्र कपूर

बने ऐसा समाज मिले सबको अनाज
न हो लूट न हो फूट न हो झूट तो जी कैसा हो
जागे सबका नसीब न हो कोई ग़रीब
मिटे रोग, भूलें सोग सभी लोग तो जी कैसा हो

न हो मेहनत पे धन का इजारा
सब करें अपने बल पर गुज़ारा
भेद और भाव मिट जाए सारा
आदमी आदमी को हो प्यारा

कोई ऊँच और नीच न हो दुनिया के बीच
न हो जात न हो पात रहें साथ तो जी कैसा हो

दीन और धर्म माँगे न चन्दे
एक हो जाएँ धरती के बन्दे
टूट जाएँ रिवाजों के फन्दे
बन्द हो जाएँ चोरी के धन्दे

मिटे काला बाज़ार, पड़े झूटे को मार
खुले पोल, हटे झोल, घटे मोल तो जी कैसा हो

सारे जग में हो सुख का सवेरा
जाए जुग-जुग का बोझल अँधेरा
कोई झगड़ा न हो तेरा-मेरा
लहर ले शान्ति का फरैरा

न हों देशों में जंग, रहें सब एक संग
बुझे आग, मिटे लाग, छिड़े राग तो जी कैसा हो
बने ऐसा समाज मिले सबको अनाज
न हो लूट, न हो फूट, न हो झूट तो जी कैसा हो

बहू रानी (1963)/सी. रामचन्द्र/लता मंगेशकर, आशा भोंसले, मन्ना डे, कोरस

तीतर के घर में तीतर
बाहर अच्छा कि भीतर
जा पूछ के आओ चीतल
क्या बोले दाई माँ

भूका हो जब भालू
गुड़ खाए या आलू
चूहिया जब हो छोटी
हलवा दें या रोटी

गाय जो माँगे चारा
आधा दें या सारा
मुर्ग़ी दे जो अंडा
मैं खाऊँ या पंडा

आए न समझ के अन्दर
ये दर्शन है बड़ा बतंगड़
जा पूछ के आओ बन्दर
क्या बोले दाई माँ

नन्ही मैना पहने
कितने भारी गहने
कितनी हल्की नथुनी
डाले मोटी हथिनी

कुत्ता मुँह को चाटे
या टाँगों में काटे
बकरा बाँधे साड़ी
या बढ़ने दे दाढ़ी

ये सोच न पीछे छोड़े
कब तक कोई माथा फोड़े
जा पूछ के आओ घोड़े
क्या बोले दाई माँ

बहू रानी (1963)/सी. रामचन्द्र/हेमन्त कुमार

इक प्यार के बन्धन की ख़ातिर
मैं तो सारे बन्धन तोड़ चली
जिन सखियों के संग खेली थी
उन सखियों से मुख मोड़ चली

मेरी माँग में भर दो रंग सखी
मुझे जाना है पी के संग सखी
प्रीतम का संदेसा आ पहुँचा
बाबुल की नगरिया छोड़ चली

मेरे गुण–अवगुण बिसरा दे जो
जाती बार गले से लगा ले जो
मैं लाज का घूँघट ओढ़े हुए
पग चूम चली हथ जोड़ चली

प्यार का बन्धन (1963)/रवि/आशा भोंसले

नर्तकी : आ मेरी आँखों की गहराई में आकर डूब जा
गर तमन्ना है ख़ुशी की मुस्कुराकर डूब जा

शराबी : अभी ज़िन्दगी के सहारे बहुत हैं
मैं क्यों डूब जाऊँ किनारे बहुत हैं

नर्तकी : किसी मनचले का भरम तोड़ने को
मचलती हवाओं का रुख़ मोड़ने को
हमारी नज़र के इशारे बहुत हैं

शराबी : अभी ज़िन्दगी के सहारे बहुत हैं
तुम्हारी अदाओं को पहचानता हूँ
तुम्हें तुमसे बेहतर तो मैं जानता हूँ
निगाहें सलामत नज़ारे बहुत हैं
अभी ज़िन्दगी के सहारे बहुत हैं

नर्तकी : यहीं देख लो गर न तुमको यक़ीं हो
हमारी नज़र में तुम्हीं इक नहीं हो
इसी अंजुमन में हमारे बहुत हैं

शराबी : अभी ज़िन्दगी के सहारे बहुत हैं
अँधेरा है लेकिन मुझे ग़म नहीं है
कि उम्मीद की रौशनी कम नहीं हैं
मेरे आस्माँ पर सितारे बहुत हैं
अभी ज़िन्दगी के सहारे बहुत हैं
मैं क्यों डूब जाऊँ किनारे बहुत हैं

ये महफ़िल बहारों की महफ़िल नहीं है
ये मंज़िल का धोका है मंज़िल नहीं है
ये मंज़िल नहीं है, ये मंज़िल नहीं है

प्यार का बन्धन (1963)/रवि/शराबी : मोहम्मद रफ़ी, नर्तकी : आशा भोंसले

घोड़ा पिशौरी मेरा
ताँगा लाहौरी मेरा
बैठो मियाँ जी बैठो लाला
मैं हूँ अलबेला ताँगे वाला
टाँगें थकेंगी यारो ताँगे में आओ
गर्मी बड़ी है प्यारो पैदल न जाओ
होगा गुलाबी रंग काला
मैं हूँ अलबेला ताँगे वाला
बचना ओ जानेवाले मैं तुझ पे वारी
टकरा न जाए कहीं शाही सवारी
रोता फिरेगा घर वाला
मैं हूँ अलबेला ताँगे वाला
मेहनत मजूरी करूँ रुकना न जानूँ
आँधी-तूफ़ान में भी झुकना न जानूँ
अपना साईं है रखवाला
मैं हूँ अलबेला ताँगे वाला

प्यार का बन्धन (1963)/रवि/मोहम्मद रफ़ी

बोझ उठा ले साथी बोझ उठा ले
ईंट और पत्थर बोझ नहीं है, बोझ है तेरी ग़रीबी
भूक ने हमको जन्म दिया, मेहनत ने हमको पाला
सिर्फ़ अपनी बाँहों का फल है जो फ़ाक़ों को टाला
बोझ उठा ले साथी बोझ उठा ले

पाँव न डोले, हाथ न काँपे, साँस न तेरी फूले
ख़ून पसीना एक हो पर ये बात न तुमको भूले
घर पर रस्ता देख रहे हैं भूके बच्चे-बाले
बोझ उठा ले साथी बोझ उठा ले

महल बनाकर हम चल देंगे, रहेंगे दौलत वाले
बोझ उठा ले साथी बोझ उठा ले

ईंट और पत्थर बोझ नहीं है बोझ है तेरी ग़रीबी

प्यार का बन्धन (1963)/रवि/मोहम्मद रफ़ी, कोरस

अ : पर्वतों के पेड़ों पर शाम का बसेरा है
सुर्मई उजाला है, चम्पई अँधेरा है

ब : दोनों वक़्त मिलते हैं दो दिलों की सूरत से
आसमाँ ने ख़ुश होकर रंग-सा बिखेरा है

अ : ठहरे-ठहरे पानी में गीत सरसराते हैं
भीगे-भीगे झोंकों में ख़ुशबुओं का डेरा है

ब : क्यों न जज़्ब[1] हो जाएँ इस हसीं नज़ारे में
रौशनी का झुरमुट है, मस्तियों का घेरा है

शगुन (1964)/ख़य्याम/मोहम्मद रफ़ी, सुमन कल्यानपुर

तुम चली जाओगी परछाइयाँ रह जाएँगी
कुछ न कुछ हुस्न की रानाइयाँ रह जाएँगी

तुम कि इस झील के साहिल पे मिली हो मुझसे
जब भी देखूँगा यहीं मुझको नज़र आओगी
याद मिटती है न मंज़र कोई मिट सकता है
दूर जाकर भी तुम अपने को यहीं पाओगी

घुल के रह जाएगी झोंकों में बदन की ख़ुशबू
ज़ुल्फ़ का अक्स घटाओं में रहेगा सदियों
फूल चुपके से चुरा लेंगे लबों की सुर्ख़ी
ये जवाँ हुस्न फ़िज़ाओं में रहेगा सदियों

इस धड़कती हुई शादाबो-हसीं वादी में
ये न समझो कि ज़रा देर का क़िस्सा हो तुम
अब हमेशा के लिए मेरे मुक़द्दर की तरह
इन नज़ारों के मुक़द्दर का भी हिस्सा हो तुम

तुम चली जाओगी परछाइयाँ रह जाएँगी
कुछ न कुछ हुस्न की रानाइयाँ रह जाएँगी

शगुन (1964)/ख़य्याम/मोहम्मद रफ़ी

---

1. विलीन।

अ : इतने क़रीब आके भी क्या जाने किस लिए
कुछ अजनबी से आप हैं, कुछ अजनबी से हम

ब : वो एक बात जो थी फ़क़त आप के लिए
वो एक बात कह न सके आप ही से हम

अ : ऐसी तो कोई क़ैद नहीं दिल की बात पर
आपस की बात हो तो डरें क्यों किसी से हम

ब : तुम दूर हो तो मौत भी आए न हमको रास
तुम पास हो तो जान भी दे दें खुशी से हम

अ : मौत एक वह्म और हक़ीक़त है ज़िन्दगी

अ, ब : इक-दूसरे को माँगेंगे इस ज़िन्दगी से हम

शगुन (1964)/ख़य्याम/तलअत महमूद, मुबारक बेगम

ये रात बहुत रंगीन सही, इस रात में ग़म का ज़हर भी है
नग़मों की खनक में डूबी हुई, फ़रियादो-फ़ुग़ाँ[1] की लहर भी है
तुम रक़्स[2] करो मैं शे'र पढ़ूँ, मतलब तो है कुछ ख़ैरात[3] मिले
इस क़ौम के बच्चों की ख़ातिर कुछ सिक्कों की सौग़ात मिले

सिक्के तो करोड़ों ढल-ढलकर टकसाल से बाहर आते हैं
किन ग़ारों में खो जाते हैं, किन पर्दों में छुप जाते हैं
ये जुल्म नहीं तो फिर क्या है, पैसे से तो काले धंदे हों
और मुल्क की वारिस नस्लों की तालीम की ख़ातिर चन्दे हों
अब काम नहीं चल सकने का रह्म और ख़ैरात के नारे से
इस देश के बच्चे अनपढ़ हैं दौलत के ग़लत बँटवारे से

बदले ये निज़ामे-ज़रदारी[4], कह दो ये सियासतदानों[5] से
ये मस्अला[6] हल होने का नहीं, काग़ज़ पे छपे एलानों से
ये रात बहुत रंगीन सही, इस रात में ग़म का ज़हर भी है

शगुन (1964)/ख़य्याम/मोहम्मद रफ़ी

---

1. दुहाई और आर्तनाद, 2. नृत्य, 3. दान, 4. धनवानों की व्यवस्था, 5. नेताओं, 6. समस्या।

तुम अपना रंजो-ग़म, अपनी परेशानी मुझे दे दो
तुम्हें ग़म की क़सम, इस दिल की वीरानी मुझे दे दो

ये माना मैं किसी क़ाबिल नहीं हूँ इन निगाहों में
बुरा क्या है अगर ये दुख, ये हैरानी मुझे दे दो

मैं देखूँ तो सही, दुनिया तुम्हें कैसे सताती है
कोई दिन के लिए अपनी निगहबानी मुझे दे दो

वो दिल जो मैंने माँगा था मगर ग़ैरों ने पाया है
बड़ी शै[1] है अगर इसकी पशेमानी[2] मुझे दे दो

शगुन (1964)/ख़य्याम/जगजीत कौर

बुझा दिए हैं ख़ुद अपने हाथों, मुहब्बतों के दीये जलाके
मेरी वफ़ा ने उजाड़ दी हैं, उम्मीद की बस्तियाँ बसा के

तुझे भुला देंगे अपने दिल से, ये फ़ैसला तो किया है लेकिन
न दिल को मालूम है न हमको, जिएँगे कैसे तुझे भुला के

कभी मिलेंगे जो रास्ते में तो मुँह फिराकर पलट पड़ेंगे
कहीं सुनेंगे जो नाम तेरा तो चुप रहेंगे नज़र झुका के

न सोचने पर भी सोचती हूँ कि ज़िन्दगानी में क्या रहेगा?
तेरी तमन्ना को दफ़न करके, तेरे ख़यालों से दूर जाके

शगुन (1964)/ख़य्याम/सुमन कल्यानपुर

ज़िन्दगी ज़ुल्म सही, जब्र सही, ग़म ही सही
दिल की फ़रियाद सही, रूह का मातम ही सही

हमने हर हाल में जीने की क़सम खाई है
अब यही हाल मुक़द्दर हो तो शिक्वा क्यों हो
हम सलीक़े से निभा देंगे जो दिन बाक़ी हैं
चाह रुसवा न हुई, आह भी रुस्वा क्यों हो
ज़िन्दगी ज़ुल्म सही, जब्र सही, ग़म ही सही

1.चीज़, 2. लज्जा, पश्चात्ताप।

हमको तक़्दीर से बेवजह शिकायत क्यों है
इसी तक़्दीर ने चाहत की ख़ुशी भी दी थी
आज अगर काँपती पलकों को दिए हैं आँसू
कल थिरकते हुए होंटों को हँसी भी दी थी
ज़िन्दगी ज़ुल्म सही, जब्र सही, ग़म ही सही

हम हैं मायूस मगर इतने भी मायूस नहीं
इक न इक दिन तो ये अश्कों की लड़ी टूटेगी
इन न इक दिन तो छटेंगे ये ग़मों के बादल
इक न इक दिन तो उजाले की किरन फूटेगी

ज़िन्दगी ज़ुल्म सही, जब्र सही, ग़म ही सही
दिल की फ़रियाद सही, रूह का मातम ही सही

शगुन (1964)/खय्याम/सुमन कल्यानपुर

गोरी ससुराल चली
डोली सज गई शगुनों वाली
देखो देखो जी गोरी ससुराल चली

बिन्दिया चम-चम चमके
पायल छन-छन छनके
जूड़ा चमक दिखाए
गजरा लहक लुटाए
फड़के अंग बदन के
जोड़ा लाल पहन के
देखो देखो जी गोरी ससुराल चली

आई घड़ी मिलन की
कलियाँ खिल गईं मन की
गोरी राज करेगी
सुख से गोद भरेगी
सखियाँ देवें बधाई

बाज रही शहनाई
देखो देखो जी गोरी ससुराल चली

जादू डार के छब का
मन मोहेगी सब का
ननद बलाएँ लेगी
सास दुआएँ देगी
छूकर पाँव ससुर के
स्वागत गाएगी घर के
देखो देखो जी गोरी ससुराल चली

शगुन (1964)/ख़य्याम/जगजीत कौर

अपना दिल पेश करूँ, अपनी वफ़ा पेश करूँ
कुछ समझ में नहीं आता तुझे क्या पेश करूँ

तेरे मिलने की ख़ुशी में कोई नग़मा छेड़ूँ
या तेरे दर्दे-जुदाई का गिला पेश करूँ

मेरे ख़्वाबों में भी तू, मेरे ख़यालों में भी तू
कौन-सी चीज़ तुझे तुझसे जुदा पेश करूँ

जो तेरे दिल को लुभाए, वो अदा मुझ में नहीं
क्यों न तुझको कोई तेरी ही अदा पेश करूँ

ग़ज़ल (1964)/मदन मोहन/मोहम्मद रफ़ी

नग़मा-ओ-शे'र की सौग़ात किसे पेश करूँ
ये छलकते हुए जज़्बात किसे पेश करूँ

शोख़ आँखों के उजालों को लुटाऊँ किस पर
मस्त ज़ुल्फ़ों की सियह रात किसे पेश करूँ

गर्म साँसों में छुपे राज़ बताऊँ किसको
नर्म होंटों में दबी बात किसे पेश करूँ

कोई हमराज़[1] तो पाऊँ, कोई हमदम[2] तो मिले
दिल की धड़कन के इशारात[3] किसे पेश करूँ

ग़ज़ल (1964)/मदन मोहन/लता मंगेशकर

इश्क़ की गर्मिए-जज़्बात किसे पेश करूँ
ये सुलगाते हुए दिन-रात किसे पेश करूँ

हुस्न और हुस्न का हर नाज़ है पर्दे में अभी
अपनी नज़रों की शिकायत किसे पेश करूँ

तेरी आवाज़ के जादू ने जगाया है जिन्हें
वो तसव्वुर वो ख़यालात किसे पेश करूँ

ऐ मेरी जाने-ग़ज़ल ऐ मेरी ईमाने-ग़ज़ल
अब सिवा तेरे ये नग़मात किसे पेश करूँ

कोई हमराज़ तो पाऊँ कोई हमदम तो मिले
दिल की धड़कन के इशारात किसे पेश करूँ

ग़ज़ल (1964)/मदन मोहन/लता मंगेशकर

रंग और नूर की बारात किसे पेश करूँ
ये मुरादों की हसीं रात किसे पेश करूँ

मैंने जज़्बात निभाये हैं उसूलों की जगह
अपने अरमान पिरो लाया हूँ फूलों की जगह
तेरे सेहरे की ये सौग़ात किसे पेश करूँ

ये मेरे शे'र मेरे आख़िरी नज़राने हैं
मैं उन अपनों में हूँ जो आज से बेगाने हैं
बेतअल्लुक़[4]-सी मुलाक़ात किसे पेश करूँ

---

1. मित्र, 2. हर समय का साथी, 3. संकेत, मतलब, 4. असंबद्ध।

सुर्ख़ जोड़े की तबोताब[1] मुबारक हो तुझे
तेरी आँखों का नया ख़्वाब मुबारक हो तुझे
मैं ये ख़्वाहिश, ये ख़यालात किसे पेश करूँ

कौन कहता है कि चाहत पे सभी का हक़ है
तू जिसे चाहे तेरा प्यार उसी का हक़ है
मुझसे कह दे मैं तेरा हात[2] किसे पेश करूँ

ग़ज़ल (1964)/मदन मोहन/मोहम्मद रफ़ी

दिल ख़ुश है आज उनसे मुलाक़ात हो गई
गर दूर ही से ही बात हुई बात हो गई

उनसे हमारा कोई तअल्लुक़ तो बन गया
बिगड़े भी वो अगर तो बड़ी बात हो गई

धड़कन बढ़ी तो साँस की ख़ुशबू बिखर गई
आँचल उड़ा तो रंग की बरसात हो गई

जी चाहता है मान ही लें अब ख़ुदा को हम
जिसका यक़ीं न था वो करामात हो गई

ग़ज़ल (1964)/मदन मोहन/मोहम्मद रफ़ी

ताज तेरे लिए इक मज़्हरे-उल्फ़त[3] ही सही
तुझको इस वादिए-रंगीं से अक़ीदत[4] ही सही
मेरी महबूब कहीं और मिला कर मुझसे

अनगिनत लोगों ने दुनिया में मुहब्बत की है
कौन कहता है कि सादिक़[5] न थे जज़्बे उनके
लेकिन उनके लिए तश्हीर[6] का सामान नहीं
क्योंकि वो लोग भी अपनी ही तरह मुफ़लिस थे
मेरी महबूब कहीं और मिला कर मुझसे

---

1. चमक, 2. हाथ, 3. प्रेम का सूचक, 4. श्रद्धा, 5. सच्चा, 6. प्रचार।

ये चमनज़ार, ये जमना का किनारा, ये महल
ये मुनक़्क़श[1] दरो-दीवार, ये मेहराब, ये ताक़
इक शहंशाह ने दौलत का सहारा लेकर
हम ग़रीबों की मुहब्बत का उड़ाया है मज़ाक़
मेरी महबूब कहीं और मिलाकर मुझसे

ग़ज़ल (1964)/मदन मोहन/मोहम्मद रफ़ी

उनसे नज़रें मिलीं और हिजाब[2] आ गया
ज़िन्दगी में हसीं इन्क़िलाब[3] आ गया

बेख़बर थे उभरते तक़ाज़ों से हम
हमको मालूम न था ऐसे भी दिन आएँगे

आइना देखें तो आप अपने से शर्माएँगे
बेख़बर थे उभरते तक़ाज़ों से हम

आज जाना कि सचमुच शबाब आ गया
आँख झुकती है क्यों, साँस रुकती है क्यों

इन सवालों का ख़ुद से जवाब आ गया
दिल के आने को हम किस तरह रोकते

दिल को रोका न गया ख़ुद को सँभाला न गया
बात इस तरह बढ़ी, बात को डाला न गया

दिल के आने को हम किस तरह रोकते
जिस पे आना था ख़ाना-खराब[4] आ गया

ग़ज़ल (1964)/मदन मोहन/लता मंगेशकर, उषा मंगेशकर

अ : मुझे ये फूल न दे तुझको दिलबरी की क़सम
ये कुछ नहीं तेरे होंटों की ताज़गी की क़सम

---

1. चित्रित, 2. लाज, 3. परिवर्तन, 4. अभागा।

ब : नज़र हसीं हो तो जल्वे हसीन लगते हैं
मैं कुछ नहीं हूँ मुझे मेरे हुस्न ही की क़सम

अ : तू एक साज़ है, छेड़ा नहीं किसी ने जिसे
तेरे बदन में छुपी नई रागिनी की क़सम

ब : ये रागिनी तेरे दिल में है, मेरे तन में नहीं
परखने वाले मुझे तेरी सादगी की क़सम

अ : ग़ज़ल का लोच है तू नज़्म का शबाब है तू
यक़ीन कर तुझे मेरी ही शायरी की क़सम

ग़ज़ल (1964)/मदन मोहन/मोहम्मद रफ़ी, सुमन कल्यानपुर

अदा क़ातिल नज़र बर्क़े-बला[1] यूँ भी है और यूँ भी
मुहब्बत करने वालों की क़ज़ा[2] यूँ भी है यूँ भी
कभी चिलमन उठा देना, कभी चिलमन गिरा देना
सितमगर नाज़नीनों[3] की अदा यूँ भी है और यूँ भी
हमें चाहा तो क्यों चाहा, हमें भूले तो क्यों भूले
सज़ा हम क्यों न दें, उनकी ख़ता यूँ भी है और यूँ भी

ग़ज़ल (1964)/मदन मोहन/आशा भोंसले

अ : चाँद तकता है इधर, आओ कहीं छुप जाएँ
ब : कहीं लागे न नज़र, आओ कहीं छुप जाएँ

अ : फूल शाख़ों से झुके हैं होंटों की तरफ़
झोंके बल खाके मुड़े आते हैं ज़ुल्फ़ों की तरफ़

ब : छोड़कर उनकी डगर, आओ कहीं छुप जाएँ
चाँद तकता है इधर...

मैं ही मैं देखूँ सजन, दूजा न देखे तोहे
का ख़बर कौन सौतनिया, तोरा मन मोहे

1. आपत्ति की बिजली, 2. मृत्यु, 3. अत्याचारी सुन्दरियाँ।

अ : दिल पे डालो न असर, आओ कहीं छुप जाए
चाँद तकता है इधर...

सारी नज़रों से परे सारे नज़ारों से परे
आस्मानों पे चमकते हुए तारों से परे

ब : ओढ़कर लाल चुनर, आओ कहीं छुप जाए

अ, ब : चाँद तकता है इधर...

दूज का चाँद (1964)/रौशन/मोहम्मद रफ़ी, सुमन कल्यानपुर

सुन ऐ माहजबीं, मुझे तुझसे इश्क़ नहीं
यूँ मैं तेरा क़ाइल हूँ
नाज़ो-अदा पर माइल हूँ
जल्वों का दम भरता हूँ
छुप-छुप देखा करता हूँ
पर ऐ पर्दानशीं, मुझे तुझसे इश्क़ नहीं

तुझसे नज़र जब लड़ती है
चोट-सी दिल पर पड़ती है
पाँव बहकने लगते हैं
साँस दहकने लगते हैं
पर है मुझको यक़ीं, मुझे तुझसे इश्क़ नहीं

ग़ैर से जब तू हँस के मिले
जाग उठते हैं दिल में गिले
उलझन में पड़ जाता हूँ
सोच के कुछ घबराता हूँ
पर ऐ शोख़ हसीं, मुझे तुझसे इश्क़ नहीं

तू वो दिलकश हस्ती है
जो ख़्वाबों में बसती है
तू कह दे तो जाँ दे दूँ
जान तो क्या ईमाँ दे दूँ

पर ऐ हासिले-दीं, मुझे तुझसे इश्क़ नहीं
सुन ऐ माहजबीं, मुझे तुझसे इश्क़ नहीं

दूज का चाँद (1964)/रौशन/मोहम्मद रफ़ी

महफ़िल से उठ जाने वालो! तुम लोगों पर क्या इल्ज़ाम
तुम आबाद घरों के बासी, मैं आवारा और बदनाम
मेरे साथी ख़ाली जाम

दो दिन तुमने प्यार जताया, दो दिन तुमसे मेल रहा
अच्छा-ख़ासा वक़्त कटा और अच्छा-ख़ासा खेल रहा
अब उस खेल का ज़िक्र ही क्या कि वक़्त कटा और खेल तमाम
मेरे साथी ख़ाली जाम

तुमने ढूँढ़ी सुख की दौलत, मैंने पाला ग़म का रोग
कैसे बनता कैसे निभता ये रिश्ता और ये संजोग
मैंने दिल को दिल से तोला, तुमने माँगे प्यार के दाम
मेरे साथी ख़ाली जाम

तुम दुनिया को बेह्तर समझे, मैं पागल था ख़्वार[1] हुआ
तुमको अपनाने निकला था, ख़ुद से भी बेज़ार[2] हुआ
देख लिया घर-फूँक तमाशा, जान लिया मैंने अंजाम[3]
मेरे साथी ख़ाली जाम

दूज का चाँद (1964)/रौशन/मोहम्मद रफ़ी

सजन सलोना माँग लो जी कोई, निकला है दूज का चाँद
सखी आज न कर यूँ लाज

मोहे मीठी नाही लागे ऐसी बात, सखी छेड़ो ना
मैं ना चाहूँ किसी छलिये का साथ, सखी छेड़ो ना
तू ना चाहे किसी मितवा का साथ रे सखी

1. अपमानित, 2. अप्रसन्न, 3. परिणाम , अंत।

कि तोरी छम-छम करती पायल चाहे है कोई मतवारा रसिया
सुनो तो गोरी, काहे की चोरी, सजन सलोना माँग लो जो कोई
जाको भाऊँ वा ही माँगे मोरा हाथ मैं तो माँगूँ ना
बड़ी आई है ये दूज की रात मैं तो माँगूँ ना
तू ना माँगे कछु आज की रात री सखी

कि तोरी चम-चम करती बिन्दिया माँगे कोई मतवारा रसिया
सुनो तो गोरी, काहे की चोरी, सजन सलोना माँग लो जो कोई

दूज का चाँद (1964)/रौशन/लता मंगेशकर, आशा भोंसले

फुल गेंदवा न मारो न मारो, लगत करेजवा में चोट
दूँगी मैं दुहाई, काहे चुतर बनत, ठिठोरी करत हरजाई
दहका हुआ ये अँगारा जो गेंदवा कहलाए है
तन पर जहाँ गिरे पापी, वहीं दाग पड़ जाए है
अंग-अंग मोरा पीर करे और कर के कहे
फुल गेंदवा न मारो

रुक जाओ ना सताओ मोहे जुल्मी बलम
मान जाओ बिनती अबला की
देखो-देखो अब दूँगी दुहाई
काहे चतुर बनत, ठिठोरी करत हरजाई
फुल गेंदवा न मारो, लगत करेजवा में चोट

दूज का चाँद (1964)/रौशन/मन्ना डे

पथ निहारूँ डगर बुहारूँ नैन गँवाऊँ रोए
सूली ऊपर सेज पिया की किस विध मिलना होए
पड़े बरखा फुहार
करे जियारा पुकार
दुख जाने न हमार
बैरन रुत बरसात की

उत बरसें बदरवा कारे
इत बरसें दो नैन हमारे
मिटी कजरे की धार
लुटा मन का सिंघार
दुख जाने न हमार
बैरन रुत बरसात की

दुख हमरी अभागन प्रीत के
वही जाने जो हारा हो जीत के
टूटे सपनों के हार
सूना लागे संसार
दुख जाने न हमार
बैरन रुत बरसात की

दूज का चाँद (1964)/रौशन/लता मंगेशकर

लो अपना जहाँ दुनिया वालो, हम इस दुनिया को छोड़ चले
जो रिश्ते-नाते जोड़े थे, वो रिश्ते-नाते तोड़ चले

कुछ सुख के सपने देख चले, कुछ दुख के सद्‌मे झेल चले
तक़्दीर की अँधी गर्दिश ने, जो खेल खिलाए खेल चले

हर चीज़ तुम्हें लौटा दी है, हम ले के नहीं कुछ साथ चले
फिर दोष न देना ऐ लोगो, हमें देख लो ख़ाली हाथ चले

ये राह अकेली कटती चले, यहाँ साथ न कोई यार चले
उस पार न जाने क्या पाएँ, इस पार तो सब कुछ हार चले

दूज का चाँद (1961)/रौशन/एस. बलबीर

ब : छा गए बादल नील गगन पर
धुल गया कजरा साँझ ढले
देख के मेरा मन बेचैन

रैन से पहले हो गई रैन
आज हृदय के स्वप्न फले
धुल गया कजरा साँझ ढले

अ : रूप की संगत और एकान्त
आज भटकता मन है शान्त
कह दो समय से थम के चले
धुल गया कजरा साँझ ढले
छा गए बादल नील गगन पर

ब : अंधियारी-सी चादर तान
इक होंगे दो व्याकुल प्राण
आज न कोई दीप जले
धुल गया कजरा साँझ ढले
छा गए बादल नील गगन पर
धुल गया कजरा साँझ ढले

चित्रलेखा (1964)/रौशन/मोहम्मद रफ़ी, आशा भोंसले

मन रे, तू काहे न धीर धरे
वो निर्मोही मोह न जानें, जिनका मोह करे
मन रे, तू काहे न धीर धरे

इस जीवन की चढ़ती-ढलती धूप को किसने बाँधा
रंग पे किसने पहरे डाले, रूप को किसने बाँधा
काहे ये जतन करे
मन रे, तू काहे न धीर धरे

इतना ही उपकार समझ, कोई जितना साथ निभा दे
जनम-मरण का मेल है सपना, ये सपना बिसरा दे
कोई न संग मरे
मन रे, तू काहे न धीरे धीरे

चित्रलेखा (1964)/रौशन/मोहम्मद रफ़ी

संसार से भागे फिरते हो, भगवान को तुम क्या पाओगे
इस लोक को भी अपना न सके, उस लोक में भी पछताओगे

ये पाप है क्या, ये पुण्य है क्या, रीतों पर धर्म की मुह्रें हैं
हर युग में बदलते धर्मों को कैसे आदर्श बनाओगे

ये भूक भी एक तपस्या है, तुम त्याग के मारे क्या जानो
अपमान रचयिता का होगा, रचना को अगर ठुकराओगे

हम कहते हैं ये जग अपना है, तुम कहते हो झूटा सपना है
हम जन्म बिताकर जाएँगे, तुम जन्म गँवाकर जाओगे

चित्रलेखा (1964)/रौशन/लता मंगेशकर

सखी री मेरा मन उलझे, तन डोले
अब चैन पड़े तब ही जब उनसे मिलन हो ले
लाख जतन करूँ ध्यान बँटे ना
ये रसवन्ती रैन कटे ना
पवन अगन-सी बोले
अब चैन पड़े तब ही जब उनसे मिलन हो ले
साँस भी लूँ तो आँच-सी आए
चंचल काया पिघली जाए
अधरों में तृष्णा बोले
अब चैन पड़े तब ही जब उनसे मिलन हो ले
सखी री मेरा मन उलझे तन डोले

चित्रलेखा (1964)/रौशन/लता मंगेशकर

लागी मनवा के बीच कटारी कि मारा गया ब्रह्मचारी
कैसी जुल्मी बनाई तूने नारी कि मारा गया ब्रह्मचारी

ऐसा घूँघरू पायलिया का झनका
मोरी माला में अटक गया मनका
मैं तो भूला प्रभु सुध-बुध सारी कि मारा गया ब्रह्मचारी

कोई चंचल कोई मतवाली है
कोई नटखट कोई भोली-भाली है
कभी देखी न थी ऐसी फुलवारी कि मारा गया ब्रह्मचारी

बड़े जतनों साख बनाई थी
मोरी बरसों की पुन्य कमाई थी
तैने पल में भस्म कर डाली कि मारा गया ब्रह्मचारी

मोहे बावला बना गईं वा की बतियाँ
अब कटती नहीं हैं मो से रतियाँ
पड़ी सर पै बिपंत अति भारी कि मारा गया ब्रह्मचारी

मुझे उन बिन कछु न सुहाए रे
मोरी अँखियों के आगे लहराए रे
गोरे मुखड़े पे लट कारी-कारी कि मारा गया ब्रह्मचारी

चित्रलेखा (1964)/रौशन/मन्ना डे

अश्कों में जो पाया है, वो गीतों में दिया है
इस पर भी सुना है कि ज़माने को गिला है

जो तार से निकली है वो धुन सबने सुनी है
जो साज़ पे गुज़री है वो किस दिल को पता है

हम फूल हैं, औरों के लिए लाएँ हैं ख़ुशबू
अपने लिए ले-दे के बस इक दाग़ मिला है

चाँदी की दीवार (1964)/एन. दत्ता/तल्अत महमूद

कहीं क़रार न हो और कहीं ख़ुशी न मिले
हमारे बाद किसी को ये ज़िन्दगी न मिले

सियह-नसीब[1] कोई उनसे बढ़ के क्या होगा
जो अपना घर भी जला दे तो रोशनी न मिले

---

1. बुरे भाग्य वाला।

यही सुलूक है गर आदमी से दुनिया का
तो कुछ अजब नहीं दुनिया में आदमी न मिले
ये बेबसी भी किसी बददुआ[1] से कम तो नहीं
कि खुल के जी न सकें और मौत भी न मिले

चाँदी की दीवार (1964)/एन. दत्ता/मोहम्मद रफ़ी

ले मेरे बदन को देख ज़रा
अन्दर से ऐसी होती है, बेटी को, बहन को देख ज़रा

ख़ुशहाल है तू, ज़रदार है तू, मजबूर हूँ, मैं मुख़्तार है तू
इज़्ज़त हो कि मेहनत मुफ़्लिस की, हर नेमत का हक़दार है तू
जलवों की फबन को देख ज़रा

जंगल में यही कुछ होता है, जंगल की ही औलाद है तू
तहज़ीब है क्या अख़्लाक़ है क्या, इन चीज़ों से आज़ाद है तू
इज़्ज़त के कफ़न को देख ज़रा

क़ानून मुलाज़िम है तेरा, इस जुर्म को इक तफ़रीह समझ
जिस नस्ल पे तेरा साया है, उसके कल की तश्रीह समझ
वहशत के चलन को देख ज़रा

कपड़े ही नहीं, रोटी के लिए यहाँ खाल भी नोची जाती है
बेटी, बहन हो या माँ हो, हर लाश दबोची जाती है
आज़ाद वतन को देख ज़रा

चाँदी की दीवार (1964)/संगीतकार/महेन्द्र कपूर

बरसो राम धड़ाके से
बुढ़िया मर गई फ़ाक़े से
कलजुग में भी मरती है, सतयुग में भी मरती थी
ये बुढ़िया इस दुनिया में सदा ही फ़ाक़े करती थी
जीना उसको रास न था
पैसा उसके पास न था

---

1. श्राप।

उसके घर को देख के लछमी मुड़ जाती थी नाके से
बरसो राम धड़ाके से

झूटे टुकड़े खाके बुढ़िया, तपता पानी पीती है
मरती है तो मर जाने दो, पहले भी कब जीती थी
जय हो पैसे वालों की
गेहूँ के दलालों की

उनका हद से बढ़ा मुनाफ़ा कुछ ही कम है डाके से
बरसो राम धड़ाके से

चाँदी की दीवार (1964)/एन. दत्ता/महेन्द्र कपूर

ब : हम जब सिमट के आपकी बाँहों में आ गए

अ : लाखों हसीन ख़्वाब निगाहों में आ गए

ब : ख़ुशबू चमन को छोड़ के साँसों में घुल गई
लहरा के अपने आप जवाँ ज़ुल्फ़ खुल गई
हम अपनी दिल-पसंद पनाहों में आ गए

अ : कह दी है दिल की बात नज़ारों के सामने
इक़रार कर लिया है बहारों के सामने
दोनों जहान आज गवाहों में आ गए

अ, ब : मस्ती भरी घटाओं की परछाइयों तले
हाथों में हाथ थाम के जब साथ हम चलें
शाख़ों से फूल टूट के राहों में आ गए

वक़्त (1965)/रवि/महेन्द्र कपूर, आशा भोंसले

ब : दिन हैं बहार के, तेरे-मेरे इक़रार के
दिल के सहारे आजा प्यार करें

अ : दुश्मन हैं प्यार के जब लाखों ग़म संसार के
दिल के सहारे कैसे प्यार करें

ब : दुनिया का बोझ ज़रा दिल से उतार दे
छोटी-सी ज़िन्दगी है हँस के गुज़ार दे

अ : अपनी तो ज़िन्दगी गुज़री है जी को मार के
दिल के सहारे कैसे प्यार करें
अच्छा नहीं होता यूँ ही सपनों से खेलना
बड़ा ही कठिन है हक़ीक़तों को झेलना

ब : अपनी हक़ीक़तें मेरे सपनों पे हार के
दिल के सहारे आजा प्यार करें
ऐसी-तैसी बातें सभी दिल से निकाल दे
जीना है तो कश्ती को धारे में डाल दे

अ : धारे की गोद में घेरे भी हैं मंजधार के
दिल के सहारे कैसे प्यार करें

ब : दिल के सहारे आजा प्यार करें

वक़्त (1965)/रवि/महेन्द्र कपूर, आशा भोंसले

ऐ मेरी ज़ुह्रा-जबीं[1], तुझे मालूम नहीं
तू अभी तक है हसीं और मैं जवाँ
तुझ पे क़ुर्बान मेरी जान मेरी जाँ

ये शोख़ियाँ ये बाँकपन जो तुझ में हैं कहीं नहीं
दिलों को जीतने का फ़न जो तुझ में है कहीं नहीं
मैं तेरी आँखों में पा गया दो जहाँ[2]
ऐ मेरी ज़ुह्रा-जबीं...

तू मीठे बोल जाने-मन जो मुस्कुरा के बोल दे
तो धड़कनों में आज भी शराबी रंग घोल दे
ओ सनम मैं तेरा आशिक़े-जाविदाँ[3]
ऐ मेरी ज़ुह्रा-जबीं...

वक़्त (1965)/रवि/मन्ना डे

---

1. उज्ज्वल ललाट, सुन्दरी, 2. दोनों लोक, 3. हमेशा रहनेवाला आशिक़।

चेहरे पे ख़ुशी छा जाती है, आँखों में सुरूर[1] आ जाता है
जब तुम मुझे अपना कहते हो, अपने पे ग़ुरूर[2] आ जाता है

तुम हुस्न की ख़ुद इक दुनिया हो, शायद ये तुम्हें मालूम नहीं
महफ़िल में तुम्हारे आने से, हर चीज़ पे नूर आ जाता है

हम पास से तुमको क्या देखें, तुम जब भी मुक़ाबिल[3] होते हो
बेताब निगाहों के आगे पर्दा-सा ज़रूर आ जाता है

जब तुमसे मुहब्बत की हमने, तब जाके कहीं ये राज़ खुला
मरने का सलीक़ा आते ही जीने का शऊर[4] आ जाता है

वक़्त (1965)/रवि/आशा भोंसले

कौन आया कि निगाहों में चमक जाग उठी
दिल के सोए हुए तारों में खनक जाग उठी

किसके आने की ख़बर लेके हवाएँ आईं
जिस्म से फूल चिटकने की सदाएँ आईं
रूह खिलने लगी, साँसों में महक जाग उठी
दिल के सोए हुए तारों में खनक जाग उठी

किसने यूँ मेरी तरफ़ देख के बाँहें खोलीं
शोख़ जज़्बात ने सीने में निगाहें खोलीं
होंट तपने लगे, ज़ुल्फ़ों में लचक जाग उठी
दिल के सोए हुए तारों में खनक जाग उठी

किसके हाथों ने मेरे हाथों से कुछ माँगा है
किसके ख़्वाबों ने मेरे ख़्वाबों से कुछ माँगा है
दिल मचलने लगा, आँचल में धनक जाग उठी
दिल के सोए हुए तारों में खनक जाग उठी

वक़्त (1965)/रवि/आशा भोंसले

---

1. आनन्द, हल्का नशा, 2. घमंड, 3. सामने, 4. विवेक।

अ : आँच देने लगा क़दमों के तले बर्फ़ का फ़र्श
आज जाना कि मुहब्बत में है गर्मी कितनी
संगे-मर्मर की तरह सख़्त बदन में तेरे
आ गई है मेरे छू लेने से गर्मी कितनी

ब : हम चले जाते हैं और दूर तलक कोई नहीं
सिर्फ़ पत्तों के चटख़ने की सदा आती है
दिल में कुछ ऐसे ख़यालात ने करवट ली है
मुझको तुम से नहीं अपने से हया आती है

वक़्त (1965)/रवि/महेन्द्र कपूर, आशा भोंसले

अ : मैंने देखा है कि फूलों से लदी शाख़ों में
तुम लचकती हुई यूँ मेरे क़रीब आई हो
जैसे मुद्दत से यूँ ही साथ रहा हो अपना
जैसे अब की नहीं, बरसों की शनासाई[1] है

ब : मैंने देखा है कि गाते हुए झरनों के क़रीब
अपनी बेताबिए-जज़्बात कही है तुमने
काँपते होंटों से, रुकती हुई आवाज़ के साथ
जो मेरे दिल में थी वो बात कही है तुमने

अ : आँच लेने लगा क़दमों के तले बर्फ़ का फ़र्श
आज जाना कि मुहब्बत में है गर्मी कितनी
संगे-मर्मर की तरह सख़्त बदन में तेरे
आ गई है मेरे छू लेने से नर्मी कितनी

ब : हम चले जाते हैं, और दूर तलक कोई नहीं
सिर्फ़ पत्तों के चटख़ने की सदा आती है
दिल में कुछ ऐसे ख़यालात ने करवट ली है
मुझको तुमसे नहीं, अपने से हया आती है

वक़्त (1965)/रवि/महेन्द्र कपूर, आशा भोंसले

---

1. पहचान।

आगे भी जाने ना तू, पीछे भी जाने ना तू
जो भी है बस यही एक पल है
अनजाने सायों का राहों में डेरा है
अनदेखी राहों ने हम सबको घेरा है
ये पल उजाला है बाक़ी अँधेरा है
ये पल गँवाना ना ये पल ही तेरा है

जीने वाले सोच ले
यही वक़्त है कर ले पूरी आरज़ू
आगे भी जाने ना तू...

इस पल के जल्वों ने महफ़िल सँवारी है
इस पली की गर्मी ने धड़कन उभारी है
इस पल के होने से दुनिया हमारी है
ये पल जो देखो तो सदियों पे भारी है

जीने वाले सोच ले
यही वक़्त है कर ले पूरी आरज़ू
आगे भी जाने ना तू...

इस पल के साये में अपना ठिकाना है
इस पल के आगे की हर शै फ़साना है
कल किसने देखा है कल किसने जाना है
इस पल से पाएगा जो तुझको पाना है

जीने वाले सोच ले
यही वक़्त है कर ले पूरी आरज़ू
आगे भी जाने ना तू...

वक़्त (1965)/रवि/आशा भोंसले

कल जहाँ बसती थीं ख़ुशियाँ, आज है मातम[1] वहाँ
वक़्त लाया था बहारें, वक़्त लाया है ख़िज़ाँ[2]

1. मृत्यु–शोक, 2. पतझड़ का मौसम।

वक़्त से दिन और रात, वक़्त से कल और आज
वक़्त की हर शै ग़ुलाम, वक़्त का हर शै पे राज

वक़्त के आगे उड़ी कितनी तह्ज़ीबों[1] की धूल
वक़्त के आगे मिटे कितने मज़्हब और रिवाज

वक़्त की गर्दिश[2] से है चाँद-तारों का निज़ाम[3]
वक़्त की ठोकर में हैं क्या हुकूमत क्या समाज

वक़्त की पाबंद हैं आती-जाती रौनक़ें
वक़्त है फूलों की सेज, वक़्त है कांटों का ताज

आदमी को चाहिए वक़्त से डरकर रहे
कौन जाने किस घड़ी वक़्त का बदले मिज़ाज

वक़्त (1965)/रवि/मोहम्मद रफ़ी

छू लेने दो नाज़ुक होंटों को, कुछ और नहीं है जाम है ये
क़ुदरत ने जो हमको बख़्शा है, वो सबसे हसीं इन्आम है ये

शर्मा के न यूँ ही खो देना रंगीन जवानी की घड़ियाँ
बेताब धड़कते सीनों का अरमान भरा पैग़ाम है ये

अच्छों को बुरा साबित करना दुनिया की पुरानी आदत है
इस मय को मुबारक चीज़ समझ, माना कि बहुत बदनाम है ये

काजल (1965)/रवि/मोहम्मद रफ़ी

ये ज़ुल्फ़ अगर खुल के बिखर जाए तो अच्छा
इस रात की तक़्दीर सँवर जाए तो अच्छा

जिस तरह से थोड़ी-सी तेरे साथ कटी है
बाक़ी भी इसी तरह गुज़र जाए तो अच्छा

दुनिया की निगाहों में भला क्या है बुरा क्या
ये बोझ अगर दिल से उतर जाए तो अच्छा

---

1. संस्कृति, 2. चक्कर, 3. व्यवस्था।

वैसे तो तुम्हीं ने मुझे बर्बाद किया है
इल्ज़ाम किसी और के सर जाए तो अच्छा

ये ज़ुल्फ़ अगर खुल के बिखर जाए तो अच्छा

काजल (1965)/रवि/मोहम्मद रफ़ी

आपके भीगे हुए जिस्म से आँच आती है
दिल को गर्माती है जज़्बात को भड़काती है
आपके पास जो आएगा पिघल जाएगा
इस हरारत से जो उलझेगा वो जल जाएगा

आपका हुस्न वो शबनम है जो शोलों में पले
गर्म ख़ुशबुओं में तपते हुए रंगों में ढले
किसका दिल है जो सँभाले से सँभल जाएगा

होंट हैं या किसी शायर की दुआओं का जवाब
ज़ुल्फ़ है या किसी सावन के तलबगार का ख़्वाब
ऐसे जल्वों को जो देखेगा मचल जाएगा

इस क़दर हुस्न किसी और में देखा न सुना
उसका क्या कहना जिसे आपने हमराज़ चुना
उसकी तक़्दीर का उनवान बदल जाएगा
आपके पास जो आएगा पिघल जाएगा

काजल (1965)/रवि/महेन्द्र कपूर

अ : अगर मुझे न मिलीं तुम तो मैं ये समझूँगा
कि दिल की राह से होकर ख़ुशी नहीं गुज़री

ब : अगर मुझे न मिले तुम तो मैं ये समझूँगी
कि सिर्फ़ उम्र कटी ज़िन्दगी नहीं गुज़री

अ : ग़ज़ल का हुस्न हो तुम नज़्म[1] का शबाब हो तुम
सदाए-साज़[2] हो तुम नग़मए-रबाब[3] हो तुम
जो दिल में सुबह जगाए वो आफ़्ताब[4] हो तुम

अगर मुझे न मिलीं तुम तो मैं ये समझूँगा
मेरे जहाँ से कोई रौशनी नहीं गुज़री

ब : फ़िज़ा में हुस्न, नज़ारों में जान है तुमसे
मेरे लिए ये ज़मीं आसमान है तुमसे
ख़यालो-ख़्वाब की दुनिया जवान है तुमसे

अगर मुझे न मिले तुम तो मैं ये समझूँगी
मेरे ख़्वाब ख़्वाब रहे बेकसी नहीं गुज़री

अ : बड़े यक़ीन से मैंने ये हाथ माँगा है
ब : मेरी वफ़ा ने हमेशा का साथ माँगा है
अ : दिलों की प्यास ने आबे-हयात[5] माँगा है

ब : अगर मुझे न मिले तुम तो मैं ये समझूँगी
कि इंतिज़ार की मुद्दत अभी नहीं गुज़री

अ : अगर मुझे न मिलीं तुम तो मैं ये समझूँगा
कि सिर्फ़ उम्र कटी ज़िन्दगी नहीं गुज़री

काजल (1965)/रवि/महेन्द्र कपूर, आशा भोंसले

तोरा मन दर्पण कहलाए—
भले-बुरे सारे कर्मों को देखे और दिखलाए

मन ही देवता मन ही ईश्वर मन से बड़ा न कोय
मन उजियारा जब-जब फैले जग उजियारा होय
जग से चाहे भाग ले कोई मन से भाग न पाए

---

1. कविता, 2. साज़ की आवाज़, 3. रबाब का संगीत, 4. सूरज, 5. अमृत।

सुख की कलियाँ दुख के काँटे मन सबका आधार
मन से कोई बात छुपे ना, मन के नैन हज़ार
जग से चाहे भाग ले कोई मन से भाग न पाए

तन की दौलत ढलती छाया, मन का धन अनमोल
तन के कारण मन के धन को मत माटी में रोल
मन की क़दर भुलाने वाला हीरा जन्म गँवाए

काजल (1965)/रवि/आशा भोंसले

समझी थी कि ये घर मेरा है, मालूम हुआ मेहमान थी मैं
जिन्हें अपना-अपना कहती थी, उन सबके लिए अंजान थी मैं

इस तरह न मुझको ठुकराओ, इक बार गले से लग जाओ
मैं अब भी तुम्हारी हूँ लोगो, रूठो न अगर नादान थी मैं

बचपन तो मेरा लौटा दो मुझे, क्या दोष हुआ समझा दो मुझे
वो होंट भी ना क्यों कहते हैं, जिन होंटों की मुस्कान थी मैं

तुम शाद रहो आबाद रहो, अब मैं तुम सबसे दूर चली
परदेस बनी हैं वो गलियाँ, जिन गलियों की पहचान थी मैं

काजल (1965)/रवि/आशा भोंसले

मेरे भैया, मेरे चंदा, मेरे अनमोल रतन
तेरे बदले मैं ज़माने की कोई चीज़ न लूँ

तेरी साँसों की क़सम खाके हवा चलती है
तेरे चेहरे की झलक पाके बहार आती है

एक पल भी मेरी नज़रों से जो तू ओझल हो
हर तरफ़ मेरी नज़र तुझको पुकार आती है

तेरे सेहरे की महकती हुई लड़ियों के लिए
अनगिनत फूल उम्मीदों के चुने हैं मैंने

वो भी दिन आए कि इन ख़्वाबों की ताबीर बने
तेरी ख़ातिर जो हसीं ख़्वाब चुने हैं मैंने

काजल (1965)/रवि/आशा भोंसले

अ : ज़रा-सी और पिला दो भंग
मैं आया देख के ऐसा रंग
कि दिल मेरा डोला, जय बमबोला

ब : मेरी तो अक़्ल हुई है दंग
ये कैसा बदला तेरा ढंग
कि तू था भोला, जय बमबोला

अ : मुझे समझ न तू वैरागी
मैंने आज तपस्या त्यागी

तेरे रूप का झटका खाके
मेरी सोई जवानी जागी

अ : जा हट जा परे मलंग
करे क्यों बीच सभी के तंग
कि तू था भोला, जय बमबोला

क्यों थाम के दिल को रहले
जो चोट लगी है सह ले

इस बात पे अब ज़िद कैसी
जो बात न मानी पहले

अ : क्यों झगड़े मेरे संग
मैं तुझसे हार चुका हूँ जंग
कि तू था भोला, जय बमबोला

मेरे दिल से निकले हाय
गोरी क्यों नख़रे दिखलाए

ज़रा हँस के गले से लग जा
तुझे कुँआरा प्यार बुलाए

ब : तेरे तन पर चढ़ गया ज़ंग
यूँ ही अब क्यों फड़काए अंग
कि तू था भोला, जय बमबोला

अ : ज़रा-सी और पिला दो भंग
मैं आया देख के ऐसा रंग
कि तू था भोला, जय बमबोला

काजल (1965)/रवि/मोहम्मद रफ़ी, आशा भोंसले

सब में शामिल हो मगर सबसे जुदा लगती हो
सिर्फ़ हम से ही नहीं, ख़ुद से भी जुदा लगती हो

आँख उठती है न झुकती है किसी की ख़ातिर
साँस चढ़ती है न रुकती है किसी की ख़ातिर
जो किसी दर पे न ठहरे वो हवा लगती हो

ज़ुल्फ़ लहराए तो आँचल में छुपा लेती हो
होंट थर्राए तो दाँतों में दबा लेती हो
जो कभी खुल के न बरसे वो घटा लगती हो

जागी-जागी नज़र आती हो, न सोई-सोई
तुम जो हो अपने ख़यालात में खोई-खोई
किसी मायूस मुसव्विर[1] की दुआ लगती हो

बहू-बेटी (1965)/रवि/मोहम्मद रफ़ी

अ : रंगीन फ़िज़ा है
आजा कि मेरा प्यार तुझे ढूँढ़ रहा है

ब : ये किसकी सदा है
ये कौन मुझे अपनी तरफ़ खेंच रहा है

1. निराश चित्रकार।

अ : तेरी भी है ये मेरी ही आवाज़ नहीं है
ऐ जाने-तमन्ना ये कोई राज़ नहीं है
तू मुझसे जुदा होके भी कब मुझसे जुदा है
दिल दिल से मिला है

ब : तुम मुझको बुलाते हो तो टाला नहीं जाता
अपने को किसी तरह सँभाला नहीं जाता
ज़ुल्फ़ों का मुझे होश न आँचल का पता है
ये कैसा नशा है

अ : दुनिया को भुलाकर मेरी बाँहों में चली आ
जज़्बात की बेफ़िक्र पनाहों में चली आ
कहते हैं जिसे इश्क़ वो जीने की अदा है
अच्छा न बुरा है

ब : ये कौन मुझे अपनी तरफ़ खेंच रहा है
ये किसकी सदा है

अ : आजा कि मेरा प्यार तुझे ढूँढ़ रहा है
रंगीन फ़िज़ा है

बहू-बेटी (1965)/रवि/महेन्द्र कपूर, आशा भोंसले

मेरी माँग के रंग में तूने राख चिता की भर दी
ये कैसा इंसाफ़ है तेरा ओ भगवन बेदर्दी?

घूँघट उठने से पहले विधवा कर दी प्रीत सुहागन
छीन लिया माथे का टीका, खोल लिए हाथों के कंगन
पलक झपकते हँसती-बसती दुनिया सूनी कर दी

रूप सजा पर जोत न जागी, सेज बिछी पर फूल न महके
बन गया मेरे मुँह का कालक दो नैनों का काजल बहके
भाग्य बनाने वाले तूने भाग्य पर तुहमत धर दी

बहू/बेटी (1965)/रवि/आशा भोंसले

आज है करवा चौथ सखी री, माँग ले सुख का दान
अपने सपनों के स्वामी का धरकर मन में ध्यान
जन्म-जन्म तक माँग का तेरी रंग पड़े न फीका
जब तक चमकें चाँद-सितारे तब तक चमके टीका
बँधे रहें मन भाते प्रीतम के प्राणों से प्राण

आज है करवा चौथ सखी री, माँग ले सुख का दान
जो कोई माँगे आज लगन से युग-युग का सुख पाए
काज सफल हो, प्रेम अमर हो, जीवन में रंग आए
आज हर इक नारी को प्रभू से मिलता है वरदान

आज है करवा चौथ सखी री, माँग ले सुख का दान

बहू-बेटी (1965)/रवि/आशा भोंसले

भारत माँ की आँख के तारो
नन्हे-मुन्ने राज दुलारो
जैसे मैंने तुमको सँवारा
ऐसे ही तुम देश सँवारो

ये जो है एक छोटा-सा बस्ता
इल्म के फूलों का गुलदस्ता
कृष्ण हैं इसमें, राम हैं इसमें
बुद्धमत और इस्लाम है इसमें
ये बस्ता ईसा की कहानी
ये बस्ता नानक की वाणी
इसमें छुपी है हर सच्चाई
अपना सुख औरों की भलाई
इस बस्ते को सीस नवाओ
इस बस्ते पर तन-मन वारो

भारत माँ की आँख के तारो
छोड़ के झूटी ज़ातें-पातें
सबसे सीखो अच्छी बातें
अपना किसी से बैर न समझो

जग में किसी को ग़ैर न समझो
आप पढ़ो औरों को पढ़ाओ
घर–घर ज्ञान की जोत जगाओ
नव जीवन की आस तुम्हीं हो
बनता हुआ इतिहास तुम्हीं हो
जितना गहरा अँधियारा हो
उतने ऊँचे दीप उभारो

भारत माँ की आँख के तारो

ये संसार जो हमने सजाया
ये संसार जो तुमने पाया
इस संसार में झूट बहुत है
जुल्म बहुत है लूट बहुत है
जुल्म के आगे सर न झुकाना
हर इक झूट से टकरा जाना
इस संसार का रंग बदलना
ऊँच और नीच का ढंग बदलना
सारा जग है देश तुम्हारा
सारे जग का रूप निखारो

भारत माँ की आँख के तारो

बहू–बेटी (1965)/रवि/आशा भोंसले

जियो तो ऐसे जियो जैसे सब तुम्हारा है
मरो तो ऐसे कि जैसे तुम्हारा कुछ भी नहीं

ये एक राज़ की दुनिया न जिसको जान सकी
यही वो राज़ है जो ज़िन्दगी का हासिल[1] है
तुम्हीं कहो तुम्हें ये बात कैसे समझाऊँ
कि ज़िन्दगी की घुटन ज़िन्दगी की क़ातिल है
हर एक निगाह को क़ुदरत का ये इशारा है

1. उपलब्धि।

जहाँ में आके जहाँ से खिंचे-खिंचे न रहो
वो ज़िन्दगी ही नहीं जिस में आस बुझ जाए
कोई भी प्यास दबाए से दब नहीं सकती
इसी से चैन मिलेगा कि प्यास बुझ जाए
ये कहके मुड़ता हुआ ज़िन्दगी का धारा है

ये आसमाँ ये ज़मीं ये फ़िज़ा ये नज़्ज़ारे
तरस रहे हैं तुम्हारी-मेरी नज़र के लिए
नज़र चुरा के हर इक शै को यूं न ठुकराओ
कोई शरीके-सफ़र[1] ढूँढ़ लो सफ़र के लिए
बहुत क़रीब से मैंने तुम्हें पुकारा है

बड़ी बहू (1965)/रवि/मोहम्मद रफ़ी

दुनिया करे सवाल तो हम क्या जवाब दें
तुम को न हो ख़याल तो हम क्या जवाब दें

पूछे कोई कि दिल को कहाँ छोड़ आये हैं
किस-किस से अपना रिश्तए-जाँ तोड़ आये हैं
मुश्किल से अर्ज़े-हाल[2] तो हम क्या जवाब दें

पूछे कोई कि दर्दे-वफ़ा कौन दे गया
रातों को जागने की सज़ा कौन दे गया
कहने से हो मलाल[3] तो हम क्या जवाब दें

बहू बेगम (1967)/रौशन/लता मंगेशकर

ब : हम इंतिज़ार करेंगे तेरा, क़यामत तक
ख़ुदा करे कि क़यामत हो और तू आये

ये इंतिज़ार भी इक इम्तिहान[4] होता है
इसी से इश्क़ का शोला जवान होता है
ये इंतिज़ार सलामत हो और तू आये

---

1. यात्रा का साथी, 2. हाल कहना, 3. दुख, 4. परीक्षा।

बिछाए शौक़ के सज्दे[1] वफ़ा की राहों में
खड़े हैं दीद[2] की हसरत[3] लिये निगाहों में
क़ुबूल[4] दिल की इबादत[5] हो और तू आये

अ : वो ख़ुशनसीब है जिसको तू इंतिख़ाब[6] करे
ख़ुदा हमारी मुहब्बत को कामयाब करे
जवाँ सितारए-क़िस्मत हो और तू आये
ख़ुदा करे कि क़यामत हो और तू आये

बहू बेगम (1967)/रौशन/मोहम्मद रफ़ी, आशा भोंसले

हम इंतिज़ार करेंगे तेरा, क़यामत तक
ख़ुदा करे कि क़यामत हो और तू आये

बुझी-बुझी-सी नज़र में तेरी तलाश लिये
भटकते फिरते हैं हम आज अपनी लाश लिये
यही जुनूँ, यही वहशत हो और तू आये

ये ज़िन्दगी तेरे क़दमों में डाल जाएँगे
तुझी को तेरी अमानत सँभाल जाएँगे
हमारा आलमे-रुख़्सत[7] हो और तू आये

बहू बेगम (1967)/रौशन/मोहम्मद रफ़ी

निकले थे कहाँ जाने के लिए, पहुँचे हैं कहाँ, मालूम नहीं
अब अपने भटकते क़दमों को मंज़िल के निशाँ, मालूम नहीं

हमने भी कभी इस गुलशन में इक ख़्वाबे-बहाराँ देखा था
कब फूल खिले, कब गर्द उड़ी, कब आई ख़िज़ाँ, मालूम नहीं

दिल शोलए-ग़म से ख़ाक हुआ या आग लगी अरमानों को
क्या चीज़ जली, क्यों सीने से उठता है धुआँ, मालूम नहीं

बर्बादे-मुहब्बत का अफ़्साना हम किससे कहें और कैसे कहें
ख़ामोश है लब और दुनिया को अश्कों की ज़बाँ, मालूम नहीं

बहू बेगम (1967)/रौशन/आशा भोंसले

---

1. माथा टेकना, 2. दर्शन, 3. कामना, 4. स्वीकार, 5. उपासना, 6. चुनना, 7. विदाई का समय।

लोग कहते हैं कि हम तुमसे किनारा कर लें
तुम जो कह दो तो सितम ये भी गवारा कर लें

तुमने जिस हाले-परेशाँ से निकाला था हमें
आसरा देके मुहब्बत का, सँभाला था हमें

सोचते हैं कि वही हाल दोबारा कर लें
यूँ भी अब तुमसे मुलाक़ात नहीं होने की

मिल भी जाओ तो कोई बात नहीं होने की
आख़िरी बार बस अब ज़िक्र तुम्हारा कर लें

आख़िरी बार ख़यालों में बुला लें तुमको
आख़िरी बार कलेजे से लगा लें तुमको

और फिर अपने तड़पने का नज़ारा कर लें
लोग कहते हैं कि हम तुम से किनारा कर लें

बहू बेगम (1967)/रौशन/मोहम्मद रफ़ी

सिर्फ़ अपने ख़यालों की परछाईं है
या कोई जल्वए-नाज़ पर्दे में है

बार-बार उस तरफ़ उठ रही है नज़र
क्या ख़बर कौन-सा राज़ पर्दे में है

इन अदाओं को हम कौन-सा नाम दें
उनका एहसान मानें कि इल्ज़ाम दें

हर करम में सितम, हर वफ़ा में जफ़ा
उनका हर एक अंदाज़ पर्दे में है

बहू बेगम (1967)/रौशन/आशा भोंसले

पड़ गए झूले सावन रुत आई रे
सीने में हूक उठे अल्लाह दुहाई रे

चंचल झोंके मुँह को चूमें बूँदें तन से खेलें
पींग बढ़े तो झुकते बादल पाँव का चुम्बन ले लें

हम को न भाये सखी ऐसी ढिठाई रे
गीतों का ये अल्हड़ मौसम झूलों का ये मेला
ऐसी रुत में हमें झुलाने आए कोई अलबेला

थामे तो छोड़े नहीं नाज़ुक कलाई रे
पड़ गए झूले सावन रुत आई रे

बहू-बेगम (1967)/रौशन/लता मंगेशकर, आशा भोंसले

अर्ज़े-शौक़[1] आँखों में है अर्ज़े-वफ़ा[2] आँखों में है
तेरे आगे बात कहने का मज़ा आँखों में है

वाक़िफ़ हूँ ख़ूब इश्क़ के तर्ज़े-बयाँ[3] से मैं
कह दूँगा दिल की बात नज़र की ज़बाँ से मैं
मेरी वफ़ा का शौक़ से तू इम्तिहान ले
गुज़रूँगा तेरे इश्क़ में हर इम्तिहाँ से मैं
ऐ हुस्ने-आशना तेरे जल्वों की ख़ैर हो
बेगाना हो गया हूँ ग़मे-दो-जहाँ[4] से मैं
वाक़िफ़ हूँ ख़ूब इश्क़ के तर्ज़े-बयाँ से मैं

अब जाँ-ब-लब[5] हूँ शिद्दते-दर्दे-निहाँ[6] से मैं
ऐसे में तुझको ढूँढ़ के लाऊँ कहाँ से मैं
ज़मीं हमदर्द है मेरी न हमदम आस्माँ मेरा
तेरा दर छुट गया तो फिर ठिकाना है कहाँ मेरा
क़सम है तुझको, जज़्बे-दिल[7] न जाए रायगाँ मेरा
यही है इम्तिहाँ तेरा यही है इम्तिहाँ मेरा

इक सिम्त[8] मुहब्बत है इक सिम्त ज़माना है
ऐसे में तुमको ढूँढ़ के लाऊँ कहाँ से मैं

---

1. अभिलाषा की प्रार्थना, 2. प्रेम की प्रार्थना, 3.वर्णन शैली, 4. दोनों लोकों का दुख, 5. जिसके प्राण होंठों पर आ गए हों, 6. अन्तर्हित दुख की प्रबलता, 7. प्रेम का आकर्षण, 8. दिशा, ओर।

तेरा ख़याल तेरी तमन्ना लिये हुए
दिल बुझ रहा है आस का शोला लिये हुए
हैराँ खड़ी हुई है दोराहे पे ज़िन्दगी
नाकाम हसरतों का जनाज़ा लिये हुए
ढूँढ़ के लाऊँ कहाँ से मैं

आवाज़ दे रहा है दिले-ख़ानमाँ-ख़राब
सीने में इज़्तिराब[1] है साँसों में पेचो-ताब[2]
ऐ रूहे-इश्क़[3], जाने-वफ़ा, कुछ तो दे जवाब
अब जाँ-ब-लब हूँ शिद्दते-दर्दे-निहाँ से मैं
ढूँढ़ के लाऊँ कहाँ से मैं
ढूँढ़ के लाऊँ कहाँ से मैं
ऐसे में तुझको ढूँढ़ के लाऊँ कहाँ से मैं

बहू-बेगम (1967)/रौशन/मोहम्मद रफ़ी, मन्ना डे

नीले गगन के तले, धरती का प्यार पले
ऐसे ही जग में, आती हैं सुबहें, ऐसे ही शाम ढले
नीले गगन के तले
शबनम के मोती, फूलों पे बिखरें, दोनों की आस फले
बल खाती बेलें, मस्ती में खेलें, पेड़ों से मिल के गले
नदिया का पानी, दरिया से मिल के, सागर की ओर चले
नीले गगन के तले
धरती का प्यार पले

हमराज़ (1967)/रवि/महेन्द्र कपूर

तुम अगर साथ देने का वादा करो
मैं यूँ ही मस्त नग़मे लुटाता रहूँ
तुम मुझे देखकर मुस्कुराती रहो
मै तुम्हें देखकर गीत गाता रहूँ

---

1. बेचैनी, 2. मनस्ताप, 3. प्रेम की आत्मा।

कितने जल्वे फ़िज़ाओं में बिखरे मगर
मैंने अब तक किसी को पुकारा नहीं
तुमको देखा तो नज़रें ये कहने लगीं
हमको चेहरे से हटना गवारा नहीं
तुम अगर मेरी नज़रों के आगे रहो
मैं हर इक शै से नज़रें चुराता रहूँ

मैंने ख़्वाबों में बरसों तराशा जिसे
तुम वही संगे-मर्मर की तस्वीर हो
तुम न समझो तुम्हारा मुक़द्दर हूँ मैं
मैं समझता हूँ तुम मेरी तक़्दीर हो
तुम अगर मुझको अपना समझने लगो
मैं बहारों की महफ़िल सजाता रहूँ

हमराज़ (1967)/रवि/महेन्द्र कपूर

किसी पत्थर की मूरत से मुहब्बत का इरादा है
परस्तिश[1] की तमन्ना है, इबादत[2] का इरादा है

जो दिल की धड़कनें समझे, न आँखों की ज़बाँ समझे
नज़र की गुफ़्तगू समझे, न जज़्बों का बयाँ[3] समझे
उसी के सामने उसकी शिकायत का इरादा है

सुना है हर जवाँ पत्थर के दिल में आग होती है
मगर जब तक न छेड़ो, शर्म के पर्दे में सोती है
ये सोचा है कि दिल की बात उसके रू-ब-रू[4] कर दें
हर इक बेजा[5] तकल्लुफ़[6] से बग़ावत[7] का इरादा है

मुहब्बत बेरुख़ी से और भड़केगी, वो क्या जाने
तबीअत इस अदा पर और फड़केगी, वो क्या जाने
वो क्या जाने कि अपनी किस क़यामत का इरादा है
किसी पत्थर की मूरत से मुहब्बत का इरादा है

हमराज़ (1967)/रवि/महेन्द्र कपूर

1. पूजना, 2. उपासना, 3. बात, चर्चा, 4. सामने, 5. अनुचित, 6. दिखावा, 7. विद्रोह।

नु मुँह छुपा के जियो और न सर झुका के जियो
ग़मों का दौर भी आए तो मुस्कुरा के जियो

घटा में छुपके सितारे फ़ना नहीं होते
अँधेरी रात के दिल में दीये जला के जियो

न जाने कौन-सा पल मौत की अमानत हो
हर एक पल की ख़ुशी को गले लगा के जियो

ये ज़िन्दगी किसी मंज़िल पे रुक नहीं सकती
हर इक मुक़ाम से आगे क़दम बढ़ा के जियो

हमराज़ (1967)/रवि/महेन्द्र कपूर

अ : तू हुस्न है मैं इश्क़ हूँ, तू मुझमें है मैं तुझमें हूँ
ब : मैं इससे आगे क्या कहूँ, तू मुझमें है मैं तुझमें हूँ
पार नदी के मेरे यार का डेरा

अ : तेरे हवाले रब्बा दिलबर मेरा
ब : रात बला की बढ़ता जाए लहरों का घेरा
क़सम ख़ुदा की आज है मुश्किल मिलना तेरा

अ, ब : साथ जिएँगे, साथ मरेंगे, यही है फ़साना

अ : तू हुस्न है मैं इश्क़ हूँ, तू मुझमें है मैं तुझमें हूँ
ब : मैं इससे आगे क्या कहूँ, तू मुझमें है मैं तुझमें हूँ
कहाँ सलीम का रुत्बा कहाँ अनारकली
ये ऐसी शाख़े-तमन्ना है जो कभी न फली

अ : न बुझ सकेगी बुझाने से अहले-दुनिया के
वो शम्अ जो तेरी आँखों से मेरे दिल में जली
ब : हुज़ूर इक न इक दिन ये बात आएगी
कि तख़्तो-ताज भले हैं कि इक कनीज़ भली

अ : मैं तख़्तो-ताज को ठुकरा के तुझको ले लूँगा
कि तख़्तो-ताज से तेरी गली की ख़ाक भली

अ, ब : साथ जिएँगे, साथ मरेंगे, यही है फ़साना

अ : तू हुस्न है मैं इश्क़ हूँ, तू मुझमें है मैं तुझमें हूँ
ब : मैं इससे आगे क्या कहूँ, तू मुझमें है मैं तुझमें हूँ
फ़सीलें इतनी ऊँची और पहरा इतना संगीं है
जियाले रोमियो तू किस तरह आया बग़ीचे में

अ : ये मेरी जूलियट के शोख़ चेहरे की शुआएँ हैं
कि आधी रात को सूरज निकल आया दरीचे में
ब : मेरा कोई अज़ीज़ इस जा तुझे पा ले तो फिर क्या हो

अ : ये सब बातें वो क्यों सोचे जिसे तेरी तमन्ना हो
ब : ख़ुदा के वास्ते ऐ रोमियो इस ज़िद से बाज़ आ जा

अ : क़ज़ा आने से पहले मेरे पास ऐ दिल-नवाज़ आ जा
ब : तुझे ज़िद है तो प्यारे देख, मैं दीवानावार आई

अ : तू जब बाँहों में आई दिल की दुनिया में बहार आई

अ, ब : साथ जिएँगे, साथ मरेंगे, यही है फ़साना

अ : तू हुस्न है मैं इश्क़ हूँ, तू मुझमे है मैं तुझमें हूँ
ब : मैं इससे आगे क्या कहूँ, मैं तुझमे हूँ तू मुझमें है

हमराज़ (1967)/रवि/महेन्द्र कपूर, आशा भोंसले

ग़ैरों पे करम अपनों पे सितम, ऐ जाने-वफ़ा, ये ज़ुल्म न कर
रहने दे अभी थोड़ा-सा भरम, ऐ जाने-वफ़ा, ये ज़ुल्म न कर

हम चाहने वाले हैं तेरे, यूँ हमको जलाना ठीक नहीं
महफ़िल में तमाशा बन जाएँ, इस तरह सताना ठीक नहीं
मर जाएँगे हम, मिट जाएँगे हम, ऐ जाने-वफ़ा, ये ज़ुल्म न कर

ग़ैरों के थिरकते शाने पर, ये हाथ गवारा कैसे करें
हर बात गवारा है लेकिन, ये बात गवारा कैसे करे
तुझको तेरी बेदर्दी की क़सम, ऐ जाने-वफ़ा, ये ज़ुल्म न कर

हम भी थे तेरे मंज़ूरे–नज़र, दिल चाहे तो अब इन्कार न कर
सौ तीर चला सीने पे मगर, बेगानों से मिलकर वार न कर
बेमौत कहीं मर जाएँ न हम, ऐ जाने–वफ़ा ये ज़ुल्म न कर

आँखें (1968)/रवि/लता मंगेशकर

मिलती है ज़िन्दगी में मुहब्बत कभी–कभी
होती है दिलबरों की इनायत कभी–कभी

शर्मा के मुँह न फेर नज़र के सवाल पर
लाती है ऐसे मोड़ पे क़िस्मत कभी–कभी

खुलते नहीं हैं रोज़ दरीचे बहार के
आती है जाने–मन ये क़यामत कभी–कभी

तन्हा न कट सकेंगे जवानी के रास्ते
पेश आएगी किसी की ज़रूरत कभी–कभी

फिर खो न जाएँ हम कहीं दुनिया की भीड़ में
मिलती है पास आने की मुहलत कभी–कभी

आँखें (1968)/रवि/लता मंगेशकर

हर तरह के जज़्बात का एलान हैं आँखें
शबनम कभी शोला कभी तूफ़ान हैं आँखें

आँखों से बड़ी कोई तराज़ू नहीं होती
तुलता है बशर[1] जिसमें वो मीज़ान[2] हैं आँखें

आँखें ही मिलाती हैं ज़माने में दिलों को
अनजान हैं हम–तुम, अगर अनजान हैं आँखें

लब कुछ भी कहें उससे हक़ीक़त नहीं खुलती
इनसान के सच झूट की पहचान हैं आँखें

आँखें न झुकें तेरी किसी ग़ैर के आगे
दुनिया में बड़ी चीज़ मेरी जान हैं आँखें

आँखें (1968)/रवि/मोहम्मद रफ़ी

1. मनुष्य, 2. तराज़ू।

तुझको रक्खे राम, तुझको अल्लाह रक्खे
दे दाता के नाम, तुझको अल्लाह रक्खे

शैख़ ब्रहमन मुल्ला पांडे
सब हैं इक माटी के भांडे
वेद वही क़ुरआन वही है
राम वही रहमान वही है
किसी का दामन थाम, तुझको अल्लाह रक्खे

गोरे उसके काले उसके
पूरब पच्छिम वाले उसके
सब में उसी का नूर समाया
कौन है अपना कौन पराया
सबको कर प्रणाम, तुझको अल्लाह रक्खे

मैं परदेसन राह न जानूँ
बढ़ते ग़म की थाह न जानूँ
लोग पराये देस बेगाना
कहीं मिला न तेरा ठिकाना
सुबह से हो गई शाम तुझको अल्लाह रक्खे
दे दाता के नाम, तुझको अल्लाह रक्खे

आँखें (1968)/रवि/मन्ना डे, महमूद, आशा भोंसले

जाके ये रुत सुहानी नहीं आनेवाली
आरज़ुओं पे जवानी नहीं आनेवाली
आ भी जाए तो मेरी जान लहू में तेरे
फिर ये गर्मी ये रवानी नहीं आनेवाली

लुट जा लुट जा यही दिन हैं किसी पे लुट जा
तेरे सामने हैं प्यारे कई झूमते सहारे
छुट पाए तो ग़मों से छुट जा
लुट जा लुट जा

आस तेरी प्यास तेरी, भड़केगी दबाने से
छेड़ गेसू, थाम बाज़ू, किसी दिलकश बहाने से

मेरे हबीब आजा
दिल के क़रीब आजा
ऐ ख़ुशनसीब आजा
मत शर्मा, लुट जा लुट जा

रात बाक़ी और साक़ी, बड़ी नाज़ुक हसीना है
छोड़ तौबा तोड़ तौबा, आज पीना ही जीना है

लहरा के जाम ले ले
नामे-ख़य्याम ले ले
जुर्अत से काम ले ले
मत घबरा, लुट जा लुट जा

लुट जा लुट जा यही दिन हैं किसी पे लुट जा
तेरे सामने हैं प्यारे कई झूमते सहारे
छुट पाए तो ग़मों से छुट जा

आँखें (1968)/रवि/आशा भोंसले, उषा मंगेशकर, कमल बारोत

मेरी सुन ले अरज बनवारी
तेरे द्वार खड़ी दुखियारी
आर न सूझे पार न सूझे
अब कोई दूजा द्वार न सूझे

कौन ठिकाने जाऊँ प्रभू, मैं छोड़ के शरण तिहारी
तेरे द्वार खड़ी दुखियारी
छिन गया मेरी आँख का मोती
खो गई इन नैनों की ज्योति

तेरे जगत में भटक रही हूँ मैं ममता की मारी
तेरे द्वार खड़ी दुखियारी
मेरी सुन ले अरज बनवारी

आँखें (1968)/रवि/लता मंगेशकर

ये पर्बतों के दायरे, ये शाम का धुआँ
ऐसे में क्यों न छेड़ दें दिलों की दास्ताँ

ज़रा-सी ज़ुल्फ़ खोल दो
ख़िज़ाँ[1] में इत्र घोल दो
नज़र जो कह चुकी है वो
बात मुँह से बोल दो
कि झूम उठे निगाह में बहारों का समाँ

ये चुप भी इक सवाल है
अजीब दिल का हाल है
ये इक ख़याल खो गया
बस अब यही ख़याल है
कि फ़ासला न कुछ रहे हमारे दरमियाँ

ये रंग रूप ये फबन
चमकते चाँद-सा बदन
बुरा न मानो तुम अगर
तो चूम लूँ किरन-किरन
कि आज हौसलों में हैं बला[2] की गर्मियाँ!

वासना (1968)/चित्रगुप्त/लता मंगेशकर, मोहम्मद रफ़ी

इतनी नाजुक न बनो
इतनी नाजुक न बनो
हद के अन्दर हो नज़ाकत तो अदा होती है
हद से बढ़ जाए तो आप अपनी सज़ा होती है
इतनी नाजुक न बनो

जिस्म का बोझ उठाए नहीं उठता तुमसे
ज़िन्दगानी का कड़ा बोझ सहोगी कैसे
तुम जो हल्की-सी हवाओं में लचक जाती हो
तेज़ झोंकों के थपेड़ों में रहोगी कैसे
इतनी नाजुक न बनो

1. पतझड़, 2. बहुत अधिक।

ये न समझो कि हर इक राह में कलियाँ होंगी
राह चलनी है तो काँटों पे भी चलना होगा
ये नया दौर है, इस दौर में जीने के लिए
हुस्न को हुस्न का अन्दाज़ बदलना होगा
इतनी नाज़ुक न बनो

कोई रुकता नहीं ठहरे हुए पानी के लिए
जो भी देखेगा वो कतरा के गुज़र जाएगा
हम अगर वक़्त के हमराह न चलने पाए
वक़्त हम दोनों को ठुकरा के गुज़र जाएगा
इतनी नाज़ुक न बनो

वासना (1968)/चित्रगुप्त/मोहम्मद रफ़ी

जीने वाले झूम के मस्ताना होके जी
आने वाली सुबह से बेगाना होके जी

अच्छा बुरा क्या है जाने भी दे
नित-नया जादू छाने भी दे
जाके ये जवानी आनी नहीं
दिलों को मुरादें पाने भी दे
शोख़ी भरे हुस्न का नज़राना हो के जी

ज़ीने का मज़ा ले मरता है क्यों
ठंडी-ठंडी आहें भरता है क्यों
लोगों की निगाहें कुछ भी कहें
करता जा ख़ताएँ डरता है क्यों
चूमें जिसे होंट, वो पैमाने होके जी

गिनी-चुनी साँसें लाया है तू
जाने को जहाँ में आया है तू
दोनों के लिए हैं गिनती के दिन
मैं हूँ परछाईं, साया है तू
करें जिसे याद, वो अफ़साना होके ज़ी
जीने वाले झूम के मस्ताना होके जी

वासना (1968)/चित्रगुप्त/लता मंगेशकर

आज इस दर्जा पिला दो कि न कुछ याद रहे
बेख़ुदी इतनी बढ़ा दो कि न कुछ याद रहे
दोस्ती क्या है वफ़ा क्या है मुहब्बत क्या है
दिल का क्या मोल है एहसास की क़ीमत क्या है
हमने सब जान लिया है कि हक़ीक़त क्या है

आज बस इतनी दुआ दो कि न कुछ याद रहे
मुफ़्लिसी देखी अमीरी की अदा देख चुके
ग़म का माहौल मसर्रत की फ़िज़ा देख चुके
कैसी फिरती है ज़माने की हवा देख चुके

शम्अ यादों की बुझा दो कि न कुछ याद रहे
इश्क़ बेचैन ख़यालों के सिवा कुछ भी नहीं
हुस्न बेरूह उजालों के सिवा कुछ भी नहीं
ज़िन्दगी चन्द सवालों के सिवा कुछ भी नहीं

हर सवाल ऐसे मिटा दो कि न कुछ याद रहे
मिट न पाएगा जहाँ से कभी नफ़रत का रिवाज
हो न पाएगा कभी रूह के ज़ख़्मों का इलाज
सल्तनत ज़ुल्म, ख़ुदा वहम, मुसीबत है समाज

ज़ेह्न को ऐसे सुला दो कि न कुछ याद रहे
आज इस दर्जा पिला दो कि न कुछ याद रहे

वासना (1968)/चित्रगुप्त/मोहम्मद रफ़ी

तुझको पुकारे मेरा प्यार
आजा मैं तो लुटा हूँ तेरी चाह में
तुझको पुकारे मेरा प्यार

दोनों जहाँ की भेंट चढ़ा दी मैंने चाह में तेरी
अपने बदन की ख़ाक मिला दी मैंने राह में तेरी
अब तो चली आ इस पार

इतने युगों से इतने दुखों को कोई सह न सकेगा
तेरी क़सम मुझे तू है किसी की, कोई कह न सकेगा
मुझसे है तेरा इक़रार

आख़िरी पल है आख़िरी आहें तुझे ढूँढ़ रही हैं
डूबती साँसें बुझती निगाहें तुझे ढूँढ़ रही हैं
सामने आ जा इक बार
आजा मैं तो मिटा हूँ तेरी चाह में
तुझको पुकारे मेरा प्यार

नीलकमल (1968)/रवि/मोहम्मद रफ़ी

वो ज़िन्दगी जो थी अब तक तेरी पनाहों में
चली है आज भटकने उदास राहों में

तमाम उम्र के रिश्ते घड़ी में ख़ाक हुए
न हम हैं दिल में किसी के, न हैं निगाहों में

ये आज जान लिया अपनी कमनसीबी ने
कि बेगुनाही भी शामिल हुई गुनाहों में

किसी को अपनी ज़रूरत न हो तो क्या कीजे
निकल पड़े हैं सिमटने क़ज़ा की बाँहों में

नीलकमल (1968)/रवि/आशा भोंसले

शर्मा के यूँ न देख अदा[1] के मुक़ाम से
अब बात बढ़ चुकी है हया[2] के मुक़ाम से

तस्वीर खेंच ली है तेरे शोख़[3] हुस्न की
मेरी नज़र ने आज ख़ता[4] के मुक़ाम से

दुनिया को भूलकर मेरी बाँहों में झूल जा
आवाज़ दे रहा हूँ वफ़ा के मुक़ाम से

1. हाव-भाव, 2. लज्जा, 3. चंचल, 4. भूल

दिल के मुआमले में नतीजे की फ़िक्र क्या
आगे है इश्क़ जुर्मो-सज़ा[1] के मुक़ाम से

नीलकमल (1968)/रवि/मोहम्मद रफ़ी

बाबुल की दुआएँ लेती जा, जा तुझको सुखी संसार मिले
मैके की कभी न याद आए, ससुराल में इतना प्यार मिले

नाज़ों से तुझे पाला मैंने, कलियों की तरह फूलों की तरह
बचपन में झुलाया है तुझको, बाँहों ने मेरी झूलों की तरह
मेरे बाग़ की ऐ नाज़ुक डाली, तुझे हर पल नई बहार मिले

जिस घर में बँधे हैं भाग तेरे, उस घर में सदा तेरा राज रहे
होंटों पे हँसी की धूप खिले, माथे पे ख़ुशी का ताज रहे
कभी जिसकी जोत न हो फीकी, तुझे ऐसा रूप-सिंघार मिले

बीतें तेरे जीवन की घड़ियाँ आराम की ठंडी छाँव में
काँटा भी न चुभने पाए कभी, मेरी लाडली तेरे पाँव में
उस द्वार से भी दुख दूर रहे जिस द्वार से तेरा द्वार मिले

नीलकमल (1968)/रवि/मोहम्मद रफ़ी

हे रोम-रोम में बसने वाले राम
जगत के स्वामी, हे अन्तर्यामी, मैं तुझसे क्या माँगूँ
आस का बंधन तोड़ चुकी हूँ, ताक़ पर सब कुछ छोड़ चुकी हूँ
नाथ मेरे मैं क्यों कुछ सोचूँ, तू जाने तेरा काम
जगत के स्वामी, हे अन्तर्यागी, गैं तुझसे बया माँगूँ

तेरे चरण की धूल जो पाए, वो कंकर हीरा बन जाए
भाग्य मेरे जो मैंने पाया, इन चरणों में धाम
जगत के स्वामी, हे अन्तर्यामी, मैं तुझसे क्या माँगूँ

1. अपराध और दंड।

भेद तेरा कोई क्या पहचाने जो तुम–सा हो वो तुझे जाने
तेरे किए को हम क्या देवें भले–बुरे का नाम
जगत के स्वामी, हे अन्तर्यामी, मैं तुझसे क्या माँगूँ

नीलकमल (1968)/रवि/आशा भोंसले

ख़ाली डिब्बा ख़ाली बोतल ले ले मेरे यार
ख़ाली से मत नफ़रत करना ख़ाली सब संसार

बड़ा–बड़ा सर ख़ाली डिब्बा, बड़ा–बड़ा तन ख़ाली बोतल
वो भी आधे ख़ाली निकले जिन पे लगा था भरे का लेबल

हमने इस दुनिया के दिल में झाँका है सौ बार
ख़ाली डिब्बा ख़ाली बोतल ले ले मेरे यार

भरे थे तब बँगलों में ठहरे
ख़ाली हुए तो हम तक पहुँचे
महलों की ख़ुशियों के पाले
फुटपाथों के ग़म तक पहुँचे

उन शरणार्थियों के सर पर दे दे थोड़ा प्यार
ख़ाली डिब्बा ख़ाली बोतल ले ले मेरे यार

ख़ाली की गारंटी दूँगा
भरे हुए की क्या गारंटी

शहद में गुड़ के मेल का डर है
घी के अन्दर तेल का डर है
तम्बाकू में घास का ख़तरा
सेंट में झूटी बास का ख़तरा
मक्खन में चर्बी की मिलावट
केसर में काग़ज़ की खिलावट
मिर्ची में ईंटों की घिसाई

आटे में पत्थर की पिसाई
व्हिस्की अन्दर टिंकचर घुलता
रबड़ी बीच ब्लॉटिंग तुलता
क्या जाने किस चीज़ में क्या हो
गर्म मसाला लीद भरा हो
ख़ाली की गारंटी दूँगा
भरे हुए की क्या गारंटी
क्यों दुब्धा में पड़ा है प्यारे
झाड़ दे पॉकेट खोल ले अंटी

छान–पीसकर ख़ुद भर लेना जो कुछ हो दरकार
ख़ाली डिब्बा ख़ाली बोतल ले ले मेरे यार
ख़ाली से मत नफ़रत करना ख़ाली सब संसार

नीलकमल (1968)/रवि/मन्ना डे

अ : तुम्हारी नज़र क्यों ख़फ़ा हो गई,
ख़ता बख़्श दो गर ख़ता हो गई

ब : हमारा इरादा तो कुछ भी न था,
तुम्हारी ख़ता ख़ुद सज़ा हो गई

अ : सज़ा ही सही आज कुछ तो मिला है
सज़ा में भी इक प्यार का सिलसिला है
मुहब्बत का अब कुछ भी अंजाम हो
मुलाक़ात की इब्तिदा हो गई

ब : मुलाकात पे इतने मग़रूर क्यों हो
हमारी ख़ुशामद पे मजबूर क्यों हो
मनाने की आदत कहाँ पड़ गई
सताने की तालीम क्या हो गई

अ : सताते न हम तो मनाते ही कैसे,
तुम्हें अपने नज़्दीक लाते ही कैसे

इसी दिन का चाहत को अरमान था
क़ुबूल आज दिल की दुआ हो गई

ब : हमारा इरादा तो कुछ भी न था
तुम्हारी ख़ता ख़ुद सज़ा हो गई

दो कलियाँ (1968)/रवि/मोहम्मद रफ़ी, लता मंगेशकर

बच्चे मन के सच्चे, सारे जग की आँख के तारे
ये वो नन्हे फूल हैं जो भगवान को लगते प्यारे

ख़ुद रूठें ख़ुद मन जाएँ, फिर हमजोली बन जाएँ
झगड़ा जिसके साथ करें, अगले ही पल फिर बात करें
उनको किसी से बैर नहीं, उनके लिए कोई ग़ैर नहीं

उनका भोलापन मिलता है सबको बाँह पसारे

इंसाँ जब तक बच्चा है, तब तक समझो सच्चा है
ज्यों-ज्यों उसकी उम्र बढ़े, मन पर झूट का मैल चढ़े
क्रोध बढ़े, नफ़रत घेरे, लालच की आदत घेरे

बचपन इस सब पापों से हटकर अपनी उम्र गुज़ारे

तन कोमल, मन सुन्दर हैं, बच्चे बड़ों से बेहतर हैं
इनमें छूत और छात नहीं, झूटी ज़ात और पात नहीं
भाषा की तकरार नहीं, मज़हब की दीवार नहीं

उनकी नज़रों में एक हैं, मन्दिर, मस्जिद, गुरुद्वारे

दो कलियाँ (1968)/रवि/लता मंगेशकर

सर की खेती साफ़ करा लो
मुस्लिम को तस्लीम अर्ज़ है, हिन्दू को प्रणाम
प्यारे मैं हूँ इक हज्जाम
जब-जब दूजे का सर मूँडूँ तब-तब पाऊँ दाम
प्यारे मैं हूँ इक हज्जाम

सबकी ख़ातिर खुला हुआ है इस क़ैंची का खाता
क्या पंडित जी क्या मौलाना सबसे अपना नाता
सबके हुलिये चौकस रखना हम लोगों का काम
प्यारे मैं हूँ इक हज्जाम

ज़ुल्फ़ें एक्टर छाप बना दूँ आजा ओ मतवाले
आज के दिलबर को भाते हैं चेहरे मेकअप वाले
सब्ज़ परी पीछे पाएगा, पहले बन गुलफाम
प्यारे मैं हूँ इक हज्जाम

इस पेशे के रूप बहुत हैं क्या तुमको समझाएँ
जो गाहक के सर को मूँडे बिज़नेसमैन कहाएँ
जो पब्लिक की करें हजामत उनका लीडर नाम
प्यारे मैं हूँ इक हज्जाम

दो कलियाँ (1968)/रवि/मन्ना डे

क्या मिलिए ऐसे लोगों से जिनकी फ़ितरत[1] छुपी रहे
नक़्ली चेहरा सामने आए, अस्ली सूरत छुपी रहे

ख़ुद से भी जो ख़ुद को छुपाए, क्या उनसे पहचान करें
क्या उनके दामन से लिपटें, क्या उनका अरमान करें
जिनकी आधी नीयत उभरे, आधी नीयत छुपी रहे
नक़्ली चेहरा सामने आए, अस्ली सूरत छुपी रहे

जिनके ज़ुल्म से दुखी है जनता, हर बस्ती हर गाँव में
दया-धरम की बात करें वो बैठ के सजी सभाओं में
दान की चर्चा घर-घर पहुँचे, लूट की दौलत छुपी रहे
नक़्ली चेहरा सामने आए, अस्ली सूरत छुपी रहे

देखें उन नक़्ली चेहरों की कब तक जय-जयकार चले
उजले कपड़ों की तह में कब तक काला संसार चले
कब तक लोगों की नज़रों से छुपी हक़ीक़त छुपी रहे
नक़्ली चेहरा सामने आए, अस्ली सूरत छुपी रहे

इज़्ज़त (1968)/लक्ष्मीकान्त प्यारेलाल/मोहम्मद रफ़ी

1. प्रकृति, धूर्तता।

बाँट के खाओ इस दुनिया में, बाँट के बोझ उठाओ
जिस रस्ते में सबका सुख हो वो रस्ता अपनाओ
इस तालीम से बढ़कर जग में कोई नहीं तालीम
कह गए फ़ादर इब्राहीम!

कुत्ते से क्या बदला लेना गर कुत्ते ने काटा
तुमने गर कुत्ते को काटा, क्या थूका क्या चाटा
तुम इनसान हो यारो अपनी कुछ तो करो ताज़ीम
कह गए फ़ादर इब्राहीम!

झूट के सर पे ताज भी हो तो झूट का भांडा फोड़ो
सच चाहे सूली चढ़वा दे, सच का साथ न छोड़ो
कल वो सच अमृत होगा जो आज है कड़वा नीम
कह गए फ़ादर इब्राहीम!

इज़्ज़त (1968)/लक्ष्मीकान्त प्यारेलाल/मन्ना डे

छुक-छुक-छुक-छुक रेल चले
चुन्नू मुन्नू आए तो ये खेल चले
पीपनी बजे ज़ोर से
घर की छत उड़े शोर से

लाडो की मँगनी रचाएँ बड़ी शान से
गुड्डो को ब्याहें दाढ़ी वाले ख़ान से
रेशम का सूट हो मख़मल का बूट हो
छुक-छुक-छुक-छुक रेल चले

राजा के हाथी पे पप्पू गया घूमने
रें-रें पुकारा जो हाथी लगा झूमने
हाथी कमाल का मम्मी के लाल का
छुक-छुक-छुक-छुक रेल चले

बिल्ली को घर पर बुलावा दिया मोर ने
बिल्ले की मूँछें चुरा लीं किसी चोर ने

रोता है बिल्ला हाए दावत में कैसे जाए
छुक-छुक-छुक-छुक रेल चले

सोने की चिड़िया (1968)/ओ.पी. नैयर/आशा भोंसले, कोरस

इनसानों ने पैसे के लिए आपस का प्यार मिटा डाला
हँसते-बसते घर फूँक दिए, धरती को नर्क बना डाला

मिट्टी से निकाला सोने को, सोने से बनाए महल मगर
जज़्बात के नाज़ुक रिश्तों को मिट्टी के तले दफ़्ना डाला

दीन और धरम को हार दिया, नेकी को बदी पर वार दिया
मन्दिर-मस्जिद और गिरजों को बैंकों की भेंट चढ़ा डाला

प्यार अपनी जगह ख़ुद दौलत है, ये बात न समझी इंसाँ ने
क़ुदरत की बनाई दौलत का सिक्कों का मोल लगा डाला

पैसा या प्यार (1969)/रवि/हेमन्त कुमार

जाने क्यों बार-बार-बार मेरा दिल
मुझे कहे उससे मिल

जिससे मिलते नहीं बिलकुल ही ख़यालात तेरे
क्यों परेशान हैं उसके लिए जज़्बात तेरे
जब भी वो मुझसे मिला, उसने सताया मुझे
मुझको बुरा तो लगा, फिर भी वो भाया मुझे
जाने क्यों बार-बार-बार मेरा दिल
मुझे कहे उससे मिल

जो तेरे हुस्न की तौहीन करे उससे न मिल
जो किसी दूसरी सज-धज पे मरे उससे न मिल
मुझको तो जो भी देखे, राहों में आहें भरे
मैं क्यों किसी पे मरूँ, मुझ पर ज़माना मरे
जाने क्यों बार-बार-बार मेरा दिल
मुझे कहे उससे मिल

हो सके तो कोई संगीन सज़ा दे उसको
तेरे क़ाबिल नहीं वो, दिल से भुला दे उसको
उसको भुलाऊँ कैसे इतना बता दो मुझे
उसका इरादा क्या है, कुछ तो पता दो मुझे
जाने क्यों बार-बार-बार मेरा दिल
मुझे कहे उससे मिल

पैसा या प्यार (1969)/रवि/आशा भोंसले

ब : मिल ले, मिल ले, मिल ले, मुझे छू नहीं वैसे ही मिल ले
अ : दिल ले, दिल ले, दिल ले, मेरे सीने से लग मेरा दिल ले

ब : जब भी मुझे तेरा हाथ लगे, मेरे तन में अजब-सी आग लगे
अ : इतना हसीं तेरा साथ लगे, सारी धरती पे छाया सुहाग लगे

ब : मिल ले, मिल ले, मिल ले, मुझे छू नहीं वैसे ही मिल ले
अ : मतवाले भौंरों को देख, कैसे लिपट के कलियों को प्यार करें

ब : शर्मीली कलियों को देख ज़रा, कैसे सिमटें बहाने हज़ार करें
मिल ले, मिल ले, मिल ले, मुझे छू नहीं वैसे ही मिल ले

अ : वो मिलना क्या मिलना है जिसमें सदा का साथ न हो
तन से तन भी छू न सकें, लब से लब की बात न हो

ब : मिल ले, मिल ले, मिल ले, मुझे छू नहीं वैसे ही मिल ले
अ : दिल ले, दिल ले, दिल ले, मेरे सीने से लग मेरा दिल ले

पैसा या प्यार (1969)/रवि/मोहम्मद रफ़ी, आशा भोंसले

तू भी नम्बर एक है प्यारे, मैं भी नम्बर एक
पूरे सिंडीकेट के हमने दिए हैं घुटने टेक
नई नस्ल से टक्कर ले ली, कर बैठे मिस्टेक

तू भी नम्बर एक है, मैं भी नम्बर एक
पूरे सिंडीकेट के हमने दिए हैं घुटने टेक

जिनकी अक़्लें बूढ़ी तोंदें मोटी शक्लें भद्दी
कहते थे हम जिसको चाहें दे दें देश की गद्दी

हमने ऐसी सूई चुभोई, कर दिया तोंद में छेद
तू भी नम्बर एक है प्यारे मैं भी नम्बर एक
पूरे सिंडीकेट के हमने दिए हैं घुटने टेक

पैसा या प्यार (1969)/रवि/किशोर कुमार, आशा भोंसले

बेर लेओ बेर लेओ
मेवा ग़रीबों का
तेरे-मेरे नसीबों का
ये खट्टे-खट्टे भी हैं, ये मीठे-मीठे भी हैं
और इनमें मज़ा है कई ज़ात का

कच्चा भी काम का है, पक्का भी काम का है
इत्ता बड़ा साइज़ और इत्ते कम दाम का
माल यहाँ रख प्यारे
इसे देख नहीं चख प्यारे

झिझक ना ओ राजा लेले लेले झिझक ना
बेर लेओ बेर लेओ
मेवा ग़रीबों का
तेरे-मेरे नसीबों का

साठ पैसे मोल क्यों इत्ते बड़े ढेर का
लेले मेरे साब यहाँ काम नहीं देर का
तू जो ले तो साठ पैसा
मैं जो दूँ तो साठ पैसा

खिसक ना ओ बाबू धीरे-धीरे खिसक ना
बेर लेओ बेर लेओ
मेवा ग़रीबों का
तेरे-मेरे नसीबों का

रख मेरे बेर अरे तू तो बड़ा तेज़ है
ऐसे ले चला है जैसे जोरू का जहेज़ है
आगे से हट जा रे मार दूँगी पलट जा रे
चिपक ना यूँ ही ख़ाली-पीली चिपक ना
बेर लेओ बेर लेओ
मेवा ग़रीबों का

पैसा या प्यार (1969)/रवि/आशा भोंसले

तुझ में ईश्वर, अल्लाह तुझ में, तुझ में जीसस पाया
बच्चे में है भगवान
बच्चे में है रहमान
बच्चा जीसस की शान
गीता इसमें, बाइबल इसमें, इसमें है क़ुरआन
बोलो बच्चा है महान, बोलो बच्चा है महान

मन्दिर-मस्जिद और गिरजे में जिसका नूर समाया
इक नन्ही-सी जान छुपा के वो अपने घर आया
पापी मन को पावन करती उसकी हर मुस्कान
बोलो बच्चा है महान, बोलो बच्चा है महान

ज्ञानी जग में फूट कराएँ, बच्चा मेल कराए
हम जैसे भूले-भटकों को सीधी राह दिखाए
इसके भोलेपन पर सदक़े दुनिया भर का ज्ञान
बोलो बच्चा है महान, बोलो बच्चा है महान

दीन-धर्म और ज़ात-पात का, बच्चा भेद न जाने
अपने को वो सबका समझे, सबको अपना माने
ईश्वर को पाना चाहे तो बच्चे को पहचान
बोलो बच्चा है महान, बोलो बच्चा है महान

नन्हा फ़रिश्ता (1969)/कल्यानजी आनन्दजी/मोहम्मद रफ़ी,
मन्ना डे, किशोर कुमार

नटखट–नन्ही लाड़ली, तुझे देखे तेरा मामा चंदा मामा
अब झटपट कहना मान री, तुझे देखे तेरा मामा चंदा मामा

हर रात को चंदा आए और दूध मलाई लाए
चाँदी की थाली में, सोने की प्याली में, तू खाए चंदा मुस्काए
नटखट नन्ही लाड़ली, तुझे देखे तेरा मामा चंदा मामा

तू गुड़िया प्यारी–प्यारी, मामा की राज दुलारी
चुन–चुनके तारों को, बुन–बुन के हारों को, तेरा मामा तुझको पहनाए
नटखट नन्ही लाड़ली, तुझे देखे तेरा मामा चंदा मामा

यूँ तेरा मुखड़ा दमके ज्यों नभ पे चंदा चमके
वो अम्बर का मोती है, तू धरती की ज्योति है, तेरी ज्योति जुग–जुग लहराए
नटखट नन्ही लाड़ली, तुझे देखे तेरा मामा चंदा मामा

नन्हा फ़रिश्ता (1969)/कल्यानजी आनन्दजी/लता मंगेशकर

अ : तुम अपनी सहेली को इतना बता दो
कि उससे कोई प्यार करने लगा है
जो अब तक सदा मुस्कुराता रहा था
हर इक बात पर आह भरने लगा है
तुम्हारी सहेली बला की हसीं है
हमें भी ख़बर है उसे भी यक़ीं है
किसी की तो बनना है आख़िर उसे भी
बुरा क्या है गर कोई मरने लगा है
किसी और की बात माने ना माने
मगर तुम कहोगी तो वो मान लेगी
ज़रा अपने बीमार को कुछ दवा दे दो
कि अब दर्द हद से गुज़रने लगा है

ब : बस अब नाज़ छोड़ो ज़रा पास आओ
बहुत हो चुका अब न इसको सताओ
मैं कैसे न उसकी सिफ़ारिश करूँ
कि बेचारा बेमौत मरने लगा है

समाज को बदल डालो (1970)/रवि/मोहम्मद रफ़ी, आशा भोंसले

धरती माँ का मान, हमारा प्यारा लाल निशान
नव युग की मुस्कान, हमारा प्यारा लाल निशान

पूँजीवाद से दब न सकेगा, ये मज़दूर किसान का झंडा
मेहनत का हक़ लेके रहेगा, मेहनतकश इनसान का झंडा
योद्धा और बलवान हमारा, हमारा प्यारा लाल निशान

इस झंडे से साँस उखड़ती चोर मुनाफ़ा-ख़ोरों की
जिन्होंने इनसानों की हालत कर दी डंगर-ढोरों की
उनके खिलाफ़ एलान हमारा, प्यारा लाल निशान

फ़ैक्टरियों के धूल-धुएँ में हमने ख़ुद को पाला
ख़ून पिलाकर लोहे को इस देश का भार सँभाला
मेहनत के इस पूजाघर पर, पड़ न सकेगा ताला
देश का साधन, देश का धन है जान ले पूँजीवाला
जीतेगा मैदान, हमारा प्यारा लाल निशान
धरती माँ का मान, हमारा प्यारा लाल निशान

समाज को बदल डालो (1970)/रवि/मोहम्मद रफ़ी, मन्ना डे, कोरस

यूँ तो हुस्न हर जगह है, लेकिन इस क़दर नहीं
ऐ वतन की सरज़मीं[1]

ये खुली-खुली फ़िज़ा, ये धुला-धुला गगन
नदियों के पेचो-ख़म[2], पर्वतों का बाँकपन
तेरी वादियाँ जवाँ, तेरे रास्ते हसीं
ऐ वतन की सरज़मीं

तेरी ख़ाक में बसी माँ के दूध की महक
तेरे रूप में रची स्वर्ग लोक की झलक
हम में ही कमी रही, तुझ में कुछ कमी नहीं
ऐ वतन की सरज़मीं

1. देश की धरती, 2. टेढ़-मेढ़।

नग़मों के दरमियाँ भूक-प्यास क्यों रहे
तेरे पास क्या नहीं तू उदास क्यों रहे
आम होगी वो ख़ुशी, जो है अब कहीं-कहीं
ऐ वतन की सरज़मीं

तेरी ख़ाक की क़सम हम तुझे सजाएँगे
हर छुपा हुआ हुनर रौशनी में लाएँगे
आने वाले दौर[1] की बरकतों पे रख यक़ीं
ऐ वतन की सरज़मीं

समाज को बदल डालो (1970)/रवि

अपने अन्दर ज़रा झाँक मेरे वतन
अपने ऐबों को मत ढाँक मेरे वतन

तेरा इतिहास है ख़ूँ में लिथड़ा हुआ
तू अभी तक है दुनिया में पिछड़ा हुआ
तूने अपनों को अपना न माना कभी
तूने इंसाँ को इंसाँ न जाना कभी
तेरे धर्मों ने ज़ातों[2] की तक़्सीम[3] की
तेरी रस्मों ने नफ़रत की तालीम[4] दी
वहशतों[5] का चलन तुझमें जारी रहा
क़त्लो-ख़ूँ का जुनूँ[6] तुझ पे तारी रहा
अपने अन्दर ज़रा झाँक मेरे वतन

तू द्राविड़ है या आर्य नस्ल है
जो भी है अब इसी ख़ाक की फ़स्ल है
रंग और नस्ल के दायरे से निकल
गिर चुका है बहुत देर अब तो सँभल
तेरे दिल से नफ़रत न मिट पाएगी
तेरे घर में ग़ुलामी पलट आएगी

1. काल, 2. जाति, 3. विभाजन, 4. शिक्षा, 5. भय, 6. जुनून का लघु, पागलपन।

तेरी बर्बादियों का तुझे वास्ता
ढूँढ़ अपने लिए अब नया रास्ता
अपने अन्दर ज़रा झाँक मेरे वतन!
अपने ऐबों को मत ढाँक मेरे वतन!

नया रास्ता (1970)/एन. दत्ता/मोहम्मद रफ़ी

अम्माँ इक रोटी दे, बाबा इक रोटी दे
भूके बच्चे माँग रहे हैं कब से हाथ पसार के

एक नहीं तो आधी दे दे, आधा पेट ही भर लेंगे
रूखी-सूखी जो भी मिलेगी, खाके गुज़ारा कर लेंगे
सब खाते हैं और हम कब से खड़े हैं मन को मारे

दूध मलाई ना माँगें हम लड्डू पेड़ा ना माँगें
रोटी का टुकड़ा दिलवा दो रुपया-पैसा न माँगें
छोटा-सा ये पेट हमारा सबसे कहे पुकार के

तूने या तेरे बच्चों ने जो भी झूटा छोड़ा हो
पास बुलाकर दे दे हमको, बहुत हो चाहे थोड़ा हो
कुछ तो दे दो यूँ ही ना लौटा देना दुत्कार के
अम्माँ इक रोटी दे, बाबा इक रोटी दे

समाज को बदल डालो (1970)/रवि/लता मंगेशकर, उषा मंगेशकर

ब : नीले पर्वतों की धारा आई ढूँढ़ने किनारा बड़ी दूर से
सबको सहारा चाहिए
अ : कोई हमारा चाहिए

ब : फूल में जैसे फूल की ख़ुशबू, दिल में है यूँ तेरा बसेरा
अ : धरती से अम्बर तक फैला चाहत की बाँहों का घेरा

ब : नीले पर्वतों की धारा आई ढूँढ़ने किनारा बड़ी दूर से
सबको सहारा चाहिए
अ : कोई हमारा चाहिए

ब : सूरज पीछे घूमे धरती, साँझ के पीछे सवेरा
अ : जिस नाते ने उनको बाँधा वो नाता है तेरा-मेरा
सबको सहारा चाहिए
अ : कोई हमारा चाहिए

आदमी और इनसान (1970)/रवि/महेन्द्र कपूर, आशा भोंसले

ज़िन्दगी के रंग कई रे, साथी रे
ज़िन्दगी के रंग कई रे

ज़िन्दगी दिलों को कभी जोड़ती भी है
ज़िन्दगी दिलों को कभी तोड़ती भी है
ज़िन्दगी के रंग कई रे

ज़िन्दगी की राह में ख़ुशी के फूल भी
ज़िन्दगी की राह में ग़मों की धूल भी
ज़िन्दगी के रंग कई रे

ज़िन्दगी कभी यक़ीं, कभी गुमान है
हर क़दम पे तेरा-मेरा इम्तिहान है
ज़िन्दगी के रंग कई रे

आदमी और इनसान (1970)/रवि/आशा भोंसले

ब : ज़िन्दगी इत्तिफ़ाक़ है
कल भी इत्तिफ़ाक़ थी
आज भी इत्तिफ़ाक़ है

जाम पकड़ बढ़ा के हाथ
माँग दुआ घटे न रात
जाने-वफ़ा तेरी क़सम
कहते हैं दिल की बात हम
गर कोई मेल हो सके
आँखों का खेल हो सके
अपने को ख़ुशनसीब जान
वक़्त को मेह्रबान मान

मिलते हैं दिल कभी-कभी
वरना हैं अजनबी सभी
मेरे हमदम मेरे मेहरबाँ
हर ख़ुशी इत्तिफ़ाक़ है
कल भी इत्तिफ़ाक़ थी
आज भी इत्तिफ़ाक़ है

हुस्न है और शबाब है
ज़िन्दगी कामयाब है
बज़्म यूँ ही खिली रहे
अपनी नज़र मिली रहे
रंग यूँ ही जमा रहे
वक़्त यूँ ही थमा रहे
साज़ की लय पे झूम ले
ज़ुल्फ़ के फन को चूम ले
मेरे किए से कुछ नहीं
तेरे किए से कुछ नहीं
मेरे हमदम मेरे मेहरबाँ

ये सभी इत्तिफ़ाक़ है
ज़िन्दगी इत्तिफ़ाक़ है
कल भी इत्तिफ़ाक़ थी
आज भी इत्तिफ़ाक़ है

आदमी और इनसान (1970)/रवि/आशा भोंसले

ब : ज़िन्दगी इत्तिफ़ाक़ है
कल भी इत्तिफ़ाक़ थी
आज भी इत्तिफ़ाक़ है
कोई तो बात कीजिए
यारों का साथ दीजिए

अ : कभी ग़ैरों पे भी अपनों का गुमाँ होता है
कभी अपने भी नज़र आते हैं बेगाने-से

कभी ख़्वाबों में चमकते हैं मुरादों के महल
कभी महलों में उभर आते हैं वीराने-से

ब : कोई रुत भी सदा नहीं
क्या हो कब कुछ पता नहीं
ग़म फ़ुज़ूल है ग़म न कर
आज का जश्न कम न कर
मेरे हमदम मेरे मेह्रबाँ
हर ख़ुशी इत्तिफ़ाक़ है
कल भी इत्तिफ़ाक़ थी
आज भी इत्तिफ़ाक़ है
खोए से क्यों हो इस कदर
ढूँढ़ती है किसे नज़र

अ : आज मालूम हुआ पहले ये मालूम न था
चाहतें बढ़ के पशेमान भी हो जाती हैं
दिल के दामन से लिपटती हुई रंगीं नज़रें
देखते-देखते अनजान भी हो जाती हैं

ब : यार जब अजनबी बने
प्यार जब बेरुख़ी बने
दिल पे सह जा गिला न कर
सबसे हँसकर मिला नज़र
मेरे हमदम मेरे मेह्रबाँ
दोस्ती इत्तिफ़ाक़ है
कल भी इत्तिफ़ाक़ थी
आज भी इत्तिफ़ाक़ है
ज़िन्दगी इत्तिफ़ाक़ है

आदमी और इनसान (1970)/रवि/महेन्द्र कपूर, आशा भोंसले

दिल करता ओ यारा दिलदारा मेरा दिल करता
ऐसा कुछ कर पाएँ, यादों में बस जाएँ
सदियों जहान में हो चर्चा हमारा
दिल करता ओ यारा दिलदारा मेरा दिल करता

जलती मशालें लेके मिलने की रातों में
आगे-आगे हम चलें यारों की बारातों में
हँसे कोई भोली-भाली अपनी ही बातों में
किसी की कलाई आए अपने भी हाथों में

सदियों जहान में हो चर्चा हमारा
दिल करता ओ यारा दिलदारा मेरा दिल करता

नित-नई धूमें मचें नित-नए मेले हों
परियों में घिरे रहें कभी न अकेले हों
ग़मों की घटाएँ हों कि ख़ुशियों के रेले हों
दोनों से निभाने वाले हम अलबेले हों

सदियों जहान में हो चर्चा हमारा
दिल करता ओ यारा दिलदारा मेरा दिल करता

हम-सा जियाला कोई मिले न हज़ारों में
मरें चाहे जिएँ, रहें अगली क़तारों में
झलके हमारा लहू कल की बहारों में
अश्कों का तुहफ़ा होके बँट जाएँ यारों में

सदियों जहान में हो चर्चा हमारा
दिल करता ओ यारा दिलदारा मेरा दिल करता
ऐसा कुछ कर पाएँ यादों में बस जाएँ

आदमी और इनसान (1970)/रवि/महेन्द्र कपूर

जागेगा इनसान ज़माना देखेगा
उट्ठेगा तूफ़ान ज़माना देखेगा
बहता चलेगा मीलों नहरों का पानी
झूमेगी खेती जैसे झूमे जवानी
चमकेगा देश हमारा मेरे साथी रे
आँखों में कल का नज़ारा मेरे साथी रे
नवयुग का वरदान ज़माना देखेगा

फिरते थे मुल्कों-मुल्कों झोली पसारे
अब के जिएँगे हम भी अपने सहारे
चमकेगा देश हमारा मेरे साथी रे
आँखों में कल का नज़ारा मेरे साथी रे
भरे हुए खलियान ज़माना देखेगा

फूटेगा मोती बनके अपना पसीना
दुनिया की क़ौमें हमसे सीखेंगी जीना
चमकेगा देश हमारा मेरे साथी रे
आँखों में कल का नज़ारा मेरे साथी रे

कल का हिन्दुस्तान ज़माना देखेगा
जागेगा इनसान ज़माना देखेगा

आदमी और इनसान (1970)/रवि/महेन्द्र कपूर

बिना सिफ़ारिश मिले नौकरी, बिन रिश्वत हो काम
इसी को अनहोनी कहते हैं, इसी का कलजुग नाम

वतन का क्या होगा अंजाम, बचा ले ऐ मौला ऐ राम
रिश्वत पर पलते थे अफ़्सर छोटे हों या मोटे
बन्द हुई ये रस्म तो धंदे हो जाएँगे खोटे
घर-घर में मातम होगा, दफ़्तर-दफ़्तर कुहराम
बचा ले ऐ मौला ऐ राम...

यही चला जो ढंग तो यारो होंगे बुरे नतीजे
भूके मरेंगे नेताओं के बेटे और भतीजे
जितनी इज़्ज़त बनी थी अब तक, सब होगी नीलाम
बचा ले ऐ मौला ऐ राम...

रिश्वत से मुँह बन्द थे सब के अब फूटेंगे भांडे
पता चलेगा किसके किससे मिले हुए थे डांडे
कौन-सा ठेका लेकर किसने कितना माल बनाया

कितनी उज्रत दी लोगों को कितना बिल दिखलाया
कौन-सी फ़ाइल किस दफ़्तर से कैसे हो गई चोरी
किसने कितनी ग़द्दारी की, कितनी भरी तिजोरी

किस मिल मालिक के पैसे ने कितने वोट कमाए
कुर्सी मिली तो देशभक्त ने कितने नोट कमाए
रिश्वत से ही छुपे हुए थे सब काले करतूत
नंगे होकर सामने आएँगे अब सभी सपूत
दुनिया भर के मुल्कों में होगा भारत बदनाम
बचा ले ऐ मौला ऐ राम...

वतन का क्या होगा अंजाम, बचा ले ऐ मौला ऐ राम

आदमी और इनसान (1970)/रवि/मोहम्मद रफ़ी

पोंछकर अश्क अपनी आँखों से, मुस्कुराओ तो कोई बात बने
सर झुकाने से कुछ नहीं होता, सर उठाओ तो कोई बात बने

ज़िन्दगी भीक में नहीं मिलती, ज़िन्दगी बढ़के छीनी जाती है
अपना हक़ संगदिल ज़माने से छीन पाओ तो कोई बात बने

रंग और नस्ल, ज़ात और मज़्हब, जो भी है आदमी से कमतर है
इस हक़ीक़त को तुम भी मेरी तरह मान जाओ तो कोई बात बने

नफ़रतों के जहान में हमको प्यार की बस्तियाँ बसानी हैं
दूर रहना कोई कमाल नहीं, पास आओ तो कोई बात बने

नया रास्ता (1970)/एन. दत्ता/मोहम्मद रफ़ी

मैंने पी शराब, तुमने क्या पिया ? आदमी का ख़ूँ
मैं ज़लील हूँ
तुम को क्या कहूँ

तुम पियो तो ठीक हम पिएँ तो पाप
तुम जियो तो पुन हम जिएँ तो पाप

तुम शरीफ़ लोग तुम अमीर लोग
हम तबाह हाल हम फ़क़ीर लोग
ज़िन्दगी भी रोग मौत भी अज़ाब
मैंने पी शराब...

तुम कहो तो सच हम कहें तो झूट
तुम को सब मुआफ़ ज़ुल्म हो कि लूट
तुमने कितने दिल चाक कर दिए
कितने बसते घर ख़ाक कर दिए
मैंने तो किया ख़ुद को ही ख़राब
मैंने पी शराब...

रीत और रिवाज सब तुम्हारे साथ
धर्म और समाज सब तुम्हारे साथ
अपने साथ क्या धूल और धुआँ
आज चाहे तुम नोच लो ज़बाँ
आनेवाला दौर लेगा सब हिसाब
मैंने पी शराब...

तुमने क्या पिया आदमी का ख़ूँ
मै ज़लील हूँ, तुमको क्या कहूँ

नया रास्ता (1970)/एन. दत्ता/मोहम्मद रफ़ी

दिल कहे रुक जा रे रुक जा यहीं पे कहीं
जो बात इस जगह है कहीं पर नहीं

पर्बत ऊपर खिड़की खोले झाँके सुन्दर भोर, चले पवन सुहानी
नदियों के ये राग रसीले झरनों का ये शोर, बहे झर-झर पानी
मद भरा, मद भरा समाँ बन धुला-धुला
हर पल सुख पल यहाँ रस घुला-घुला
दिल कहे रुक जा रे रुक जा यहीं पे कहीं

ऊँचे-ऊँचे पेड़ घनेरे छनती जिनसे धूप, खड़े बाँह पसारे
नीली-नीली झील में झलके नील गगन का रूप, बहें रंग के धारे
डाली-डाली चिड़ियों का सदा सुर मिला मिला
चम्पई-चम्पई फ़िज़ा, दिन खिला-खिला
दिल कहे रुक जा रे रुक जा यहीं पे कहीं

परियों के ये जमघट जिनके फूलों जैसे गाल, सभी शोख़ हठीली
उनमें है वो अल्हड़ जिसकी हिरनी जैसी चाल, बड़ी छैल-छबीली
मनचली-मनचली अदा छब जवाँ-जवाँ
हर घड़ी चढ़ रहा नशा, सुध रही कहाँ
दिल कहे रुक जा रे रुक जा यहीं पे कहीं
जो बात इस जगह है कहीं पर नहीं

मन की आँखें (1970)/लक्ष्मीकान्त प्यारेलाल/मोहम्मद रफ़ी

ब : क्या तुम वही हो, क्या तुम वही हो
जो नींदों में चोरी से आता रहा है
जो साँसों में छुप-छुप के गाता रहा है
मेरे अनछुए जिस्म को जिसका साया
बड़े प्यार से छूके जाता रहा है
क्या तुम वही हो, क्या तुम वही हो

अ : क्या तुम वही हो, क्या तुम वही हो
ख़यालों में जो मुस्कुराती रही है
धनक बनके नज़रों पे छाती रही है
मेरे दिल के सुनसान आँगन में अक्सर
जो रातों में पायल बजाती रही है
क्या तुम वही हो, क्या तुम वही हो

ब : मैं जिसके लिए फूल चुनती रही हूँ
तमन्नाओं के हार बुनती रही हूँ
धड़कते हुए दिल की शहनाइयों में
सदा जिसके क़दमों की सुनती रही हूँ
क्या तुम वही हो, क्या तुम वही हो

अ : वो सूरत जो दिल में मचलती रही है
निगाहों में करवट बदलती रही है
वो तरशा हुआ जिस्म परछाईं जिसकी
सदा मेरे हमराह चलती रही है
क्या तुम वही हो, क्या तुम वही हो

मन की आँखें (1970)/लक्ष्मीकान्त प्यारेलाल/मोहम्मद रफ़ी, सुमन कल्यानपुर

अ : इस धरती इस खुले गगन का क्या कहना
मदमाती मदभरी पवन का क्या कहना

फूलों भरे ये गुलशन हरे, मगन हुआ तन-मन क्या कहना
ग्वालनों का रूप घूँघटों की आड़ में
पंछियों का प्यार बेरियों के झाड़ में
बाँसुरी की तान खेतियों के पार से
पनघटों की नार बोले उस उतार से
धड़कन बढ़े नशा-सा चढ़े थिरक उठे झाँझन क्या कहना

चप्पुओं के राग कह रहे हैं प्यार से
जुड़ गए हैं घाट कश्तियों के तार से
जा रहा है मौन जाने किसकी चाह में
बस रहा है कौन जाने किस निगाह में
दो दिल मिलें तो कलियाँ खिलें, मचल उठे धड़कन क्या कहना

अ : थक गई निगाह तब कहीं तुम आए हो
क्या मेरी पुकार सुनके भी पराए हो
इतना इन्तिज़ार रोज़ कर न पाऊँगी
रोक लूँगी आज या मैं साथ जाऊँगी
दूरी कटे, ये दुब्धा हटे तो फिर मेरे साजन क्या कहना

अ, ब : इस धरती इस खुले गगन का क्या कहना
मदमाती मदभरी पवन का क्या कहना

गंगा तेरा पानी अमृत (1971)/रवि/मोहम्मद रफ़ी, आशा भोंसले

हमें यारी से ग़रज़, यार जो भी करे
दिलदारी से ग़रज़, यार जो भी करे
यारी यार की न छोड़ें, चाहे दम तोड़ दें
हाथ-हाथ से न छोड़ें, चाहे जग छोड़ दें

तेरी ख़ातिर जान भी हाज़िर जीवंदा रह मित्रा
कैडी हड्डी-पसली तोड़िए सानू कह मित्रा

मारा-मारी से ग़रज़, यार जो भी करे
चाहे अच्छा हो कि बुरा यार, यार होता है
हमें यार वाले ऐबों से भी प्यार होता है
दोस्तदारी से ग़रज़, यार जो भी करे
यारी लाइए ताँ इस जहान विचूँ
यारी वाला चुका के भुल जाइए
कदे यार दा बाल न होवे बिंगा
पावें ख़ुद फाँसी ते झुल जाइए
यार मिलता है मतलबी दुनिया में कब
यार मिले तो ये समझो कि मिल गया रब

ताबेदारी से ग़रज़, यार जो भी करे
हमें यारी से ग़रज़, यार जो भी करे

गंगा तेरा पानी अमृत (1971)/रवि/मन्ना डे, महेन्द्र कपूर

ओ लड़के मक्खन-से, झगड़ मत अप्पन से
हँसकर कर ले बात, तेरा क्या बिगड़ेगा
मैं तुझ पर मरती हूँ, तेरा दम भरती हूँ
रख ले अपने साथ, तेरा क्या बिगड़ेगा
हाय तेरा ये जोबन, हाए तेरे ये झगड़े
मेरे दिल को ले गए, तेरी चाल के लटके
महकते बालों पर, चमकते गालों पर
रख लेने दे हाथ, तेरा क्या बिगड़ेगा
ओ लड़के मक्खन-से...

अरे होंट चबाकर क्यों देता है गाली
मुझ-सी न मिलेगी कोई चाहने वाली
ज़रा पास आने दे, गले लग जाने दे
ओ छोरे की ज़ात, तेरा क्या बिगड़ेगा
ओ लड़के मक्खन-से...

बड़ी देर सताया मुझे तूने अकड़ के
मैं तो चूम ही लूँगी तुझे आज पकड़ के
फ़िक्र मत कर प्यारे न इतना डर प्यारे
मैं हूँ तेरे साथ तेरा क्या बिगड़ेगा
ओ लड़के मक्खन-से, झगड़ मत अप्पन से
हँसकर कर ले बात, तेरा क्या बिगड़ेगा

गंगा तेरा पानी अमृत (1971)/रवि/आशा भोंसले

गंगा तेरा पानी अमृत झर-झर बहता जाए
युग-युग से इस देश की धरती तुझसे जीवन पाए
दूर हिमालय से तू आई गीत सुहाने गाती
बस्ती-बस्ती जंगल-जंगल सुख सन्देश सुनाती
तेरी चाँदी जैसी धारा मीलों तक लहराए
गंगा तेरा पानी अमृत...

कितने सूरज उभरे-डूबे गंगा तेरे द्वारे
युगों-युगों की कथा सुनाएँ तेरे बहते धारे
तुझको छोड़ के भारत का इतिहास लिखा न जाए
गंगा तेरा पानी अमृत...

इस धरती का दुख-सुख तूने अपने बीच समोया
जब-जब देश ग़ुलाम हुआ है तेरा पानी रोया
जब-जब हम आज़ाद हुए हैं तेरे तट मुस्काए
गंगा तेरा पानी अमृत...

खेतों-खेतों तुझसे जागी धरती की हरियाली
फ़स्लें तेरा राग अलापें, झूमे बाली-बाली

तेरा पानी पीकर मिट्टी सोने में ढल जाए
गंगा तेरा पानी अमृत...

तेरे दान की दौलत ऊँचे खलिहानों में ढलती
ख़ुशियों के मेले लगते, मेहनत की डाली फलती
लहक-लहक के धूम मचाते तेरी गोद के जाए
गंगा तेरा पानी अमृत...

गूँज रही है तेरे तट पर नवजीवन की सरगम
तू नदियों का संगम करती, हम खेतों का संगम
यही वो संगम है जो दिल का दिल से मेल कराए
गंगा तेरा पानी अमृत...

हर-हर गंगे कहके दुनिया तेरे आगे झुकती
तुझी से हम सब जीवन पाएँ तुझी से पाएँ मुक्ति
तेरी शरण मिले तो मैया जनम सफल हो जाए
गंगा तेरा पानी अमृत झर-झर बहता जाए
युग-युग से इस देश की धरती तुझ से जीवन पाए

गंगा तेरा पानी अमृत (1971)/रवि/मोहम्मद रफ़ी, कोरस

मिले जितनी शराब, मैं तो पीता हूँ
रखे कौन ये हिसाब, मैं तो पीता हूँ

एक इनसान हूँ मैं फ़रिश्ता नहीं
जो फ़रिश्ते बनें, उनसे रिश्ता नहीं
कहो अच्छा या ख़राब, मैं तो पीता हूँ
मिले जितनी शराब मैं तो पीता हूँ

होश मुझको रहे तो सितम घेर ले
कई दुख घेर लें, कई ग़म घेर लें
सहे कौन ये अज़ाब, मैं तो पीता हूँ
मिले जितनी शराब, मैं तो पीता हूँ

कोई अपना अगर हो तो टोके मुझे
मैं ग़लत कर रहा हूँ तो रोके मुझे
किसे देना है हिसाब, मैं तो पीता हूँ
मिले जितनी शराब मैं तो पीता हूँ

संसार (1971)/चित्रगुप्त/किशोर कुमार

न तू ज़मीं के लिए है न आसमाँ के लिए
तेरा वुजूद[1] है अब सिर्फ़ दास्ताँ के लिए

पलट के सूए-चमन[2] देखने से क्या होगा
वो शाख़[3] ही न रही जो थी आश्याँ[4] के लिए

ग़रज़-परस्त[5] जहाँ में वफ़ा तलाश न कर
ये शै बनी थी किसी दूसरे जहाँ के लिए

दास्तान (1972)/लक्ष्मीकान्त प्यारेलाल/मोहम्मद रफ़ी

किसका रस्ता देखे ऐ दिल, ऐ सौदाई
मीलों है ख़ामोशी, बरसों है तन्हाई
भूली दुनिया कभी की, तुझे भी मुझे भी
फिर क्यों आँख भर आई
कोई भी साया नहीं राहों में
कोई भी आएगा नहीं बाँहों में

तेरे लिए मेरे लिए कोई नहीं रोने वाला
झूटा भी नाता नहीं चाहूँ मैं
तू ही क्यों डूबा रहे आहों में

कोई किसी संग मरे, ऐसा नहीं होने वाला
कोई नहीं जो यूँ ही जहाँ में बाँटे पीर पराई
किस का रस्ता देखे ऐ दिल, ऐ सौदाई

---

1. अस्तित्व, 2. बाग़ की ओर, 3. डाली, 4. घोंसला, 5. स्वार्थी।

तुझे क्या बीती हुई रातों से
मुझे क्या खोई हुई बातों से

सेज नहीं, चिता सही जो भी मिले सोना होगा
गई हो डोरी टूट हाथों से
लेना क्या छूटे हुए साथों से

ख़ुशी जहाँ माँगी तूने, वहीं मुझे रोना होगा
ना कोई तेरा, ना कोई मेरा, फिर किस की याद आई
किसका रस्ता देखे ऐ दिल, ऐ सौदाई

जोशीला (1973)/आर.डी. बर्मन/किशोर कुमार

शर्मा न यूँ, घबरा न यूँ, पर्दा किए ये रात है
तराना धड़कन का, न सीने में दबा, न कोई जानेगा
ये आपस की बात है

खोया-खोया है क्यों हर ख़ुशी है तेरी
फूल-से जिस्म की ताज़गी है तेरी
ये तुहफ़ा गुलशन का न पा के यूँ गँवा
कि अब जो भी है, वो तेरे हाथ है
शर्मा न यूँ, घबरा न यूँ, पर्दा किए ये रात है

प्यासा-प्यासा है क्यों, ऐश का जाम ले
मैं तुझे थाम लूँ, तू मुझे थाम ले
बहाना भोलेपन का, बनाके न सता
कि बड़ी मुश्किल से फिर आती ये रात है
शर्मा न यूँ, घबरा न यूँ, पर्दा किए ये रात है

जोशीला (1973)/आर.डी. बर्मन/आशा भोंसले

मेरे दिल में आज क्या है, तू कहे तो मैं बता दूँ
तेरी ज़ुल्फ़ फिर सँवारूँ, तेरी माँग फिर सजा दूँ

मुझे देवता बनाकर तेरी चाहतों ने पूजा
मेरा प्यार कह रहा है मैं तुझे ख़ुदा बना दूँ

कोई ढूँढ़ने भी आए तो हमें न ढूँढ़ पाए
तू मुझे कहीं छुपा दे, मैं तुझे कहीं छुपा दूँ

मेरे बाज़ुओं में आकर तेरा दर्द चैन पाए
तेरे गेसुओं में छुपकर मैं जहाँ[1] के ग़म बुला दूँ

तेरी ज़ुल्फ़ फिर सँवारूँ, तेरी माँग फिर सजा दूँ
मेरे दिल में आज क्या है, तू कहे तो मैं बता दूँ

दाग़ (1973)/लक्ष्मीकान्त प्यारेलाल/किशोर कुमार

जब भी जी चाहे नई दुनिया बसा लेते हैं लोग
एक चेहरे पे कई चेहरे लगा लेते हैं लोग

याद रहता है किसे गुज़रे ज़माने का चलन
सर्द पड़ जाती है चाहत, हार जाती है लगन
अब मुहब्बत भी है क्या
इक तिजारत के सिवा
हम ही नादाँ थे जो ओढ़ा बीती यादों का कफ़न
वर्ना जीने के लिए सब कुछ भुला देते हैं लोग

जाने वो क्या लोग थे जिनको वफ़ा का पास था
दूसरे के दिल पे क्या गुज़रेगी, ये एहसास था
अब हैं पत्थर के सनम
जिनको एहसास न ग़म
वो ज़माना अब कहाँ जो अह्ले-दिल को रास था
अब तो मतलब के लिए नामे-वफ़ा लेते हैं लोग

दाग़ (1973)/लक्ष्मीकान्त प्यारेलाल/लता मंगेशकर

1. संसार।

यार ही मेरा कपड़ा-लत्ता, यार ही मेरा गहना
यार मिले तो इज़्ज़त समझूँ कंजरी बनकर रहना

नी मैं यार मनाना नी, चाहे लोग बोलियाँ बोलें
मैं तो बाज़ न आना नी, चाहे ज़हर सौतनें घोलें

मुखड़ा उसका चाँद का टुकड़ा, क़द सरो का बूटा
उसकी बाँह का हर-हर पोरा, लगता काँच है टूटा
यार मिले तो जग क्या करना, यार बिना जग सूना
जग के बदले यार मिले तो यार का मोल दूँ दूना

मैं तो नईं शर्माना नी, चाहे लोग बोलियाँ बोलें
मैं तो सेज सजाना नी, चाहे ज़हर सौतनें घोलें

थिरक रही मेरे पैर की झाँझर, झनक रहा मेरा चूड़ा
उड़-उड़ जाए आँचल मेरा, खुल-खुल जाए जूड़ा

बैठ अकेली करती थी मैं दीवारों से बातें
आज मिला वो यार तो बस गईं फिर से सूनी रातें

मैं तो झूमर पाना नी, चाहे लोग बोलियाँ बोलें
नच के यार मनाना नी, चाहे ज़हर सौतनें घोलें

बिछड़े यार ने फेरा डाला, प्रीत सुहागन हुई
आज मिली जो दौलत, उसका मोल न जाने कोई

दाग़ (1973)/लक्ष्मीकान्त प्यारेलाल/लता मंगेशकर

बुझ गए ग़म की हवा से प्यार के जलते चिराग़
बेवफ़ाई चाँद ने की, पड़ गया उसमें भी दाग़

हम दर्द के मारों का इतना ही फ़साना है
पीने को शराबे-ग़म, दिल ग़म का निशाना है
दिल एक खिलौना है तक़्दीर के हाथों में
मरने की तमन्ना है, जीने का बहाना है

देते हैं दुआएँ हम दुनिया की जफ़ाओं को
क्यों उनको भुलाएँ हम अब ख़ुद को भुलाना है
हँस-हँस के बहारें तो शबनम को रुलाती हैं
आज अपनी मुहब्बत पर दरिया को रुलाना है

दाग़ (1973)/एन. दत्ता/तलअत महमूद

आप न जाने मुझको समझते हैं क्या?
मैं तो कुछ भी नहीं
इस क़दर प्यार इतनी बड़ी भीड़ का
मैं रखूँगा कहाँ?
इस क़दर प्यार रखने के क़ाबिल नहीं मेरा दिल मेरी जाँ
मुझको इतनी मुहब्बत न दो दोस्तो, सोच लो दोस्तो
इस क़दर प्यार कैसे सँभालूँगा मैं
मैं तो कुछ भी नहीं

प्यार इक शख़्स का भी अगर मिल सके
तो बड़ी चीज़ है ज़िन्दगी के लिए
आदमी को मगर ये भी मिलता नहीं, ये भी मिलता नहीं
मुझको इतनी मुहब्बत मिली आपसे
ये मेरा हक़ नहीं, मेरी तक़्दीर है
मै ज़माने की नज़रों में कुछ भी न था
मेरी आँखों में अब तक वो तस्वीर है
इस मुहब्बत के बदले में क्या नज़्र दूँ
मैं तो कुछ भी नहीं

इज़्ज़तें, शुहरतें, चाहतें, उल्फ़तें
कोई भी चीज़ दुनिया में रहती नहीं
आज मैं हूँ जहाँ कल कोई और था
ये भी इक दौर है, वो भी इक दौर था

दाग़ (1973)/लक्ष्मीकान्त प्यारेलाल/राजेश खन्ना

आज इतनी मुहब्बत न दो दोस्तो
कि मेरे कल की ख़ातिर न कुछ भी बचे
आज का प्यार थोड़ा बचाकर रखो
मेरे कल के लिए

कल जो गुमनाम है, कल जो सुनसान है
कल जो अनजान है, कल जो वीरान है
मैं तो कुछ भी नहीं
मैं तो कुछ भी नहीं

दाग़ (1973)/लक्ष्मीकान्त प्यारेलाल/राजेश खन्ना

संसार की हर शै का इतना ही फ़साना है
इक धुँद से आना है इक धुँद में जाना है

ये राह कहाँ से है, ये राह कहाँ तक है
ये राज़ कोई राही समझा है न जाना है

इक पल की पलक पर है ठहरी हुई ये दुनिया
इक पलक झपकने तक हर खेल सुहाना है
क्या जाने कोई किस पर किस मोड़ पर क्या बीते
इस राह में ऐ राही हर मोड़ बहाना है

हम लोग खिलौना हैं इक ऐसे खिलाड़ी का
जिसको अभी सदियों तक ये खेल रचाना है

धुंध (1973)/रवि/महेन्द्र कपूर

उलझन सुलझे ना रस्ता सूझे ना
जाऊँ कहाँ मैं जाऊँ कहाँ?

मेरे दिल का अँधेरा हुआ और घनेरा
कुछ समझ न पाऊँ क्या होना है मेरा
खड़ी दोराहे पर

ये पूछूँ घबराकर
जाऊँ कहाँ मैं जाऊँ कहाँ?

वो साँझ भी आए, तन चीर के जाए
इस हाल में कोई किस तरह निभाए
न मरना रास आया
न जीना मन भाया
जाऊँ कहाँ मैं जाऊँ कहाँ?

बहुत की तद्बीरें, न टूटी ज़ंजीरें
रुत ग़म की मिटे ना, कोई आस फले ना
तक़्दीर के आगे, मेरी पेश चले ना
जाऊँ कहाँ मैं जाऊँ कहाँ?

धुंध (1973)/रवि/आशा भोंसले

जो यहाँ था वो वहाँ क्योंकर हुआ
दो जगह वो जाने-जाँ क्योंकर हुआ

दिल तड़पता है हमारे इश्क़ में, कहते हो तुम
ये भी कहते हो कि हम दिल को चुराकर ले गए

जो यहाँ था वो वहाँ क्योंकर हुआ
कोई भी क़ातिल नहीं मेरा अगर
फिर ये क़त्ले-नागहाँ[1] क्योंकर हुआ

धुआँ उठा तो कहीं आग भी लगी होगी
गला कटा तो छुरी भी कोई चली होगी
हुज़ूर आप अभी मेरे दोस्त हैं लेकिन
कोई तो होगा जिसे मुझ से दुश्मनी होगी

फिर ये क़त्ले-नागहाँ क्योंकर हुआ
आशिक़ों से पूछने आए हैं वो
उन पे क़ातिल का गुमाँ क्योंकर हुआ!

---
1. अचानक हत्या।

ज़ुल्फ़ ज़ंजीर-सी
हर नज़र तीर-सी
जिस्म लहका हुआ
रंग दहका हुआ
आँख शोले की लौ
साँस बिजली की ज़ौ[1]
अश्रुओं की कमाँ[2]
दुश्मने-क़लबो-जाँ[3]
हर थिरकती अदा
इक पयामे-क़ज़ा[4]
फिर भी देखे कोई
उनकी ये सादगी

आशिक़ों से पूछने आए हैं वो
उन पे क़ातिल का गुमाँ क्योंकर हुआ
जो यहाँ था वो वहाँ क्योंकर हुआ

धुंध (1973)/रवि/आशा भोंसले

तेरा मुझसे है पहले का नाता कोई
यूँ ही नहीं दिल लुभाता कोई
जाने तू या जाने ना
माने तू या माने ना

धुआँ-धुआँ-सा था वो समाँ
यहाँ-वहाँ, जाने कहाँ
तू और मैं वहीं थे पहले
देखा तुझे तो दिल ने कहा
जाने तू या जाने ना
माने तू या माने ना
देखो कभी खोना नहीं
कभी जुदा होना नहीं

---

1. प्रकाश, 2. धनुष जैसी भौंहें, 3. दिल और जान की दुश्मन, 4. मौत का सन्देश।

आगे क्या है पाया मैं तो भूल ही गया
वादे गए बातें गईं
जागी–जागी रातें गईं
चाहा जिसे मिला नहीं
तो हमें भी गिला नहीं
अपना है क्या ?

जीएँ–मरें चाहे कुछ कहो
तुमको तो जीना रास आ गया
जाने तू या जाने ना
माने तू या माने ना

आ गले लग जा (1973)/आर.डी बर्मन/किशोर कुमार

दिल में किसी के प्यार का जलता हुआ दीया
दुनिया की आँधियों से भला ये बुझेगा क्या
साँसों की आँच पा के भड़कता रहेगा ये
सीने में दिल के साथ धड़कता रहेगा ये
वो नक़्श क्या हुआ जो मिटाए से मिट गया
वो दर्द क्या हुआ जो दबाए से दब गया
दिल में किसी के प्यार का जलता हुआ दीया

ये ज़िन्दगी भी क्या है अमानत उन्हीं की है
ये शायरी भी क्या है इनायत उन्हीं की है
अब वो करम करें कि सितम उनका फ़ैसला
हमने तो दिल में प्यार का शोला जला लिया
दिल में किसी के प्यार का जलता हुआ दीया

इक महल हो सपनों का (1975)/रवि/लता मंगेशकर

अ, ब : इक महल हो सपनों का
फूलों भरा आँगन हो और साथ हो अपनों का

उड़ते बादल फ़र्श बनें और धुंद की हों दीवारें
छत के झिलमिल तारे तेरा-मेरा नाम पुकारें
इक महल हो सपनों का...

ब : सपनों के उस महल में बिखरें मुस्कानों के मोती
अ : मेरे प्यार की ख़ुशबू फैले तेरे प्यार की ज्योति

अ, ब : इक महल हो सपनों का...

अ : मैं तेरे नैनों पर कर दूँ अपना सब कुछ वारी
ब : मैं तेरी बाँहों में छुपकर भुलूँ दुनिया सारी

अ, ब : इक महल हो सपनों का...

इक महल हो सपनों का (1975)/रवि/रवि, लता मंगेशकर

देखा है ज़िन्दगी को कुछ इतने क़रीब से
चेहरे तमाम लगने लगे हैं अजीब-से

कहनी थी दिल की बात जिन्हें ढूँढ़ते थे हम
महफ़िल में आ गए हैं वो अपने नसीब से

नीलाम हो रहा था किसी नाज़नीं का प्यार
क़ीमत नहीं चुकाई गई इक ग़रीब से

तेरी वफ़ा की लाश पे ला मैं ही डाल दूँ
रेशम का ये कफ़न जो मिला है रक़ीब से

इक महल हो सपनों का (1975)/रवि/किशोर कुमार

तुमने कितने सपने देखे, कितने गीत बुने
इस दुनिया के शोर में लेकिन दिल की धड़कन कौन सुने

सरगम की आवाज़ पे सर को धुनने वाले लाखों पाए
नग़मों की खिलती कलियों को चुनने वाले लाखों पाए
राख हुआ दिल जिनमें जलकर वो अँगारे कौन चुने
तुमने कितने सपने देखे मैंने कितने गीत बुने

अरमानों के सूने घर में हर आहट बेगानी निकली
दिल ने जब नज़्दीक से देखा हर सूरत अनजानी निकली
बोझल घड़ियाँ गिनते-गिनते सदमे हो गए लाख गुने
तुमने कितने सपने देखे, मैंने कितने गीत बुने

इक महल हो सपनों का (1975)/रवि

ज़िन्दगी गुज़ारने को साथी एक चाहिए
हुस्न गर नहीं शराब ही सही
जब से वो गए हैं अपनी ज़िन्दगी में एक नया दौर आ गया है
उनसे कह दो अपने दिल में उनसे भी हसीन कोई और आ गया है

ज़र के आगे सर झुका के हुस्न बेवफ़ा हुआ
आज कोई हमसफ़र नहीं रहा तो क्या हुआ
मेरे हमसफ़र जनाब ही सही
ज़िन्दगी गुज़ारने को साथी एक चाहिए

इश्क़ और वफ़ा का सिर्फ़ नाम है, जहाँ में काम कुछ भी नहीं है
दिल की चाहे कितनी अज़मतें गिनाओ दिल का काम कुछ भी नहीं है
आज मैंने तय किया है हर तिलिस्म तोड़ना
एक नए रास्ते पे ज़िन्दगी को मोड़ना

अब ये फ़ैसला ख़राब ही सही
ज़िन्दगी गुज़ारने को साथी एक चाहिए
हुस्न गर नहीं शराब ही सही

इक महल हो सपनों का (1975)/रवि/मोहम्मद रफ़ी

दीवारों का जंगल जिसका आबादी है नाम
बाहर से चुप-चुप लगता है अन्दर है कुहराम
दीवारों के इस जंगल में भटक रहे इनसान
अपने-अपने उलझे दामन झटक रहे इनसान

अपनी बीती छोड़ के आए कौन किसी के काम
बाहर से चुप-चुप लगता है अन्दर है कुह्राम
सीने ख़ाली, आँखें सूनी, चेहरे पे हैरानी
जितने घने हंगामे उसमें उतनी घनी वीरानी

रातें क़ातिल, सुब्हें मुजरिम, मुल्ज़िम है हर शाम
बाहर से चुप-चुप लगता है अन्दर है कुह्राम
हाल न पूछें, दर्द न बाँटें इस जंगल के लोग
अपना-अपना सुख है सबका अपना-अपना राग

कोई नहीं जो हाथ बढ़ाकर गिरतों को ले थाम
बाहर से चुप-चुप लगता है अन्दर है कुह्राम
बेबस को दोषी ठहराए इस जंगल का न्याय
सच की लाश पे कोई न रोए झूठ को सीस नवाए

पत्थर की इन दीवारों में पत्थर हो गए राम
बाहर से चुप-चुप लगता है अन्दर है कुह्राम

दीवार (1975)/आर.डी. बर्मन/मन्ना डे

तुम भी चलो, हम भी चलें, चलती रहे ज़िन्दगी
न ज़मीं मंज़िल न आसमाँ, ज़िन्दगी है ज़िन्दगी

पीछे देखे न कब मुड़ के राहों में
मुझे मेरा दिल तुम्हें ले के बाँहों में
धड़कनों की ज़बाँ, नित कहे दास्तान
प्यार की झिलमिल छाँव में पलती रहे ज़िन्दगी

बहते चलें हम मस्ती के धारों में
गूँजते ही रहें सदा दिल के तारों में
अब रुके न कहीं प्यार का कारवाँ
नित-नई रुत के ढंग ढलती रहे ज़िन्दगी

ज़मीर (1975)/सपन चक्रवर्ती/किशोर कुमार

मेरी चाहत रहेगी हमेशा जवाँ, जिस्म ढलने से जज़्बात ढलते नहीं
मौत आने से भी प्यार मरता नहीं, दम निकलने से अरमाँ निकलते नहीं

लाख तूफ़ान हो हम न घबराएँगे, तू न आएगी मिलने तो हम आएँगे
जान पर खेलने से झिझकते हैं जो, वो मुहब्बत की राहों पे चलते नहीं
हमने छोड़ा न छोड़ेंगे दामन तेरा, जिसको अपना लिया उसको अपना लिया
हो सके तो हमें उम्र भर आज़मा, मौसमों की तरह हम बदलते नहीं

तू मिले न मिले पर सलामत रहे, दूर ही की सही मुझसे निस्बत रहे
ज़िन्दगी भर तेरी मुझको हसरत रहे, हसरतों के बिना ख़्वाब पलते नहीं

मेहमान (1975)/रवि/मोहम्मद रफ़ी

राम रहीम कृष्ण करीम
यसू मसीह और इब्राहीम
सबकी है इक ही तालीम

भले कर्म कर दुनिया में ये कर्म हैं नेक कमाई
इन्हीं कर्मों में छुपी है सारे धर्मों की सच्चाई
जिसने अच्छे कर्म किए हर धर्म की लाज निभाई

सबकी है इक ही तालीम
राम रहीम कृष्ण करीम
यसू मसीह और इब्राहीम

ईश्वर से अल्लाह अलग, अल्लाह से ईश्वर जुदा नहीं
ये मत सोच तेरे कर्मों का उस मालिक को पता नहीं
सौ पर्दों में पाप करे तो फिर भी उससे छुपा नहीं

सबकी है इक ही तालीम
राम रहीम कृष्ण करीम
यसू मसीह और इब्राहीम

मेहमान (1975)/रवि/महेन्द्र कपूर, दीदार सिंघ, मीनू पुरुषोत्तम, कोरस

कभी-कभी मेरे दिल में ख़याल आता है
कि जैसे तुझको बनाया गया है मेरे लिए
तू अब से पहले सितारों में बस रही थी कहीं
तुझे ज़मीं पे बुलाया गया है मेरे लिए

कभी-कभी मेरे दिल में ख़याल आता है
कि ये बदन ये निगाहें मेरी अमानत हैं
ये गेसुओं की घनी छाँव है मेरी ख़ातिर
ये होंट और ये बाँहें मेरी अमानत हैं

कभी-कभी मेरे दिल में ख़याल आता है
कि जैसे बजती हैं शहनाइयाँ-सी राहों में
सुहागरात है घूँघट उठा रहा हूँ मैं
सिमट रही है तू शरमा के अपनी बाँहों में

कभी-कभी मेरे दिल में ख़याल आता है
कि जैसे तू मुझे चाहेगी उम्र भर यूँ ही
लुटेगी मेरी तरफ़ प्यार की नज़र यूँ ही
मैं जानता हूँ कि तू ग़ैर है मगर यूँ ही

कभी-कभी मेरे दिल में ख़याल आता है!

कभी-कभी (1976)/ख़य्याम/लता मंगेशकर, मुकेश

मैं पल-दो पल का शायर हूँ
पल-दो पल मेरी कहानी है
पल-दो पल मेरी हस्ती है
पल-दो पल मेरी जवानी है

मुझसे पहले कितने शायर
आए और आकर चले गए
कुछ आहें भरकर लौट गए
कुछ नग़मे गाकर चले गए

वो भी इक पल का क़िस्सा थे
मैं भी इक पल का क़िस्सा हूँ
कल तुमसे जुदा हो जाऊँगा
गो आज तुम्हारा हिस्सा हूँ
मैं पल-दो पल का शायर हूँ

कल और आएँगे नग़्मों की
खिलती कलियाँ चुनने वाले
मुझ से बेहतर कहने वाले
तुम से बेहतर सुनने वाले
क्यों मुझको कोई याद करे
मसरूफ़ ज़माना मेरे लिए
क्यों वक़्त अपना बर्बाद करे

मैं पल-दो पल का शायर हूँ
पल दो पल मेरी जवानी है

कभी-कभी (1976)/ख़य्याम/मुकेश

प्यार कर लिया तो क्या प्यार है ख़ता नहीं
तेरी-मेरी उम्र में किसने ये किया नहीं
तेरे होंट, मेरे होंट मिल गए तो क्या हुआ
दिल की तरह जिस्म भी मिल गए तो क्या हुआ

इससे पहले क्या कभी ये सितम हुआ नहीं
मैं भी होशमंद हूँ, तू भी होशमंद है
उस तरह जिएँगे हम, जिस तरह पसन्द है
उनकी बात क्यों सुनें, जिनसे वास्ता नहीं

रस्म क्या, रिवाज क्या, धर्म क्या समाज क्या
दुश्मनों का ख़ौफ़ क्यों, दोस्तों की लाज क्या
ये वो शौक़ है कि जिससे कोई भी बचा नहीं
प्यार कर लिया तो क्या प्यार है ख़ता नहीं
तेरी-मेरी उम्र में किसने ये किया नहीं

कभी-कभी (1976)/ख़य्याम/किशोर कुमार

मैं हर इक पल का शायर हूँ
हर इक पल मेरी कहानी है
हर इक पल मेरी हस्ती है
हर इक पल मेरी जवानी है

रिश्तों का रूप बदलता है
बुनियादें ख़त्म नहीं होतीं
ख़्वाबों की और उमंगों की
मीआदें[1] ख़त्म नहीं होतीं

हर फूल में तेरा रूप बसा
हर फूल में तेरी जवानी है
इक चेहरा तेरी निशानी है
इक चेहरा मेरी निशानी है

तुमको मुझको जीवन अमृत
इन हाथों से ही पीना है
इनकी धड़कन में बसना है
इनकी साँसों में जीना है

तू अपनी अदाएँ बख़्श इन्हें
मैं अपनी वफ़ाएँ देता हूँ
जो अपने लिए सोची थीं कभी
वो सारी दुआएँ देता हूँ

कभी-कभी (1976)/ख़य्याम/मुकेश

मेरे घर आई एक नन्ही परी
चाँदनी के हसीन रथ पे सवार
मेरे घर आई एक नन्ही परी

उसकी बातों में शहद जैसी मिठास
उसकी साँसों में इत्र की महकार
होंट जैसे कि भीगे-भीगे गुलाब

1. अवधि।

गाल जैसे कि दहके-दहके अनार
मेरे घर आई एक नन्ही परी

उसके आने से मेरे आँगन में
खिल उठे फूल, गुनगुनाई बहार
देखकर उसको जी नहीं भरता
चाहे देखूँ उसे हज़ारों बार
मेरे घर आई एक नन्ही परी

मैंने पूछा उसे कि कौन है तू
हँस के बोली कि मैं हूँ तेरा प्यार
मैं तेरे दिल में थी हमेशा से
घर में आई हूँ आज पहली बार
मेरे घर आई एक नन्ही परी

कभी-कभी (1976)/ख़य्याम/लता मंगेशकर

ब : इस रेशमी पाज़ेब की झनकार के सदक़े
जिसने ये पहनाई है उस दिलदार के सदक़े

अ : उस ज़ुल्फ़ के क़ुर्बां लबो-रुख़सार के सदक़े
हर जल्वा था इक शोला हुस्ने-यार के सदक़े

ब : जवानी माँगती थी ये हसीं झनकार बरसों से
तमन्ना बुन रही थी धड़कनों के हार बरसों से
छुप-छुप के आने वाले तेरे प्यार के सदक़े

अ : जवानी सो रही थी हुस्न की रंगीं पनाहों में
चुरा लाए हम उनके नाज़नीं जल्वे निगाहों में
क़िस्मत से जो हुआ है उस दीदार के सदक़े

ब : नज़र लहरा रही है जिस्म पे मस्ती-सी छाई है
अ : दोबारा देखने के शौक़ ने हलचल मचाई है

ब : दिल को जो लग गया है उस आज़ार के सदक़े

लैला मजनूँ (1976)/मदन मोहन/मोहम्मद रफ़ी, लता मंगेशकर

हुस्न हाज़िर है मुहब्बत की सज़ा पाने को
कोई पत्थर से न मारे मेरे दीवाने को

मेरे दीवाने को इतना न सताओ लोगो
ये तो वहशी है तुम्ही होश में आओ लोगो
बहुत रंजूर है ये, ग़मों से चूर है ये
ख़ुदा का ख़ौफ़ खाओ बहुत मजबूर है ये
क्यों चले आए हो बेबस पे सितम ढाने को

मेरे जल्वों की ख़ता है जो ये दीवाना हुआ
मैं हूँ मुजरिम ये अगर होश से बेगाना हुआ
मुझे सूली चढ़ा दो कि शोलों में जला दो
कोई शिक्वा नहीं है जो जी चाहे सज़ा दो
बख़्श दो इसको मैं तैयार हूँ मर जाने को

पत्थरों को भी वफ़ा फूल बना सकती है
ये तमाशा भी सरे-आम दिखा सकती है
लो अब पत्थर उठाओ ज़माने के ख़ुदाओ
तुम्हें मैं आज़माऊँ मुझे तुम आज़माओ
अब दुआ अर्श पे जाती है असर लाने को
कोई पत्थर से न मारे मेरे दीवाने को

लैला मजनूँ (1976)/मदन मोहन/लता मंगेशकर

तेरे दर पे आया हूँ, कुछ करके जाऊँगा
झोली भर के जाऊँगा या मरके जाऊँगा

तू सब कुछ जाने है, हर ग़म पहचाने है
जो दिल की उलझन है, सब तुझ पे रौशन है
घायल परवाना हूँ, वहशी दीवाना हूँ

दिल ग़म से हैराँ है, मेरी दुनिया वीराँ है
नज़रों की प्यास बुझा, मेरा बिछड़ा यार मिला

अब या ये ग़म छूटेगा वर्ना दम टूटेगा
अब जीना मुश्किल है, फ़रियादें लाया हूँ
तेरे दर पे आया हूँ...

लैला मजनूँ (1976)/मदन मोहन/मोहम्मद रफ़ी

बर्बाद मुहब्बत की दुआ साथ लिये जा
टूटा हुआ इक़रारे-वफ़ा[1] साथ लिये जा

इक दिल था जो पहले ही तुझे सौंप दिया था
ये जान भी ऐ जाने-अदा साथ लिये जा

तपती हुई राहों से तुझे आँच न पहुँचे
दीवानों के अश्कों[2] की घटा लिये जा

शामिल है मेरा ख़ूने-जिगर तेरी हिना[3] में
ये कम हो तो अब ख़ूने-वफ़ा साथ लिये जा

हम जुर्मे-मुहब्बत[4] की सज़ा पाएँगे तन्हा
जो तुझ से हुई हो वो ख़ता[5] साथ लिये जा

लैला मजनूँ (1976)/मदन मोहन/मोहम्मद रफ़ी

अ : कहना इक दीवाना तेरी याद में आहें भरता है
लिखकर तेरा नाम ज़मीं पर उसको सज्दे करता है

चाक-गिरेबाँ ख़ाक-ब-सर फिरता है ख़ूनी राहों में
सायों को लिपटाता है और लैला-लैला करता है

तेरी एक झलक की ख़ातिर जान आँखों में अटकी है
जी का ऐसा हाल हुआ है जीता है न मरता है

खुद को भूल गया है लेकिन याद नहीं भूला
दिल के जितने ज़ख़्म हैं उनमें तेरा ही अक्स उभरता है

---

1. प्रेम प्रतिज्ञा, 2. आँसुओं, 3. मेहँदी, 4. प्रेम का अपराध, 5. ग़लती

ब : कहना मेरे दीवाने से लैला तेरी अमानत है
तेरी बाँहों में दम देगी तू जिसका दम भरता है

अ : सदक़े जाऊँ उस क़ासिद पर जिससे ये पैग़ाम मिला
मेरा क़ातिल, मेरा मसीहा अब भी मुझ पर मरता है

लैला मजनूँ (1976)/मदन मोहन/मोहम्मद रफ़ी, लता मंगेशकर

लैला मजनूँ दो बदन इक जान थे
जज़्बए-ए-इश्क़ो-वफ़ा[1] की शान[2] थे
दो क़बीले आमरी और सरवरी
उन क़बीलों के थे ये नूरे-नज़र[3]
जिनके दिल में कर लिया उल्फ़त ने घर
और ये उल्फ़त इबादत[4] बन गई
हुक्मे-रब[5] मंशाए-क़ुदरत[6] बन गई
मक़्सद उनका का'बए-उल्फ़त बना
जल्वए-रुख़[7] दीद[8] की जन्नत बना
एक दिन मक्तब[9] में मुल्ला ने कहा
सब लिखो तख़्ती पे नाम अल्लाह का
सबने लिखा सिर्फ़ मजनूँ ही मगर
लैला-लैला लिख रहा था बेख़बर
तैश[10] उस पर आ गया उस्ताद को
कैसे सहता कुफ़्र[11] और इल्हाद[12] को
उसने मजनूँ को सज़ाए-सख़्त दी
हर सज़ा की ज़र्ब[13] लैला पर पड़ी
मौलवी काँपा ये मंज़र देखकर
आबदीदा[14] हो गया इस भूल पर
प्यार मासूमों का रुसवा[15] हो गया
जा-ब-जा[16] दोनों का चर्चा हो गया

---

1. प्रेम भाव, 2. गौरव, 3. आँख की रौशनी, 4. उपासना, 5. ईश्वरादेश, 6. ईश्वरेच्छा, 7. मुख इका दर्शन, 8. दर्शन, 9. पाठशाला, 10. क्रोध, 11. अस्वीकृति, 12. नास्तिकता, 13. चोट, 14. रुआँसा, 15. बदनाम, 16. जगह-जगह।

जब सुना लैला के वालिद[1] ने ये हाल
शर्म आई और हुआ बेहद मलाल[2]
उसने लैला से कहा मक्तब न जाए
घर की चौखट से क़दम बाहर न लाए
एक दिन बेकार पहरे हो गए
लैला और मजनूँ अचानक खो गए
दोनों सरदारों पे वहशत छा गई
मियान से तलवार बाहर आ गई
पर जो गुज़रे एक नख़्लिस्तान[3] से
देखते ही रह गए हैरान से
लैला मजनूँ खेल में मसरूफ़ थे
वालिदे-मजनूँ ने देखा ग़ौर से
और कहा लैला के वालिद से हुज़ूर
खेलने दीजे इन्हें कीजे न दूर
तैश में लैला के वालिद ने कहा
कल यही खेल इक वबा बन जाएगा
बददुआ होगा घरानों के लिए
शर्म होगा ख़ानदानों के लिए
ये कहा और खेंच कर लैला का हाथ
ले गया इस तरह उसको अपने साथ
फिर न कोई देखने पाया उन्हें
जाने किस बस्ती में ठहराया उन्हें

लैला मजनूँ (1976)/जयदेव/राजकुमार रिज़्वी, अनुराधा प्रीति

मेह्रबाँ[4] कैसे-कैसे, क़द्रदाँ[5] कैसे कैसे
आज महफ़िल में आए हुए हैं

रिन्द[6] भी इनमें हैं पारसा[7] भी
कश्तिए-क़ौम[8] के नाख़ुदा[9] भी

---

1. पिता, 2. दुख, 3. रेगिस्तान में हरा-भरा टुकड़ा, 1. दयालु, मित्र, 2. गुण पहचाननेवाला, 3. शराबी, 4. संयमी, 5. राष्ट्र की नाव, 6. नाविक

मो'तबर[1] कैसे–कैसे, राहबर[2] कैसे–कैसे
आज मस्नद[3] सजाए हुए हैं

क़ौम की ख़िदमत काम है उनका
इस ख़िदमत से नाम है उनका
भूकों के ग़म में घुलते हैं
सोने–चाँदी में तुलते हैं
दूर उनकी बलाएँ, उन पे क़ुर्बान जाएँ
ये जो नज़रें झुकाए हुए हैं

साज़ और साज़ के नग़मे क्या हैं
हुस्न और हुस्न के जल्वे क्या हैं
शर्म है क्या और ग़ैरत[4] क्या है

इज़्ज़त क्या है, इस्मत[5] क्या है
ये हवस[6] के परिन्दे, नेक सूरत दरिन्दे
दाम सब पर लगाए हुए हैं

ये यतीमों[7] का हक़ खानेवाले
बेबसों पे सितम ढानेवाले
बस चले तो वतन बेच डालें
ये मन्दिरों के सनम[8] तक न छोड़ें

ये जो बदकारियों से, चोर बाज़ारियों से
शानो–शौकत बढ़ाए हुए हैं

जागृति (1977)/लक्ष्मीकान्त प्यारेलाल/आशा भोंसले

ऐ मेरे नन्हे गुलफ़ाम
मेरी नींदें तेरे नाम
तेरा बचपन पाक रहे
मुझ पर तो हैं सौ इल्ज़ाम

---

1. विश्वसनीय, 2. नेता, 3. गोल तकिया, 4. लज्जा, स्वाभिमान, 5. सतीत्व, 6. लालसा, वासना, 7. अनाथ, 8 मूर्ति।

किसका पड़ा तुझ पर साया
किसने ये रस्ता दिखलाया?
कौन मुझे इस घर में लाया?
ये घर है रुसवा बदनाम

इन गलियों की क़िस्मत है
टूटे गजरे झूटे जाम
जख़्मी सेजों की झंकार
घायल गीतों की गुंजार

दुखते मन की चीख़ पुकार
ऐयाशों के खेल का नाम
इन कूचों में होता है
अरमानों का क़त्ले-आम

इस बस्ती में ज़हर घुले
हर बोटी रोटी में तुले
इन गलियों की आँख खुले
जब धरती पर छाए शाम

सो न गया तो देखेगा
माँ बहनों के लगते दाम

जागृति (1977)/लक्ष्मीकान्त प्यारेलाल/आशा भोंसले

दूर रहकर न करो बात, क़रीब आ जाओ
याद रह जाएगी ये रात, क़रीब आ जाओ

एक मुद्दत से तमन्ना थी तुम्हें छूने की
आज बस में नहीं जज़्बात, क़रीब आ जाओ

सर्द झोंको से भड़कते हैं बदन में शोले
जान ले लेगी ये बरसात, क़रीब आ जाओ

इस क़दर हम से झिझकने की ज़रूरत क्या है
ज़िन्दगी भर का है अब साथ, क़रीब आ जाओ

अमानत (1977)/रवि/मोहम्मद रफ़ी

मतलब निकल गया है तो पहचानते नहीं
यूँ जा रहे हैं जैसे हमें जानते नहीं

अपनी ग़रज़ थी जब तो लिपटना क़ुबूल था
बाँहों के दायरे में सिमटना क़ुबूल था
अब हम मना रहे हैं मगर मानते नहीं

हमने तुम्हें पसन्द किया, क्या बुरा किया
रुतबा[1] ही कुछ बुलन्द[2] किया, क्या बुरा किया
हर इक गली की ख़ाक तो हम छानते नहीं

मुँह फेरकर न जाओ हमारे क़रीब से
मिलता है कोई चाहनेवाला नसीब से
इस तरह आशिक़ों पे कमाँ[3] तानते नहीं

अमानत (1977)/रवि/मोहम्मद रफ़ी

बुझे-बुझे रंग हैं नज़ारों के
लुट गए क़ाफ़िले बहारों के
फूलों की तमन्ना की थी हार मिले ख़ारों के
लुट गए क़ाफ़िले बहारों के

बीती रुतों को कोई कैसे पुकारे
हम कल तलक थे सब के सब थे हमारे

आज मुह्ताज हैं सहारों के
लुट गए क़ाफ़िले बहारों के

---

1. पद, महत्ता, 2. ऊँचा, 3. कमान का लघु, धनुष

कल ज़िन्दगी थी अपनी सुख का तराना
मरने का ढूँढ़ते हैं आज हम बहाना

कैसे-कैसे खेल हैं सितारों के
लुट गए क़ाफ़िले बहारों के

अमानत (1977)/रवि/आशा भोंसले

तेरी जवानी तपता महीना, ऐ नाज़नीना
छू ले नज़र तो आए पसीना, ऐ नाज़नीना

हाए ये तेरा लहरा के चलना, इठला के चलना
रह-रह के धड़के धरती का सीना, ऐ नाज़नीना

तेरे बदन में फूलों की नर्मी, शोलों की गर्मी
हर अंग तेरा तरशा नगीना, ऐ नाज़नीना

आँखों में बिजली, ज़ुल्फ़ों में बादल, साँसों में हलचल
तुझ-सी नहीं कोई क़ातिल हसीना, ऐ नाज़नीना

जीने का कोई सामान कर दे, एहसान कर दे
तेरे बग़ैर मुश्किल है जीना, ऐ नाज़नीना

अमानत (1977)/रवि/मोहम्मद रफ़ी

अ : साइकिल पे हसीनों की टोली
देखी तो तबीअत यूँ बोली
ऐ काश कि हम साइकिल होते
उन हाथों में हैंडिल होते
पैरों के तले पैडिल होते
दबती-उठती सैंडिल होते
भर जाती मुरादों की झोली

ब : साइकिल पे जवानों की टोली
देखी तो तबीअत यूँ बोली
ऐ काश कि हम सैंडल होते
सोडे की भरी बोतल होते
तब ठीक से तुम टैकल होते
सब झगड़े अभी सेटल होते
पछताते कि नीयत क्यों डोली

अ : सड़कों पे परेड ये फ़ैशन की
इक शक्ल है इन्विटेशन की
गत कुछ भी बनाओ नेशन की
तुम जान हो इस जनरेशन की
जो दिल पे चलाते हैं गोली

ब : क्या बात है एजूकेशन की
हालत है ये सिविलाइज़ेशन की
कुछ शर्म करो पोज़ीशन की
यूँ हमसे जो कन्वरसेशन की
करवाओगे खोपड़ियाँ पोली

अ : कुछ नाज़ो-अदा के रूल बनें
रोमांस के कुछ स्कूल बनें

ब : तफ़रीह के हम क्यों टूल बनें
दिल देके तुम्हें क्यों फूल बनें
इतनी न हमें समझो भोली
ऐ काश कि हम सैंडल होते
सोडे की भरी बोतल होते
तब ठीक से तुम टैकल होते
सब झगड़े अभी सैटल होते
पछताते कि नीयत क्यों डोली

अमानत (1977)/रवि/मोहम्मद रफ़ी, मन्ना डे, आशा भोंसले, उषा मंगेशकर

भुस भर दिया मेरी चाहत में
भुस भरने वाले लोगों ने
ये क्या किया देखो तो सही
मिल-जुलकर साले लोगों ने
करी सौ-सौ हेरा फेरी थी
तब जाके परी इक घेरी थी

मेरा जुड़ता टाँका तोड़ दिया
यूँ ऐब उछाले लोगों ने
पुरखों ने जो पूँजी जोड़ी थी
बस एक दुकाँ ही छोड़ी थी

उस एक दुकाँ के फाटक पर
लगवा दिए ताले लोगों ने
इस इश्क़ से यारो बच के रहो
इस इश्क़ में कितने लोगों के
मुँह कर दिए काले लोगों ने

अमानत (1975)/रवि/मन्ना डे

अ : हर तरफ़ हुस्न है जवानी है
आज की रात क्या सुहानी है
रेशमी जिस्म सरसराते हैं
मरमरीं ख़्वाब गुनगुनाते हैं
धड़कनों में सुरूर फैला है
रंग नज़्दीको-दूर फैला है
दावते-इश्क़ दे रही है फ़िज़ा
आज हो जा किसी हसीं पे फ़िदा
मुहब्बत बड़े काम की चीज़ है

ब : मुहब्बत के दम से है दुनिया की रौनक़
मुहब्बत न होती तो कुछ भी न होता

नज़र और दिल की पनाहों के पीछे
ये जन्नत न होती तो कुछ भी न होता
यही एक आराम की चीज़ है

स : किताबों में छपते हैं चाहत के क़िस्से
हक़ीक़त की दुनिया में चाहत नहीं है
ज़माने के बाज़ार में ये वो शै है
कि जिसकी किसी को ज़रूरत नहीं है
ये बेकार बेदाम की चीज़ है

अ, ब : मुहब्बत बड़े काम की चीज़ है
स, द : ये बस नाम ही नाम की चीज़ है

अ : मुहब्बत से इतना ख़फ़ा होनेवाले
चल आ आज तुझको मुहब्बत सिखा दें
तेरा दिल जो बरसों से वीराँ पड़ा है
किसी नाज़नीनाँ को उसमें बसा दें
मेरा मश्विरा काम की चीज़ है

त्रिशूल (1978)/ख़य्याम/किशोर कुमार, लता मंगेशकर, यसू दास

नहीं किया तो कर के देख
तू भी किसी पे मर के देख
हुस्न के बिखरे फूलों से
दिल की झोली भर के देख

कौन तुझे क्या कहता है
क्यों उसका ग़म सहता है
कुत्ते भौंकते रहते हैं
क़ाफ़िला चलता रहता है
कभी अपने मन की करके देख

रीतें रस्में तोड़ भी दे
दिल को अकेला छोड़ भी दे

दुनिया दिल की दुश्मन है
दुनिया का मुँह मोड़ भी दे
कुछ तो अनोखा करके देख

एक रहता है दौलत का
दूसरा ऐशो-इशरत का
तीसरा झूटी इज़्ज़त का
चौथा सच्ची उल्फ़त का
इस रस्ते से गुज़र के देख

त्रिशूल (1978)/ख़य्याम

अ : आज हम इश्क़ का इज़हार करें तो क्या हो?
ब : जान-पहचान से इनकार करें तो क्या हो?
अ : भरी महफ़िल में तुम्हें प्यार करें तो क्या हो?
ब : कोशिशें आपकी बेकार करें तो क्या हो?

अ : कहते डरती हो, दिल में मरती हो
जाने-मन तुम कमाल करती हो
आँखों-आँखों में मुस्कुराती हो
बातों-बातों में दिल लुभाती हो
नर्म साँसों की गर्म लहरों से
दिल के तारों को गुदगुदाती हो
इन सब बातों का मतलब पूछें तो
रंग चेहरे का लाल करती हो
जाने-मन तुम कमाल करती हो

ब : चुप भी रहिए ये क्या क़यामत है
आपकी भी अजीब आदत है
इतना हंगामा किसलिए आख़िर
प्यार है या कोई मुसीबत है
जब भी मिलते हो जाने तुम क्या-क्या

उल्टे-सीधे सवाल करते हो
जाने-मन तुम कमाल करते हो

अ : मस्तियाँ-सी फ़िज़ा में छाई हैं
वादियाँ रंग में नहाई हैं

ब : नर्म सब्ज़े पे शोख़ फूलों ने
मख़मली चादरें बिछाई हैं

अ : छोड़ो शर्माना ऐसे मौसम में
तबीअत क्यों निढाल करती हो
जाने-मन तुम कमाल करती हो

ब : जब भी मिलते हो जाने तुम क्या क्या
उल्टे-सीधे सवाल करते हो

त्रिशूल (1978)/ख़य्याम/किशोर कुमार, लता मंगेशकर

तू मेरे साथ रहेगा मुन्ने!
ताकि तू जान सके
तुझको परवान चढ़ाने के लिए
कितने संगीन मराहिल[1] से तेरी माँ गुज़री
तू मेरे साथ रहेगा मुन्ने!

ताकि तू देख सके
कितने पाँव मेरी ममता के कलेजे पे पड़े
कितने ख़ंजर मेरी आँखों, मेरे कानों में गड़े
तू मेरे साथ रहेगा मुन्ने!

मैं तुझे रहम के साये में न पलने दूँगी
ज़िन्दगानी की कड़ी धूप में न जलने दूँगी
ताकि तप-तप के तू फ़ौलाद बने
माँ की औलाद बने
तू मेरे साथ रहेगा मुन्ने!

---

1. कठिन काम।

जब तलक होगा तेरा साथ निभाऊँगी मैं
फिर चली जाऊँगी उस पार के सन्नाटे में

और तारों से तुझे झाँकूँगी
ज़ख़्म सीने में लिये फूल निगाहों में लिये
तेरा कोई भी नहीं मेरे सिवा
मेरा कोई भी नहीं तेरे सिवा
तू मेरे साथ रहेगा मुन्ने!

त्रिशूल (1978)/ख़य्याम/लता मंगेशकर

शे'र का हुस्न हो, नग़्मों की जवानी हो तुम
इक धड़कती हुई शादाब कहानी हो तुम

आँख ऐसी कि कँवल तुमसे निशानी माँगे
ज़ुल्फ़ ऐसी कि घटा शर्म से पानी माँगे
जिस तरफ़ से भी नज़र डालो, सुहानी हो तुम

जिस्म ऐसा कि अजन्ता का अमल याद आए
संगे-मर्मर में ढला ताजमहल याद आए
पिघले-पिघले हुए रंगों की जवानी हो तुम
शे'र का हुस्न हो, नग़्मों की जवानी हो तुम

उस जाने-दो-आलम[1] का जल्वा
पर्दे में भी है बेपर्दा भी है
मुश्ताक़[2] निगाहों का का'बा
पर्दे में भी है बेपर्दा भी है

बेचैन रहे आशिक़ की नज़र
थोड़ी-सी मगर तस्कीन[3] भी हो
उस पर्दानशीं[4] का ये मंशा[5]
पर्दे में भी है बेपर्दा भी है

---

1. दोनों लोकों की प्राण अर्थात नायिका, 2. अभिलाषी, 3. सन्तोष, 4. पर्दे में रहनेवाली, 5. इच्छा।

क्या हुस्ने-ज़मीं[1], क्या रंगे-फ़लक[2]
सब उसके करिश्मे की है झलक
तारों में बसा है नूर उसका
फूलों में बसा है रंग उसका

ये रूप में शामिल रूप उसका
ये ढंग में शामिल ढंग उसका
अव्वल भी वही आख़िर भी वही
ओझल भी वही ज़ाहिर भी वही
मंसूर वही, सरमद भी वही
लाहद[3] भी वही और हद भी वही
शोला भी वही शबनम भी वही

सच ये है कि हैं खुद हम भी वही
मख़्लूक़[4] से ख़ालिक़[5] का रिश्ता
पर्दे में भी है बेपर्दा भी है

वो मालिके-कुल[6], महबूब मेरा
सुनता है हर इक धड़कन की सदा
जब उसका इशारा होता है
तक़्दीर सँवरने लगती है
मुद्दत से तरसते ख़्वाबों की
ताबीर[7] उभरने लगती है
सज्दे में झुकाकर सर अपना
माँगे जो कभी इनसान हुआ
हो जाती है हर मुश्किल आसाँ
मिल जाती है दर्दे-दिल की दुआ
है उसकी ये ख़ासुलख़ास[8] दुआ
पर्दे में भी है बेपर्दा भी है

नवाब साहब (1978)/सी. अर्जुन/मोहम्मद रफ़ी, मन्ना डे

---

1. धरती का सौन्दर्य, 2. आकाश का रंग, 3. सीमाहीन, 4. प्राणियों, 5. ईश्वर, 6. दोनों लोकों का स्वामी, 7. स्वप्नफल, 8. विशेष।।

अब से पहले तो ये दिल की हालत न थी
आज क्या हो गया, आज क्या हो गया
ज़िन्दगी दूसरों की अमानत न थी
आज क्या हो गया आज क्या हो गया

कोई देखे हमें, कोई चाहे हमें और सराहे हमें
ये तमन्ना, ये ख़्वाहिश, ये हसरत न थी
आज क्या हो गया, आज क्या हो गया

अपने अन्दाज़ पर नाज़ करते थे हम, हमको अपनी क़सम
ग़ैर से बात करने की फ़ुर्सत न थी
आज क्या हो गया, आज क्या हो गया

नवाब साहब (1978)/सी. अर्जुन/मोहम्मद रफ़ी, उषा मंगेशकर

ब : सिमटी हुई ये घड़ियाँ फिर से न बिखर जाएँ
अ : इस रात में जी लें हम, इस रात में मर जाएँ
अ : अब सुबह न आ पाए, आओ ये दुआ माँगे
ब : इस रात के हर पल पे रातें ही उभर जाएँ
अ : दुनिया की निगाहें अब हम तक न पहुँच पाएँ
ब : तारों में बसें चलकर धरती में उतर जाएँ
अ, ब : हालात के तीरों से छलनी हैं बदन अपने
पास आओ कि सीने के कुछ ज़ख़्म तो भर जाएँ
अ : आगे भी अँधेरा है पीछे भी अँधेरा है
अपनी हैं वही साँसें जो साथ गुज़र जाएँ
अ, ब : बिछड़ी हुई रुहों का ये मेल सुहाना है
इस मेल का कुछ एहसाँ जिस्मों पे भी कर जाएँ
तरसे हुए जज़्बों को अब और न तरसाओ
तुम शाने पे सर रख दो हम बाँहों में भर जाएँ

चम्बल की क़सम (1979)/ख़य्याम/मोहम्मद रफ़ी, लता मंगेशकर

चंदा रे, मेरे भैया से कहना
बहना याद करे

क्या बतलाऊँ कैसा है वो
बिलकुल तेरे जैसा है वो
तू उसको पहचान ही लेगा
देखेगा तो जान ही लेगा
तू सारे संसार में चमके
हर बस्ती हर गाँव में चमके
कहना अब घर वापस आ जा

तू है घर का गहना,
बहना याद करे

राखी के धागे सब लाएँ
कहना अब न राह दिखाएँ
माँ के नाम की क़समें देना
भेंट मेरी की रस्में देना
पूछना उस रूठे भाई से
भूल हुई क्या माँ जाई से
बहन पराया धन है कहना

उसे सदा नहीं रहना
बहना याद करे
ओ चंदा रे, मेरे भैया से कहना

चम्बल की क़सम (1979)/ख़य्याम/लता मंगेशकर

डाकू : जाने-मन जो तेरी मंशा है, वो हम जानते हैं
पुलिस : तू किसी भेस में आए तुझे पहचानते हैं
डाकू : तुम बड़ी तेज़ नज़र रखते हो, हम मानते हैं
पुलिस : हम से बचता नहीं मुजरिम, ये सभी जानते हैं

डाकू : कौन है मुजरिम कौन है मुंसिफ़, बहस है ये बेकार
मुजरिम कौन नहीं मेरे यार, मुजरिम कौन नहीं मेरे यार

पुलिस : एक तुम्हीं हो नेक जहाँ में बाक़ी सब बदकार
मतलब ये निकला मेरे यार, मतलब ये निकला मेरे यार

डाकू : डाके के हैं रूप हज़ारों, क़त्ल के लाखों धन्दे
अक़्ल से बढ़कर लूट कमाएँ साहूकार के फन्दे
पानी के इंजेक्शन बेचें धन के लोभी बन्दे
देश के सेवक बनकर नेता खाएँ क़ौम के चन्दे
चोर पकड़ने वाले देखें चोर को साझेदार

पुलिस : भाषण रहने दे मेरे यार, भाषण रहने दे मेरे यार
जनता और सरदार के मुजरिम हैं सब ऐसे बन्दे
जिनकी गर्दन नापेंगे इक दिन क़ानून के फन्दे
जनता उनके ख़ून से अपने हाथ करे क्यों गन्दे
हम मौजूद हैं हम रोकेंगे सारे काले धन्दे

तुम ख़ुद ही बन बैठे हो, क़ानून के ठेकेदार
तुमको क्या बोलें सरकार, तुमको क्या बोलें सरकार

डाकू : लम्बा है क़ानून का रस्ता और वकालत महँगी
पापों के बोझ से टूट के रह गई सच और न्याय की बहँगी
हमने ख़ुद बन्दूक़ उठा ली, खेंच ली ख़ुद तलवार
इसमें क्या बिगड़ा मेरे यार, इसमें क्या बिगड़ा मेरे यार

पुलिस : ख़ून का बदला ख़ून चला तो ख़ून बहेगा सदियों
आँगन-आँगन, द्वारे-द्वारे सोग रहेगा सदियों
नफ़रत से नफ़रत बढ़ती है, प्यार का फल है प्यार
नफ़रत जाने दे मेरे यार, नफ़रत जाने दे मेरे यार

डाकू : क़ातिल को जो क़त्ल करे उसको क़ातिल मत कहना
कायर बनने से बेहतर है बाग़ी बनकर रहना

पुलिस : कायर वो जो हथियारों के बल पर जीना सीखे
इंसाँ होकर इनसानों के ख़ून को पीना सीखे

अब भी सुधर जा, अब भी खुले हैं पश्चाताप के द्वार
नफ़रत जाने दे मेरे यार, नफ़रत जाने दे मेरे यार

डाकू : हमको पश्चाताप सिखाते मर गए कितने ज्ञानी
पुलिस : वो ख़ाली ज्ञानी होंगे पर हम हैं ज्ञानी-ध्यानी
डाकू : करते रहे हैं करते रहेंगे हम यूँ ही मनमानी
पुलिस : आगे भी मनमानी की तो गोली पड़ेगी खानी
डाकू : मार सके जो हमें वो गोली बनी नहीं है जानी
पुलिस : बनी तो है पर हमने अब तक चाही नहीं चलानी
डाकू : आज ये हसरत पूरी कर लो मौक़ा है लासानी

चम्बल की क़सम (1979)/ख़य्याम/महेन्द्र कपूर, मन्ना डे

परमेश्वर रखवाला तेरा परमेश्वर रखवाला
वो ही माता वो ही पिता है मैंने तो बस पाला
सुख-सपने साकार हुए जब मैंने तुझको पाया
तीन लोक के साईं तेरे सर पर रखे साया
तू मेरा नन्हा मनमोहन तू मेरा नन्द लाला
परमेश्वर रखवाला तेरा परमेश्वर रखवाला

जिस दाता की देन है तू उस पर ममता बलिहारी
निस दिन महके-लहके तेरे जीवन की फुलवारी
हँसता-बसता देख के तुझको मन हुआ मतवाला
परमेश्वर रखवाला तेरा परमेश्वर रखवाला

चम्बल की क़सम (1979)/ख़य्याम/लता मंगेशकर

ब : बाँहों में तेरी मस्ती के घेरे
अ : साँसों में तेरी ख़ुशबू के डेरे
ब : मस्ती के घेरों में
अ : ख़ुशबू के डेरों में

अ, ब : हम खोए जाते हैं
अ : ख़्वाबों में जिसको तन्हा जवानी
बरसों से तकती थी हाँ तू वही है
ब : छूने से जिसके सीने में मेरे लौ जाग सकती थी हाँ तू वही है
अ : कुछ ख़्वाब मेरे, कुछ ख़्वाब तेरे
ब : यूँ मिलते जाते हैं, दिल खिलते जाते हैं, लब गुनगुनाते हैं
अ : साँसों में तेरी ख़ुशबू के डेरे
ब : बाँहों में तेरी मस्ती के घेरे
अ : बिखरा के ज़ुल्फ़ें झुक जाओ मुझ पे
मिलने दो साया, तपते बदन को
ब : मैंने हमेशा तेरी अमानत समझा है अपने जाँ और तन को
अ : तू साथ मेरे है मैं साथ तेरे
ब : रुहों के रुहों से, जिस्मों के जिस्मों से, सदियों के नाते हैं
अ : साँसों में तेरी ख़ुशबू के डेरे
ब : बाँहों में तेरी मस्ती के घेरे

काला पत्थर (1980)/राजेश रौशन/मोहम्मद रफ़ी, लता मंगेशकर

इक रास्ता है ज़िन्दगी जो थम गए तो कुछ नहीं
ये क़दम किसी मुक़ाम पे जो जम गए तो कुछ नहीं

वो हुस्न के जल्वे हों या इश्क़ की आवाज़ें
आज़ाद परिन्दों की रुकती नहीं परवाज़ें

जाते हुए क़दमों से, आते हुए क़दमों से
भरी रहेगी रहगुज़र जो हम गए तो कुछ नहीं

जाते हुए राही के साये में सिमटना क्या
इक पल के मुसाफ़िर के दामन से लिपटना क्या

जाते हुए क़दमों से, आते हुए क़दमों से
भरी रहेगी रहगुज़र जो हम गए तो कुछ नहीं

काला पत्थर (1980)/राजेश रौशन/किशोर कुमार

किसी के वादे पे क्यों एतिबार हमने किया
न आने वालों का क्यों इन्तिज़ार हमने किया

न वो हमारे हुए और न हम रहे अपने
मुहब्बतों का अजब कारोबार हमने किया

वो खेल रहे थे, वो खेल खेल चुके
ख़ता हमारी थी, क्यों उनसे प्यार हमने किया

बिछड़ के उनसे न जब दिल किसी तरह बदला
शराबख़ाने का रुख़ इख़्तियार हमने किया

दि बर्निंग ट्रेन (1980)/आर.डी. बर्मन/आशा भोंसले

अ : पहली नज़र में हमने तो दिल दे दिया था तुमको
पर तुमने देर लगाई, रुक-रुक के बात बढ़ाई

ब : वैसे तो हमने मिलते ही तुमसे अपना लिया था तुमको
पर जान के बात छुपाई, ना कह के क़द्र बढ़ाई

अ : देखा तुम्हें तो हमने सबसे नज़र हटा ली

ब : खोने की चीज़ खो ली, पाने की चीज़ पा ली
सीधे न सही, घूम के सही, मिल तो गए हम
पहली नज़र में हमने...

अ : हमने तुम्हारी ख़ातिर क्या-क्या किए बहाने

ब : आसाँ नहीं मुहब्बत, अब तू ये बात माने

अ : छोड़ उन्हें दम जैसे भी हो, हम मिल तो गए हैं
पहली नज़र में हमने...

ब : लिक्खा था आसमाँ पर यूँ ही ये खेल होना

अ : पहले नज़र उलझना, फिर दिल का मेल होना

अ, ब : छोड़ो ये गिले, जैसे भी मिले, मिल तो गए हैं
पहली नज़र में हमने...

दि बर्निंग ट्रेन (1980)/आर.डी. बर्मन/मोहम्मद रफ़ी, अमित कुमार,
आर.डी. बर्मन, आशा भोंसले, उषा मंगेशकर

अ, ब : पल-दो पल का साथ हमारा पल-दो पल के याराने हैं
इस मंज़िल पर मिलने वाले उस मंज़िल पर खो जाने हैं

अ : नज़रों के शोख़ नज़राने
होंटों के गर्म पैमाने

ब : हैं आज अपनी महफ़िल में
कल क्या हो कोई क्या जाने

अ, ब : ये पल ख़ुशी की जन्नत है
इस पल में जी ले दीवाने

ब : आज की ख़ुशियाँ एक हक़ीक़त,
कल की ख़ुशियाँ अफ़साने हैं

अ, ब : पल दो पल का साथ हमारा, पल दो पल के याराने हैं

ब : हर ख़ुशी कुछ देर की मेहमान है
पूरा कर ले दिल में जो अरमान है

अ : ज़िन्दगी इक तेज़-रौ तूफ़ान है
इसका जो पीछा करे नादान है

ब : गुमशुदा[1] ख़ुशियों पे क्यों हैरान है
वक़्त लौटे इसका कब इम्कान[2] है
झूम जब तक धड़कनों में जान है
झूमना ही ज़िन्दगी की शान है

अ : अव्वल आख़िर[3] हर कोई अनजान है
ज़िन्दगी बस राह की पहचान है
दोस्तो अपना तो ये ईमान है
जो भी जितना साथ दे एहसान है

1. खोई हुई, 2. संभावना, 3. आरम्भ से अन्त।

उम्र का रिश्ता जोड़ने वाले अपनी नज़र में दीवाने हैं
पल दो पल का साथ हमारा, पल दो पल के याराने हैं

दि बर्निंग ट्रेन (1980)/आर.डी. बर्मन/मोहम्मद रफ़ी,
आर.डी. बर्मन, आशा भोंसले, कोरस

तेरी है ज़मीं तेरा आस्माँ
तू बड़ा मेह्रबाँ, तू बख़्शिश कर
सभी का है तू, सभी तेरे
ख़ुदा मेरे, तू बख़्शिश कर

तेरी मर्ज़ी से ऐ मालिक
हम इस दुनिया में आए हैं
तेरी रहमत से हम सबने
ये जिस्म और जाँ पाए हैं
तू अपनी नज़र हम पर रखना
किस हाल में हैं, ये ख़बर रखना

तू चाहे तो हमें रक्खे
तू चाहे तो हमें मारे
तेरे आगे झुका के सर
खड़े हैं आज हम सारे
सबसे बड़ी ताक़त वाले
तू चाहे तो हर आफ़त टाले
तू बख़्शिश कर!

दि बर्निंग ट्रेन (1980)/आर.डी. बर्मन/सुषमा श्रेष्ठ, कोरस

लोग औरत को फ़क़त जिस्म समझ लेते हैं
रूह भी होती है उसमें, ये कहाँ सोचते हैं

रूह क्या होती है, इससे उन्हें मतलब ही नहीं
वो तो बस तन के तक़ाज़ों का कहा मानते हैं

रूह मर जाए तो ये जिस्म है चलती हुई लाश
इस हक़ीक़त को न समझते हैं, न पहचानते हैं
लोग औरत को फ़क़त जिस्म समझ लेते हैं

कितनी सदियों से ये वहशत का चलन जारी है
कितनी सदियों से है क़ायम ये गुनाहों का रिवाज
लोग औरत की हर इक चीख़ को नग़मा समझें
वो क़बीलों का ज़माना हो कि शहरों का रिवाज
लोग औरत को फ़क़त जिस्म समझ लेते हैं

जब्र से नस्ल बढ़े, ज़ुल्म से तन मेल करें
ये अमल हम में है, बेइल्म परिन्दों में नहीं
हम जो इनसानों की तहज़ीब लिये फिरते हैं
हम-सा वहशी कोई जंगल के दरिन्दों में नहीं
लोग औरत को फ़क़त जिस्म समझ लेते हैं

एक मैं ही नहीं, क्या जानिए कितनी होंगी
जिनको अब आईना तकने से झिझक आती है
जिनके ख़्वाबों में न सेहरे हैं न सिन्दूर नसीब
राख ही राख है जो ज़ेहन में मँडलाती है
लोग औरत को फ़क़त जिस्म समझ लेते हैं

इक बुझी रूह लुटे जिस्म के ढाँचे में लिये
सोचती हूँ मैं कहाँ जाके मुक़द्दर फोड़ूँ
मैं न ज़िन्दा हूँ कि मरने का सहारा ढूँढूँ
और न मुर्दा हूँ कि जीने के ग़मों से छूटूँ
लोग औरत को फ़क़त जिस्म समझ लेते हैं

कौन बतलाएगा मुझको किसे जाकर पूछूँ
ज़िन्दगी क़हर के साँचों में ढलेगी कब तक

कब तलक आँख न खोलेगा ज़माने का ज़मीर
ज़ुल्म और जब्र की ये रीत चलेगी कब तक
लोग औरत को फ़क़त जिस्म समझ लेते हैं

इंसाफ़ का तराज़ू (1981)/रवीन्द्र जैन/आशा भोंसले

इंसाफ़ का तराज़ू जो हाथ में उठाए
जुर्मों को ठीक तोले
ऐसा न हो कि कल का इतिहासकार बोले
मुजरिम से भी ज़्यादा
मुंसिफ़[1] ने ज़ुल्म ढाया

कीं पेश उसके आगे ग़म की गवाहियाँ भी
रक्खीं नज़र के आगे दिल की तबाहियाँ भी
उसको यक़ीं न आया
इंसाफ़ कर न पाया
और अपने इस अमल[2] से
बदकार मुजरिमों के नापाक हौसले को
कुछ और भी बढ़ाया
इंसाफ़ का तराज़ू जो हाथ में उठाए
ये बात याद रक्खे
सब मुंसिफ़ों से ऊपर

इक और भी है मुंसिफ़
वो दो जहाँ का मालिक
सब हाल जानता है
नेकी[3] के और बदी[4] के
अह्वाल[5] जानता है
मायूस जाने वाला

1.न्यायकर्ता, 2. काम, 3. भलाई, 4. बुराई, 5. हाल की बहु.।

ऐसा न हो कि उसके दरबार में पुकारे
ऐसा न हो कि उसके इंसाफ़ का तराज़ू
इक बार फिर से तोले
मुजरिम के ज़ुल्म को भी
मुंसिफ़ की भूल को भी
और अपना फ़ैसला दे
वो फ़ैसला कि जिससे
ये रूह काँप उट्ठे!

इंसाफ़ का तराज़ू (1981)/रवीन्द्र जैन/महेन्द्र कपूर

ब : ये आँखें देखकर हम सारी दुनिया भूल जाते हैं
इन्हें पाने की धुन में हर तमन्ना भूल जाते हैं

अ : तुम अपनी महकी-महकी ज़ुल्फ़ के पेचों को कम कर दो
मुसाफ़िर इनमें घिरकर अपना रस्ता भूल जाते हैं

ब : ये बाँहें जब हमें अपनी पनाहों में बुलाती हैं
हमें अपनी क़सम, हम हर सहारा भूल जाते हैं

अ : तुम्हारे नर्मो-नाज़ुक होंट जिस दम मुस्कुराते हैं
बहारें झेंपती हैं, फूल खिलना भूल जाते हैं

ब : बहुत कुछ तुम से कहने की तमन्ना दिल में रखते हैं
मगर जब सामने आते हैं, कहना भूल जाते हैं

अ : मुहब्बत में ज़ुबाँ चुप हो तो आँखें बात करती हैं
ये कह देती हैं वो बातें, जो कहना भूल जाते हैं

धनवान (1981)/हृदयनाथ मंगेशकर/सुरेश वाडेकर, लता मंगेशकर

तुम्हें भैया मिले हमें भाबी मिली
सूने जंगल एक मुर्ग़ाबी मिली

अपनी भाबी है क्या एक तस्वीर है
नाचता गुनगुनाता हुआ तीर है
सच तो ये है कि दूल्हा की तक़्दीर है
आज उल्फ़त की चिट्ठी जवाबी मिली

क्या बताएँ तुम्हें आज क्या मिल गया
बेमज़ा ज़िन्दगी को मज़ा मिल गया
प्यार को प्यार का आसरा मिल गया
आज दिल के ख़ज़ाने की चाबी मिली
तुम्हें भैया मिले हमें भाबी मिली

आँधियाँ/अली अक्बर ख़ाँ/किशोर कुमार, कोरस

फ़िल्म-सूची

क्र.सं.	फ़िल्म का नाम	सन्	क्र.सं.	फ़िल्म का नाम	सन्
1.	आज़ादी की राह पर	1948	26.	मैरिन ड्राइव	1955
2.	बालो (पंजाबी)	1950	27.	मिलाप	1955
3.	बाज़ी	1951	28.	रेलवे प्लेटफ़ॉर्म	1955
4.	फ़ॉर लेडीज़ ओनली	1951	29.	चन्द्रकान्ता	1956
5.	नौजवान	1951	30.	फ़ंटूश	1956
6.	सज़ा	1951	31.	नया दौर	1957
7.	आँधियाँ	1952	32.	प्यासा	1957
8.	दोराहा	1952	33.	तुम-सा नहीं देखा	1957
9.	जाल	1952	34.	120 क्लॉक	1958
10.	लाल कुँवर	1952	35.	लाइट हाउस	1958
11.	अलिफ़ लैला	1953	36.	फिर सुबह होगी	1958
12.	बाबला	1953	37.	साधना	1958
13.	हमसफ़र	1953	38.	सोने की चिड़िया	1958
14.	जीवन-ज्योति	1953	39.	भाई बहन	1959
15.	अरमान	1953	40.	चार दिल चार राहें	1959
16.	शहंशाह	1953	41.	धूल का फूल	1959
17.	शोले	1953	42.	दीदी	1959
18.	अँगारे	1954	43.	लाल निशान	1959
19.	राधाकृष्ण	1954	44.	नाचघर	1959
20.	सावधान	1954	45.	बाबर	1960
21.	टैक्सी ड्राइवर	1954	46.	बरसात की रात	1960
22.	चिंगारी	1955	47.	गर्ल फ्रैंड	1960
23.	देवदास	1955	48.	हम हिन्दुस्तानी	1960
24.	हाउस नम्बर 44	1955	49.	धर्म पुत्र	1961
25.	जोरू का भाई	1955	50.	हम दोनों	1961

51. दिल्ली का दादा 1962
52. काला समन्दर 1962
53. सच्चे मोती 1962
54. आज और कल 1963
55. बहूरानी 1963
56. दिल ही तो है 1963
57. गुमराह 1963
58. मुझे जीने दो 1963
59. प्यार का बन्धन 1963
60. ताजमहल 1963
61. चाँदी की दीवार 1964
62. चित्रलेखा 1964
63. दूज का चाँद 1964
64. ग़ज़ल 1964
65. शगुन 1964
66. बहू बेटी 1965
67. काजल 1965
68. वक़्त 1965
69. बहू बेगम 1967
70. हमराज़ 1967
71. राजू 1967
72. आँखें 1968
73. दो कलियाँ 1968
74. इज़्ज़त 1968
75. नीलकमल 1968
76. वासना 1968
77. आदमी और इनसान 1969
78. नन्हा फ़रिश्ता 1969
79. पैसा या प्यार 1970
80. मन की आँखें 1970
81. नया रास्ता 1970
82. समाज को बदल डालो 1971
83. गंगा तेरा पानी अमृत 1971
84. संसार 1972
85. भाई हो तो ऐसा 1972
86. दास्तान 1973
87. आ गले लग जा 1973
88. दाग़ 1973
89. धुंध 1973
90. जोशीला 1974
91. 36 घंटे 1974
92. मेहमान 1975
93. अमानत 1975
94. दीवार 1975
95. एक महल हो सपनों का 1975
96. ज़मीर 1975
97. कभी-कभी 1976
98. लैला मजनूँ 1976
99. शंकर शंभू 1976
100. जागृति 1977
101. नवाब साहब 1978
102. त्रिशूल 1978
103. चंबल की क़सम 1979
104. हम तेरे आशिक़ हैं 1979
105. काला पत्थर 1979
106. द बर्निंग ट्रेन 1980
107. चेहरे पे चेहरा 1980
108. इंसाफ़ का तराज़ू 1980
109. धनवान 1981
110. दीदारे-यार 1982
111. जियो और जीने दो 1982
112. लक्ष्मी 1982

ooo